古集

张跃民——著

團结出版社

图书在版编目(CIP)数据

古集 / 张跃民著. -- 北京：团结出版社，2023.2
ISBN 978-7-5234-0005-0

Ⅰ. ①古… Ⅱ. ①张… Ⅲ. ①长篇历史小说-中国-当代 Ⅳ. ①I247.5

中国版本图书馆 CIP 数据核字(2022)第 255389 号

出　　版：团结出版社
（北京市东城区东皇城根南街 84 号　邮编：100006）
电　　话：(010) 65228880　65244790
网　　址：www.tjpress.com
E - mail ：65244790@163.com
出版策划：书香力扬
经　　销：全国新华书店
印　　刷：成都兴怡包装装潢有限公司

开　　本：145mm×210mm　1/32
印　　张：10.25
字　　数：256 千字
版　　次：2023 年 2 月第 1 版
印　　次：2023 年 2 月第 1 次印刷

书　　号：ISBN 978-7-5234-0005-0
定　　价：58.00 元

序：回眸与观照

孙志保

古镇总能给人遐想，关于它的形成，它的历史，它被云烟熏染的老故事，以及它现在与过去的联系等。有时，一处遗存可以敷衍出无数情节，就像一把盐可以让一泓清水且淡且咸。

镇是什么？区域面积大，人口多，经济发展好，且商业发达。把这些送到久远的岁月，并站在今天回视，它便成了古镇。如果要一个具体一些的定义，可以表述为：有百年或者以上历史，至今仍保存有较为完好的较大规模古代居住性建筑，以及商业街道。就其规模而言，是一种介于古城和古村落之间的聚落形态。

那么，跃民先生笔下的庙集，便是一个特点鲜明、属性完备的古镇。

庙集是千年重镇，跨涡河，座北而望南。自古以来，其崇文尚武，农贸工商，车水马龙，极尽繁华。至晚清，渐呈颓势，终至沉沦。这几乎是所有古镇的命运，难逃，像山水画卷的残色，如松之渐苍，花之必凋。

而其间的人物及其命运，则是涡河之水中无数浪花，是古檐上滴下的无数雨滴，是掠过上空再也不回头的无数烟云。少爷和姑苏四娘的爱情，月儿和晶晶的青梅竹马、开枝散叶，张家庄七代人的恩怨情仇，还有众多栩栩如生的乡民市井故事，交织着前行，写尽兴衰荣辱，表尽世俗风情。

翻开，便见波澜壮阔。

用长篇小说的形式写古镇，而且是一个拥有十八条街巷、九寨三十六村以及水陆码头的古镇，难度是巨大的。按固有的方式一步一步走，形式上有些守旧，但守旧有自己的好处，容易被接受，因为它适合读者的阅读习惯（由此也可以看出我们的阅读是被过去的写作方式限制的）。但是，难度并不因此而降低。因为需要在开篇的那些章节把很多事情说明白（巴尔扎克式），除了故事的推进。其缺点也是明显的：容易陷入冗长的叙述，令人困倦，甚至放弃。跃民先生显然意识到了，于是他在形式上做了一次彻底的创新。他把庙集古镇拆了，拆成十八部分，其中绝大部分是以一处地标为圆心，清晰地描划后，再把故事接续，让人物继续登场，完成从古至今的使命。这种创新有其优势，它把庙集一点一点展示出来，既与整体紧密连接，又有生意盎然的独立平台。这样，庙集的神秘，它的阔大，它的风物，它的三教九流，它在历史烟云里的前世今生，可以源源不断，如涡河水一样时急时缓地流淌，把新鲜不停地送到读者眼前。老人物可以在这里继续他们的悲欢离合，新人物也可以在这里适时登场，大家一起向历史深处走，向未来走，在庙集的大街小巷走，直到把故事演透演尽，演得涡水汤汤，秋荻苍苍。

这种形式上的革新，是这部长篇小说的一大亮点。这种革新，甚至强大到把内容领着走的程度。

跃民先生是一个个性鲜明的作家。读他已经出版的散文集《村小教子录》时，我已经得出了这样的结论。个性鲜明，对于作家来说，是必须具备的属性，从作品中，很快便可得到印证。跃民先生的文章，有着意想不到的内容，以及永远让人感觉新颖的切入。读着的时候，往往令人忽略文字本身的属性，而随着他叙述的深入沉浸其中。他的语言的诙谐生动，弹性中透出的灵性，直到最后回味时，才慢慢被重视，这倒是一种有趣的现象。

基于这样的阅读经验，我在读《古集》之前，自然能判断出其故事的独特。但是，没有想到那种忽略文字本身的经验在这部书里没有得到进一步的印证，反而刚刚打开书稿便被文字的运用方式惊了一下。这与《村小教子录》里的他是不同的，甚至凭着以往是无法认清现在的他的。文字的运用，是写作工程中形式工程的子工程，它占比大，甚至在一些时候可以占据形式工程的绝大部分。我一直持这样的观点：写作的过程，就是内容与形式相互寻找的过程，是寻找到以后（相认以后）相依为命的过程。内容与形式的相依为命，其本身就说明了在内容决定之后，形式在某种程度上就已经确定了。那么，是哪种确定呢？确定了以后在哪里呢？去找！就像为一个人购买行头，我们要买的，是最好看的，穿在他身上最合适，最能表现他的气质和特点的行头。不同的人，需要不同的行头。《古集》与《村小教子录》相较，就体现出这种必须的变化。两个不同的人，都穿着属于自己的衣服，一个现实，一个从二十世纪前半叶缓缓走来。

我把这部长篇称作现实与浪漫的结合。现实是那时的现实，而浪漫，是从那块百年前的土地上长出的花和树，以及河边码头上的青苔，还有在烟波浩渺里远去的小船的背影。自然，还有形式上的革新实践。

生活是现实的，精神，无不绽放着浪漫的鹅黄。

在庙集古镇上，每一棵古树下，每一块青石板下，那些青砖小瓦的缝隙里，都隐藏着很多故事。它们注视着路过的或者驻足的人，一直在等待着一次真正的来访。跃民先生既是镇上的一棵苍柳，也是访者。他用自己的方式寻觅、感觉、表现，用自己的方式对话，把一个偌大的古镇全方位地展示了出来。那些注视的眼睛背后的魂灵，大概是可以松了一口气。因为，从某种意义上说，历史和现实，在今天，才真正地整合在一起了；或者说，真正地接续了。

一个作家，需要和那些眼睛对视。

在这部小说里，跃民先生有双重身份。他借助年少时及渐渐成长的月儿为自己在旧时的舞台上定下了一个进退自如的角色，又以现实中的行者身份时时刻刻与月儿以及月儿身边的人和物对话。因而，当我们随着月儿行进时，往往可以看到作者在其中忽隐忽现，甚至可以感觉到他变幻的目光。所以，这部小说叙述时的一个特色便自然而然地出现了：悠远而忧伤，你随时都可以感受到一声噎在喉头或者已经呵出嘴唇的叹息。

是的，那是作者的回望。他迅速在历史和现实中转换身份，交流感受。这样的效果，便是自然而然了。

当老街、故宅、长河以及茶馆和客栈等如长卷一样被跃民先生的手慢慢地依次打开时，我们能感觉到百年前的塘水又哗哗地流淌了，老井里起了涟漪，茶馆里的茶水还有余温，那些树由枯变绿，老青石又散发出昔日刚刚锻磨后的新鲜气息……还有大先生、四娘，他们在这幅长卷里又去了庙会，又去了校场，又站在哺育一方文明的涡河岸边，怅望涡水汤汤。

这就是文学的魅力。它让历史带着温度进入现实，也让现实带着冷峻进入烟云。

跃民先生做了一件功德，古镇这一次从历史的沉睡中苏醒，就会像涡水一样，一路向东，奔腾不息。

这部长篇的结构，看似开放，其实脉络清晰，而且周全。借助散文化的语言，便有了更多的主动性。同时，浓郁的地方特色随时飘入，就像早上太阳的胭红点缀涡水一样，相映成景。熟悉庙集的人读之，会有亲切和通透的感觉，仿佛只凭意念，又在庙集慢慢地逛了一遭。既是这样的特点，在读的时候，便只有细啜了，就像在王化茶馆里的神桑嫩芽一样，唯有细品，才知道此中境界，才知道人生百味。

庙集的味道，在这细啜慢饮中，才能在舌尖上化开，进入感觉。

而且，化开之后，有很多意想不到的惊喜，这是在其他的阅读里无法得到的。这仍是当时的现实与现实的浪漫。

比如在《茶馆》一章里，往茶桌前一坐，便有许多陌生的新鲜让人眩目：先是茶馆的应运而生，满满的小家气象，生活气息，这是所有古镇茶馆都有的，只是一个铺垫。然后，便是接二连三的彩头：如老掌柜的打赏老瞎子，那两枚跟踪而上的铜钱，铿锵激起，溅起两朵美丽的火花，先前快要钻地入土的两枚铜钱便掉头转弯，乖乖地落入铜锣之内；如茶馆的规矩，是不许带兵器进去的。既然不许，就有冒犯，于是便有了龙兴街上，腰刀突然出鞘，将军爷的腰牌劈开，腰带也被挑成了九截；还有那卖面花生焦蚕豆的罗锅，茶桌左侧或右侧的铜板，是对花生或蚕豆的选择，爷爷每次一左一右各四枚铜板的旧例，更是一种有序而自信的生活。所有这些，读来趣味横生，一幅真实生动而又别致的市井风俗，在舞台上渐次上演，令人流连不返。

我们在酒肆、客栈、校场、龙亭里，一样可以得到这样的未曾有过的体验，它们对我们既有的经验不仅是补充，还是带动，让我们甚至想回过头来，重新挖掘一番。

有时候，无论是什么样的舞台，都无法改变人们对人物命运的关注；有时候，我们却想抛开人物的命运，去全身心地关注那舞台。跃民先生的《古集》，就把我的目光和心思全都吸引到舞台这边来了。似乎人物成了牵线的，命运成了连缀，他们的生死悲欢，没有庙集重要。这真是一种奇妙的感觉，一种全新的体验。这样的体验，不是说人物的悲欢离合较为黯淡——没有这些，再精彩的古镇也没有了生命的气息——只是个人的喜好正巧在这里被触动了而已。

当然，这部长篇还有一些可以再精进的地方，比如，较为重要的命运故事有时飘然物外，它与发生的场景在叙述时有些脱节，似乎那故事可以发生在当铺，也可以发生在药店，它只是来借了一个场地，而没有水乳交融；再比如，现实的作者与百年前的月儿叠印在一起，便容易让遐思过于飞扬，笔墨着力过多；作为一部数十万言的长篇，总体还有一点散的感觉。但瑕不掩瑜，文学创作，不是能工巧匠的雕饰，完美永远在追求的路上。

回眸岁月，是文学的无尽资源，也是人生必然。回眸举袖，可拂青霞，可增深情，可立高远。

而以自家智慧时常观照事体，虽历大烦恼，亦可得大欢喜，可见事理，可超功利，可登彼岸。

跃民先生此书，既是回眸，也是观照。

跃民先生在文学创作上异军突起，是积淀雄厚的必然，也代表了亳州文学发展近一个时期的特色，且预示了总体趋势。

一塘荷，竞放的季节到了。

孙志保　安徽省作家协会副主席，亳州市文联副主席、作协主席

目录 Contents

第一章　老街

听说庙集那最后几间老房子，在一个风清月白之夜，好像约好似的一同倒塌了。

庙集属古楚地，也就是当年逐鹿中原，金戈铁马，经常被祸害的地方。楚地文采风流，源远流长。遥想屈子被谤放逐、憔悴枯槁，披发行吟泽畔，作《离骚》《山鬼》《招魂》，依然花团锦簇、摇曳多姿。况且还有小青龙拱出的长河——它发现这儿是块风水宝地不忍拱破了，摇头摆尾绕个弯，留下半轮碧波千古环抱。这就注定庙集的前世今生，以“崇文尚武”为魂，生生不息。于是，才有这样的人物故事走进历史传说，并将继续铭记传说下去。

庙集确切的立埠建城年月，依稀有草蛇灰线之痕。认真推敲，终究渺茫不可考。马马虎虎上溯春秋战国，大概也说得过去。唐时置真源县，政通人和，百业兴旺。一时名负湖海，直逼颍州亳州开封诸府。不幸失陷兵燹于安史之乱，徒作昙花之羞。但庙集依然屹立在沃野千里的涡河之滨，看云卷云舒、花开花落。

八十年前，我已经九岁。每逢初一十五，爷爷领我赶庙集到老王化茶馆喝茶。那时城墙城门残缺不全，却还有大致模样，雄阔苍凉。每天淹没车水马龙里，仿佛庙集不过是虚拟的海市蜃楼，不堪一击。我炫幻的梦里，既惊叹它的喧嚣繁华，也担心一夜间沉寂蒸发。不知被河水带到哪一片未知的时空，再也不见天日。

老人们所说的老街，是庙集主轴，也是最早最热闹的地方。它由东大街和西大街倾斜对接而成，逶迤千步之遥。老爷横空出世的“五谷粮仓”，金字招牌的“王化茶馆”都在这条老街上。随着商贾云集，生齿繁行，滚雪球似的膨胀。老街仿佛根深叶茂的树干，不断分叉抽枝，纵横勾连起十八条街巷。

街巷命名开初也很随意，多以生计物产：布衣街、花巷街、药材街……随着同姓聚居，相携谋生，就有了邓小街、史小街、穆阁巷；接着荒丘河畔也利用开发，顺口叫烟袋街、顺河街、三桥街；此后奇人异士鱼龙混杂，不觉有了野心祈愿：龙兴街、天相街、光明街应运而生。所有街巷皆由青石板铺就，甭说绅士商贾的脚步，乡下人的木屐和猪马牛羊的蹄子，也同样能踏出生动的街声。

我小时老街全是老房子。门前石狮子都老得不能动，休说做啸傲山林的梦，连个屁也放不响。表面上还算张牙舞爪，其实蚊子跳蚤也吓不住。夜里常有野狗撒尿，满身腥臊，甚至灌嘴巴里一肚皮羞愤。狮子大张口，本来形容山林之王的威猛贪婪，岂料竟沦为野狗的尿桶。集罢人散后，麻雀鸽子们纷纷捡拾街面的残屑。碰巧也能撑个大饱，忍不住石狮子上拉屎。石狮子愤怒之至，恨不得将眼球当弹珠打出去。哪怕死，也落个同归于尽的悲壮，不负王者风范。可惜它太老了，连死的力气也没有，只好倒街卧巷丢人现眼。我模糊本能地悟到：生有何欢，死有何惧，最可怕的是老而不死了。

爷爷是庙集鸿儒，经史子集无不囊于腹中。在二十四间房对我和晶晶课读启蒙，都是天书似的经典。唐诗宋词不过是放松消遣的课外读物，却是我的最爱。有天吟诵“凭谁问，廉颇老矣，尚能饭否？”我的泪腺哗的打开，不是婉约的嘀嗒，而是骤然水龙头似的直朝外喷，鼻涕也倾巢而出，漫过下巴很丑。晶晶的花手绢都湿透脏透了，拧好几把污渍还是淅沥。爷爷仰天长叹，满脸忧戚：早熟以致早衰而堕入绝境，好像顺理成章，那肯定不是好兆头。

老街确实很老很老了。当初放过鞭炮，架起梁檩，铺好木板苇席，码上青砖青瓦，漂亮得简直像少爷的一袭青衫。而今岁月沧桑，八方商贾踢踏的泥土，四野赶集人呼吸的云烟，早积垢得面目全非，仿佛爷爷冬天里的黑棉袍。不知哪年哪月风吹来的花种，鸟拉下的草籽，带给老街意外的惊喜。春天小草从瓦缝间钻出，生机盎然；白的黄的红的小花摇头晃脑，言笑晏晏。任夏日炎炎，秋风瑟瑟，隆冬雪欺冰封，第二年打春小草依然绿得晃眼，花儿笑得魅惑。懵懵懂懂中，柔弱胜刚强而持久的道理，我大概就通了。

爷爷后来憋足劲讲《道德经》，似要将我脑盖揭开灌输宇宙真理好安身立命。我不禁摇头窃笑：两千年前，那个叫李聃的高邻，本该九龙沐浴后见好就收，留下满园星斗的传奇。何必非要骑着青牛紫气东来，糊弄老实关尹，耗费半山坡竹子和小牛皮，害得我和晶晶苦吟。否则，爷爷的戒尺可不是吃素的。那戒尺对晶晶可能只是道具，吓唬的成分居多；对我可实实在在，绝对有皮开肉绽之虞。所幸我天赋尚佳，虽不敢妄吹过目成诵，看几遍就差不多了。

晶晶可是头大，冰雪心灵里，偏要塞几千年的文物，再珍贵也放错地方。不过由我在爷爷背后作弊提醒，自然无恙。我常疑惑：以爷爷的智慧，不可能对我的小把戏没一点察觉。大概故作糊涂，反正女孩本不是读经的料，得过且过。晶晶却很感动，有天贴我耳朵私语："月儿，你是我眼珠子。现在帮我看书，将来还要替我看好多好多风景。"当时我不懂此中深意，逞能使劲地点头。这是我来到人世间，最初最纯真的承诺，八十年后依然把岁月照亮！

爷爷被庙集十八条街巷和九寨三十六村，尊称为"大先生"。其实，百年前祖爷爷就是公认的大先生，还留下"南邓北回一大群，不顶大先生一个人"的美誉。当然爷爷的"大先生"并非世袭，完全靠肚里的墨水撑着。我曾抱枕头似的线装书考爷爷：无论问哪个词，他都知道在哪一句哪一段里，怎么也考不倒。爷爷肚里的墨水，说不定比祖爷爷还多几滴子。少爷眼睛长额头上，看天看云看鹰的翅膀，但对爷爷毕恭毕敬，一点也不敢端二十四间房主人的架子。

爷爷右手大拇指上的红玛瑙扳指，确是从祖爷爷那儿世袭的。如果继续上溯，恐怕还来自祖爷爷的祖爷爷。温润晶莹，包浆完美。历经数百年精气血沁染，扳指里氤氲一对翩翩起舞的凤凰。因为是远古神鸟，没人亲见，到底是不是凤凰很难说。二十四间房的人都说是凤凰，我和晶晶也只好默认是凤凰了。那是祖爷爷当年从虎踞龙盘的金陵，风香水腻的秦淮河带来的唯一信物。定然孕育不少美丽的故事，但爷爷讳莫如深，我也不敢饶舌。

有一次，我和晶晶抢食玉盘里的姑苏美食。晶晶水灵灵大眼睛罩住我，若有所思："月儿，爷爷的红玛瑙扳指将来是传给我的。不信，咱赌一块梅花糕。"晶晶最好胡思乱想，奇怪的是往往又都应验，好像比爷爷还未卜先知。我慨然接下这赌局，男人总要像个男人的样子，无论输赢吾往矣。反正输给晶晶又没输给外人，她赢了梅花糕还不是俺俩抢着吃，晶晶好像每次都抢不过我呢！

其实比老街更老，比爷爷的红玛瑙扳指还有年头的，就是庙集东北半里许拖缰沟上的"大石桥"。老街的房宇虽比乡民的高大敞亮，其木料砖瓦泥坯结构大同小异。这就决定了即使没有兵火祸乱，风风雨雨里照死也撑不过三百年。好像只有一个石牌坊是北宋硕果仅存，其他的很少超过康乾。而"拖缰沟"上的大石桥，堂而皇之是大唐建筑。石碑上的文字金钩银划，历历在目。老人们说：这拖缰沟是玉皇大帝派白龙马追赶小青龙，怕小青龙拱河任性，改变华夏风水走向，急驰庙集赶上，缰绳未来得及盘好，甩到地上拖出一条南北天堑，故名拖缰沟，阻断两岸交通，乡民近在咫尺犹如天涯。

开元盛世，铜钱比一河两岸树叶儿多。与其烂库房里，不如在拖缰沟上建桥造福桑梓。全桥一空，东西长九丈，南北宽六丈，高十二丈有余。此桥皆大石条扣砌，铁扒镶嵌，两端呈簸箕状向前伸出。东西桥头矗巨石勒碑纪念，碑文骨气劲峭，乃正宗欧体。凭栏远眺涡河，桅墙如林，渔夫敲罄和纤夫的号子响彻云霄。而且愈传愈神：大石桥，万丈高。二百（碑）担一空，铁帮铜底玉石栏杆。麻雀桥顶下个蛋，半空就破卵而出小麻雀扑棱棱飞了……

大石桥的石头，均采自庙集东北六十华里龙山。由于用石之巨，开采之久，致使龙山塌陷一顶，泉水暴出，骤现天池奇观。庙集好事者言之凿凿：小青龙嫌白龙马多事，无端弄出一条天堑，连累龙山伤筋动骨。于是引涡河之水，作天池滋润疗伤。必定这也是自己任性拱河引起，暗含自责之意。其实更展示小青龙有情有义，敢作敢为的大丈夫担当！并且这种情义担当，潜移默化在庙集人的性格血液里。关键时登高一呼，慷慨壮烈，生死不过一杯酒。就像少爷，常将大好头颅视作轻飘飘羽毛，可随时送给自己所爱的人。

大石桥是名副其实的桥。它现在仍在被神化的拖缰沟上，气定神闲，好像被岁月遗忘。庙集老街沿河依次还有头桥二桥三桥四桥——那当然不是四座桥，而是四个渡口。说实话，在烟波浩渺的涡河上，那时还没有造桥能力。后来又在四桥东三百步外建一座水陆两用码头：陆路贯通颍州徐州，水路每天都有六帆大船上溯亳州开封，顺流而下蒙城蚌埠，然后由淮入江出吴淞口直奔大海而去。

庙集愈发牛气，它也确实有牛气的本钱。顾名思义，从前定然庙宇连绵，香火鼎盛，物阜民丰盛地。因为总要有足够的人力财力兴建庙宇，买得起贡奉，撑得住岁月的变迁，让香火绵延并愈烧愈旺。庙宇的基本功能，无外乎祈福赎罪消灾。在天灾人祸频仍的年代，虽不乏荣华富贵的梦，祈求平安无疑是普通民众卑微的愿望。至于赎罪消灾，亦非天主教专利，东方庙宇也责无旁贷。贪官污吏，大盗恶贼，甚至偷鸡摸狗看大闺女解手的乡野痞子，突遭恶疾毒疮，以为报应到了，或良心觉醒，便扑倒泥塑金身前磕头烧香，祷告诸神赎罪放生，发誓赌咒重新做人。所以庙宇众多的地方，并非信徒使然，也意味着灾难常常不期而至。不管是小民的无妄之灾，还是豪强的恶有恶报。活着，古往今来都不是一件容易的事儿。

庙集的庙宇到底有多少，爷爷学富五车也说不甚清。史料信誓旦旦，乾嘉时期还有二十六座：千佛阁，玉皇阁，金星阁，玄帝庙，关帝庙，火神庙，龙兴寺，清真寺，昙影寺……我五六岁时爷爷就领我赶庙集，东窜西跑已不见多少庙宇，肯定不超过两把手。我的数学知识有限，但对两把手的自信还是打包票的。

我记忆最深的，是老街西尽头沿河兴建的“龙兴寺”。因为高悬山门的斗大匾额是我祖爷爷墨宝。当年不仅仅是庙集佛教盛事，轰动中原诸府，灵隐寒山少林也派高僧观礼道贺。方丈无相大师须眉皆白，堪与爷爷比霜赛雪，但比爷爷慈祥。大师还是爷爷少爷的好友。我发现爷爷的朋友，也都是少爷的朋友；而少爷的朋友，却未必是爷爷的朋友。这其中原委，颇费推敲。记得五岁时，我还睡过无相大师的狮子窟。做梦给神桑浇水，糊里糊涂尿大师一床。我不好意思，估计小脸蛋臊成猴屁股啦！大师合十微笑："善哉善哉，敝寺和施主七代交情，又蒙小公子雨露沐浴，渊源着实匪浅。"就凭这句话，我知道无相大师远超芸芸众生，绝对是菩提、太白金星那样的大神。

我和无相大师还有一段福缘，也可以说可遇不可求的佛缘。

八岁那年，爷爷和大师静室茶叙。我见紫檀木凳上有一盆吐着蓓蕾的龙舌兰，实在比白胡子老头唠叨美丽有趣。偎依花盆欣赏，眼睛不够用，伸长鼻子细嗅。大师和爷爷继续叙话不理我，我也忘情嗅香不理他们，不觉将自己笑成金婆罗花。大师送别爷爷，竟将龙舌兰赠我："公子和此景结缘，可见也是冰清芬芳的人物，造化不在少爷之下。闲暇时，也不妨翻几行经文。"我满心欢喜接过龙舌兰，对大师手里的书视而不见。爷爷却很郑重："月儿，还不跪谢大师指点。"我见爷爷脸色严峻，忙向无相大师磕头。晕晕乎乎，也不知大师指点了什么。后来浏览《金刚经》："一切有为法，如梦幻泡影，如露亦如电。"这才恍然，原来大师要破我一个"痴"字。

无相大师佛法精深，无人出其右，殊不知"痴"亦是缘。自当万分珍惜，"破"便陷于执念，迦叶尊者会笑的。我大概有点来历，慧根痴根纠缠一生。常视天地如无物，至多算个屁，郁闷时放出来好了。但为了晶晶，我可以死一万次；如果还不够，那就死一万零一次。反正晶晶的一个笑靥，一眼清波就能让我立马还魂，重新活蹦乱跳起来。如此生生死死，倒也波澜壮阔有点意思。

当你读到这儿也许大摇其头，以为我和晶晶的爱不可思议。你的思维正常，像小学课本的算术题标准正确。但爱不是算术题，何况八十年后书写，笔尖灌注的是一生所爱，并非单纯青梅竹马的那一段。甚至已超越爱的范畴——那是命，我和晶晶长在一起的命！说到底人这辈子，很难走出自己的童年少年。走完一生，貌似走遍千山万水，百炼成钢，其实仍在最初生命里兜兜转转。曾经裹过的乳房，吻过的嘴唇，许过的诺言，这才是最终生命化石的模样。后来所谓的丰功伟绩，涂脂抹粉，大多不值一哂，一弹指烟消云散。

我把龙舌兰捧回二十四间房，自是送给晶晶芬芳。活该出丑，竟被少爷撞见。他肯定出于嫉妒，刮鼻子臊我："月儿真了不起，小屁孩就会给女孩送花了。"我正想还击，晶晶挺身而出："送花咋啦，总比到花巷偷女人的花强。"少爷好像很尴尬，咕嘟句"女儿大了不中留"，识趣走开。这是我见到少爷平生唯一的失败，还是败在宝贝女儿手里。其实少爷挺开心，他那点花花肠子最透明：恨不能拔苗助长，好把二十四间房扔给我和晶晶独自荒唐去。

无相大师还是中原武林的泰山北斗，功夫深不可测。庙集两大武林世家，源自山东查拳一脉。现今掌门人蒋五爷和马二姑奶，武功造诣均超先祖。俩人对无相大师五体投地，一年一度比武盛事，非请大师做总裁判不可。无论怎样裁决，无不心悦诚服。涡亳一带显贵才俊，不知有多少想亲炙大师足下，皆被婉拒。好像也没谁有幸见识大师功夫，传说龙兴寺西大殿门前大槐树下，青石板上深寸许的两个脚印是大师遗迹。大师曾在此树下，偶尔松动筋骨。大乘般若掌把槐树叶吞吐青石板上，摆出丈二的绿色圆圈，叶柄向里，叶尖向外，没一片错放的。这份神功，至少超出我的想象千里之外了。

据说三十年前大师发现一男孩骨骼清奇，温润纯粹，欲收为嫡传光大山门。可孩子志不在此，大师只传他一套轻功，不许有名分之称。大师还看到孩子四十岁左右当有一劫，也许能借此功侥幸滑过，以成正果。那个幸运而又作妖的熊孩子，有人说是二十四间房的少爷。我曾经偷问爷爷，爷爷忙于观天象不置可否。

无论如何，无相大师主持的龙兴寺堪称庙集图腾。龙兴寺纪念的，当然应该是破天荒开拓涡河的小青龙。其寺巍峨壮观，大殿二十五间，正殿塑三个金身大佛，两边十八罗汉，表情有喜怒哀乐之分，形体现高矮胖瘦之别。我觉得全错了——本该供奉小青龙的宝刹，如此麻痹，让一群不相干的享受香火。可碍着无相大师情面，怕说出来尴尬，只好腹诽解气。反正在我心里，甭说这些泥塑金身，小青龙的一个犄角就不知比玉皇大帝伟大多少倍。

其实我自己也难说，人都有难言之隐。我刚会蹒跚走路，独立解手就爱浇树。这仿佛与生俱来的私癖，爷爷满腹经纶也很懵懂，不知该怎样卜卦。总不能说亲孙子，前世是条狗吧。刚浇的是小树，后来专浇少爷家老塘边的神桑。那神桑可是镇宅之宝，祖爷爷时就几人合抱不知岁月年轮。我想每天浇水施肥，神桑定能撑起更大的伞庇护二十四间房。爷爷少爷高枕无忧，我和晶晶也美梦翩翩。

晶晶是少爷的女儿，比我大三岁，可她不是少奶奶的女儿。听人背后嚼舌，晶晶母亲是江南姑苏的绝世佳人，只有少爷才配得上。命中注定，我和晶晶是青梅竹马的好朋友，两条命会很快长在一起。好朋友不好的时候也不少。晶晶有段时间情绪起伏，动辄翻脸比翻书快。都怪我贪玩瞎屁不知，跟不上她疯长的情愫，辜负好多风景。晶晶只好生气拧耳朵，给我疼痛的爱的启蒙。就像爷爷将宇宙真理灌输于我，不仅动用戒尺，恨不得把脑盖骨也揭开一样。

那时我颇执拗。大家族的孩子都有个性，魔性佛性神性多少会沾染一点。晶晶搂不住火就拧耳朵，陀螺似的两圈半。我好几次精确计算过，不是两圈，也不是三圈，恰恰两圈半整。不知啥讲究？也许两圈半已解气，不必再枉费力气；也许女孩子本没有耐力，两圈半就力竭而止；也许我配合奇妙，转两个半圈就懒得再转了。后来我思忖：当初浇树，莫非是想借树干掩护，怕晶晶发现拧耳朵。其实我都被拧成依赖——如果晶晶三天不拧耳朵，心里就空落落的，好像活得很不真实。那两圈半仿佛是命运的结，把我和晶晶最美好纯贞的记忆都圈在一块，八十年后还栩栩如生。

我有时瞎想，晶晶拧耳朵是否含嫉妒成分。我和晶晶脖颈上都有一块金丝玉佩，从记事起就戴着，一年四季都未解下过。大小质地一模一样，不同的是晶晶玉佩上镌刻“亮晶晶”仨字，我的则是“一弯月牙照龙亭”图画——简洁寥落，意境深远，都是少爷手笔。晶晶老嫌自己的土，没我的漂亮，甚而怀疑我才是少爷的亲儿子，她是抱养的。我怕晶晶伤感，多次跟她换，古时好朋友都换命呢！晶晶总噘嘴说“不稀罕”，可声音软软的像风拂过花瓣。

那天晴得干脆，一丝云也没有，太适宜循河沿赶庙集。捡沙滩上的贝壳抛水漂，保准能溅起一路浪花。万一碰到中奖的鱼，还会翻白肚皮给你看。爷爷牵着我的手，怎么也挣不脱，好像怕我被水妖捉去祭五脏六腑。我想从河坡上采野花，给晶晶编花环也没得逞。爷爷照例先到杜老嫲摊前切半斤熏牛肉——庙集熏牛肉天下一绝，杜老嫲的又是精品中的精品，后来影夫人和春生的也不赖。爷爷要招呼好我的嘴，省得乱说话坏规矩；还要糊弄好我的肚子，甭馋着咕咕的闹回家。让爷爷在茶馆喝不尽兴，或耽误别的事儿。

茶馆里照旧是老瞎子说书：手拍牛皮小鼓，唾沫四溅，颠来倒去无非是《三侠五义》《封神演义》《隋唐英雄传》那几段破词。我都听腻了，可满堂茶客津津有味。展昭秦琼姜子牙除暴安良，斩妖降魔，好不快哉！这很契合庸众口味，把现实受够的鸟气借古人喷吐。爷爷一肚皮经史子集，居然也被老瞎子迷住。难道老瞎子有啥魔法，那小鼓莫非是上古神器，咚咚咚几下就能摄人心魂，比装齐天大圣的紫金葫芦还厉害？我想哪天将晶晶的绣花针藏袖筒里，把牛皮小鼓偷偷扎个眼，魔法立破。省得我替爷爷操心——但见爷爷手持茶盅纹丝不动，眯眼凝视天窗，好像望着极远极缥缈的远方。

我甚是无聊，溜出去在青石板上逛荡。纸包里的熏牛肉忍不住舌尖舔几下，咽口水解馋。我要带回去和晶晶抢着吃，好像只有抢着吃才最香。这是我和晶晶之间的秘密，爷爷和少爷都不知道，二郎神也不知道。青梅竹马的世界，本来就不欢迎多余的打扰。其实夕阳下搀扶的“白发谁家翁媪”，也不稀罕热心的拐杖。世间的爱无限大，男女之间的爱又无限小，绣花针鼻儿大的风也不许透进来。

我在人流里穿行，七拐八磨岔入龙兴寺。替小青龙抱屈的缘故，佛像我是讨厌的，更不必说怪里怪气的罗汉，瞻仰礼数全免。我径直闯向西大殿，差点和大槐树比试头皮硬还是树皮坚固。这槐树略逊我家神桑，也算异物。我突然有尿急冲动。左顾右盼，闲人寥寥，便倚树半遮半掩，对着根部浇灌起来。本欲完事撤退，以防小沙弥捉现行，或撞见无相大师忸怩。不料钻出一条小青蛇，大概和我有缘，不客气爬扯鞋子裤褪花兜兜，最后攀上脖颈荡秋千。我一点也不惧，轻抚它湿润微腥的身子。手指沁染凉意，心里一片祥和。

我想该把小青蛇揣进花兜兜，揣回二十四间房，和晶晶一起玩，逗它跳舞爬树捉老鼠。第一幕自然是吓一吓晶晶，看还敢不敢再揪两圈半？咱也有来历，有仙物保驾护航呢！只要晶晶捂住眼，最好尖叫一声，我就将小青蛇收回，不许它胡闹。我正想的得意，爷爷找来了。他见我不在茶馆，掐指一算，必在龙兴寺淘气。爷爷看到小青蛇，若有所思。小青蛇很怕爷爷——白胡子老头自带神气，甭说小青蛇，狐狸蜘蛛精也要逃之夭夭保命。三界里捉妖拿怪的神仙，好像都有剑似的白胡子。谁敢惹？爷爷叹一声，牵着我的手走出龙兴寺，走过长街，穿越大石桥拖缰沟不远，那一片葱茏的就是张家庄。

晶晶正在神桑下徘徊瞻望，不知磨损几多鞋底，看见我和爷爷忙折回二十四间房。晶晶最近有点羞——当女孩有羞的念头，情不知所起，一往而深，就要成长为女人。当男孩知道女孩怕羞，心里突然像撞进十八只小兔子，就要雄起为男人。我抱着熏牛肉纸包飞奔，对不起，竟将爷爷远远甩在身后。

庙集西北还有一座清真寺，神秘肃穆，是穆斯林礼拜宣教的圣地。它始建于元末，讲经堂无象宝殿仿佛出土文物。院里那株八百年前的皂荚树可能还先于寺所，是宋朝遗存。老干似铁，枝叶覆盖大半个庭院，浩然之气横贯苍冥。就像二十四间房神桑，三百步之外都让人不禁伫立仰望，榨出灵魂深处的卑微来。

那时回汉有别，互有戒心，平时很少往来。除有头有脸的汉民，一般禁止入内。我四五岁跟爷爷学会踱方步，就大摇大摆逛个遍。爷爷和阿訇是至交，每年总采点神桑叶送他。阿訇回赠的就是这皂荚树上的皂荚。有年好像是皂荚王，比我手掌长四指，里面有三粒饱满的果实，状如棕色大药丸，极是难得。我偷偷把玩几天，见晶晶做贼似的心虚，还是乖乖交她手里心安。晶晶笑眯眯接过，水灵灵大眼睛看我老半天。那时我脸皮不够厚，竟痒痒的有无数虫子爬搔。晶晶碾碎一粒，热水泡开给我洗头。第二天又碾碎一粒自己洗，洗好后还用月牙形镶金犀牛角梳，对着菱花镜足足梳一个时辰，我也足足看一个时辰。剩下一粒，她缝进香囊挂腰带上晃悠，偶尔还让我贴近嗅几下。我鼻子有点贼，偷偷把晶晶的体香也嗅进生命里。

庙集的兴衰荣辱，说到底和整个华夏历史走向基本吻合。由于雄居中原腹地要冲，狼奔豕突，更有一叶知秋的况味。也许蝴蝶的翅膀能引爆千里之遥的飓风，但飓风将蝴蝶葬送汪洋大海则是大概率事件。庙集也未能幸免，老街上也曾积聚浓浓的异域风情。打开天相门拱辰门蕴德门，黑纱包裹头脸的，袒胸刺青环佩叮当的，也不乏卷毛隆鼻蓝眼珠的混合物。可都成不了气候，小青龙拱出的长河依然清波荡漾，不可阻挡……

其实八十年前，庙集表面上轰轰烈烈，颓势也难掩饰。斑驳的城墙城门修修补补还是斑驳，仿佛涂脂抹粉的女人，一打哈欠原形毕露。断续的城壕杂草丛生，野鸭子一掠而过，老母鸡也如履平地。老街店铺门板，掉漆走形腐朽的不在少数。早晚开门关门，门轴锈蚀凹槽里，推拉都很费劲，吱扭吱扭像铁片划瓦砾上，刺人耳鼓魂魄。店铺经营不同，勤懒各异，开门关门往往持续一两个时辰。早上从丑时到太阳晒红屁股，晚上从申时以至三星斜挂，月横中天，吱扭吱扭声此起彼伏。好像从春秋战国起，就周而复始没有尽头。

那时老街的红灯笼，最令我和晶晶神往，比二十四间房的豪华梦幻。二十四间房只有过年大婚，才升起十二盏矞矞皇皇。尤其哨楼高高吊起的四盏，把五十步之外的神桑照进老塘里，宛若一座巍巍青山。我很想攀缘而上，豪取天上的星辰，给晶晶串一挂最美的项链，绝对超越百年前的大小姐。晶晶水灵灵大眼睛漾出清波，戏谑道："月儿就会吹牛，掉老塘里还不是我捞你？"

二十四间房平时只挂四盏，朦朦胧胧没精打采的样子。偶尔少爷神经，也会给我和晶晶弄猪蹄夹子灯。玩是很好玩，不过还没屁眼大，拿不到台面。十八条街巷的牛油蜡烛红灯笼，远远望去，犹如天上璀璨的星河，好像藏着无限美丽和无限神秘。蓦然会有仙女联袂而下，柔情绰态，罗袜生尘，转眼又不知飘向那个深深庭院里。如果我和晶晶追过去，或许能牵着她们的罗裙游弋天宇……

老街也不全是红灯笼。也有洋货铺得风气之先，居然从南国羊城弄来铁壳玻璃罩马灯，乡下人统称“气死风灯”。因为刮风下雨，竹骨纸糊的红灯笼就很可怜，抛来甩去晃荡不安。有的被雨水浇灭，有的被风卷起牛油淋漓，刺啦啦烧成灰烬。只剩一根铁挂钩，像人死火化残存的骨殖。马灯却亮得格外骄傲，还踩着风雨之声舞蹈，似乎真能把无孔不入的风婆婆雨娘娘活活气死。庙集人定胜天的历史，有目共睹，好像就是从“气死风灯”开始的。

此时，王化茶馆依然灯火通明。老瞎子还在敲牛皮小鼓，坚持不懈说那几段破书。飞天鼠彻地鼠翻江鼠，也许会突然跳出来大闹一场，悄然而去。少爷不知是在酒肆与罗锅吹牛豪饮，还是流连花巷为姑苏美人编花辫儿。终于一袭青衫飘然独行在青石板上，跌宕自喜。肯定有男人妒忌得要死，也肯定有女人喜欢得发疯。少爷全不屑这些，微步凌波，但闻浸着酒香的诗句在老街上飘荡：

归去来兮任我真，事虽成往意能新。
何妨不过如斯世，其那难逢似此人。
近暮特嗟时翳翳，向阳还喜木欣欣。
可怜一千余年外，复有闲人继后尘。

第二章　故宅

人生来就是一部历史。故宅无疑是沉重的载体。

庙集不单单是商埠集市，豪拥十八条街巷，参差上万人家；它还囊括方圆几十里的九寨三十六村。大石桥东一里许张家庄，便是这三十六村里的佼佼者，因为有老爷的二十四间房在。庙集人走出家乡百里千里，往往自诩“俺是庙集的”，好像走夜路吹小响壮胆，令见多识广的异乡人刮目。如果在老街青山石板上，小声嘀咕“俺是二十四间房的”，同样聚拢一圈闲人啧啧。

二十四间房是老爷设计建造的。老爷可不是少爷的爹，也不是少爷的爷，他比少爷的爷还大三辈。因为是二十四间房创始人，百年来“老爷”作为谥号留给他供着。颇有“谥号千秋定，铭旌百禩彰”的荣耀。此后二十四间房诸代，只能屈居为“少爷”。如果几世同堂，怕乱了人伦，那就和普通乡民一样直呼爹爹爷爷。当然外人马马虎虎喊“老爷”，以示尊崇，也不算僭越规矩。

二十四间房乍一看没啥特色，北方常见的大户人家方方正正的四合院。既不见花里胡哨的砖雕窗花，门前也没弄像样的石狮子显摆，不免让暴发户寒碜。如果靠近观察或有幸进入院里，哪怕闭上眼感受片刻，故宅的威严奢华，立马让你自惭形秽。

老爷挑选三十二名顶尖工匠，费时一年之久竣工。用料之考究，绝不在大石桥之下。基深九尺，六十华里外的龙山青石，四方六面，有半点瑕疵即弃老塘边让村妇洗衣淘粮食方便。墙体老砖乃北湖黏土烧制，硅酸盐丰富，熔点高耐火，硬赛岩块。比普通青砖足足多烧二十四个时辰，也足足多焖二十四个时辰。石缝砖隙间糯米汁石灰水浇灌，浑然一体，宛若堡垒。梁檩门窗一律是红松原木，雇六帆大船从金陵逆江淮而上，泊在涡河家门口倒也省事。房屋尺寸也没咋放肆，比普通民房略高三尺，略宽三尺，略长三尺而已。由于成比例放大，前后左右衬托，也不显突兀扎眼。庙集人不憨不傻，只要一提“二十四间房”，那当然是少爷的家。

老宅老屋，大都有未解之谜。二十四间房南屋有四间门楼兀立屋宇上，危乎高哉，俨然“哨楼”。这就远超北方一般大户人家的想象。老爷是万里挑一的能人，挥手矗起哨楼也很正常。不可解的是这四间哨楼居然被完全忽略，落成典礼时就叫“二十四间房”，而不是“二十八间房”。我和晶晶三岁起数手指头，数来数去还是数不明白。我想质问少爷，先祖糊涂，连六把手的数也查不清。以至糊涂到现在仍是二十四间房，好端端家业缩水了。可少爷贪杯爱花，绝无雄起二十八间房的野心，估计问也白问。爷爷一肚皮墨水无所不知，但沉溺观天象叹息，大概对手指头问题不屑一顾。看来二十四间房之谜，我和晶晶也无能为力，还要继续糊涂下去。

当年老爷肯定活得明白。不然凭四百亩清沙地，加上粮坊药店，亳州府“昭武校尉”的大小姐也未必看上眼。她看中的是老爷的人品气度，相貌堂堂。于是带着人马嫁妆，浩浩荡荡来了。庙集四个渡口包两个，整整摆三个时辰。一河两岸，观者如堵。那是百年一遇的喜庆，烟花爆竹余屑就扫两大车。多年后还有人绘声绘色：不仅说大小姐这辈子值了，有幸看大小姐出阁过河也值了。

老爷新婚幸福感超值，尚未到七年之痒就日渐贬值，有黄金贬为黄铜的风险。原来老爷已单传四辈，深知父母从前提心吊胆的滋味。老爷的乳名就叫“四辈”，好像是在时时提醒老爷：一根弦不搁弹，弹着弹着就断了。想多要几个孩子保险，对付无常好排兵布阵。偏偏大小姐生个胖小子再没动静，烧香祷告也枉然。老爷正值壮年，荷尔蒙过剩，纳妾繁衍合情合理。也有人瞎说，老爷早跟炸油条的老闺女种黑瓷好上了，不得不给名分。无奈大小姐多才多艺，舞刀弄剑勿论，更对昭武校尉陪嫁的两把火药枪爱不释手，没事就向天空放几个炸雷子。这倒吓不住燕子雀儿，春去秋来依然歌舞升平。却惊得老爷天命之年郁郁而终，连黑瓷的半根头毛也没敢带回家。

老爷仙逝后，大小姐忍痛扛起二十四间房重担，言传身教儿子继续发扬“一夫一妻”制光荣传统。不久儿子又生儿子，大小姐含饴弄孙够了，快快乐乐到那一世推广一夫一妻去。大小姐孙子弱冠而立，果断废掉遗训，坚决执行老爷偷偷留下口谕：凡我张家子孙，妻妾成群为孝，一根弦弹断了遗罪千古！他豪娶四房，四房各生一子，合起来也算人丁兴旺，光大门楣。为防止争风吃醋，创建和谐家园，各房一律平起平坐，无大小尊卑之分。甭说金银玉器绫罗绸缎，一根蚂蚱腿也要平分四份。谁也不许多贪，谁也不会少拿。可惜这平等的思想，不适宜东方水土，四房均恨瘪瞎吃亏了。大房最大理应以长为尊，四房最小最该溺爱受宠；而二房三房比大房会扭屁股，又比四房拥有成熟的风韵，自然是姐们的天下。尤其三房四房年轻貌美，明争暗斗得一塌糊涂。四兄弟岂能独善其身，同室操戈，愈演愈烈，一个个深陷囚笼困境而不自知。

这时才显现大小姐一夫一妻制的先见之明，那简直是伟大的预言家和思想界的先驱。老爷终究是土包子，自以为糯米汁浇灌的二十四间房固若金汤，像阿房宫可传万世。岂知项羽的那把火，说来道去，终归是扶苏胡亥兄弟俩相煎惹的祸。后来仍然是家天下煮的一锅锅烂粥，而且愈煮愈不像样，王化茶馆的老瞎子都懒得唱挽歌。大唐的血染玄武门，宋室的夺储之祸，清朝的八王群殴……面对江山田产，从皇室到民间底裤都扒光了。血缘还不如一泡尿，能浇出一畦新绿来。

大小姐孙子愈思愈恐，眼看祸起萧墙，二十四间房危矣。一夜间掉秃头毛，跪奶奶遗像前劈脸打自己十二巴掌。一个人敢对自己下狠手，无疑要壮士断腕。一个月内，以霹雳手段盘当铺卖药店，咬咬牙粮坊也转手了。所得金银分三份：大房一家奔皇城打拼，三房驱驰济南府闯荡，四房南下姑苏开辟新天地，只留二房守护老宅田产。因为老二麻痹症走路难，留下来摔盆送终祭扫墓田。

花开花落，白云苍狗。几代人梦断坟丘，墓田松柏也葳蕤成像样风景。二十四间房烟消云散，波澜不惊。大家都以为天下太平，马放南山，爷爷却一声长叹。从我和晶晶记事起，爷爷总是叹息，好像白胡子里储满忧患。如果干脆剪掉，也许忧患就无处可藏。那爷爷还是爷爷吗？果然最近十年，事故灾难接踵而至。耕牛骡马药了，金黄的麦子点火化灰了，大门上泼粪或插柄尖刀……

少爷的心可真大，依旧豪饮不辍，还绯闻缠身——不同信息渠道都指向花巷梳着六条姑苏花辫儿的美人。令人惊奇的是：这本该集体泼污、众口铄金的女人，却得到舆论的同情。都说那才是女人中的女人，尤物中的尤物，也只有少爷有本事降服，好像还是庙集的光荣。少奶奶哪受得了，八年前抱着满生的儿子失踪了，同时失踪的还有我爹娘。当旭日照亮二十四间房哨楼东檐角，我刚断奶就沦为孤儿。好在有晶晶相伴，否则不知道该怎样活，至少没现在活得好。

少奶奶失踪，还有个版本。那本是爷爷少爷合谋，为避祸远走高飞。出走前一天，二十四间房扔来一只拔光毛的死鸡。爷爷夜观天象得到神谕：故宅风水还是命中注定被小青龙拱破了，滋养一脉单传绰绰有余，煮豆燃萁便没完没了，远遁异乡开枝散叶为上。况且“君子之泽，五世而斩”，熬至少爷已是六代，强弩之末。至于为何不带走我和晶晶，一是爷爷少爷实在舍不得，那还不把命掏空？二是留作掩护，以免恶魔察觉赶尽杀绝，反倒坏了大计。好事者想象力愈加丰富：当年少奶奶和我母亲产下男婴，然后“调包”，我才是少爷的儿子。少爷自忖劫数将至，怕殃及池鱼，特命少奶奶她们自寻生路。为掩人耳目，自导自演空城计。常人岂知少爷的决心：张家只剩最后一根苗，最后一口气，也要与二十四间房同在。

调包之说纯属扯淡，其余看似荒唐，拨开云雾前因后果推敲，大致有迹可循。少奶奶走后，从不见少爷悲戚，好像还如释重负。不久辞去长工佣人，牛马车犁诸农具分散一空。张家庄半数租种少爷家土地，三七分成。少爷为七，农户为三。现在少爷只有土地，便为倒三七了。不少乡绅商贾背后骂少爷“败家子”，二十四间房摇摇欲坠。少爷好像很委屈，喝高了叹道：“祖业即罪业，还是早早败光好。”爷爷看在眼里，啥都不说，心里也有恨铁不成钢的沉痛。有次梦呓：“老爷造一辈子酒，恐怕少爷半辈子就糟蹋光……”

二十四间房沉闷压抑，我和晶晶好像生下来就没有童年。说是少年犹不到位，简直是成年人的生活思维。这也不能怪爷爷少爷拔苗助长，环境使然。谁也不能拒绝自己的宿命。外人艳羡的光鲜富贵，像时代的一粒灰尘，落头上却是一座山。我和晶晶总感觉氧气不够用，想到高处寻取，不约而同盯上“哨楼”。

二十四间房有一半房间，常年用大铜锁锁着颇是神秘。我和晶晶至今也不知所以然——不对我们开放没道理，居然防贼似的铁将军把门。我无聊时用拳头捶锁，练少林功夫，也许突然咔嚓一声崩开了。有一天确实咔嚓，可惜不是铜锁，而是我手面捶破皮，晶晶花手绢缠三层还渗血，果断叫停我的冒险。那些大铜锁都泛着古青铜的绿锈，仿佛老妖怪的眼帘，暂时我好像还惹不起。

哨楼则更难攻破，它的进出口完全用砖泥封死。封死的说法也很杂：有的说里面闹鬼，男鬼女鬼，是否被钟馗捉去？有的说大小姐孙子豪娶四房还不老实，曾和下人钻进去苟且。反正不干净，还是封死以免晦气透出，坏了二十四间房风水。后来又听说是爷爷封的，恐怕还是定论。少爷年轻时喝醉酒好爬哨楼出洋相，唱旦角甩水袖扭屁股。这倒无伤大雅，管他怎样胡闹，哨楼里没观众，脸也不会丢给外人。少爷再接再厉，竟爬哨楼外扒檐角“仙人挂画”，模仿鹰飞翔的姿势。爷爷只好动用祖先遗训和托孤特权，干脆将哨楼封死。难怪爷爷叹息，少爷当年比我可调皮捣蛋多了。

长河后浪推前浪。我和晶晶总要弄个特技把少爷“拍死”沙滩上，以证明“流年笑掷，未来可期”。如果封死少爷的哨楼，我们竟如履平地，那是毫无争议的完胜，少爷死得也口服心服。这谈何容易，理论上几乎不可能。然而人世间法无定法，“几乎不可能”居然让小小蚂蚁解决了。不谦虚地说，归根结底还是本公子的能耐。晶晶欢喜赞赏的眼神，似乎要勾着我脖子叫“大哥哥”！

那天我偷偷爬楠木梯子，研究哨楼的破解之法。左边宛如长成一体的岩壁，再推敲也是多累坏几个脑细胞。我的脑细胞无比珍贵，不能轻易壮烈。于是转向右边，和左边一模一样绝望了。看来少爷活得挺好，一时半会还难以拍死，我和晶晶的弑父想法休想得逞。突然，一个蚂蚁给了我灵感——黑黑瘦瘦的小家伙悠然钻进去。这好像是神的启示：月儿，顺着蚂蚁的足迹定能带晶晶柳暗花明。剩下的事，傻瓜都会。我和晶晶找来凿子，在蚂蚁钻的地方凿开泥缝，一块大青砖松下来，又一块大青砖松下来，松下第三块戛然而止。谢天谢地，这足够我和晶晶像蚂蚁一样破洞而入。

哨楼并没有想象的黑，也没有想象的神秘。中间大天窗，太阳月亮都能跳进来。透过哨洞眺望，轰然一片新天地。神桑近在咫尺，似乎伸手就能摘到桑茶。老塘小了，不过是个澡盆，盛不下几个屁股。远处长河斗折蛇行，明灭可见。我仿佛看到回龙滩惊涛拍岸，少爷的一袭青衫被长风卷起，飘飘荡荡，消逝未可知的远方……

二十四间房也有春天，好像是从小燕子飞来开始的。我和爷爷住的东厢房朝南一间檐下，砌一窝硕大燕巢。不知何时砌起，反正从我和晶晶睁眼看世界时，就有那窝燕巢了。每年二月中旬，一对燕子衔泥草加固加盖好几圈，椭圆形向外膨胀。底部不过小碗大，上端已扩展为小盆面积。有次我给晶晶吹牛："再过几年，我就不和爷爷住一块。哥们搬到燕窝睡大觉，看不把你羡慕死！"晶晶撇撇嘴："月儿，你就这么长？"她用手比画一下，小猫小狗长短。"你再也不长了，钻圈玩猴戏还能挣几个铜板呢！"晶晶甜甜一笑，水灵灵大眼睛似要流出蜜来。这次吹牛不小心吹炸了，没占半点便宜还成笑柄。以后吹牛要过脑子，这好像是智力游戏不可莽撞。

燕子飞来半月左右，开始抱窝孵蛋。大概又过二十来天，窝里就有叽叽喳喳叫声。燕子母亲喂孩子辛苦，一圈四五张饥饿的小嘴也怪可怜。我和晶晶便捉小青虫，瞅其父母不在喂她们。起初怕生，但嗅到肉香便不客气，几张嘴疯抢，丝毫不见孔融让梨的美德，抢完还啄晶晶手指过瘾。晶晶常踩着小板凳，又踩我双肩，俩人都挺直身子才勉强够着燕巢。那天不知是时间太久超过我承受极限，还是我拉稀腰杆软，突然跌倒，晶晶猝不及防屁股当然要摔好几瓣。她爬起来，恼得要揪我耳朵惩罚，但见我鼻子突突冒血，也不顾修复屁股伤痕，赶忙用花手绢堵。我忽然好幸福，比有亲娘还幸福的样子。

那次跌倒后，我和晶晶接受教训，再不敢逞能搭人梯。而是下面放条桌，条桌上再摞凳子，我负责扶稳凳子的四条腿，以免晶晶两条腿打晃从天而降。其实降下来也无妨，我用命扛着，绝不会再伤晶晶半根头发。爱好像被世人糟蹋了，只有命永远鲜活，有缘给一个这辈子值得托命的人就够了。有时晶晶也让我爬上去，体验做燕子妈妈的乐趣。我就赖着不下来。晶晶够不着耳朵便拍我屁股，“噗噗噗”一点也不疼，像清风拂过脸颊似的舒爽。

小燕子羽翼渐丰，面对外面的大千世界，争先立巢上豪言壮语扑闪翅膀，却还是小心胆怯。燕子父母很少归巢，叼虫子周边逗引，谁先飞来谁大饱口福，不敢冒险的活该饿肚子，好像很残忍。少爷却笑道：“晶晶月儿，有一天我也把你们赶出家，这样才能自由飞翔！”其实少爷瞎操心，二十四间房岂可久居？我和晶晶比雏燕聪明勇敢多了，早偷偷溜长河沙滩上练习私奔的姿势。

少爷也挺喜欢燕子，特别对巢下燕粪情有独钟，不知哪来的痴病。我和少爷虽同病相怜，却各有怀抱。少爷细细收拾燕粪，晒干碾碎，做月季茶花芍药玫瑰的花肥。据说这四盆花，还是少爷从花巷偷的，难怪那天让晶晶臊得无语。而值得少爷枉驾去偷，花巷不会有第二人，当然只有那个梳着六条姑苏花辫儿的绝世佳人。

北方大户人家，很少在院里种花。他们宁愿栽树成材乘凉，或侍弄菠菜蒜苗食用，也不瞎摆扯花花草草劳神。即使心血来潮，也是直接挖坑植地上，过几天就淡忘了。直到半枯半死的碍眼丧气，掘出来扔掉算了。再把地踢平铺上青砖，全当没种花这回事。少爷却大动干戈，紫砂盆紫檩木座，还专辟一间花房，冬天烧木炭供暖，都让我和晶晶吃醋啦！不过四盆花也确实争气，娇艳欲滴；尤其那盆红玫瑰，肆无忌惮，火焰似的燃烧着老宅的天空。

少爷的花都是自已剪枝浇水施肥，谁也休想沾手。那怜香惜玉的劲儿，比花痴还痴三分。譬如剪枝：他总要端详踌躇半天，才肯下剪，心疼得皱起眉头，好像每一下都剪在自己心肝上。浇水则用银壶，涡河中流清波里汲取，一枝枝一叶叶滴洒。当枝蔓浸透水气，叶片晶莹着水珠，花根自然也淅淅沥沥了。无须傻汉似的牛饮，那样会把花儿撑坏。施肥更有意思：少爷用手指将燕粪和老墙泥匀兑融和，均匀搅拌在花根周遭。施肥完毕，少爷习惯性地嗅嗅手指。好像搅和粪泥的手不但不臭，还有一种异香怕风偷去。少爷笑了。不得不佩服，三十好几的大男人，竟能将自己笑成一盘向日葵。

少爷的花从不许人走近，五步之内都是禁区，唯恐熏染俗气过不来。我和晶晶出入，他好像也提心吊胆，生怕一丝花毛儿弄落了。我们偏忍不住要摸叶子，调皮地对花吹气。少爷无可奈何，总不能为这与我和晶晶翻脸。后来看开了，也笑眯眯学我们的样子吹，花儿也乐得眉开眼笑。这时，我们仨人简直神仙般快活，好像也变成三盆花。晶晶当然是最美的红玫瑰，我和少爷随便哪一种，应该都对得起花，也对得起自己。有次少爷心情特好，居然摘朵芍药斜簪晶晶发辫上。少爷左看右瞧，喃喃自语："真像真像，太像啦……"至于像什么，少爷没说。我猜一定是花巷里的那个姑苏美人。

二十四间房西南五十步有口老塘，老人们说和涡河一样老。小青龙开河发现有异，悄悄过来勘察，事故就发生了。大禹治水遗弃的铁镐淤积砂姜泥里，猝然将小青龙头皮割破。小青龙忍痛蜷曲打滚，成了这口老塘。塘水终年暗褐色，小青龙血染的缘故。老塘确有点古怪：大旱半年，一滴水也不少，随便肩挑车拉牛饮。连涝三月沟满河平，一滴水也不多。那年开封府黄河决堤，直泻庙集。四面八方滔滔滚滚，老塘不动声色，一根手指也没涨上来。老人们发誓赌咒："塘下有无底洞，肉眼凡胎当然看不见，都直通龙宫啦……"

塘中间偏向二十四间房，隆起为岛屿，传说是大禹铁镐遗址。每月十五子时三刻，金光直射牛头，瞬间消失。岛上杂草丛生，虫蛇密布，月黑风高夜鬼魅哭号，似是替小青龙叫屈，一村惶恐。当年老爷重金招赏十八勇士，去污驱蛇，烧荒整地，焕然一新。为镇邪祈福，又建八角"龙亭"一座，周边遍值杨柳，引来春风百鸟和鸣。少爷常来此饮酒赋诗，逸兴遄飞。那首龙亭绝句，据说是抱花巷美人所得。有美酒美景美人相伴，少爷的诗自然也挺美：

风起龙亭不寻常，暮春三月转清凉。

心闲不逐白云起，一任衣巾落花香。

龙亭也是我和晶晶的乐园。那里盛产爬狗，学名叫蝉。刚从洞穴爬出时模样如狗，乡民便呼爬狗了。蝉下籽最喜柳枝，鱼子似的一摊。池塘龙亭乃孤岛，只有二十四间房一条船出入，闲人免进。老柳得天独厚，成为蝉交配下籽的天堂。只要发现新拱的洞穴，晶晶就在附近镢头开挖，蹦出接二连三的惊喜。如果早出的爬狗爬上树干，我哧溜溜追上去。小家伙束手就擒，囊入瓦罐俘虏营。

爷爷从不吃爬狗，少爷偶尔厚着脸蹭几个也不是馋，凑我和晶晶的热闹。看那焦黄喷香的一碟，我也相当紧张，因为晶晶掌握分配权。我火眼金睛盯着筷头，以防她作弊多划拉自己堆里。不是偶数，多余的一个更难处理。石头剪刀布赌输赢，输的一方总好赖皮。干脆掰两半，前半截肉疙瘩，后半截肚子一层皮。晶晶握左右手里，任我猜。我猜准肉疙瘩，她就故意握紧不松手。我扑过去，双手死扣她手腕，连嘴带牙拱手心里。不知是爬狗馋人，还是晶晶白嫩的手更让我馋得要命，反正每次都弄她一手口水。晶晶也不嫌脏，有时用手绢擦，有时直接抹我脸上：“月儿，我给你洗小白白。”

老塘东沿的神桑树，老爷在时就不知年月。爷爷博古通今，也不敢妄测神桑年轮。每年正月初五，神桑前巨案上都要祭整猪整牛整羊，另加一坛三十年窖藏红高粱。老爷率领张家庄男丁齐诵“阿弥陀佛”，磕头礼拜。女人只能远远看热闹，当年大小姐也不敢抛头露面，怕冲撞神灵麻烦。传至少爷，好像很不以为然，便将主祭交给爷爷操持。爷爷虽然誉满庙集为“大先生”，在二十四间房也就是私塾老师，本不该担此神职。而张家庄百姓信他——也许少爷年轻不够分量，万一压不住场涉一村祸福，可不能闹着玩。休说爷爷满腹经纶，礼数周全，就那白须飘飘仙风道骨的神采，神桑肯定赏心悦目，诸事网开一面。世人都贪图神祇普度众生，其实神也挑剔，不见得老好好庇护所有人。否则，人世间就没那么多悲欢离合了。

爷爷喝的茶，都是神桑上采摘。从前不知谁专司此职，有什么讲究，反正我和晶晶会爬树后，采桑的活全包了。爷爷很乐意，少爷勉励有加，恨不得我们有孙猴子钻天入地的本领。每年春末夏初，远望神桑像一座青山。爬上去才知道嫩芽满枝，远未成巴掌。我和晶晶专拣东南方向，黄黄的叶芽有的已舒展铜钱大叶片。于是一片片摘下，放脖颈挂着的兜兜里。而且还小心地隔两片采一片，以免采秃神桑怪罪。说来神奇，我们采过的枝条，盛夏峥嵘时桑叶比别处葱茏。我和晶晶顶在头上，可像荷叶庇荫呢！那时我已有打油本领：“日出东南隅，照我神桑巅。神桑有好茶，香醉千万家。”晶晶为我自豪，少爷也跟着起哄：“神童神童，解学士当初不过尔尔。”爷爷内心喜悦，白胡子霜寒：“别宠坏他，小孩的顺口溜而已。”

神桑是二十四间房的镇宅之神，它当然更庇佑二十四间房的孩子。我和晶晶枝条上攀爬跳跃，从不担心跌下来。但采桑茶时，爷爷还是过分谨慎，请几个健夫树下兜起大毛毡随时接救。

这种意外完全在意料之中，不可能发生。那兜起的大毛毡颇像唱戏的道具，平添几分采桑的热闹和喜庆。后来玩一次心跳，早过采桑季节。那是我和晶晶偷摘桑葚，本公子心猿意马的结果。

那天晶晶红头绳扎俩羊角辫，骄傲地翘向天空，绿叶丛里晃眼。我心里突然撞进十八只小兔子，不觉吟道："隰桑有阿，其叶有难。既见君子，其乐如何……"爷爷说："吟得诗经会说话，弄通易经会打卦。"卜卦至少要而立之年，说话则要从娃娃抓起。我陶醉诗情画意里，乐极生悲，顺枝条哧溜溜滑下来。摸摸屁股完好无损，连个小屁屁也没跌出。我要吓一吓晶晶，趴地上一动不动装死。晶晶直窜而下，抱起我脑袋晃了又晃。我闭上眼憋住笑，死不吭气。晶晶没有叫喊，泪珠一滴滴砸我脸颊上，痒痒的心疼，看来必须死而复生了。我吃力地撑开眼缝，扑面仍是红头绳飘荡的羊角辫。我喃喃道："我死了吗？晶晶，你让我摸摸羊角辫或许还能活过来……"

江淮大地，桑树并非稀缺珍贵物种，有乡民的地方都摇曳着它的影子。桑叶可养蚕吐丝，比养猪马牛羊成本低，利润不知翻多少倍，是小户人家难得的经济支撑。桑茶清火润肺，养生健体，感冒发烧熬两碗喝下去，出透汗万事大吉。还有妇女孩子们的最爱，桑葚酸甜可口，开胃生津，能美到心尖尖上。据说孕妇多吃，还能生胖小子。十有八九都是黑桑葚，白桑葚极稀罕。偏偏神桑的果子通体晶莹，饱满多汁，比正常黑桑葚足足大一倍，仿佛王母娘娘果园里的小娃娃。我那时还没裹晶晶的奶子，否则该有更美丽的比喻。不过挂果不易，还是隔年结果，愈加让人期待。也许神桑太老的缘故，只有熬费两年的周期能量，才能孕育出甘饴甜美的果实。

关于神桑果，我还有一次得意又失败的恶作剧。神桑虽然乡民敬畏，偷摘乱采也时有发生。“二郎神”看不惯，没事便在神桑下散步，汪汪亮几嗓子，渐渐的都吓得敬而远之。我和晶晶可不怕，仲夏五月，常爬上去乘凉并食桑葚解渴，有时还会倚靠茂密的枝杈眯会儿。那天我特地留下五颗，趁暮色还未掌灯，潜入晶晶闺房放她被窝里。晶晶睡觉好像仅带个花兜兜，当然要压淌汁液染花屁股羞。晶晶半夜醒来，也许会对菱花镜羞红脸：“月儿，月儿，好淘气……”

第二天，我准备好耳朵，拧多了也不咋疼，反倒成特殊享受了。谁知晶晶见我轻轻道：“月儿，放玉盘里不好吗？”霎时，我脸臊得像猴屁股无地自容。我第一次知道：女人温柔的力量，远比九阴白骨爪厉害，它是人世间万能的化功大法，神儿魂儿都逃不过。我蔫头耷脑好几天，见晶晶就低眉绕行，同时有一种情愫疯长。我想：人可以对天对地对鬼神使坏，万不可冒犯纯贞美丽的女孩。她们生来就是让人心疼怜惜，纵然拿命呵护，也是上天的奖赏。感恩老天爷垂青，我中的应该是比少爷更大的奖，更美的奖。

“二郎神”并非那个担山赶日的天眼神君，连齐天大圣变庙宇，猴尾巴做旗杆都一眼识破。它是故宅的一条大黑狗。大倒名副其实，比我高半头，腰粗两拃有余。黑倒不是一麻黑，四个蹄子赛雪，奔驰如同闪电。远远望去哪还有黑的影子，就是一道白光射向天际。耳朵日夜支棱着，呼呼大睡也不垂下，好像时刻警惕着周遭动静。这一点特仿我，本公子的耳朵也骄傲支棱得像两面铜锣。神奇的是晶晶总能拧成棉花糖，甭说发出噹噹声，见风就化了。不过能化在晶晶手心里，也是归宿。除此之外，还有地方可化吗？

二郎神下齿有一獠牙，长剑出鞘般突出唇腔之外，果然神犬自有异相。仿佛相距三尺，剑气森森，也能把群兽挑于脚下。它从不离二十四间房五十步，好像只有解手，才到老塘东边空地上拉撒。完事后前爪扒土覆盖，泯然无迹。只要它出来转悠，塘西塘南塘北很快聚拢一村狗儿。雄性的想和它交朋友，雌性的当然是做梦中情人。可慑于二郎神威仪，没一个敢贸然到塘东亲热，只能远远地摇摇尾巴，汪汪几声心曲，聊表敬慕相思之意。可见并非独有人类不如意，猫儿狗儿也难逃十有八九的遗憾，活着就慢慢熬吧！

少爷曾给大黑狗起名“哮天犬”，自是以二郎神战犬为荣。其实它更是我和晶晶的娇宠。我天天都想骑它，像骑一匹乌龙驹疯。晶晶说骑狗烂裤裆，总把我扯下疯不起来。我以为是她不好意思骑而嫉妒我骑狗的风采。但我得听晶晶的话，不管情愿听还是被迫听。有时装强项，好像魔性发作，晶晶一个眼神就破了。

二郎神剑似的獠牙，我和晶晶常抢着摸，坚硬锋利。可我抢不过晶晶，沁染她手温后才肯让我。爷爷看见，说犬牙有毒洗手去。我俩刚洗过，躲开爷爷的眼睛照摸不误。如果真有毒，也都被晶晶摸去，我是安全的。不过晶晶中毒也没啥，我再用嘴吸出来。何况大黑狗是好伙伴，岂会放毒害我们？后来嫌少爷起的名带“犬”字，便一致决定，直接喊“二郎神”堂皇雄伟。少爷也不得不折服。我得意之余，吟诗赞曰：“二郎神贯世，剑牙刺长空。月儿小三岁，抢不过晶晶。”晶晶娇嗔地看着我，眸子里有山有水——我很快会被她看成大男人。世上所有男孩，无不是从女孩眼睛里长大的。

据说二郎神听到我呱呱坠地的哭声，才从原野跑来，从此赖着不走了。那应该是小黑子，比我长得神速。晶晶硬说她出生时，小黑子就跑来了，比我还大三岁，我该叫哥哥才对。我很气愤，便暗损她：“是的，我还有个狗姐姐呢！”晶晶夺回与二郎神同岁的荣誉，似乎占了天大便宜，不屑计较。我瞎做好转两圈半的准备。

二十四间房有雍容威仪的二郎神，才是百年老宅的样子。每夜听到二郎神报平安的汪汪声，爷爷少爷应该睡得比较踏实，我和晶晶也可以安心做梦了。

第三章　长河

一个人。一个渡口。

渡口不是总有人过渡，可没人过渡，摆渡的阮二手也不得不守着。男人选错职业，比烂醉后倒阴沟里吐血还难受。实在寂寞无聊得要死，二手就跳长河里抓鱼。

自从有外地口音人，老想从渡口打探少爷和二十四间房的信息，二手又多一个熬磨日月的嗜好——磨鱼叉。三股丈二钢叉每天在祖传松花石上过几道，势若匹练。二手知道早晚有一天用得上。

所有渡口，都因为一条水。小的叫沟叫溪叫河，大的叫湖叫江叫海。反正隔着一条水的缘故，阮二手成了看河人。二手看的这条河，祖祖辈辈都唤作涡河。据说是史前期，小青龙破天荒拱出来的。当然没人担保一定是，也没人敢说一定不是。谁都有走黑路的时候，雷暴天气也不少，心存敬畏保险些。

如果没有这条河，能有小青龙的传说和轰轰烈烈的庙集吗？即使马马虎虎在，也肯定不是现在这个样子。所有的人物故事都将重写，我和晶晶说不定还是原子分子，在宇宙洪荒里流浪。为了给这片土地留下一页真实像样的文字，我必须双膝跪向长河的方向，头颅深埋泥沙里，感受八十年前那股灼热亲切的气息。

长河并不长，区区几百里。小青龙还较稚嫩，鳞甲未丰，拱这么长已是了不起的成就。我和晶晶完成爷爷的私塾任务，挖窟窿打洞溜沙滩疯。我们扔掉鞋子褂子，满身泥沙杂草，活像小野人。

规矩最多最严的大家族，叛逆者前赴后继。对人性过多的束缚，一旦超过临界点，轰然一声，乖孩子也张牙舞爪。我和晶晶足够幸运，少爷喝酒恋花哪有闲工夫管我们，也很难理直气壮。爷爷九九八十一岁，白胡子比月光明白，小屁孩想蹦跶就蹦跶吧。孙猴子耍那么多筋斗云，不还是在如来佛手指上撒尿。

那时鱼鳖虾蟹相当自由，大自然多数时间比人活得滋润。沙滩上常见会跳的鱼，搁浅的虾，悠然晒盖的老乌龟。如没人打扰，似能晒到地老天荒。有天遭遇一只螃蟹，便想逞能教训。本公子面前如此横行，就不懂点礼貌退避三舍？岂料尚未控制它的粗野，螃蟹大钳就卡住手指，叮死口不松，疼得我龇牙咧嘴。只好礼送河水里挣脱，螃蟹大摇大摆浮游而去。仿佛这片河水是它们的天下，我和晶晶倒是不受欢迎的入侵者。平心而论，螃蟹的想法不是没有道理。所谓人类的家园，动辄插桩圈地篱笆墙，还不是从大自然巧取豪夺的。

我的手指鲜血直流，稀泥糊不住，淅沥一摊红浆。慌得晶晶洗红一片河水，花手绢裹好几层才止住。从此接受教训，对螃蟹要么敬而远之，要么直接砂姜瓦砾伺候。后来想到螃蟹似的恶人，能躲则躲，犯不着瞎较劲。万一狭路相逢，就要有足够的勇敢手段，一鼓作气战而胜之，切莫犯妇人之仁的糊涂。

那时在爷爷督教下，我和晶晶肚里的墨水已可养小蝌蚪，却仍认定涡河无限长。如果沿河滩疯跑，总有一天会撞破天界，一头扎进另一个崭新的世界。那里莺歌燕舞，琴瑟和鸣。蛐蛐蝈蝈放屁虫也能结海棠诗社，当然再没有烦恼忧伤了。

那年春暖花开，不知春的诱惑还是吃饱撑的，我和晶晶牵手拼命向东飞奔，直至累瘫八里之遥的回龙滩，手依然长在一起。我们朝天牛喘，仰望白云出神。晶晶道："月儿，咱也失踪吧！"我觉得很刺激，立马附和："好啊好啊，晶晶，我跟你跑天涯海角去。"晶晶摇摇头："不，月儿。你是男人，我跟你跑才对。"我攥紧晶晶的手，心里突然撞进十八只小兔子。仿佛大唐李靖，就要带心爱的红拂女开天辟地。一弹指亢奋，沮丧起来。爷爷少爷二十四间房咋办？不如再忍耐些日子，等他们老到墓田里，像老爷祖爷爷老成坟丘。这也极其不妥，似有恶毒诅咒之嫌。况且那时我和晶晶能否跑得动，也很难说。机遇总在没准备好时降临，妥妥帖帖就结束了。这是我第一次感到人生如此麻烦，亲人也难免累赘。当年爹娘随少奶奶出走，未尝不是好事儿。晶晶叹口气，像爷爷一样意味深长。

如果是夏季正午，即使太阳藏起来，沙滩照样烙馍凹子般烫。闪烁着不动声色的白光，直烙进魂灵里。我和晶晶忍不住张大嘴呵呵吁气，似要将肚里的火焰喷出去。光脚丫跳得更欢，比跳鱼儿起劲，怕成烤猪蹄少爷馋了下酒。最好像游鱼潜入水底，淤泥包裹起来安全。水面好像也嗞嗞冒烟，不排除焯掉一层皮的风险。

秋天宛然一河碧玉。秋风耐不住寂寞，常将芦花飘飘扬扬到河面上盛开。浪花醋劲上来，咋咋呼呼，一团团裹挟着芦花花扑进两岸芦苇荡里摔跤，让枝上的翠鸟叽叽喳喳看笑话。

冬季当然要结冰，大都成不了气候，薄薄的一层。阮二手稍稍舒展一下臂膊，双桨就带着渡船哧啦啦冲出一条航道。倘若没留住嘴，多喝几口烧刀子，那渡船好像也醉了似的荡秋千。五六丈之内的碎冰浮凌，唱歌跳舞。有一年奇寒，一夜封河。麻痹大意的野鸭子，天明也冻在冰面上，干鼓翅飞不起来。早起拾粪的农夫拾大半筐，自己舍不得吃，麻绳系着到庙集换铜板，弄块肥膘一家人解馋。阮二手守着看河人的规矩，是不屑伸手的。那一阵，冰雕玉砌的长河相当热闹。南来北往走亲串友赶集上店的，骤然蓬勃起来。独行的很少，大都成群结伙嘻嘻哈哈，有的还扯嗓号着野调调。推轱辘车和套上牛马的四轮大车，也不鲜见。也不论渡口所在，漫天遍野横渡，全没把小青龙拱出的长河放眼里。小青龙自然要耍点小脾气，偶尔故意咳一声，冰面“咔嚓”惊出一道裂纹。牛马倒从容，人吓得一哄而散。我和晶晶却不怕，照样东窜西撞滑冰。即使屁股摔八瓣，一点也不嫌疼。好像比夏季游泳，还新鲜刺激好玩呢！

小孩天然亲近水——受精卵本是水货，孕育成模样又在娘胎羊水里嬉戏。况且我属龙，命中注定五湖四海才是故乡。咱暂时还没有倒海翻江的本领，不妨在小河里扑腾几朵浪花花。其实晶晶更具游泳天分，活像美人鱼，带着江南杏花春雨的味道。基因的力量是伟大的，无论你情不情愿，明里暗里都在。花巷里那个梳着姑苏花辫儿的女神，确是晶晶的母亲，大概无须抽血比对了。

我们玩水滑冰撒野，也难免被捉住训斥。好在少爷开明仗义，又心不在焉，随口一句“注意安全”草草收场。那潜台词里，分明是也没啥不对，多一项生存技能倒是好事。不过小命要紧，切莫失足淹死，沦为鱼鳖虾蟹的粪便，那可糟糕透了。爷爷的戒尺荒疏久矣，象征的意义都不大，最近好像又慈祥一些，数落的力度大打折扣。像母亲的唠叨，关心叮嘱得有点烦人。哪知道孩子都会突然长大，谁情愿一辈子被脐带牵扯，就像风筝对线的不甘。我突然想：涡河也是一条脐带吗？它要牵扯谁，谁又想挣脱它奔向远方。

远方是梦，是欲望，无数男人女人饥渴的宿命。

巩氏夫妇下河淘米洗衣，我和晶晶可正大光明跟着，提手踮脚凑热闹。爷爷少爷不但不管束，还有鼓励的意思。七年前，少奶奶她们一夜蒸发，少爷好像活明白了。他遣散长工佣人，巩氏夫妇却是破例，这倒闪现人性的光辉。那夫妇半辈子没开怀，也没好去处，央求爷爷说服少爷收留。爷爷觉得二十四间房太空，人气不足，就替少爷做主留下了。少爷想过一种全新的生活，显然过渡期不够。他侍弄花草鲜灵活现，恐怕还没熟悉提篮拿扫把的技能。爷爷偌大年纪，誉满庙集的大先生，一生与笔墨纸砚为朋，突然改行拾掇锅碗瓢勺，传出去二十四间房颜面何存？我和晶晶缺爹少娘，孤单伶仃，少爷铁石心肠也不会让俺俩洗臭袜子。于是顺水推舟，皆大欢喜。巩氏夫妇甚是感激，甭说对爷爷，对我也毕恭毕敬。他们喊晶晶“小姐”，喊我“公子”。有时慌了嘴，也顺口叫“少爷”。我听了也很舒服。

我觉得世上，再没有比少爷更漂亮好听的称呼。懵懵懂懂时，爷爷叫少爷“少爷”，我也跟着叫“少爷”，就特别亲切顺口，冠冕堂皇。少爷答应的也爽快，好像唯恐我改口，错失少爷的荣誉。爷爷却说错了，也没给出更好的标准答案。因为“老爷”的谥号垂世百年，画像就在大堂紫檀木条桌上供着，谁也不敢冒犯。少爷终其一生为“少爷”，也是板上钉钉，很难更上一层楼。好在少爷从来就不想上楼，而下楼的梯子也不容易找到。老吊在半空，也不大好受。后来“自我超度”并非偶然，冥冥中埋着必然的因子。

少爷颇是随和，一点也没有少爷的架子。不知是装不出来，还是别有根芽不愿装不想装。玉树临风的样子，确实比少爷还少爷，让十八条街巷的女人着迷。其他方面马马虎虎，好像还没有我和晶晶成熟。常说点浑话，做点浑事，稀里糊涂。难怪晶晶从不喊爹，也少爷长少爷短的，他也屁颠颠乐。仿佛对少爷已十分满足，俨然人生的终极理想，从没有竞争老爷的雄心壮志。如果单从人的角度，也极其难得。但要扛起二十四间房，恐怕就力不从心了。

那时二十四间房，围桌吃饭也挺有意思。少爷赤子的一面最是完美。面南背北的主位总空着，少爷不愿坐，爷爷守着礼数不能坐，我和晶晶想坐而不敢坐。于是少爷坐东面，爷爷坐西面，我和晶晶并排坐南面，和二十四间房一样成为固定模式。饭菜极简，说出去丢人，外面也不一定信，还以为二十四间房天天过年。一日三餐，除特殊年节，亲友过往，总是普普通通不厌其烦的四个菜：一荤两素，另一个更素的是一年四季都离不了的咸菜疙瘩。

从我记事起，爷爷就是素食主义者。也许嘴里过于清淡，必须腌制的咸菜疙瘩刺激味蕾，才有吃饭欲望。少爷荤素通吃，有时通吃得不像话，公然与我和晶晶的筷子干仗，看谁叼走青菜堆里的那块肥肉。不得不佩服，少爷筷子功登峰造极，我和晶晶连手也不是对手。不过他赢后也不好意思吃独食，夹成三份，任我和晶晶挑。也没啥挑头，三份一模一样，放天平上也不差半根汗毛。爷爷正襟危坐，视而不见，一心一意嚼他的咸菜。那嘎嘣脆的声音也十分动听。

少爷在外面花天酒地，非常配合人们认为的“败家少爷”形象。在二十四间房极少饮酒，不知是被爷爷白胡子镇住，还是没有酒搭子，根本提不起喝酒的兴志。但少爷好发神经，谁也阻止不了即兴发作，包括他自己也无可奈何。少爷就自斟自饮，几杯下肚就再也不像少爷，仿佛多嘴饶舌瞎屁不知的小书童。少爷口无遮拦，防不胜防。我和晶晶连手也挡不住他的突然袭击，只好和他赖皮，而且相互掩护着不像赖皮的样子。少爷不以为忤，反倒开心。少爷的快乐很简单，好像还停留在孩子傻子的水平上。爷爷依旧正襟危坐，充耳不闻；嚼咸菜的节奏舒缓从容，仿佛我们都不存在似的。

这天少爷喝点酒，突然神经道：“月儿，你个小屁孩咋也叫我少爷?”“少爷”我都叫八百遍了，此时才想起来问罪，也算笨得可以。分明已过追诉期，诉讼无效，喝酒找碴炒剩饭而已。我有晶晶做后盾，自是有恃无恐：“少爷漂亮好听，叫‘少爷’是尊敬赞美阁下。何况我心中就你一个少爷，庙集十八条街巷谁也不配!”这个问题我早就胸有成竹，见他喝酒便提高警惕，活该少爷倒霉，囊我网兜里。我还狡猾地预设埋伏，一旦少爷穷追不舍，我就斗胆放言：“听说花巷有个姑苏花瓣儿，少爷，也不知配不配得上你?”

少爷哈哈大笑，声震屋宇。这是二十四间房少有的生机，也是少爷最开心的一次。我想：如果堡垒似的二十四间房，换成透风漏雨的茅草屋，也许少爷天天都有这样的笑声，省得到外面买醉眠花。晶晶觉得我的回答远超教科书，马屁拍得完美，还铁布衫金钟罩让少爷无懈可击。破天荒抛来一个媚眼，双颊也玫瑰似的娇艳欲滴。晶晶很骄傲我为她争面子，好像命中注定我今生今世就是她的面子。其实能做晶晶的面子，那是本公子的光荣！没办法，不知道是我像少爷，还是少爷像我，命中都有化不开的芬芳。

爷爷嚼完咸菜。也许咸着了，也许麻木得尝不出咸的味道，眉头微皱，白须肃然：“少爷，你再疼孩子，也不可惯坏礼数。”少爷收敛放浪：“大先生，礼数不是教的，长大自然就明白了。”就凭这句话，我断定少爷比爷爷高明，大概不在一个维度上。“大先生”再大，终究还是先生，摇摇羽毛扇可以。历史上最牛的羽毛扇莫过于诸葛孔明，也不过摇出昙花一现的三国，陪葬那么多英雄好汉，何苦呢！真要改天换地，还是少爷这样的人物。

其实少爷连二十四间房都懒得扛，甭奢谈改天换地了。少爷最大的本事依然是喝酒恋爱，否则就不务正业似的。最精彩的是在月朦胧水朦胧的长河边，少爷独立小荷风满袖。让一个千里迢迢追杀来的十六岁姑苏女孩，双手剧毒梅花针咬牙切齿下不了手。只好躺在柳荫沙滩上，娇滴滴叹息：“我杀不了你，只好嫁你……”

少爷交朋友也匪夷所思，大都是喝酒喝出来的。按理说酒肉朋友不可靠，但少爷交的却是死党，属于刎颈之交。只有上古还没有仁义道德，人心干净，可遇而不可求的那种。少爷偶然喝一两场酒，居然就碰上了。奇特的人都有奇特的命运，也不知上天是别有深意，还是打盹草率安排的。少爷的朋友，除了无相大师蒋五爷马二姑奶奶这样的世交，其余的和少爷的身份风仪天差地别。简直能让人惊掉下巴，而且再也托不上去。至少有两个异数：一个是卖面花生焦蚕豆的罗锅，另一个是摆渡看河的阮二手。

罗锅还要在酒肆频频出现，和少爷大醉几场。不然就对不起少爷为他醉吟：“大刀在我手，乾坤任我游。饮不尽英雄血，砍不完仇人头……”少爷一生述而不作，仅留下有限的几首诗。赠给个人的，除花巷那位绝世佳人，好像就是罗锅。我和晶晶贴心贴肝，也没得到少爷一个字。这倒让回忆纯粹清晰，不必落入物象羁绊。就像月光，想象里满是皎洁，真捉到手反而不美，仿佛老嬷嬷缝鞋的麻丝子。阮二手将来更有顾命之托，永远留在长河里陪少爷。

老爷还在世时，阮家就在这摆渡了。据说是水泊梁山大闹一场，阮氏后人漂泊避祸至此，仍未放弃先祖以水谋生的本领。方圆百里，阮姓太稀罕，好像就他一家，很容易记住。老爷在世时就把渡口包下来，以利自家人和村民过往。后来形成规矩：每年午季小麦一千斤，秋后杂粮一千斤，足够阮家吃喝拉撒。邻村异乡人过渡自掏腰包，让阮家挣点铜板碎银子。当少爷把土地牛马散尽，倒三七分成，村民觉得少爷家景大不如从前，心里不安，都想把包渡粮食各家按田亩人口分摊。少爷却道：“瘦死的骆驼比马大，这点粮食我还出得起。老爷包下的渡口让我弄丢了，这脸朝哪搁?”村民不再异议，少爷的脸好像比命大，大家伙加在一起恐怕还抵不上。

阮家也是几辈单传，传到二手更其寥落，连个老婆也没讨到，怕要画句号。眼前倒省心，少爷给的粮食统统换酒，一人喝饱饿不死划船的双桨。阮二手每天抱个酒葫芦，天明喝到天黑，两只眼好像一生都没睁开过几次。神奇的是无论刮风下雨，黑云压河，二手都能把船笔直地摇向对岸。有人测算过船头日积月累的痕迹，恰好卡在两岸停泊的凹槽里，连一根头发也塞不进去。

阮二手原本也该有大名，二手只是绰号，可绰号太响，大名倒丢了。阮氏乃水上世家，水里泡大的基因，到了二手更是空前绝后。他两手高举衣服，滴水不沾，硬生生把涡河踩三个来回。举个半大孩子，谈笑间驶向对岸。甭说孩子湿鞋沾袜，张开嘴口水都是干的。据说他倒立河中，两脚朝天，双手照样劈风斩浪，只不过多费半葫芦烧刀子。“二手”由是传名，犹过其先祖天剑星阮小二。

苍天是公平的，当赐你异禀如外星人，其他功能就萎缩得不像样子。阮二手不会做饭，省了锅碗瓢勺之累，也从不担心灶火神君找麻烦。酒是二手活命的根本，但光有酒恐怕也很难活下去。二手喝的都是庙集醪糟坊酿的六十八度烧刀子，不及时喝水稀释，难保五脏六腑不起火冒烟。二手守着长河，岂能让自己点天灯。他不屑用手掬水解渴，那太娘丢人，干脆脑袋直插长河里灌，像鲸鱼犀牛一样。腚撅得老高老高，麻绳补缀的下身连大象也遮不周全，颇是不雅。后瓦房过渡的刘寡妇见二手可怜，自荐枕席，补衣做饭。可二手不咸不淡的，还没有和酒葫芦亲热，凑合三月散了。

阮二手饥饿时就地取材，一头扎到河底。平时睁不甚开的眼睛，长河里瞪得牛蛋圆。前后左右扫描，小半个打麦场那么大。鱼鳖虾蟹擦肩而过。二手的肠胃极挑剔，忌讳也不少。鲤鱼不能吃，跃过回龙滩就是龙，吃了遭报应。草鱼虾米放过，荒年留给灾民活命积德好。龟切莫招惹，当地人俗称窝囊土气的老鳖，那可是神物。天由九根柱子撑着，驼柱子岿然不动的就是神龟。你敢猎食它子孙，哪天它生气伸懒腰打个喷嚏，还不天摇地动，日月无光？二手只吃胖头鲢，二斤左右最鲜嫩可口。二手剖开鱼腹，掏净内脏，从头到尾细细咀嚼，鱼骨头也要牙齿磨碎作营养。二手更是自律的典范，一次只吃一条，半饱也绝不再抓。酒葫芦咕嘟嘟一气，把剩余半饱填起来。二手扬言鱼眼最美味，吃一颗解三天馋，当然没人信。人们只信书上写的衙门判的和道听途说的屁话，生活中的常识常被忽略。

我决心破解此谜，趁巩氏夫妇不备，偷偷钻厨房生鱼眼捂嘴里。一股腥涩直冲脑门，破鼻而出，差点把隔夜饭还给土地爷。晶晶又好气又好笑，为我擦嘴花手绢害污，破费一个皂荚豆。

我想拜阮二手为师，学凫水抓鱼绝技，好在晶晶面前讨赞。不知为何，爷爷少爷夸我都稀松平常；晶晶的一个眼神就能让我翻十八个筋斗云，翻过如来神掌犹不过瘾，还想翻月亮上吹口哨给晶晶听。大概过于急切缠烦他，二手一竹篙把我打落河里，刚露头呼口气又打，直到我眼冒金花要变水鬼。二手这才平伸竹篙让我牢牢抓住，轻轻一挑，将我腾空抖落沙滩上，把刚才贪喝的河水吐出来。说也奇怪，吐过后神清气爽，腋下似要生出羽毛掠过浪花花滑翔。我游泳的潜能，从那时起肯定被竹篙打出三分。可惜我心性不定，没能坚持，潜能很快潜下去不见天日。如果多挨几竹篙，多喝几口水，我就不仅是会翻跟头的猴子，还可能是大闹东海的小哪吒。

张家庄渡口朝外铺展有限，来往大多是一河两岸乡邻。因为往西里把地是庙集，四个渡口浩浩荡荡，买卖诸事方便，谁还绕道磨鞋底。往东伸得稍长，三里外有刘湾渡口，七八里就是闻名遐迩的回龙滩。张家庄渡口往来的，二手都认个差不多，谁家几口人房门朝哪摸得清清楚楚。不少舌头打滚造惯的，还开得起荤笑话。彼此不但不生气，仿佛还突然精神起来，好像这就是美好生活的样子。

阮二手无疑是个粗人，可旷野渡口几十年风雨洗礼，识见自明。甭看他整天抱个酒葫芦，睡眼惺忪，没肝没肺的样子，仍发现最近几年断断续续有异乡人叨扰。有的竭力扮作本地人模样，撇着庙集方言口音，终究还是盗版。殊不知口音方言，是从娘胎里生出来的，是从泥土里长出来的。候鸟飞过，洒点屎尿已非原汁原味，倒破坏一河老汤。有的还假装天真好奇，寻东问西，敲缸打盆胡吣，好像裆里还没长毛的雏儿。有的事先做过功课，一牛皮袋老烧酒，故意拔掉塞子勾引二手肚里的酒虫翻滚。阮二手也不戳破，眼眯得更细，耳朵伸得更长。然后继续磨他的鱼叉，手指试一下刺出血。二手很满意，看汩汩鲜血染红长河，好像当年祖先在水泊梁山染红的样子。

我七岁那年，爷爷夜观天象，颇是诡异。先是三个月滴雨未见的春旱，接着炙烤整个孟夏，眼见大地要起火。仲夏第九天，突然乌云密布，狂风大作，瓢泼缸倾五天五夜。好像四海龙王倾巢而出，欲将庙集造出第五个海来，以遣小青龙镇守。天地一统苍黄，俨然末日景象。庙集十八条街巷照吃照喝，高枕大梦。关上门清闲几天，补补从前瞎忙熬费的精气神，还有小两口老两口磕磕绊绊的情感损伤。生活不能没有银子铜板，也不能钻进铜钱里出不来。否则头上帽子绿了，女人跑了，搬石头砸天，被屁憋死也没用。

二十四间房波澜不惊，干旱的青石老砖也该洗个痛快澡。爷爷依然教“子曰诗云”，我和晶晶背“子曰诗云”，少爷却失踪了。我们也习以为常，谁外面有个姑苏佳人都忙半死。少爷天生情种，非常时期更要用一袭青衫遮出花巷晴朗朗的天空。二十四间房从来不怕雨，老塘早和五湖四海通了。老人们坚信：“涡河一冲湾，淹死半拉天。”哪可能？小青龙还是有点本事的。四海龙王太老了，哪怕都累出屎尿，也翻不出大花。当年老爷在时，好像泼天灌地大半月，可比这次凶险。眼看着河水朝上冲，咆哮澎湃，妖气惨雾弥漫四野八荒。河心更是翻翻滚滚，水位比两岸田畴高好几尺，挟狂风巨浪腾空而起，直扑向九寨三十六村，似要将整个庙集席卷而去。不知为何又硬生生憋回河道里，好像被无形的如来神掌罩着。至多在某个豁口窜出几股泡沫，淅淅沥沥的，活像小孩子裹奶不慎呛出的奶水……

不过这次有点异样，天象反常庙集都会正常地捣弄出点故事。大雨下到第五天子夜三刻，拱辰门算命的半瞎看得真真切切：龙兴寺街巷窜出无数条青蛇，还夹杂少量黑蛇花蛇，好像接到统一号令在四桥外集合；盘旋低啸三圈，然后排成六路纵队顺流而下，到张家庄地界突然消失。此事愈传愈神，有好事者找阮二手求证。因为他一直守在渡口和龙王做伴，蛇族大规模迁徙需报备批准，不得任意换防。二手依旧抱着古青铜似的酒葫芦，两眼还是没睁开的样子。

这种事说说解一时之闷也就过了，没谁较真往心里沉。庙集人风里雨里啥没见过，再稀奇古怪还不都像屁，臭不一弹指。眼下最实在要紧的，赶快准备挠钩绳索，随喜众人到河边捞浮财去。去晚了占不到好地势，大件小件漂过，眼瞅冒血也白搭。四海龙王也够笨的，累半死搅出的大水，不出三天又乖乖顺淮河长江复归四海。河面却漂荡着渔网木料家具牲畜等，捞上来取舍加工，一笔不菲的收入。说不定可从此步入乡绅之列，窜上土豪阶层。大雨过后有哭的有笑的，房倒屋塌正常，也不乏意外收获的幸运儿。所以天灾未必人祸，世事难料，月亮撞瞎子怀抱里也不是没有可能。

长河里捞浮财孩子们也像打鸡血，两岸大人孩娃密密麻麻，比四月八庙会还热闹壮阔。龙王也许余怒未消，刚才太阳火辣辣晒脱皮，忽然又跳荡起雨点。孩子们拍掌鼓噪：“出着太阳下着雨，河里漂个大闺女……”其实这还真不是胡说八道，大闺女小媳妇失足落水漂过来很常见。也有精壮男人的尸首，带着刀剑窟窿。乡民翻翻口袋，看是否有铜板碎银的惊喜。也没人报官，就地找个洼坑掩埋拉倒。哪庙里都有屈死的鬼，冤亡的魂，入土为安吧。如果有来世，谨慎投胎，趋利避害甭争闲气。所以平时河边孩子嬉闹，采野花挖茅根，常会碰到人头兽骨，胆肥的还把骨髅头在沙滩上当球踢。

四海龙王大概确实老了，打盹的时间愈来愈长。有一年涡河瘦成小溪，但从未干涸断流过，仿佛小青龙顽强的生命力。河面一览无余，冒着气泡泡，以苟延残喘的忍耐，守候着曾经碧波荡漾的岁月。这时乡民该深入河底淘宝，搅一摊烂浆。鱼鳖虾蟹泥水里挣扎，蜗牛蛤蜊捞成盆成筐。扔给鸡鸭过年，加上油盐大茴老姜根一锅煮，老婆孩子饕餮得不亦乐乎！偶尔摸到春秋陶片，宋元瓷器，甚至一把完整的青铜剑。稍事磨洗，依然绽放前朝的光芒。

有年深秋，张家庄几个壮汉淤泥里挖出一根木头，黑黝黝死沉。他们赤膊大汗抬回家，斧锯肢解平分，晒干当柴烧。休说烟囱冒香气，饭菜都有异香，女人直夸男人能耐。爷爷闻知，黑木早烧成草灰，可爷爷依然从色泽味道上断定，那是千年一遇的神香木。爷爷仰望南天，祷告叹息。他请回几撮沉香灰烬的亡灵，小心安放老爷画像前的香炉里。少爷那几天也神情肃然，没喝酒发神经，也没敢溜花巷作乐。我和晶晶倍感压抑，尽量躲到二十四间房外，看白云发呆。晶晶绣花针绣蚂蚱花蹦儿，也漫不经心失了准头。

那时无论河面河底，众人如何豪取巧夺，阮二手从不伸手，也绝不租借渡船投机。这是看河人的规矩：浮财自有归处，贪心必然神知。命里该多少就多少，甭瞎忙。二手的日月天地，都在酒葫芦里熠熠生辉。如果有谁锦上添花，那当然是少爷。

那个月夜，少爷掂一坛老高粱，一包庙集老李家猪头肉，还有两个陶碗。少爷和阮二手喝酒，必须全副武装，省得二手缺东少西尴尬。二手也不客气，碗到酒倾，和少爷客气就是对不起少爷。一坛酒快见底了，二手好像还是老样子。平时六十八度烧刀子，早把肠胃淬砺成酒袋。少爷功底稍逊，不觉酒意汹涌，非要和二手握手不可。阮二手一时很窘，握竹篙木桨钢叉得心应手的粗糙大手，却从未跟人握过。那斯文腻歪，容易起鸡皮疙瘩。

"少爷，我天天抓鱼，又腥又脏……"二手嗫嚅道。

"腥倒不假，脏就错了。你天天和清风碧波相伴，不与浊世掺和，谁能有你干净！"少爷说完，盯着河里的月亮傻看。那月亮浮浮荡荡，怎么也看不完整，而且愈看愈不像月亮。二手看不懂，也不需要懂。看河人看明白水，看明白鱼就够了。如果像少爷那样傻看，万一冒出捞月的冲动咋整？二手抓鱼天下第一，捞月比猴子强不多少。那个捞月专业户李白，月亮没捞上来，掉水里弄的动静可不小。千年来无数粉丝打捞他的名字他的诗，多数也是瞎忙。

"二手，我死后，请你把我扔河里去。"少爷突然轻飘飘地道。好像说的不是生死大事，而是"今晚月色很好"之类的闲话。

"神木盛敛呢？少爷！"二手这下听懂了，永远睁不开的醉眼瞪得比牛蛋大。

"那就麻烦你，扒出来再扔……"少爷依旧轻飘飘的。好像大好头颅也轻飘飘的像根羽毛，一缕清风就能带走漂洋过海。

阮二手把坛底残酒斟出大半碗，恭恭敬敬地捧给少爷，剩下的对着坛嘴底朝天。少爷一饮而尽，陶碗撞向船头铁锚溅起一河星辉。二手也学着少爷的样子，坛和碗同时爆碎。暴雨似的响声追逐水里的月晕，颤巍巍向远处回龙滩泅去……

“少爷，除非我死在您前面！”二手有点哽咽，醉眼涌出泪蛋蛋。什么都不用说，也不必说，男人的泪足以把十八条街巷的青石板击穿。少爷飘然而去，留下朗吟在月夜长河上回荡：

西风吹老洞庭波，一夜湘君白发多。
醉后不知天在水，满船清梦压星河。

第四章　梦缘

人生如梦，一觉醒来到站了。好在还有爱。梦太短爱又太长，孤单单一条命承受不起，那就两条命融为一体扛着——这就叫“缘”。

少爷的缘确实奇特：五百年前月老缥缈的红线，何以把编着六条姑苏花辫的十六岁少女四娘，牵引到千里迢迢涡河之滨的柳荫月下，以完成命中注定的相约。那是五百年里，江南才子打破头都无法想象的金玉良缘，恨不得集体投江算了。

少爷的缘也足够险：如果那两把剧毒梅花针泼天撒下，任凭少爷天赋异禀，自幼得无相大师真传，也难逃梅花雨密织的香冢。偏偏那夜月色有点暧昧，柳丝有点缠绵，少爷一袭青衫又兜起无限风情，还有沙滩温柔无垠的诱惑。上天铺设好所有剧情，最终击中少女心尖的丘比特，还是江南才子拗断十八根羊毫都写不出来的那首诗：

凿破昆仑作玉楼，独携四娘醉温柔。

莫道江南风景好，不倚江南自风流。

少爷的诗像少爷的人，从少女杏花春雨的眸子透进杏花春雨的心田。由炽热奇点爆炸，瞬间膨胀为整个春天：“我杀不了你，只好嫁你……”四娘的九字真经，无疑是伟大的爱情宣言，让子夜沉睡的长河激情澎湃，清波追逐银浪奔腾。二十八岁玉树临风的少爷，骤然醉倒石榴裙下，从此再也不想起来。如果你讥嘲温柔乡是英雄冢，那肯定找错对象。少爷从没有英雄梦，只想温柔乡里一醉千年，不知今夕何夕。少爷也不是完全光阴虚度，还跟四娘黏会两门艺术。虽然都过于婉约，有愧须眉，倒符合少爷天生情种的痴意。

江南自古鱼米乡，鱼戏莲叶间，也嬉戏少女怀春纷纷的梦里。四娘喜欢吃糖醋鱼，那酸甜的滋味是少女怀春的滋味。四娘更会做糖醋鱼，像怀春的梦一样美：色泽金黄，香酥鲜嫩，直馋得少爷口水泛滥。少爷爱意汹涌，很快练一手剥鱼绝技。他能把一条鱼肉，干干净净不带一根刺的剥给四娘。只剩鱼头骨架，笑对红高粱酩酊。其实四娘就是最美的琼浆玉液，少爷酒量再大也只有一醉再醉了。

四娘的口味也悄然变化，爱屋及乌，她又迷恋上庙集糖醋排骨。少爷屈身谭家酒楼，把这道菜钻研得超过大师傅，才敢下厨为四娘献殷勤。从此四娘糖醋鱼丢在脑后，专等少爷的糖醋排骨解馋。相爱男女，最后赤裸裸就剩个馋字。四娘吐出的骨头棒，少爷一遍遍吸溜咂摸，响彻花巷庭院，十八条街巷的狗儿笑话。四娘的一颗芳心，躲无可躲，藏无可藏，直被少爷吸溜咂摸出汩汩春水……

少爷五百年前种下的痴根，今生今世无可救药。单单对四娘花辫的痴迷，竟让四娘心痒痒的吃醋。有次四娘戏谑："我明日削发为尼，看你咋办？"不料少爷泪河崩堤，六个花手绢堵不住，只好换六条花辫救援，吓得四娘再不敢开削发为尼的玩笑。姑苏花辫，必然有一头秀发，七彩线串着芍药玫瑰花瓣，缪斯的十指宛然古琴上轻拢慢捻，才能成就"凤鸣春晓"的华章。恐怕也只有在千娇百媚的四娘头上，痴绝江南的少爷眼里，才有那醉死也不惜一醉的风情。

四娘的每根青丝好像都被天使祝福过。女为悦己者容。四娘洗发要半个时辰，少爷觉得时间太短，眼睛还没眨一下呢！四娘梳头要半个时辰，少爷还是看不过瘾，好像一首好诗刚起笔就煞尾。四娘编织姑苏花辫至少一个时辰，少爷恨不得将光阴钉住，扶桑砍倒，让太阳月亮没有归处。少爷盯着四娘的每一根手指，每一个眼神，呼吸心跳的每一个节拍，很快也学会洗发梳头编花辫儿。不知是少爷手太拙心太细，还是爱情泛滥成灾，他居然能在四娘头上，从日山三竿腻歪到月上柳梢头。奇怪的是四娘也感到白驹过隙，日月太匆匆。好在少爷会吟诗，小蜜蜂似的钻她心房萦绕："漆点双眸鬓绕蝉，长留白雪占胸前。爱将红袖遮娇笑，往往偷开水上莲。"

四娘洗头的水，是少爷从长河清波里汲取。拂晓乘阮二手渔舟，卯时一刻撑到旷野中流，汲取沁染七色霞光的春波。少爷拎着香樟桶晃悠悠在青石板上，也不怕一街两巷指指戳戳。少爷还不让四娘用皂荚豆，沾点江南沐膏花露油即可，怕伤了青丝元气儿。少爷曾想收集草尖上的露珠，梧桐叶上的清霜，蜡梅上的琼花为四娘洗濯，终因二十四间房麻烦太多而搁置。这恐怕是少爷今生最大的遗憾和愧疚了。不过少爷也有补救的方法：他偷偷从晶晶梳妆台上，将大小姐留下的月牙形镶金犀牛角梳揣进青衫，揣到花巷给四娘腻歪。四娘的惊喜可想而知，不过腻完后少爷还要偷偷揣回去放女儿梳妆台上。不然晶晶找不到急出泪珠儿，少爷的心怕又要碎了。

“恁大的少爷，太抠门！”四娘很生气，樱桃唇撅出石榴样，不知是樱桃的甜还是石榴的酸。少爷绕着四娘小心转三圈，也没敢下口品尝。四娘依旧不依不饶：“人家啥都给你了，咄咄咄，抠门抠门，一把犀牛角梳子也舍不得送人。”

“哪里舍不得？四娘，我这辈子连骨头带魂儿都是你的还舍不得？”少爷委屈地抗议道。好像委屈占九成，只有一成抗议还化在委屈里甜蜜，像棉花糖裹着樱桃肉润喉蚀心。“可是留给你，晶晶梳头咋办呢？四娘，你总不能跟女儿争吧。”

“就争就争，女儿的我也争！”四娘耍起赖来比撒娇还娇。不过赖归赖，娇归娇，四娘还是把镶金犀牛角梳连同媚眼交给少爷。他知道三天后，少爷还会偷回来给她腻歪。这种盼望等待，甚至意外不确定的刺激，更让四娘揪着心儿着迷。真难以相信，二十四间房风流倜傥的少爷，居然成了情人和女儿之间的小贼，一把梳子偷来偷去。这真让王母笑煞，嫦娥羡煞，七仙女感动得珠泪纷纷。

八年前少奶奶离家出走，少爷也曾想让四娘乔迁二十四间房名正言顺。甭管十八条街巷和九寨三十六村如何非议诋毁，爱就要有与全世界为敌的勇气！但总要给少奶奶娘家留点颜面，给二十四间房留点尊严。况且二十四间房有什么好，想逃还逃不出去，岂能再让四娘自投罗网？还是留在花巷庭院，少爷一边复习沾濡四娘口水的骨头棒，同时将编花辫当事业干好。少爷终于有事业可干，浪子回头，真不容易也真不简单，说是奇迹也不过分。

其实，少爷今生最大的成就是把晶晶带到人间。这差不多够了，足以原谅少爷所有的荒唐。自从那年月下沙滩上“金风玉露一相逢”，晶晶转眼十二岁，亭亭玉立，分明已初绽豆蔻芬芳。遥想王朝云十二妙龄，西湖画舫上曼舞轻歌：“花褪残红青杏小。燕子飞时，绿水人家绕。枝上柳绵吹又少，天涯何处无芳草。墙里秋千墙外道。墙外行人，墙里佳人笑。笑渐不闻声渐消。多情却被无情恼。”朝云的颦笑蹙眉，温婉叹息，一下触动苏大学士的生命密码。于是挥毫倾诉：“水光潋滟晴方好，山色空蒙雨亦奇。欲把西湖比西子，淡妆浓抹总相宜。”千古绝句诞生了，千古佳话也流芳了。说来说去也说不明白，还是一个缘字相牵。能说明白的还是缘吗？

我和晶晶的缘，不敢奢求五百年前月老费心。她老人家普天下操心过度，难免操错而乱点鸳鸯谱。那可就一世冤枉，找谁说理去。隐隐约约，好像是那天我从清真寺带回皂荚豆开始。晶晶欣喜接过，研碎一粒泡水里给我洗头。她突然“咦”一声，发现我头皮上有片“朱砂记”，甚是鲜妍。我倒不以为然，人都有胎记，因为都是从娘胎里钻出来，没啥稀罕。哪像孙大圣吸取日月精华，巨石崩摧，声震三界。晶晶此后却有些异样，见我羞涩疏离一些，拧耳朵频率明显降低了，也达不到两圈半指标，反正再不像从前那么“青梅竹马”。我颇忐忑，很怪自己的朱砂误碰晶晶的哪根弦，改日干脆搓掉才好。当孩子遇到成长的烦恼，情窦初开，大概快长大了。

缘的奇妙就在于不期而遇，像天上掉片彩虹砸中脑袋瓜。那天我寻着蚂蚁足迹，带晶晶破解二十四间房哨楼之谜。大概把少爷拍死沙滩，也把我们自己拍醒了。偌大的四间哨楼空空荡荡，中间只一张紫檀木茶桌两个方凳。茶桌上没有茶具，却金钩银划一幅围棋盘，还剩一盘残局。几颗黑白子仿佛壮士化石，不屈地固守着阵地。哨楼西南角竖一把木剑，旁边横放一只铁盒。足足一指厚灰尘，多年无人问津。而被人遗忘的地方，其他生灵就悄悄据为己有，以免空置浪费。但见一条乌龙蛇盘踞铁盒上，就是老人们常说有风水的老宅才可能现身的家伙。我属龙算是乌龙蛇先祖，大概有血缘关系，自然不用怕。晶晶却吓得朝我怀里钻，我自然张开怀抱保护。俩人都较紧张，又从未练习过拥抱姿势，突然手忙脚乱，两张唇竟误撞并合乎逻辑地黏在一起。真美啊——我好像捉到人世间最美的棉花糖，情不自禁裹吮起来。那甜甜的口水汩汩流淌，足够我一生一世沉醉……

“月儿，你是故意的。”晶晶拎着我耳朵。

“晶晶，我真不是故意的。”我好像小贼似的怯。

“你就是故意的，月儿。”晶晶带着哭腔了。

“晶晶，我要是故意的，就让乌龙吃我好了。”我不能再含糊，怕晶晶珠泪儿跌落。其实还真不敢担保是否故意，如果不小心冒犯晶晶，干脆拿命赔偿，让乌龙吃掉化成屎给玫瑰做花肥。

晶晶拎耳朵的手，连忙转移我嘴上堵住，生怕乌龙蛇听见，趁机拿我解馋。然后俯我耳边，声音轻得像她的体香：“不许给别人说，梦里也不许再想了。月儿，你就是故意的，在那种情况下，我还能怪你？记住了，以后可不准拿自己赌咒……”

晶晶眸子泛起泪花花，还有几缕玫瑰花脉的红丝。我的眼睛也湿了，晶晶花手绢愈擦好像窟窿愈大，要变成小河哗哗流淌。我也不知道咋突然有那么多泪，心疼得晶晶拥着我轻拍后背，好像母亲哄孩子的样子。从此哨楼就是我和晶晶的伊甸园。百年前造楼的老爷做梦也想不到，可怜的少爷徒然妆旦角甩水袖出洋相。而且我模模糊糊觉得，天下伊甸园好像都有蛇的影子。哨楼那天出现的乌龙，可能就带着缘的使命，说不定是月老变的来度我们。

我和晶晶已不是从前的自己。二十四间房还老样子，古砖青石苔绿。一荤三素愈来愈乏味，爷爷的咸菜疙瘩好像也没从前嚼得响亮。他吃完半碗粥，半片花卷，离席而去。我们轻轻舒口气，好像重了对不起爷爷。此时少爷酒虫神经齐发：“月儿，敢不敢碰三杯？”我侧身请晶晶示下，不敢造次。晶晶表面上不动声色，桌下膝盖连碰我大腿，显然鼓励我和她老子干。我要好好表现，为晶晶争气。士为知己者死——不是战死就是喝死，男孩也不缺大好头颅！

我平生第一次喝酒，而且是和少爷放胆对决，自豪而壮烈。第一杯辣出两眼泪，我强憋着绝不洒下。男人泪比血金贵，不能轻易葬泥土里。晶晶夹块肉让我压压，果然舒服。第二杯噙嘴里稍停还是辣，没品出一点美味。莫非天下酒徒都撒了弥天大谎？

第三杯和少爷同时底朝天晃三晃，无半滴淅沥，居然不辣了。

“月儿，有种有种，将来一定比我出息！如果不是晶晶，咱俩可以拜把子。”少爷道。

少爷说的是实话，也是浑话，我不知如何接茬。晶晶笑靥如花：“少爷，你们只管拜你们的。月儿的耳朵，我该拧还是要拧。”晶晶的话看似简约，其实满含深意。眸子电过来，闪空的大片眼白愈加流光溢彩，妩媚俏皮。我本来没醉，可被晶晶电得天旋地转。原来美酒的享受，不在杯中，尽在醉后意外的附加值。

夜半尿急，偏偏找不到茅厕，又无大树掩护，而晶晶还似笑非笑尾随甩不掉。眼看要尿裤子，非臊得跳哨楼老塘不可。却听爷爷呼唤：“龙儿龙儿，醒醒，喝点茶醒醒……”我刚想清醒，听到“龙儿”又糊涂过去。龙儿是谁，谁是龙儿？本来名正言顺的“月儿”，咋三杯酒现了原形，龙蛇附身？我豁然坐起，傻瞪着爷爷，满脸问号。爷爷当我酒精烧憨了，灌我一碗桑茶，又把我尿尿。我不堪摆布，可身子不听使唤，徒有挣扎的意思。然后爷爷熄灯高卧，丢下我独对黑暗的屋顶发呆。没撑多久也沉沉睡去，直到第二天屁股晒红。

晶晶已看我三回，每回我都睡得小猪乖乖。她不忍叫醒，掖好被子偷偷端详，竟将自己脸蛋儿看羞。昨晚我做一弹指英雄，结果沦为八个时辰睡熊，也算栽到家。不过栽在少爷手里，虽败犹荣，何况又享受晶晶擦脸喂饭的超值待遇。我倚在床头，喝两小碗疙瘩汤，吃三个麻油煎蛋，真没辜负晶晶的手艺心意。如果来日晶晶还让我和少爷拼酒或拼命，那就干吧！我虽然才九岁，却认定这条命生来就是为晶晶拼的。若干年后，庙集十八条街巷还盛传少爷情种轶事。我既骄傲又委屈——在“情”之一字，难道月儿输于少爷？旋即释然矣。只要晶晶一人懂我，甭说区区庙集，全世界算个屁啊！

那次醉酒，我发现杜康能催化男孩子成长。因为酒后的孤独挣扎思考，尤其被佳人呵护的情感发酵，契合成年人逻辑。同时很诧异少爷无数次醉酒，怎么还如此风轻云淡，不闹出点动静？我如鲠在喉，必须彻查“龙儿”真身，或还龙儿清白。最捷径的当然是问爷爷，可老人老到一定程度就是老妖精，爷爷肚里的墨水深不可测，更是通天彻地的老妖精。他仅仅装聋作哑，我就无可奈何，自讨没趣。我决心瞒着晶晶独自办案，以探龙儿秘密，说不定还能连带二十四间房隐幽。老房子就像老人，饱经沧桑，可都比线装书难啃。

我像小公鸡，要给世界第一声啼鸣。并不想“啼散满天星”煞风景，能让晶晶水灵灵大眼睛泛起秋波值了。剥茧抽丝也不复杂，“儿”字可果断排除，以免横生枝节。庙集起名习俗：前缀“小”后缀“儿”的，不过叫起来亲昵，朗朗上口，没有实在意义。譬如女孩的“小兰小杏小枣”，男孩的“驴儿狗儿兔儿”。而“龙”字从天干地支推断乃我属相，顺水推舟叫“龙儿”完全在情理之中。每到龙年，庙集就有一批“龙儿”应运而生。东街喊，西街应，张冠李戴闹笑话。爷爷学富五车，深谋远虑，不可能敷衍在世俗层面上随大溜，必有深意存焉。我陷入沼泽，明明一抬脚就可柳暗花明，孰料越使劲陷得越深。又像空负绝世剑法，奈何每一剑刺的都是自己的影子。

幸亏二十四间房还有晶晶，幸亏晶晶的纤纤玉手——不但会拧耳朵还会洗头，一下洗出朱砂记秘密，迎刃而解。古代相术：头上朱砂乃皇家世袭，要么是争天下的新主子。皇族图腾亦垄断为龙，民间不可僭盗。那是犯天条王法，祸灭九族。爷爷知我早慧率真，大器晚成，韬光养晦为上，别没等到开花结果就悲壮了。见我婉约女孩相，故以“月儿”掩护，庶几乎修得正果。但他内心深处仍埋着“龙儿”奢望，那夜不觉泄漏。我觉得好笑，偶然胎记演绎得如此粲然。有天我旁敲侧击爷爷：“朱砂记讲究，还有人信吗?”爷爷目光如刀，意味深长：“老祖宗几千年留下的，改朝换代也是老样子……”

破解龙儿之谜，颇有成功感，便想找晶晶分享。我在晶晶面前总夹不住热屁，好歹都想跟她倾诉。她高兴，我翻跟斗给她看。错了拧耳朵，也比窝心里痛快。于是瞅少爷流连花巷，爷爷观天象发呆，溜进晶晶闺房。溜的次数多了，门也是老朋友，忍住不发声。

晶晶小憩，呼吸芬芳，绯红脸颊尝一口醉一辈子。我当然不敢亵渎仙姝，又不甘铩羽而归，便找毛谷草撩她耳蜗，把她痒醒或怕虫子叮咬吓醒。当我俯身准备坏时，不觉痴了。晶晶右眉心也暗藏朱砂，像一滴洇湿的胭脂，或从我头上采撷，不小心弄残颜色，在睫毛掩护下若隐若现。如果单单用眼睛，不用心爱抚，断然发现不了。恐怕少爷四娘也未必清楚。晶晶每日对菱花镜梳妆肯定知道，那天皂荚豆洗出我朱砂记，晶晶大概就想得很多很多，很可能一直想到五百年前月老红线的缘上。难怪那几天忸怩羞呢！

晶晶羞时好摆弄绣花针，也是花巷流来的。晶晶的绣花针从来不绣花，爱到外面绣蟋蟀蚂蚱花蹦儿。但见银光一闪，蟋蟀蚂蚱就被钉在地上。花蹦儿也张开翅膀干着急，甭说飞，几条腿乱蹬就是蹦不起来。我便弄些干草放火烧食。二十四间房鸡鱼肉蛋并不稀罕，爷爷少爷也不屈我们的嘴。吃倒在其次，关键放野火有活泼泼的乐趣。蟋蟀屎尿多，个头小，还不够塞牙缝。蚂蚱很香，是不错的选择。大肚带籽的花蹦像鱼子酱，愈咀嚼愈有味。有时吃成大花脸，晶晶花手绢为我擦洗。我的鼻子贼，又乘机偷点发香体香。

晶晶还试着绣蝇子蚊子，不大成功。也绣过蝴蝶蜻蜓翅膀，分明对穿而过，侧翼翻转几下，又翩翩飞去。我很想弄几只蜻蜓放屋里捉蚊子，可她们太聪明，从没得逞。有一天便狡猾地使激将法："晶晶，如果你绣一只蜻蜓，我给你磕三个响头。"

"月儿，你的头就这么不值钱？说磕就磕了。"

"晶晶，你又不是外人。我是说给你磕着玩嘛，又不真磕。"

"月儿，磕天磕地磕爷爷，谁都不许磕！记住吗？"

"那少爷呢？少爷也不能磕一下吗？"

晶晶笑了。"月儿，关键时少爷是可以磕一下的。"

我还是困惑，忍不住继续啰唆："晶晶，那啥时关键呢？"

晶晶突然有点羞，脸颊腾起红晕："月儿，你今天咋那么多屁话。到关键时就知道关键啦！"

我突听"屁话"二字，忒新鲜有趣，其他暂且放一边。晶晶怕我无赖黏着那俩字不松，连忙岔开："月儿，不许贪婪。你看蝴蝶蜻蜓多美哟，多看一眼也是福气。"我望着晶晶目不转睛：

“晶晶，你比蝴蝶蜻蜓还美，多看一眼更是福气啦！”晶晶作势欲拧耳朵，兰花指化作玉女掌，拂过脸颊春风一样温馨。

晶晶绣花针钉虫子绝技，我嘴硬从不恭维，但心里佩服得很，便想黏着学。我和晶晶从小耳鬓厮磨，情愫暗生，我猜她一定倾囊相授。做本公子老师，除了爷爷，放眼天下还没几个配。少奶奶她们离家出走后，我俩更是抱团取暖。晶晶自觉扛起姐姐的责任，有时又殷勤扮着母亲的角色。我调皮自然要拧耳朵，但她心疼我保护我不言而喻。岂料晶晶翻起白眼：“没出息，月儿。你要跟爷爷好好读书。绣花针是女孩的玩意儿，再不济也要学剑吧！”晶晶对我要求真高真严，也真能狠下心来。后来我才知她是按未来夫君标准提前培训——爷爷的学识，少爷的风度，还要有超越少爷的伟岸勇毅担当！

晶晶的标准实在太高，简直高不可攀。那时少爷在我心中神一样人物，甭说超越，模仿六七分就烧高香了。而且我模仿的，好像还都是“没出息”的勾当。譬如少爷花巷偷花，我则潜入晶晶闺房偷零嘴。久而久之偷成依赖，像少爷一样长出“三只手”。

晶晶梳妆台上，有一只玲珑剔透的玉碟，也是大小姐遗爱。碟里花草映着两只蝶儿，取自梁山伯祝英台故事。我对梁祝陌生，没受丝毫感化，可对玉碟零食念念不忘。梅花糕，核桃酥，海棠云片，松子玫瑰……都是姑苏美味，当然也是花巷流出来的。那时我还没见过四娘，但小小心田坚信，她一定是天使一样的女人。

晶晶的美食就是我的美食，从记事起就这样。晶晶大我三岁，零嘴总让我，自己舍不得吃。虽然我俩争抢，那是闹着玩儿。她抢到手还不是给我留着，至多证明她有本事抢过我而已。有一次，玉碟里只剩一块梅花糕，晶晶全塞我嘴里。由于吞咽太猛，有碎屑吸进气嗓，咳一身汗。我戏说她想谋害我，以后好自己吃独食。晶晶幽幽叹口气：“月儿，你死了我还能活？赔你一条命就是了……”

那一刻，我偎依晶晶怀里，泪水湿透她的衣裳。

尽管如此，我依然惹出坏毛病。总想趁晶晶不备，能偷点就偷点。晶晶也不点破，任我得手后显摆，同时分享偷的成果。好像这果实费尽千辛万苦，拿命换来似的珍贵。又仿佛过家家游戏，就那两句亲昵，大人看似稚嫩好笑，可孩子们庄严认真，俨然扛起半壁江山。

我老想逞能，把整个江山偷过来。晶晶水灵灵大眼睛罩住我：“月儿，总有一天，该偷的不该偷的你都偷走啦!”我当时不大明白，可还是有点臊。虽然偷有意思，必定不够光明正大，传出去丢人。后来月夜失眠，才咂摸出“不该偷”的含意，傻对西窗月影叹息。那是我今生第一次叹息，和晶晶的叹息遥相呼应。我们的身体还没长大，心却奇异疯长，仅差一株老槐树的距离，就长成牛郎织女模样。也许孩子到大人的质变，就是从第一声叹息开始……

二十四间房除爷爷观天象叹息，现在又添上我和晶晶的叹息，难怪少爷老往花巷跑。我和晶晶也必须找空间透气，自然是小青龙拱出的长河。河坡上铺满大片花生，蓊蓊郁郁，好像蓝天不小心掉下一块。我拱进花生地，从泥沙里抠果实糟蹋。这与饥饿无关，与好玩好奇无涉，完全是自由发泄，哪怕把大地破坏了。花生刚长成模样，才有水仁的意思，一咬满嘴甜汁。田鼠鼻子尖，早安营扎寨。田鼠聚集之所，土蛇也跟踪而至，食物链完美。一条小青蛇没找到田鼠，却找我来玩亲密。没啥花样，还是爬脖颈上荡秋千。反正我属龙，蛇族无不臣服。晶晶嘶叫一声，小青蛇钻花生棵里溜了。

我想在晶晶面前和小青蛇胡闹，拧掉耳朵也活该。况且拧得愈很，福利愈大。那时晶晶拧我耳朵，只要见有红肿迹象，就吐口水侍弄。并哄我道："口水消炎止疼，留下疤痕说不上媳妇呢!"晶晶每说到这儿就好看地忸怩，怕我痴看羞，便嘴对耳朵呵气。说来奇怪，疼痛消失却渐渐痒起来，不觉钻进五脏六腑里，最后盘踞一个地方久久不散。不料这次晶晶却没下手，大概以为小青蛇吓跑我一匹魂，此刻惩戒势必雪上加霜。最好呵护一下，把那匹魂招回来。其实只要晶晶在，我的魂儿哪舍得跑，屁颠颠围着她转还嫌不够亲呢!

晶晶见我还魂，好像还凭空多一匹活蹦乱跳，便牵着我朝河底疯。几只翠鸟在我们身边盘旋，嘀哩哩掠向对岸芦苇荡。这是召唤，也是诱惑，该横渡一次长河给晶晶看。否则吹牛都欠素材，即使把少爷拍死沙滩上，还远远达不到晶晶的标准。

我甩掉鞋子褂子扑向长河，晶晶紧随其后，蹚过浅水游向深处。晶晶窜我前面，美人鱼似的摇头摆尾，美妙极了。这条小青龙拱出的长河，绝非等闲。乍一看镜子样平滑，一伸胳膊腿就能划对岸找翠鸟拉呱。岂知河心水流湍急，像水鬼拽着朝河底旋，非要找个垫背的入伙。我极力挣扎，连喝带呛，身子下坠，可仍有一个顽固的信念：咱是龙儿，五湖四海都是咱的家，一条小河还能死翘翘？笑话笑话！若非晶晶舍命相救，我的英灵早定格在九岁不朽。

我狼狈爬到芦苇荡，满身泥沙，缠着碧绿的杂草。晶晶被河水裹出的身材伶俐俊俏，发辫上扯两朵金黄的浮萍花，活灵活现一个娇媚的水妖。我傻傻看着晶晶，晶晶鬼鬼看着我。俩人傻傻鬼鬼一笑，刚才的生死好像与我们无关。然后喘一会粗气细气，脱掉布片拧水，斜挂芦苇上晾晒。突然，我瞥见晶晶下身一抹黄黄的绒毛，芍药花粉似的楚楚可怜。顿时心里撞进十八只小兔子，从此安家做窝再也没有出来。我发誓：那是第一次为女孩心跳，而且今生今世只为晶晶跳动，这是怎样的梦缘呢？晶晶赶紧用菱叶儿遮住，脸颊绯红似要冒出火苗苗："看啥看，月儿。小心挖掉你眼珠子！"

"你说我是你眼珠子，自个眼珠子看的还赖人。"

晶晶叹一声，随手揪几把苇叶把胴体藏起。我不敢再赖，钻另一片芦苇发呆。几只翠鸟喊醒我，光发呆有屁用，总该为心跳的女孩做点啥。但见周边零散着红的黄的绛紫的野花，还有一簇簇洁白的水仙。我精挑细选，很快编一个芬芳的花环，戴晶晶头上。这时月老突然掰开我双眼："傻孩子，看看你的女人吧！"晶晶骤然光芒万丈，我完蛋了。翠鸟也收敛羽毛，隐匿别处去。

我解下"一弯月牙照龙亭"，戴晶晶脖颈上。晶晶也解下"亮晶晶"金丝玉佩，戴我脖颈上。原来在二十四间房多次想换，晶晶都"不稀罕"，今儿竟在芦苇荡赤身换了。风吹拂着长河浪花，吹拂着晶晶满头青丝，吹拂着少年蓬蓬勃勃的心事……

晶晶突然附我左耳边："到家别忘换回来，爷爷看见羞呢！"

好像意犹未尽，又俯我右耳边：“月儿，你说爷爷疼你还是疼我？”

“当然都疼啦，咱俩爷爷一样疼呗！”

“不——月儿，爷爷最疼我！不信咱打赌，爷爷的红玛瑙扳指一定传给我。咱就赌一块梅花糕吧，赌重了别把你裤子赌掉啦！”晶晶很得意，好像我的裤子真被赌掉，扯块麻袋片遮掩，绕神桑东躲西藏，二郎神也追在后面汪汪看笑话。

“赌就赌，一言为定，还不知赌掉谁裤子呢！”

我和晶晶相视一笑，说不出的温馨甜蜜。如果记得不错，这是晶晶第二次和我赌红玛瑙扳指。晶晶会不会赌上瘾，再赌第三次第四次赌一辈子？谁也不敢担保全赢，那恐怕都没裤子穿啦！

衣服晾晒半干，赶紧套身上遮羞。也不敢再游回去，怕水鬼再次伏击。生命是美好的，不仅属于自己，更属于身边的亲人。蜿蜒一里许摸到渡口，阮二手见一对璧人儿也不多嘴。一个猛子扎下去抱起一条大鲢鱼，足有三四斤。丢进船舱，噼里啪啦拍打船板。又接连两个猛子，捉来两条红尾巴小鲤鱼，放木桶里撒欢。二手道：“大鲢鱼给爷爷少爷下酒，小鲤鱼送小姐公子解闷儿。”我和晶晶连连道谢，渡河找回鞋子褂子。牵手老塘，将两条红尾巴放生。

夜里我做个梦：梦见晶晶也变成一尾红尾巴鲤鱼，领着无数红尾巴在老塘摇曳吐泡泡，活像一群光屁股小孩嬉戏……

第五章　茶馆

老塘边的神桑树，历尽沧桑，终于在那个夏夜以神的姿态被天火召回。只要老塘还在，那永不干涸的塘水，定然映照着八十年前晶晶送月儿赶庙集时的情景。

那时每逢初一十五，爷爷就带我赶庙集，令人愤愤的却极少带晶晶去。质疑争辩祈求都没用，爷爷装聋作哑，无视无闻风的叹息。少爷态度温和，嬉皮笑脸的慈父模样，关键时头也摇得像拨浪鼓。我恨不得拧下来当球踢爆，看里面装的是刷锅水还是猪脑子，也算替晶晶出口闷气。如果说晶晶是小姐，不得出闺阁下绣楼，那就明文规定让我们口服心服。却像鬼打墙看不见摸不着，又如影随形难以摆脱。平时晶晶背“子曰诗云”也没少受罪，爬树游泳比我野。少爷爷爷不但不管束，松得像屁，还颇欣赏。最好晶晶做花木兰梁红玉——万里赴戎机，关山度若飞。至少也是红拂吕四娘，一剑霜寒十四州。偏偏在赶集上耍野蛮，不知抽的哪根筋。也许二十四间房本身就是规矩，面对冒着绿苔鬼气的老砖旧石，说破天也白搭。

晶晶好像习惯了，甚至觉得演练送别意味深长，更能丰富十二岁的年轮。每次都带二郎神先一步到神桑下等我。爷爷故意迟几步或确已老迈，很难跨出二十四间房门槛。让我们的送别情节饱满，像模像样。晶晶帮我扯折皱的衣襟，扣松掉的扣子，捋睡觉压乱的头毛。那头毛如不听话继续倔强为蓬草，晶晶就往手心里吐口水，湿润地贴在蓬草上，并以指当梳梳几遍。晶晶是想让我体面地走在十八条街巷，像少爷一样把青石板踏出跫然足音。接着一句永不变更的叮咛："月儿，跟着爷爷别乱跑。甭朝冷巷子扎，快去快回……"我不敢看晶晶水灵灵的眸子，俯身抱住二郎神脖颈："朋友，看好家。一切都交给你啦！"那一刻，确有以命相托的凝重。

庙集并非茶乡，水土气候不宜，一河两岸不见一棵茶树。四娘曾试栽碧螺春茶苗，以期少爷少喝酒多饮茶也没成功。但庙集茶馆真不少。这说明农业丰足，手工商业运作良好，若非特殊灾荒战乱年景，乡民的日子还凑合。总要有铜板碎银的闲钱，散淡自在的趣味，才能撑起一街两巷的茶香，熏陶人该有的样子。

茶馆多是一间门帘儿，五六个小茶桌。热闹时二十来个庄稼汉，也不是专为喝茶——赶集累了歇歇脚，亲戚邻里借磨商议，地边猫狗争执协调，大家坐下来面对面几碗茶功夫妥了。如果事情比较烦，还要请双方都信得过的中间人慢慢推敲。这不仅消磨半天茶水，上几趟茅厕，还要备二斤瓜干酒，一包花生米猪头肉。这时茶馆又兼具酒馆功能。七八个茶客是常态，说说笑笑，赚半壶铜板足够日用花销。尴尬时一个茶客也没影，独自听吊壶咕嘟发呆。

茶馆多开在僻静小巷，经营的是五六十岁老两口。孩子大了不屑这点祖业，别处另立门户谋生发展。老人到这光景，来日无多，再没有雄心壮志折腾大买卖。于是守着老屋，卖点开水度日。寥寥本钱都在炉膛煤里，其他也不必破费。水是小青龙的恩赐随便担，不必看谁脸色。来了能吃烧酒猪头肉的肥户，多抓几把桑叶竹叶奢侈。桑竹叶村头路边拾掇，磨点鞋底淌身汗，至多再赔几句客气。虽说门帘小，生意清淡，可不用雇人付房租，挣多挣少都装腰包。人老了也花不几吊钱，稀饭咸菜窝窝头哄饱肚子皆大欢喜。况且常来带着铜板碎银说话的，老屋就多几分生气，日子也有奔头。否则老两口相加一百多岁，日出日落大眼瞪小眼，甭说审美疲劳，审丑也挤不出四两力气。小生意做到最后不是挣钱，而是养命。

无论哪朝哪代，再繁华的街市都有寂寞小巷。冠盖云集的帝都，也不乏失意挣扎的边缘人。凭力气手艺生存，熬岁月熬命过日子，不亏心也就安心。生活，本来就不是一件容易的事。

那时庙集足够热闹，西街老王化茶馆别有气象。表面上不显山露水，可从辰时到酉时茶客爆满。本集闲人近水楼台，九寨三十六村想占个位子，鸡打鸣就要动身。先用脚板丈量赶集的路，集南过河更费周折，隔河一里不为近。遇到暴风雨极端天气，咫尺天涯一点也不夸张。另外空腹喝茶乃大忌，肠胃泡茶汤里，搞不好痉挛呕吐，比宿醉还难受。所以要先填饱肚子，油条烧饼羊肉包，稀饭辣汤妈糊子，都足以把肚皮撑圆。如果仍嫌不够硬，马四家的狗肉干扣面，老郭家的羊肉汤壮馍，都是不错的选择。当你气定神闲准备进茶馆逍遥，千万要拉净大便。茶馆只有一排青石铺就的小便通道，供临时方便，解大手另寻茅厕。只要你一脚跨出门幌，迎面影儿一闪，茶座立刻被候补者填满。大致宣告，本次喝茶无疾而终。

自古三百六十行，没有不发财的行业，只有不会经营的店主。卖茶水卖得如此轰轰烈烈，庙集除老王化，从古至今再难找第二人。老辈常说：时运催人也磨人，时运成人也毁人。纵有日龙的本事，不得风雨，也是一条任鸡鸭叼啄的土蚯蚓。

爷爷从没有占座烦恼，初一十五大堂右上首茶桌，法定留给“大先生”。爷爷因故不去，空也要空着。那种礼遇，将庙集“崇文”传统推向极致。牛人通常死后才有牌坊，万众景仰；“大先生”好像爷爷的生前牌坊，大家都觉得天经地义，十八条街巷也没谁腹诽放屁。如果新茶客蛋子不懂规矩，见空一屁股坐下，旁边准有人努努嘴提醒：“喂，那可是大先生的。”茶客屁股火烧火燎似的惊起，嘴里连道“不敢不敢”。识趣开溜，仿佛冒犯了神灵。

庙集方圆五十里，能人异士层出不穷，“大先生”却只有一个。“南邓北回一大群，不顶大先生一个人”。从我祖爷爷起喊了百年之久，绝非浪得虚名。你再孤陋寡闻，不知道爷爷一肚皮墨水，总不至于眼瞎看不见大堂墨宝。左侧：“壶在心中天在壶，心在壶中地在心。”颇富禅意霸气，不易领悟。这些文字本不是写给庸众看的，那是作者孤标傲世的投影。右侧的比较通透：“沽酒客来风亦醉，品茶人去路还香”。当然都是我爷爷手笔。雄峻高古，奇正相生，深得《鲁郡太守张府君清颂碑》神韵。老掌柜曾盛邀爷爷为茶馆题匾，老街增辉，留千古佳话。爷爷却道：

“大道无形，‘老王化’已是金字口碑，无须画蛇添足。”其实担忧好事者，对爷爷祖爷爷题的匾额指指戳戳，妄分高下，斯文蒙羞。庙集乃古楚风流地，历遭战乱祸害，爷爷大概是硕果仅存的一个。也有忤逆狂生嫉妒，胡说爷爷的待遇并非实至名归，而是看在少爷二十四间房的面上。

老王化茶馆，表面就三间很普通的门面，可其幽深豪阔孰难猜度。老街门面向来寸土寸金，此地却如同闲置，充其量不过是账房和施茶所在。账房不必赘述，谁也玩不出花样，都是俗不可耐的收银子。施茶就很讲究，据说还多赖少爷襄助，也是编排我爷爷的素材。空穴来风，未必无因，拥有谦卑的态度总是好的。

那时荒年节日，寺庙大户人家施粥乃即兴节目，很热闹也很好看。老王化茶馆每天施茶一百碗，则是惯例。说是惯例也不长，至多二十年左右。那时王化还不算老，年且花甲，赚的银子已足够多，总想吐出点心安。施茶纳福延寿，泽被后代，不过举手之劳。也有人说少爷弱冠，执掌二十四间房雄姿英发，便想来个漂亮的开场。于是派巩氏夫妇每年赠送茶馆两挂车神桑叶，俩人意念相通，共襄善举。由此爷爷沾光，也不是没有一点道理。

老爷大小姐在世时，神桑叶子就极其珍贵，被乡民视为神物。常有异乡人寻来做药引子，效果甚佳，那肯定是心理积极暗示的作用。后来春末夏初，除我和晶晶为爷爷采摘一些嫩芽，任其熟透自落。张家庄人轮流收拾，只许泡茶，不可养蚕吐丝烧锅做饭，更不容贪婪卖钱花。据说有人胆肥，偷了烧锅锅炸了。卖钱的更邪门，卖多少得多少钱的病，少一个铜板也痊愈不了。霜冷苦风那几天，神桑落叶萧萧积半尺厚，乡民也不敢有非分之想。少爷便令巩氏夫妇收进麻袋，垒满两挂车送老王化茶馆。从此茶馆专留一间门面，长条桌上摆六个红泥烧制的海碗，给穷人乞丐施茶。说是每天一百碗，如果仍有眼巴巴进来，茶水也就源源不断续过去。春秋热的，夏季温的，冬天是刚从炉上取下滚烫的，蒸汽还顶着壶盖咕嘟嘟响呢！有时乞丐还把要来的凉馍冷菜泡茶吃，小伙计洗刷干净再摆上就是。有个老乞婆相中红泥海碗，走四方吃百家饭既能盛又有面儿，死抱着不肯丢手。小伙计无奈，请示老掌柜干脆送她，后来好像又遗失几个。

紧靠门面的大堂，宽阔敞亮，透好几扇天窗。横六竖九摆五十四张茶桌，一百零八只方凳，一身胡紫檀木。不知有意还是巧合，居然和水泊梁山一百零八条好汉的数字重叠。这给人想象的空间，可见老掌柜胸襟气度。每张茶桌只坐俩人，再好再亲也不准仨人挤堆。茶馆不是戏台，闹中有序，方可修身养性，让茶香洇润生命。初一十五给爷爷独留一桌也不准确，至少还有本公子一份。我贪玩不懂珍惜，常溜出去空着。候补茶客心焦火急，有人恨不得想揍我“熊孩子”一顿。那肯定比爷爷“子曰诗云”的教育深刻。

老王化茶馆火爆的原因很多，施茶善举无疑赢得口碑，水好也是定论。这全出在院里的一口老井里：年月不详，周遭苔藓密布。一整块青石井盘圆圈，都被井绳勒磨出寸把深道道，好像岁月腐蚀的伤口。后来架起辘轳，每天所用茶水都是老掌柜一人摇的，不许家人伙计沾边。王化年轻时，也是庙集校场的英豪。有次不慎败在表姐马二姑奶奶手下，从此羞于武事，一心一意经营起祖辈留下的茶馆来。而今老王化摇起辘轳，双目炯炯，白须飘飘，四肢百骸爆响。虽已退出江湖久矣，而功夫日进，颇有宗师气象。龙兴寺无相大师，可望而不可即，远远甩江湖九条街之外。蒋五爷马二姑奶奶尽管贵为一派掌门，炙手可热，其功力和老王化实在伯仲之间。

王化茶馆的火爆，还有其他稀奇古怪的说法。

贵得离谱又靠谱。茶桌上两小包普通徽州炒青，每包却要三十个铜板，够小户人家几天的吃喝拉撒。庙集人脾气贱，偏争着掏腰包，那才与众不同有面儿，至少不输给光屁股长大的玩伴。况且屁股下紫檀木，泡的是紫砂壶，啜饮的是景泰蓝小茶碗，炒青就突然有了魂儿。如果略通文墨，左一眼“壶在心中天在壶”，右一眼“品茶人去路还香”，怕不灵魂离了躯壳，随陆羽飘飘欲仙去。甭说三十个铜板，三十块大洋也渺如银杏叶。当然你就是只识阿堵物的大俗人，可从辰时挨到酉时打烊，小伙计一壶壶茶水伺候着，老瞎子《二侠五义》《隋唐英雄传》说唱，凭良心是不是超值了。品茗谈笑中，留心还能得到意外发财的信息，或哪个小寡妇的屋舍门牌。

爷爷的茶桌从不放炒青，小伙计至少要用三块抹布抹三遍，直到最后一块白布一尘不染。爷爷每次都自带神桑嫩芽，老王化好像也掐指算好了——爷爷走到店门前，老掌柜也迎到店门前：“大先生，请！您带的桑芽，再好的叶子也不敢拿出来献丑。”爷爷好像不禁夸，总要从黑布长衫里取一小包嫩芽送给老掌柜。王化也不客气，笑眯眯接过。每次爷爷走时，茶桌上码好三堆铜板，不多不少三十枚。老掌柜依旧不客气，笑眯眯叫小伙计收了交给账房。我那时小心眼：难道神桑叶都白送了，还凝结着我和晶晶的汗水哪！

有人说老王化茶馆是老瞎子带来的鸿运。这个我担保，胡说八道。老瞎子颠来倒去那几段，我早听腻。还常说串，闹出“白玉堂战秦琼”，“苏妲己罗成私奔”的笑话。有人猜老瞎子贼精，故意说串，好给茶客博笑解闷儿。每到这时，满堂人果然前仰后合，鼓掌放屁打喷嚏。老掌柜也白须乱颤，额上老人斑雏菊一样绽放。带头打赏，用的是飞镖绝技，一把铜钱天女散花般落在瞎子面前铜锣里。落的姿势各不相同：直接叮当进去的，顺着铜锣转三圈不情愿跌下的；有两枚飞过铜锣，眼看要钻地入土，大家都为老掌柜揪心，怕一世英名毁于一旦。不料又两枚跟踪而上，铿锵激越，溅起两朵美丽的火花。四枚铜钱都乖乖掉头转弯，认清铜锣归宿不再作无谓的挣扎。

茶客们轰然叫好，也纷纷掷起铜板，投壶赌酒似的踊跃，眨眼就有大半锣之丰。庙集多好门面生意，也未必盈利如许。所以，并非老瞎子给茶馆带来鸿运，而是茶馆养活了老瞎子一家。据说老瞎子小儿子颇有出息，全赖这铜锣里的铜板，留洋东瀛，混得风生水起。老瞎子眼瞎心可敞亮，每晚打烊收摊都要双手掬一捧铜板，恭恭敬敬走到老掌柜面前，谨致谢忱。老王化双手抱拳，再恭恭敬敬挡回去。尽管如此，每晚都重复不辍，很有仪式感。

庙集深受古楚文化浸淫，针头线脑，鸡零狗碎，一旦过三五人舌尖，均可添枝加叶出传奇色彩。老王化茶馆的红火，后来居然归结为“讲究、神秘”。有些有影儿，有些闻所未闻，但越传越活灵活现。好像就发生在眼前，十根手指明明在哪，你总不能不信。

“讲究”有板有眼。其中一个是不让女人进茶馆，怕有不贞的混进来坏了风水。这个看似成立，其实也值得商榷。大堂里确实难觅长头发影子，并非白纸黑字的规矩，或若有若无的潜规则。庙集女人本没有喝茶习惯，泡茶馆从来都是男人的嗜好，久而久之积淀为特权专利。况且男人看似支撑门户，但里里外外忙活的还不都是女人？谁有闲工夫泡半天，那还不把家泡塌了。老王化门面施茶，从来都不问性别。男人吝啬脸皮，不到万不得已伸手的不多，拥来挤去的恰恰还是女人。携儿带女又累又渴，取一碗润润冒烟的嗓子。有一次我带晶晶溜进大堂，老掌柜还笑容满面问好。爷爷一肚皮规矩也没啥反应，可见不许女人进茶馆纯属子虚乌有。

不过还真有个讲究，视作板上钉钉的规矩也不夸张。那就是不准带兵器进茶馆。乡民对老掌柜尊重有加，镰刀锅铲犁铧头也不随意出入。如果老婆硬要从集上捎带这些日常用具，那就和兵器一样，烦请寄存门面账房，喝好取走。掉个手指印多个手指印，按价赔偿。如果你还不满意，一把火把茶馆烧了，老王化眼皮眨也不眨。

泡茶是有闲阶层消遣，仿佛琴棋书画，泡的是身份名望优越感。赶大车扛大包卖大力丸的，喝的是烧刀子，蛊惑一腔热血战天斗地。茶香馥郁里忽然闯进赳赳武夫，腾起戾气杀气，一般人拿不住，喝的倒没尿的多。以后谁还光顾？爷爷无所谓，阅尽沧桑看啥都是风景，最多摇摇头叹息。少爷潇洒，不知犯哪根神经，怯生生靠过去摸刀抚剑，小孩摆弄玩具似的好奇。不觉腻了丢地上，踏足沿板板。其实暗运内力，咔嚓嚓折好几截。满脸无辜对壮士道：“对不起，对不起大英雄。多少钱我赔，找二十四间房要吧！”

老王化是不允许这种事发生的。他有责任维护茶客权益，更有能力制定规矩不可侵犯。但国法王法尚有亡命之徒以身试法，监狱里人满为患，流放宁古塔的西风古道上络绎不绝。王化茶馆土规矩，也时时面临考验。何况庙集本就龙蛇混杂，江湖浪子望风而动，敢于犯规是雄性荷尔蒙光荣的勋章。可惜犯规的下场，古今中外都不好看。否则规矩形同稀柿子，谁想捏谁捏，捏啥样是啥样，那还不天下大乱？崇文尚武的庙集，十八条街巷的青石板当然还镇得住。

据说有个军爷非要带腰刀显摆，在大堂一百零八个茶客面前招摇三圈。老掌柜不动声色，任其走到龙兴街，腰刀突然出鞘将自己腰牌劈成废柴，顺便还把腰带挑断九截，只得提着裤子狼狈而去。保定府的好汉更尴尬，刚从茶馆佩剑扬眉十八步，骤然一只野鸽俯冲飞啄眼球。好汉挥剑疾刺，阴差阳错，右手无名指齐刷刷斩掉，被野鸽叼起。远空里依稀荡起八个字——“茶馆圣地，咎由自取。”

这些都是传说，很难考证作为信史彪炳。看来老王化茶馆的规矩不可怕，传说有点吓人。有高人琢磨：无风不起浪，大概是说书的老瞎子杜撰。但老瞎子能活得老，而且活得好，定然有足够的人生智慧支撑。一通杜撰，就把老东家的招牌擦得金光灿灿，众人仰望，这本身就是传奇了。所以庙集十八条街巷和九寨三十六村，有头有脸的，有事没事总爱到老王化茶馆消磨。打探一些传说，感受一些传说，说不定哪天自己也撞进传说里让老瞎子传唱。

至于“神秘”，就是茶馆大堂可自由出入，古井老槐树那边闲人免进。似乎免进的还不止闲人，老王化家人，茶馆小伙计，好像也都是禁区，轻易不能插足。整个庙集知道的也不多，确切说有资格知道的绝不超过两把手。这是老瞎子又瞎掰的迷魂阵，还确有地库宝藏的惊天秘密？好像没谁说得清。因为能说清的从来都不说，或者死了没法说。说不清的凭空意淫，云里雾里，茶余酒后胡扯八连。能多嚼碎点舌头，管你信不信，好像都是资本和骄傲。

有的说门藏老槐树洞里，有的传隐在花巷某个庭院花树下；有人想象的更玄，机关暗道从河底蜿蜒至三桥附近一艘六桅巨帆海船上。那是一个神秘的江湖总舵。桌椅自然是海南黄花梨木，屋里十二个时辰袅袅着南海沉香。辘轳井水和徽州炒青，只配洗手泡脚丫子。那里窖藏着南湖竹尖上的第一场雪，仅仅三缸，喝一勺少一勺。茶叶也只有两种：无量山南麓海拔三千尺以上的金瓜贡茶，武夷山阴面八百年老树上的大红袍。每种不足三十二两，也是泡一钱少一钱。烧水的焦炭也淘汰了，而是小兴安岭东南一角的松香木。泡茶的女孩莺莺燕燕，最多著三点遮羞，没一个超过十三岁……

庙集人的想象力都过度浪费，那不过是两个独立的雅间而已。稍有规模名气的茶馆酒肆，好像都有雅间，招待有身份有需求的人士。老王化茶馆的雅间，看外表还土得掉渣。标准的泥墙茅草屋，和乡民的没啥两样。不过墙基厚实一倍，茅草层层叠叠仿佛一座小草山。最大的好处是噪音透不进来，外面敲锣打鼓室内仍很幽静。如果勉强再凑个特色，那就是冬暖夏凉，一年四季有恒温的感觉。唯一奢侈的是地面：泥沙上码着青石，青石上铺起红木，红木上又罩一层定制加厚的波斯地毯，赤脚打滚睡觉都很舒服。它的客人也从不走正面大堂，隔巷有偏门相连，平时严丝合缝得连风也透不进来。只能提前三天花三十块大洋预定，老掌柜才亲自开门恭候。而且过时作废，三十块大洋就算买个教训。如此苛刻而又烧钱，大概暗含特殊服务，做梦吧。这儿连小伙计的影儿也不见，必须自己烧水洗壶泡茶，否则渴死也没人问。桌凳和大堂一样的桌凳，徽州炒青还是徽州炒青，茶水也取自古井。如果梦想雪水，除非冬季老天高兴，客人自个从茅草上收拾琼花玉屑。这样看来，好像是宰冤大头。非也非也，雅间本来卖的就不是茶水。也许卖的就是“神秘”——还有背后神秘的交易。你必须有足够的银子，足够的资格才能当买主。

龙兴寺方丈无相大师，清真寺阿訇，蒋五爷马二姑奶，无疑是庙集这两把手里最有资格的。粮坊药铺典当行大掌柜，庶几乎也能凑个数。还有几位来路不明的异乡人，一伸手老王化就掂出分量，也破例了。规矩是人订的，规矩也因人而异形同虚设。其他暴发户，风光归风光，恐怕屁颠颠捧来三十两金子也没用。老掌柜也不差这仨梨俩枣，他更喜欢流连大堂听铜板叮叮当当的声音——那是他童年里听惯的最美的音符，依然在年且八十的生命里荡漾。

少爷的资格当然不用说，如果没了少爷那资格立马贬值，黄金贬为黄铜也不是没有可能。至于爷爷，他老人家好像从来都没有资格，也好像从来都不需要资格，“大先生”三个字就够了。

阿訇蒋五爷马二姑奶奶，单独或相约茅草屋，要么有要事相商，偌大的庙集总要有几个操心的人。你尽管偷鸡摸狗看大闺女解手，但想撼动十八条街巷青石板，得先从这几位爷裆下爬过。要么啥事没有，图一时清静，浮生买得半日闲。大人物的烦恼大致相似：太忙太累，要操心的太多，以致把自己弄丢了。马二姑奶奶恐怕还有别的懊悔——六十年前校场上打败庙集所有才俊，青春烟花般绚烂，从此也烟花般寂寞。终生未嫁的滋味，平时不敢拿出来品尝，只有躲这茅屋里就着徽州炒青咀嚼。也许表弟能抽空陪会儿，四目相顾，往事依依，还能点亮曾经的容颜吗？少爷蹭这茅草屋，肯定另一番情景。他和四娘的爱情好像还有缺憾，缺少“青梅竹马”这一节游戏。何不模仿我和晶晶，偷偷潜伏藏猫猫，体验波斯地毯和沙滩上打滚的异同。反正少爷一路走来——自带光环，自毁清誉，难怪爷爷叹息。

若干年后，我也替少爷遗憾：还是酒喝的多了点，茶喝的少了点。否则命运或许改观，至少也多活十年。那样就能看着我和晶晶大婚，生一群红尾巴小鲤鱼似的孩子。可惜历史不能假设，人不能重新活过。即使重来也很难说，少爷怕还是自恋他从前的样子。

老王化茶馆还有个惯例，也算不是规矩的规矩。每到午时，他就大堂里抱拳团团作揖，然后告退休憩。毕竟快八十岁，神仙老迈也要打盹养神，搁不住岁月熬磨。跑堂小伙计，也跟着退出吃午饭。爹娘送这儿端茶捧水，还不是为填饱肚子。老瞎子也该歇歇了，抱着小鼓假寐，丢下满堂茶客自由活动。这好像球赛上半场结束，不过要暂停一个时辰，熬不过去自便，反正买下半场的都在门口排队。这时有一段骚动：寒暄告别的，窃窃私语的，伸懒腰打哈欠放屁的。总之憋了大半天，喘口气也惬意，好像是老王化茶馆的额外福利。爷爷却纹丝不动，眼眯一线，剑刃一样的寒光扫遍全场；耳朵更是伸到各个角落，哪怕一只蚊子的梦呓也不放过……

一会儿尘埃落定，来来去去，大堂里换一多半新面孔。灌一肚皮水嘴里淡出鸟来，必须烧酒慰劳一下，那就直奔错对门的谭家酒楼。肠胃里红高粱火辣辣欲燃，正需茶水泼洒湿润，老王化茶馆是唯一正确的选择。生活就是这样，生命也是如此——酸甜苦辣涩勾兑调和，蛮有滋味可以活下去。也许世上最后还剩一个人，不是酒徒就是茶客。茶客的可能性最大，酒徒都先把自己喝死了。

此时，在酒肆里卖面花生焦蚕豆的罗锅，仿佛突然从地底下冒出来。你还没望见他的人，那标志性的乌木圆盘霎时撑满大堂。忽左忽右，忽前忽后，仿佛嚯嚯旋转的飞碟。原来那乌木黑黝黝发亮，那亮色也绝非轻浮浮的油光，赛过茶馆烧水的焦炭。一忽儿眼里消失了，可心底仍残存着那亮的影子，久久不散……

罗锅看似侏儒，蔫巴巴的样子。只要乌木圆盘在手，便是神鬼莫测的魔术师。罗锅直奔桌上码着铜板的茶客。如果左边放两枚铜板，那是只要两枚铜板的面花生；右边还有一摞四枚，说明另加四枚铜板的焦蚕豆。罗锅从不用盘秤称，他的手就是秤，两枚一把，四枚两把，如此类推。令人惊奇的是，无论面花生焦蚕豆，你尽可一个一个数清算准，每把都不多不少。随你买多少铜板，既占不到一颗面花生的便宜，也吃不半个焦蚕豆的亏。他只给桌上码钱的老主顾，新茶客蛋子银子敲碎，嗓子喊哑也是枉然。你不耐烦冒一句："喂——罗锅，快给我来一把!"那来的不是一把，而是两个面花生仁，不偏不斜正糊你眼珠上。你还没来得及发飙，罗锅又借土遁无影无踪。你扒拉下面花生仁细看，完好无损，显然没用力。否则，茶馆里就不止一个说书的老瞎子。你不由得惊一身冷汗：在王化茶馆还是多睁眼少张嘴，切切夹住热屁，谁知道不小心冒犯哪条天规。

爷爷每次都在茶桌上，一左一右各摞四枚铜板。罗锅也早已准备好，不再用手抓，而是从乌木圆盘里拿出两个漂亮饱满的纸包，远不止四枚铜板的分量吧。我想：即使爷爷不放铜板，罗锅叔叔照样会把纸包塞我手里。可我仍不满足，还要摸摸神奇的乌木圆盘——大概是除罗锅本人外，庙集唯一能摸乌木圆盘的手。在满堂茶客面前，特光彩。这是老王化茶馆，留给我最美好的记忆。

不觉已过三个时辰，我和爷爷该打道回府了。不知为何，在二十四间房呆三个时辰就闷得想逃出去，而离开三个时辰又很牵挂那里的一砖一石，尤其是对晶晶的深深眷恋。此刻她正在神桑下望眼欲穿，等我回家。别离是成人的催化剂，某一天我们会突然长大。不过少爷好像至今还没成熟，红尘花丛里逍遥，我和晶晶岂能突现奇迹？路还长着呢，足够我俩手牵手慢慢朝前走……

第六章 酒肆

“东门沽酒饮我曹，身轻万事如鸿毛。”自从李东川啸口一吐这十四个字，不知哄醉天下多少读书人。

世上不醉酒的少爷不多，经常醉酒的也不常见，二十四间房的少爷又酩酊了。少爷醉了也很别致，才情挥洒青石板上。这让少爷更其丰满，八十年后还栩栩如生。我想记下这吉光片羽，让酒香重温岁月。少爷的在天之灵应该也很欣慰：“月儿，我就知道你会写我。”晶晶循着少爷趔趄好看的足迹，定然能找到故园的方向。

少爷抿一杯似乎就有醉意，眸子里升起梦幻。好像一根羽毛浮游大千世界，不知其所始，亦不知其所终。他喝一壶仍是一杯的意思，面不改色，仿佛从不受酒精腐蚀，风仪清古。这最招男人忌恨，也最惹女人心动，无端招惹许多是非。

常人醉了都很明显：满脸酡红，眼冒朱砂，脖颈窜出赤练蛇来；有的更其恐怖，凹陷铁灰的两腮凸现紫点斑斑，好像沼泽地泛着死亡气泡。眼珠泥丸木石般愣怔，非要手指挤压才动一下，以证明臭皮囊暂且还寄寓在烟火人间。言行千奇百怪，疯疯癫癫，平时隐匿不敢见光的放大无数倍。吹牛放屁的，指天骂地的，抱桥栏杆痛哭流涕的，对老母猪磔磔干笑的……吓得小鸡朝塘里扑，鸭子往树上飞，野狗夹尾巴逃命。顽劣的小子，平时对“红眼绿鼻子，四个毛蹄子。走路叭叭响，要吃活孩子”都免疫，闹得爷娘咬牙切齿打屁股。见醉汉直朝奶奶怀里钻，半夜噩梦尿床打水透。那可都是神经病——天子躲避，魔鬼也甘拜下风，谁敢和醉汉纠缠？惹不起！

从前东程楼有个醉汉，半夜三更醉醺醺酒肆回家，被几个饿鬼盯住糊弄老陵里，准备泥土捂死，搞顿大餐。岂料醉汉捂两把，眼看要憋气蹬腿，哭着找姥姥娘收留。不知是顽强的求生本能，还是疯劲爆发，竟将自己一根手指头齐根咬掉，血流如注。鬼最怕血，血淋淋手指无疑是辟邪剑，把一饿鬼活活血祭。从此九指醉汉，无异风高月黑夜的天煞星，沿路小鬼无不望风披靡。他最后走得很窝囊，醉卧小池边被蛤蟆尿淹死。有人说，一坑蛤蟆尿还不够醉汉醒酒，岂能淹死？那是血祭的饿鬼轮回为水鬼，池边设伏报仇……

老人说的从前都很难考证，与鬼相连更其渺茫。信则有，不信则无。我七岁那年深冬，张家庄确有醉汉非常勤奋，连夜直奔西天而去。他生前还送我蝈蝈笼南瓜花，那只漂亮悦耳的蝈蝈，给我和晶晶叫出一夏季喜庆。我当然知其姓名，为对亡灵尊敬姑且隐去。那天他在酒肆胡吃海喝，回来溜河下撒尿。知道避人不随地直播，可见酒精还未完全发酵。他最后的意识竟像我小时倚树身潇洒，也坚持完成这一壮举。不料束裤带时，却将自身连同树干打个死结，怎么也挣不脱。嘴里还一个劲咕嘟：“甭留我，散了吧。明天咱再接着喝，明天、明天……”然后顺树干滑下，歪吊树侧昏睡过去。

是夜风疾，寒潮滚滚，他没能爬起来看到明天的太阳。这个与鬼无关，据说背后真相比鬼可怕。原来醉汉缘孽徐大井相好多年，醉后激情泛滥，不惜玩命相约。其夫早起杀心，只等合适时机，把刀磨快点。男人没本事垄断老婆性生活，项上人头还不如拧下来当夜壶，攒肥料多见点粮食。这天跟踪河边，趁其醉小解，悄悄设裤带迷局——生者无忧，死者颜面尽存。还省了观众狗血，两家冤冤相报。

少爷就是少爷，天生情种，不恋爱醉酒简直暴殄天物。如果轻易被蛤蟆尿淹死，裤腰带拴死，那还少爷个屁！少爷醉了不但不可厌可怖，还相当好逗好玩，把人生如戏演绎成戏如人生。

少爷醉了话也稠，语速略快，绝不语无伦次。依旧逻辑严谨，天文凤章。除无相大师摇头，阿訇蒋五爷为之折服。马二姑奶奶戏谑：“臭小子晚生四十年，害得姑奶奶一辈子单着！”这话传到表弟耳朵里，老王化牙齿恶酸半个月，一天好几壶炒青都洗不净胃里的酸水。如果浅醉，少爷能把一桌人言语表情，惟妙惟肖学一遍，标点符号都严丝合缝。如果深醉，那就完全断片，但没人信。因为酒肆里少爷神采飞扬，演讲的那段已当范文传颂。最令人澎湃的诗句：“三杯吐然诺，五岳倒为轻。眼花耳热后，意气素霓生……”

每个字掷青石板上，都铿铿锵锵出大唐回声。李太白恨不得穿越千年，霓为衣兮风为马，找少爷痛快干三百杯。

少爷醉步一直是十八条街巷的风景，戏台上贵妃醉酒不过尔尔。少爷一如既往的一袭青衫，平常被爷爷熏陶二十四间房规范，固然器宇轩昂，还是略显僵硬，无法自由舒展。少爷醉了天性毕现，骨子里的风致任其在青石板上挥洒。他不再玩世高蹈，也不屑世俗观瞻，疾而碎地画着凌乱的曲线，偶尔也撩出长长的抛物线。眼看倒栽葱，突然折身连踩几圈涟漪，腰肢手臂风摆杨柳似的婀娜。据说这是江南姑苏的一种舞蹈，指导老师肯定是四娘无疑。四娘先晃花少爷的眼，少爷又醉酒发挥，将一街两巷女人的眸子晃花……

爱情和酒成全了少爷，也害了少爷，反正不少男人想揍他。可只能发恨想想，不然挨打的还不知是谁，恐怕老婆的鹰爪功就难对付。如让少爷出点丑也不赖，于是偷偷扔石子，丢西瓜皮。少爷不慎跌个狗啃泥，最好破点相更解气。男人的妒火往往由女人的外向激起，而且不易扑灭。少爷偏偏鞋底长眼，总在间不容发之际绕过去。有时绕得很狼狈，有时更其婀娜，水袖功夫都用上了。西瓜皮简直天然滑板，让少爷在青石板上旋舞。风兜起青衫飘飘，也兜起女人的芳心翩翩。见多识广者确认，那并非江南舞曲，而是江湖传说的“凌波微步”。好像已失踪几百年，怎么会在少爷身上还魂呢？

爷爷破天荒没叹息，笑笑摇摇头，仿佛看可爱的孩子淘气。爷爷一生好像只有叹息，我发现他的笑容不超过一把手，这是其中最晴朗的一次。龙兴寺无相大师正相反，天天笑容可掬，弥勒佛模样，这时却叹息深沉，好像看到那近在咫尺的劫数。大师双掌合十，宝相庄严，喃喃念祷声湮没在无边无际的暮霭里……

我做梦都想学“凌波微步”，把晶晶晃成十二年的女儿红。少爷不教我，哄我说根本学不来，必须从半生醉酒惨淡里自悟，还要看天分造化。我的天分肯定没问题，造化却比较玄，无可把握。像一阵风，明明握在掌心里，可摊开紧扣的五指踪影不见。我想大概少爷偏爱女儿，怕我学会了欺负晶晶。我以二郎神名义发誓：纵然本公子睥睨天下，欺负全世界，也舍不得欺负晶晶的一根头发。至多晶晶拧我耳朵时，我借“凌波微步”藏猫猫，让她着急一会儿。如果晶晶生气非拧不可，我再用“凌波微步”乖乖回到她身边，耳朵送她手心里欺负。反正从记事起，晶晶就欺负我，早被欺负成依赖。如果没晶晶欺负，多么寂寥无趣，说不定哪天枯萎泥土里。

少爷喝酒特不讲究：啥酒都喝，啥人都能混醉，不像少爷的样子。和蒋五爷马二姑奶奶，可金杯银盏浅斟慢酌；同纤夫扛活赶大车的，也猜拳行令拼大碗；偷儿乞丐碰上了，马尿刷锅水醉就醉吧。这就注定只要少爷想喝，天天都有酒场，日日皆可酩酊。难怪爷爷叹息，墓田里老爷九泉有知，也会气得蹦上天绕银河骂三圈“熊孩子”。我有时胡乱猜度：少爷是不是总把今天当最后一天挥霍，好像醉死才是人生最好的死法。既然不能选择生，何不痛痛快快选择死？

庙集酒风之盛，源于资深酒乡的缘故。老子家酒庄子家酒，很显然陈酿着春秋战国的魂魄。曹操贡酒，让人遐想一代枭雄横槊赋诗：“对酒当歌，人生几何？譬如朝露，去日苦多。慨当以慷，忧思难忘。何以解忧，唯有杜康……”这些都出自涡毫一带，庙集恰恰坐落其中轴线上，自然被泡得烂醉如泥。各式各样自家捣弄的小锅子酒，更是遍及村村寨寨。那时官道两边，酒糟连绵，酒香扑面。有人戏说：麻雀闻惯了能喝二两，老母猪贪食酒糟也卧街倒巷不知羞。喝酒的趣事丑事伤心事，涡河两岸层出不穷，见怪不怪。

当年老爷豪起粮坊药店当铺，功成身退，觉得在庙集再没有值得施展的事业，便酿酒消磨岁月。他用自家清沙地最好的五谷，参详魏武帝“九酝春酒酿法”，所酿之酒甘洌醇厚辛辣，自有一股男儿气概。若非老爷英年早逝，必在酿酒业发扬光大，开辟另一天地。其实老爷志不在此，他基本上不喝酒，更不卖酒，只喜欢闻闻酒香，像嗅鼻烟打几个喷嚏爽歪歪。有时手沾酒液轻搓慢捻，那丝滑带涩的感受，仿佛手淫的味道。反正笼罩在大小姐秋水雁翎刀下，还能兴起这小小的嗜好，知足吧。老爷酿的酒都藏在二十四间房地窖里，百年来好像被遗忘了。少爷大概怕过期变质，白白糟蹋那么多好粮食，不如灌臭皮囊保险，仿佛这是二十四间房留给他的使命。

庙集喝酒习俗，婚丧嫁娶里表现得淋漓尽致。肉菜可凑合，六碟八大碗，多点少点无所谓。馒头必须管饱，酒要任亲朋邻里撕开肚子盛。不然事办得顾头不顾腚不说，还落八辈子寒碜，祖孙几代人饭场抬不起头。当然富有富的豪奢，穷有穷的法子，活人岂能被屁憋死，自然也不会被酒憋死。有些东西之所以积淀为习俗，它一定经过长期实践磨合，渐趋合理，一般人差不多承受得起。富的不妨锦上添花，光宗耀祖，而穷的也能勉强凑合撑下来。

婚嫁大喜，男方要送女方一大坛老酒，约定俗成五十斤开外。上贴大红双喜，两个英俊后生红杠子红麻绳司抬酒之职。特讲面的土豪，可不是一坛，一溜十坛二十个小伙，浩浩荡荡一排。前有唢呐队“百鸟朝凤”，后有大花轿风光颠摇，酒坛也跟着兴奋荡起来。红麻绳突然滑捆断开的偶然，也不能绝对避免。天有不测，女娲娘娘也拉稀，所以偶然亦属必然，无须纠结。只听“咣嗵”一声，酒坛四分五裂，酒液倾泻昨夜车辙沟的积水里。于是抬轿的吹响的抱鸡的，迎亲的送亲的过路的，男的女的老的少的，纷纷撅起屁股对着车辙沟啜饮。酒水酒水，解馋解渴复解饥。这可忙坏老媒红：快马加鞭赶回东家催送新坛酒，否则女方不发嫁，这婚还不泡汤。

丧事白事，更其讲究琐碎。当年孔子都掰扯不清，还得向老子折腰问礼，不知学几成就敢称“至圣先师”糊弄束脩了。其他勿论，酒依然首当其冲。若父辈病故，同姓族人须凑份子钱买百斤老酒治丧。因为白事盘桓数日，酒的需求量激增，喝多点也哭得痛快。母辈亡殁，娘家族亲则要宰杀整猪整羊祭奠，酒意思意思。孝子全家赤脚白衣白袍，相迎村外行磕头大礼。悲戚背后浮现若有若无的轻松，丧宴酒肉至少解决一半，可以安心哭丧了。由此可见，若没有杜康加盟，那亲情友情就稀释不少，甚至丧成洗脚水。

庙集喝酒基因，应该遗传古楚人的浪漫豪迈。屈子被谤放逐，并非后人想象的哀哀戚戚，仍举杯昂首向天：“操余弧兮反沦降，援北斗兮酌桂浆……”不可一世。后来李白模仿最像，不小心混成谪仙，可没少蹭酒喝。而楚地几千年战乱苦难，世事无常，更让酒无孔不入，渗透并塑造生命的各种形态。苟且偷生的，铤而走险的，今朝有酒今朝醉的活法，无师自通为常态。卑微而自在，穷愁而恣肆。悬崖上妖冶的花——哪怕昙花一现，生命总算盛开过。

庙集酒肆，远比茶馆稠密，大大小小三四十家。酒幌招展，名字响亮，资深酒徒都瞅花眼。初来乍到的异乡人，大字不识也不要紧，只要鼻子不瞎，就能带你到肠胃开花的地方。

最大的三进院，摆几十桌，容纳数百人。平时不咋热闹，每天三五桌应付着，维持正常运转就不错了。赚银子红白喜事，往往是东家的最佳选择。宾客如云，可一网打尽。免得一塌糊涂好几茬，吃着的看着的，不三不四混吃混喝的，卖麻虾磕筐查不清头。亲朋好友好像也分三六九等，颇伤情感面子。一回事办下来，不明不白得罪不少人。下次再有好歹，谁还捧场？红事尤可，少带几桌，丢点彩礼颜面慢慢找回来。白事呢？父母等着出殡起棺却凑不够劳力，抬不到墓田，还不把十八代祖宗气疯。别看偌大的院子平常冷清，形同闲置，一个月接几回大事就发了。十八条街巷九寨三十六村，该死的总得死，阎王打盹也没用；该婚嫁的挡也挡不住，没有月老红线照样圆房。甭说酒肆，连带烟花爆竹店棺材铺，扎车马金童玉女“社号”的，整个生意链都不错。活人能养活人，死人也能养活人。这是古楚大地的奇观，庙集更丰茂些。世上没啥新鲜事，一个集市村庄捉摸透，一个国家朝代迎刃而解；解剖好一只麻雀青蛙，飞禽走兽还哪跑。

最小的一目了然，门前破桌上就一坛酒，却能镇住场子。旁边粗瓷大碗里放两个木质酒提：大的容积二两，小的一两。主要卖给乡下赶集的农夫，或直接打二两解馋，或装瓶带回家待人接客。只卖酒不卖菜，你当场喝两提子，辣得龇牙咧嘴舔舌头。掌柜的会把自家咸菜疙瘩赏给你嚼嚼，当然不要钱啦！

最常见的一两间门帘，五六张酒桌，十几个炒菜。好像每家都有拿手的看家菜，赢得一批回头客，才能把酒肆经营不衰。也有极特殊的，一年四季就那几个凉菜：猪头肉，花生米，粉皮变蛋，萝卜条。大雪纷飞滴水成冰，照样有固定顾客。好像他们的肠胃，都被酒肆成功培养成这几个菜的容器。隔三岔五不补充点，肠胃罢工，精气神丧得厉害。想吃而不可得，那种折磨无异慢性自杀；而且是麻绳勒脖颈上光翻白眼不断气，最是残酷。

庙集人喝酒仗义，大有水泊梁山之风。本来三三两两几桌，喝着喝着老表二大爷续上了。干脆拼一桌，你添酒我加菜，热火朝天。直到有拱桌底的，现场直播的，也有出去解手晃掉茅坑的。可这群临时搭班子酒徒酒醉心不迷，偏要争着抢着结账。谁能付上谁最有面，今后就是老大。突然争出邪火，群殴一团。只要不出人命，弄个腿断胳膊折，拳头耳刮子鼻青眼肿，全当美容不慎毁容了。还是那桌酒徒，第二天再喝个痛快，打的请被打的都有脸。往往不打不相交，结为酒友，进一步攀成儿女亲家。也不管孩子的心思，到底合适不合适，情愿不情愿。反正老子们喝酒好上了，孩子们跟着凑合过吧。一代代不都这样，像两条牲口拴一个石槽上，不死不散。

少爷也掺过这样的酒场，付账混战，青衫撕成布拉条。好在内衣护着，不至于太丢人。少爷藏酒肆里，不敢到花巷——四娘没有晶晶拧耳朵的本事，但她会咯咯咯笑啊，让少爷无地自容，蚂蚁窟都想钻偏偏找不着。也不愿回二十四间房令爷爷叹息，更怕遭遇我和晶晶狼狈。少爷最想把完美的一面留给我们，那些纯真善良灿烂，八十年后忆及依旧止不住热泪流淌。少爷可怜巴巴挨到天黑，还要带肉骨头巴结好二郎神，以免叫出声引来围观。此后少爷接受教训，喝酒检点不少。遭逢激情过度的酒徒，凌波微步走为上策。这倒让我和晶晶免去错拴它槽之忧。虽然我俩梦缘天定，但酒徒的胡闹，破坏力绝不可低估。蛤蟆尿淹死，裤腰带拴死，偶然里不乏必然。

庙集喝酒泛滥，并非富得遍地流油，多数还是在温跑线上挣扎。哪怕开元盛世稻米流脂，铜钱烂国库里，乡民也是数脚趾头过日子。因此对五谷之精倍加珍惜，喝肚里喝死都不算浪费，故意洒酒耍赖的没听说。少爷年轻时，有次喝酒心不在焉，大概哪朵花影浮现，酒盅摇晃洒桌上几滴子。爷爷俯身引颈，舌尖一滴一滴舔净。这次教育比“子曰诗云”彻底——你就算含着金汤匙，也要敬畏五谷大地。不仅头上三尺神灵在，老爷大小姐也都默默凝望呢！

少爷好奇好玩大俗大雅的秉性，我估计庙集大大小小酒肆，他应该喝个遍，恐怕是从古至今喝遍的第一人。这是他败家实证，也是败家的成就。好笑的是常忘记带钱——少爷一生都没钱褡裢，也算穷得可以。但少爷会写欠条，一笔魏夫人行书委婉健秀，满纸云烟。有酒肆以收藏少爷欠条为荣，当文物传家。八十年后，庙集大户人家仍有少爷欠条存世。当年的二十四间房，少爷欠条可做银子流通。无论酒肆茶馆当铺药店糖坊，少爷的欠条都绝对好使。夏秋两季到五谷粮仓兑换粮食，来者不拒。最近换粮的剧减，幕后交易日增，暗流涌动。谁敢担保哪天不闹出惊涛骇浪，谁又遭灭顶之灾？

少爷最常去的是谭家酒楼，喜欢躲东厢房最暗的一角独酌。少爷表面上放浪不羁，骨子里孤独之至，四娘爷爷都远在他的世界之外。因为天性相近，我依稀略窥门径；必定年龄阅历悬殊，只能浅尝辄止，徒留遗憾。晶晶的心思都在我身上，好像我是她的全世界。少爷只好藏酒里，像月亮藏长河碧波里，明明触手可及，至今还没谁能捞上来。李太白逞能，据说是抱月而终，好像也没抱出啥名堂。

谭家酒楼并不会做宫廷谭家菜，也没有巍峨楼宇，平平常常四合院。东家谭大头生意挺好，名声素佳，大家恭维为谭家酒楼，也马马虎虎说得过去。在王化茶馆斜对面，庙集吃喝最繁盛处，堪称双璧。有人喝过茶去喝酒，有人喝过酒去喝茶，串门似的习惯了。

少爷刚进门，谭大头圆乎乎的大脑袋迎上来，亲自送到老地方。这个酒桌也像爷爷的茶桌，平时空着也不许酒徒沾染。小伙计每天还要收拾三遍，否则开掉也没地喊冤。天晓得少爷何时光临，少爷自己上一刻也不知道下一刻的变故。谭老板请少爷屈尊稍站，白白胖胖的面瓜脸浮着笑意。好像刚落蛋的南瓜花，虽然少了几分鲜妍，却透着岁月的暗香。他用左肩蓝毛巾把桌凳细细抹一遍，再用右肩白毛巾哧溜过一遍，不见半点灰星。这才放心请少爷坐下来用茶，洞庭碧螺春。并非其白毫翠绿清香，少爷品的是睹物思侬的情怀。况且饮酒前润润喉舌，打通肠胃，让心情沉静下来才好。所有美好的东西，美酒美人美景，都值得多用点心用点时间等待。

少爷的菜不用点，在谭家酒楼二十年一成不变。像少爷的青衫，二十年依然衣袂飘飘。大约半袋烟功夫，一荤一素一热一凉端上桌。荤的热的是爆炒羊腰花，一簇簇墨梅似的盛开，中间略带血丝，宛然娇媚的花蕊。素的凉的是苔干虾仁，考究功夫犹在爆炒羊腰花之上。刚从长河里捕捞的大虾，开水一焯，虾仁鲜嫩透亮，仿佛豆蔻少女的玉指肚。岂忍下筷弄破，含口里吮吸，一股股汁水直沁心肝上。苔干更有来头，庙集东十二里张秀楼专供朝廷的贡菜，还是被谭大头近水楼台占先了。再神武的皇帝，也不乏难以触及的死角。所谓“率土之滨莫非王土”，理论上无懈可击，实则也有折扣空间。苔干色泽如三月柳丝，味若海蜇，营养极丰。不然吃遍天下，味蕾极刁的乾隆哪会黏上呢！苔干的另一特性，蔬菜界独一无二：无论如何烹炒蒸炖，皆不服软面浆，极有骨气。咬嘴里清脆爽口，似有金铜之质。后来宰辅呼之“响菜”，由是响遍华夏以至域外蛮夷之邦。

少爷喝一壶微醺了，才动一朵腰花，几根苔干段。好像他的菜不是用来下酒果腹，纯粹为了观赏，陪伴他不至于太空虚无聊，总会想起一些生活的美好，让日子慢慢熬下去。其实人熬的哪是日子，都是自己的命——熬出花来，熬到零落成泥罢休。

这时谭家酒楼爆满，猜拳行令之声喧嚣起伏，屋顶有席卷之势。少爷淡然独酌，如入无人之境。少爷藏在这幽暗的一角，没人知道他的存在，也没人能寻到他的踪影。好像被全世界遗忘，可以永远幸福地孤独下去。但他还有一个朋友，想甩也甩不掉的“酒搭子”。那个整天挎着乌木圆盘卖面花生焦蚕豆的罗锅，总能闻到少爷的酒香，感受到少爷的孤独。他要来陪少爷一醉。

庙集大大小小酒肆，罗锅可任意出入，照卖不误面花生焦蚕豆。店主不但不怪罗锅抢生意，反盼着等着他的乌木圆盘，因为不少酒徒就奔这两样。有人说罗锅的面花生，是八样中草药煨的才如此入味。关键没人知道是哪八样，配料比例煨的火候。焦蚕豆独步中原，金灿灿，香酥酥。牙齿一碰，五脏六腑妙不可言，足以染香大半个打麦场。如果罗锅不是过于懒怠贪杯，每天只卖两圆盘还喝得只剩本钱，早该大发了。娶个像样的女人，领一窝像样的孩子，盘几间像样的门面，人模狗样做掌柜。人和人没法比，各有各的活法，各有各的命。你向往追求以致死死抱住想带到墓坑的，也许人家根本不屑。

罗锅在“五谷粮仓”旁边小巷，租两间茅草屋。他喜欢吃饱喝足睡大觉，破门帘饿不死穿堂风。至多口渴了，摇摇晃晃到五谷粮仓找茶喝。奇怪的是五谷粮仓的瘸腿大掌柜，好像和罗锅很投缘，陪他喝茶说话。两人都略带济南府口音，大概是老乡。乡音是骨子里的密码，不需要接头暗号，吭咯几声就对上了。

罗锅在少爷对面坐下，坐下来就不打算走。当然想喝少爷的酒，还想吃少爷的苔干虾仁羊腰花。暴殄天物鬼神怪罪，甭弄得少爷折寿那可大大不妙。罗锅也挺讲意思，并非白吃白喝，乌木圆盘里还剩两捧面花生焦蚕豆，肯定是为少爷留的，不然早净光了。他干脆底朝天倾倒桌上，以断其他酒徒念想，却不考虑装碟子里，凑成四个菜体面。少爷刚才还懒洋洋失了生趣，突然两眼放光，食欲大振，空荡荡的肠胃只有酒水唱歌。少爷丢下筷子，五爪龙齐上。吃花生还较婉约，知道有剥壳程序，焦蚕豆则一捂好几粒。这种原始吃法，确实过瘾，对得起美食。少爷和罗锅连干三碗，焦蚕豆面花生一扫而光，好像不再值得留恋。于是抛下一锭银子，抛下一句“人生有酒须当醉，一滴何曾到九泉”，抛下罗锅和满屋酒徒扬长而去。

少爷醉了看似狷狂，碰到老面孔立马彬彬有礼，近似爷爷的迂腐。他见王化茶馆说书的老瞎子出门，竹竿咄咄咄问路避人，颇是伶仃，连忙凑过去。老瞎子眼瞎可心里亮堂，小声道谢：“少爷，费心啦！”少爷摇摇竹棍：“没费没费，心安好着呢！”老瞎子使劲眨巴眨巴眼，慈祥地注视少爷，好像他真能看清少爷模样，由衷地点点头。原来老瞎子昨晚贪食凉粉，突然跑肚，很是紧张，怕出洋相坏了金身。此时在少爷搀扶下，自在安稳。辗转几个弯找到茅厕，少爷老老实实在外面守着，听老瞎子尽情噼里啪啦，比说书生动多啦。事毕，又领老瞎子重返茶馆。职业操守使然，拉稀也要坚守阵地。茶客们等着喝茶听书——也许能喝出点感慨，也许能听出些沧桑。

少爷心情大好，酒意也顿消一半。徜徉蕴德门，一老乞婆倚柱扒拉要来的百家饭，很是香馋。少爷本能反应，这才想起只顾和罗锅拼酒，忘了来一碗谭家酒楼最拿手的羊肉豆杂面，撒几撮芫荽更美味。不觉饥饿汹涌，一脸馋相。老乞婆见状，颇是投缘，想起多年前自己夭折的孩子，还没让娘喂饱就走了。想一次疼一次，此后要尽龙肝凤胆也是白搭。于是将碗里的残饭倾囊相赠，温情脉脉。少爷也不客气，三下五除二饕餮净尽。便摸口袋，那锭银子扔谭家酒楼，没剩半个子。少爷面对娘一样的老乞婆，第一次感到浪子的愧怍。他将青衫脱下披老乞婆身上，喃喃而语：“荥阳郑，有慕歌教世，乞食风情。”然后展开凌波微步，突然在熙熙攘攘的老街上消失了……

此时，在蕴德门边摆摊卖跌打伤药的“一把抓”看在眼里，好像风突然吹进沙子涩涩的难受。他空有一把神抓，能抓好十八条街巷的伤筋断骨，却抓不出自己眼里的酸涩。就像太阳照彻人间，能照亮自己的黑子吗？唉，少爷活到这个份上，是失败可怜还是成功光彩？而我摆摊卖药，是济世救人还是糊口度日，谁又能说得清？人生本就短暂无常，朝夕难料，何苦自设囚笼憋屈啊！

人的归宿早已注定：“贤愚千载知谁是，满眼蓬蒿共一丘。”既然结局不可更改，过程可尽量弄漂亮些。哪怕孤独悲怆，满脸血污狗屎，也不妨放浪豪歌，大好头颅换酒一醉。当然多数都舍不得，毫无意义地自生自灭，像猫儿狗儿一辈子。少爷暂时消失了，可还没有完全谢幕，明里暗里仍有眼睛盯着。河湾柳林青纱帐里，风吹得不同寻常。螳螂扑蝉黄雀在后，约莫是这光景。但谁是蝉，谁是螳螂，谁又是黄雀？黄雀背后是不是还有弹弓蓄势待发？弹弓也并非终极武器，突然冒出明晃晃的大刀、冷森森的剑……

罗锅醉了。只要和少爷喝酒罗锅就想醉，必须醉，不喝到位怎能对得起少爷和少爷的酒。而醉酒的罗锅依然稳稳地挎着乌本圆盘，呜呜咽咽着少爷醉酒为他泼洒的诗章：

大刀在我手，乾坤任我游。

饮不尽英雄血，砍不完仇人头……

这几句顺口溜是少爷酒醉吹牛，空穴来风，还是确有所指。莫非罗锅并非表面的粗鄙猥琐，还真是一代豪侠？庙集自古卧虎藏龙，谁也不可小觑。那他的大刀呢？也许还不到出鞘饮血的时候，看来好戏还在后面。每年夏季，庙集一河两岸清沙地里都有不少西瓜。如果少爷醉酒眼花，也能看作翻翻滚滚的人头。自古书生想做剑侠，剑侠想做农夫，农夫又想做皇帝；而皇帝若能生命轮回，啥都愿做就是不想再称孤道寡，实在累啊！最好做一朵芬芳的花，再不济做一股自由的屁也好。干干净净放出来，响响脆脆一弹指。纵然活百年千年，江山社稷，在宇宙年轮上不也就是一弹指的屁？

少爷回到二十四间房，满天星辰。爷爷还在神桑下踱步，我和晶晶迎上去。少爷颇是腼腆："下次吧，下次我一定带面花生焦蚕豆，还有梅花糕松子玫瑰……"少爷回到自己屋，巩氏夫妇送去热水毛巾。少爷准备关门，见我立原地傻望，便又折回摸摸我脑袋："我醉欲眠卿且去，明朝有意报琴来。"然后关门上栓，一丝光也不许溜进偷窥。少爷留给外面的几乎全是光鲜，而醉后的孤独难堪统统封死老宅里。没有人看见，没有人理解，也没有人怜惜。沉默而神秘的长夜，只有二郎神偶尔一两声汪汪和风的叹息……

第七章　粮坊

民以食为天。君也以食为天。三天饿得淌清水，都是屁。

神仙鬼怪赖以活命，也不例外。不过所食之物千差万别：餐饮露珠晚霞，饕餮金齑玉脍，喝风倒沫嚼泥沙成癖，但填饱肚子最基本的还是粮食。所以粮食的买卖，从开天辟地诞生粮食起就开始了。古人尚不懂阿堵物时，以货易货，粮食就是最常见流通的信物。好像比虎皮龙骨麒麟角，甚至活生生的奴隶都好使。

凡有集市的地方就有粮坊，像水空气不可或缺。庙集粮坊就三家，一把手数过来还有剩余。单单从数量上计较，比之酒肆可忽略不计，比之茶馆也羞于启齿。但其重要性，撇开另两家粮坊，仅仅一个“五谷粮仓”，就足以压住十八条街巷的青石板不敢妄动。

五谷粮仓，那是当年老爷破天荒创建的。上百载风雨沧桑，数易其主，目前仍然雄踞行业老大屹立不倒。太平年间并不显眼，好像无足轻重。但遭遇灾荒战乱年景，金叶子银簪子兜来换粮活命，也不比平常的破铜板顶用。说实话，当年老爷若没有五谷粮仓，亳州府昭武校尉的大小姐又岂能远嫁这寒碜的乡野？空有四百亩清沙地，铁壳捞的二十四间房，也是白搭。昭武校尉征战沙场，喋血春秋，比谁都深知粮草的重要——那是命，一生的成败荣辱！

庙集马马虎虎说，春秋战国起就是古楚重镇显赫一方。百业作坊之兴衰荣枯，三教九流之聚散离合，令人喟叹。只有大唐北宋的青石板，商贾农夫牛马车轱辘碾压，脚印斑斑，辙痕离离，还是以石头的姿态坚守十八条街巷。乾嘉时期，南国江城西风东渐，冒出现代商业文明晨曦，庙集依旧滞留在古色古香神农氏的落日残照里。土地仍然是赖以活命的根本，粮食还是难以替代的经济命脉，并由此支撑带动手工百业的正常运转，让一条条街巷流动华茂起来。

粮坊，俗称粮食坊子，是粮食储存交易的平台。看似容易，好像随随便便都能弄一个，真要运作起来可不简单。

粮食买卖迥异于其他商品，很少未雨绸缪，多有燃眉之急。即便粮食贩子倒腾差价，挣点碎银铜板，也欲尽快脱手，让钱叮叮当当活泛生动起来。万一行情突变砸手里，可就一季子瞎忙，说不定还戳个大窟窿，到哪儿找女娲娘娘的碎石颗粒补缀堵塞？如不等着使钱，农民把小麦稻谷手心里攥淌，也舍不得卖一粒——家里有粮，心里不慌。那是一家老老小小的嘴，风雨里挣命的定海神针。

“锄禾日当午，汗滴禾下土。”好像已悯农到位，若非亲力亲为，你永远无法想象皮肤冒烟，心里火烧汤煮的滋味。这仅仅是一个普通的劳作场景，天灾人祸防不胜防。毫不夸张，粮食是农民血汗的结晶，不折不扣的命根子。屋里仓满囤尖，眼瞅着喜庆，心里荡漾起幸福和骄傲。饭场里说话硬气，赶集下茶馆酒肆胆壮……

日子比树叶稠，屎来到屁股门能不屙？孩子老大不小该提亲了，老娘旧疾沉疴不能再拖，犁铧头泥土啃秃要更换，碾子磨盘费死劲需锻凿……这些都要银子，没办法卖几担粮吧。买粮的更猴急：等米下锅非买不可，西北风喝三天，黑白无常老来串门。做面食生意的孬不掉，就靠面变花样，获利生财养家糊口。盖房起屋折腾几个月，总得管木匠泥瓦匠大饱，那可都是顿顿半筐馒头的大肚汉，一袋面三天见底。否则，食不饱力不足延误工期，啃死你耗死你；还可能暗损使坏留后遗症，新房搁不住一个雨季就七漏八淌，丢人现眼怨龙王爷？给父母做寿千万马虎不得，大白蒸馍敬神，偷工减料神灵怪罪，爹娘好歹百死莫赎。还是勒紧裤带，老老实实多买点粮食要紧……

粮食供求频繁，这就要求粮坊必须具备足够的硬件设施。至少要小半个打麦场空间，放得下方圆几十里大车小车口袋箩筐肩挑手提来交易的粮食。为快捷方便，粮坊还不能扔在人流少交易慢的陋巷，那十天半月黄了。建在车水马龙的闹市，寸土寸金，往往要几家合力凑成，还需占用门前小半面街。在庙集没有相当实力，甭说小半面街，插只脚试试，看不乱刀剁掉脚趾头。组建这样一个平台，思前想后，不得不掂量掂量自己的斤两。知难而退，总比一头撞南墙头破血流好。至于储存安检预支，随时都有不开的壶，你都要提得起放得下，心平气和喝下去。肚里能容纳多少海水，才能做多大生意。

交易的学问，深过秀才肚里的墨水。农民对粮食的珍惜，依依不舍，都藏在不动声色的狡黠里。迫使粮坊操作的“行准”——验质定价称秤的裁判，眼毒嘴刁手稳，关键心放正当中，一托两家不偏不斜。能力信用镇得住场子，让人口服心服，不然炸成马蜂窝。所谓和气生财，不是天上掉下来的，也有一番斗智斗勇的过程。

当买卖双方都有意向，斟酌片刻，行准才气定神闲走过来。搭眼一瞭，粮食成色了然于胸；顺手一抄，湿度杂质尽在掌握之中。随口一个价，买卖双方都不满意。行准谁也不理，移步抽身任其讨价还价。最后都装作吃亏的样子，委曲求全，面子全卖给行准了。然后称重折秤，明明在家一百斤，怎么才九十六？行准也不明说，抓一粒仅咬两半，没能嘎嘣碎，湿度超过正常范围。卖家默认，暗谢行准留有口德。有的不服气，行准手插粮袋，空空举起连拍两巴掌，阳光下微尘飞扬，似有眯眼感觉。粮食虽没混进明显的坷垃草屑，终究还不干净。卖家摇摇头，买家点点头，行准笑笑，这笔生意妥了。

东家创建粮坊，利市利民，当然还是图买卖成交所付的佣金。一般为买家所出，也有双方各付一半。君子爱财，取之有道。这是天经地义的法则，哪儿都没有免费的午餐。农夫早起多拾泡狗粪肥田，还不是想多见点粮食营生。粮坊根据种类不同，一斤另加分吧几厘。甭小觑这分厘之利，一集上万斤交易，可不就集腋成裘。

小的粮食坊子，规模有限，交易的多是本地农作物：小麦、黄豆、玉米、高粱、谷子、红片。还有农民房前屋后沟边地头，见孔插针种植收获的芝麻绿豆蓖麻子。三五斤提溜着，也许还未到粮坊，路上碰到合适的就估堆兜售了。回家老婆脸色阴下来："叫你卖芝麻，咋教小布袋也赔上呢？" 但见男人手里的针头线脑抹脸油，花生藕粉冰糖葫芦，立马笑逐颜开。种地虽然辛苦，面朝黄土背朝天，汗珠子摔八瓣，也能种出一家人的喜庆，老婆孩子的欢声笑语。哪怕就那么几天，就那么一会儿，人生也就有了乐趣和意义。

庙集另两家粮坊，便属于此类。不温不火，倒也做得有滋有味。这是小农经济脐带上，无论嫁接怎样的商品属性，也绝不黑心牟利，依旧绵延着质朴动人的风土人情。如此绵延下去，何尝不温润着这片土地，温润着后代子孙呢！

五谷粮仓可不这么简单，就像老爷是个不简单的人。小青龙千辛万苦拱出长河，不仅要成就两岸的沃野良田，自然会孕育几个像样的人物。物华天宝，人杰地灵，偶然中带着必然，必然里寄寓宿命。二十四间房本就撑破眼了，那仅见老爷韬略格局的一隅。后来粮坊药店纷纷崛起，无不惊世骇俗，十八条街巷目瞪口呆。可惜老爷仍生不逢时，如果晚生三百年，乘桴浮于大西洋太平洋，当有更多想象空间。这些都是假设，其实老爷也有老爷的隐衷。笼罩大小姐秋水雁翎刀下，甭说怀抱五湖四海的野心，男人那点本能也日渐萎缩。横渡涡河都很费劲，还是省点力气趴二十四间房酿酒吧。

五谷粮仓在老街东部延长线上，当初连古楚老街的边也不沾，还是一摊荒芜的垃圾坑。扫街的早晚推几车污秽填埋，路人老远捂着鼻子绕道而行，还顶不住秽气打喷嚏。除疯长的野蒿荆蔓，剩下的就是老鼠蛆虫屎壳郎。好像真有点邪门，明明看见鸡鸭猫狗摸进去，脚印印到坑边，然后就失踪了。大白天打着灯笼地毯式搜索，一根鸡毛狗骨头也找不到，遂有妖魔盘踞之说。谁能想到“五谷粮仓”拔地而起，鬼都不敢下蛋的地方，竟雄阔成熙熙攘攘的大街。

那时老爷嫌张家庄局促，四百亩清沙地施展不开拳脚，便想到庙集溜达溜达，伸伸懒腰。这谈何容易，先前不少乡绅地主都碰得鼻青眼肿，灰溜溜龟缩青纱帐养伤。庙集的每块古砖，每个门墩，每尊石狮子，甚至一株黄蒿草都有名有姓，早被虎豹豺狼祭过尿液，圈为领地。若想窥伺图谋，分享食物链，需拿命相搏。几千年来，丛林法则在集市里被玩得圆熟老道，滴水不漏。老爷四辈单传，活得很好很滋润，当然也很成功。命金贵着呢，连根汗毛也舍不得冒险。那么老爷有何锦囊妙策或阴谋诡计，敢到十八条街巷插一脚。

老爷自然有老爷的法子，而且还是最简单平庸的法子。只有不简单的人，才能化腐朽为神奇，把玄黄洪荒捋直了。那几锭发毛的银子，老爷看着不爽，投石问路还有点意思。他邀请集上最有头有脸的几位爷喝酒，大概率还是花巷里的花酒。花酒能让爷们更爷们，眼花耳热，牛起顶天立地舍我其谁的气概。那几位爷，无疑是现在阿訇王化蒋五爷马二姑奶奶的先人。除非乱世大变故，重新洗牌，大家族的传承基本上有条不紊，波澜不惊。阶层固化，古今中外皆然，没啥好抱怨的。从前陈胜吴广亮一嗓子：“王侯将相，宁有种乎？”好像石破天惊，其实浩劫轮回——天还是天，地还是地。庄稼人麻麻亮还得挎着粪箕子，低头辨析牲畜践踏的脚印，争取多拾几泡野屎肥田。老人们常絮叨：你不喂饱地，地也让你饿肚子，还能个熊？

大概喝到第八次，老爷见火候已到，该故意喝高亮真章了。便慨然道："兄弟农民，想高攀哥几个做邻居，以后掷色子喝花酒方便，不知可否走动这里把路？"这话看似平淡，细品就奇崛有味。既谦恭低调，不显山露水，其饱满的江湖情义，酒意汹涌时更易点燃，谈笑间生米做成熟饭。况且老爷来庙集绝无争雄野心，好像就是为了"败家"，玩银子扔水坑的冤大头游戏。那几位当家土地感觉不错，问老爷看中老街的哪几间门面，隔夜说和说和拿过来就是。老爷醉眼蒙眬，随手指指东边的垃圾坑，几位爷惊得差点没把舌头吐出来——这个土包子牛屎腿子！于是顺水人情，果断彻底："兄弟，你只管攒劲扔石子，能扔多远是多远。从今天起那片都姓张了……"

庙集最权威的几个爷们，好像说的都是醉话笑话。因为老爷说要垃圾坑，好像也是笑话醉话。谁知一年后，才知道他们说的都是大实话。那些能在古楚大地称得上人物的，尤其百年后还有故事在十八条街巷津津乐道，他们曾经的醉话笑话切莫等闲，最好铭记于心。也许某个雨夜睡不着，细细咂摸出点味道，说不定从此柳暗花明。人既要低头任命，同时也敢于放胆搏命。你还甭不信邪——某些爷的屁，可能比阁下的镶金大门牙跌落青石板上响亮。

弹指大半年，除秽布新，老爷梦见一群布谷鸟笑醒。挖走二百大车垃圾，运来三百大车红土，一望空阔俨然跑马场。又一个四季轮回，足足五个打麦场大的粮坊巍然屹立。大家惊叹之余，背后也不免指指戳戳：在这破地弄座“孤庙”，挺撑眼的，没香火就尴尬了。还有人打赌，新鲜劲一过看吧。除四季的风，瞎窜的鸟，早晚会沦为九寨三十六村赶集人畜的大茅厕，那可有笑话看了。

老爷肯定有笑话，除大小姐，好像还没谁有资格欣赏。老爷酿酒，一身酒糟味，大小姐就笑他杜康老师傅玩现世。老爷还想纳妾播种，生齿繁衍，打破几辈单传的魔咒，无疑是无疾而终的笑话，也只有大小姐看得有滋有味。老爷心中有数：所谓粮坊，没啥花，不就是把地里的粮食搬到集市上。老爷有骡马大车长工短工，更有异于常人的胆识胸襟，玩粮食游戏，还不是光腚小孩玩鸡巴。

“五谷粮仓”，如此大气磅礴的名字是老爷妙手偶得，还是祖爷爷苦心孤诣，没法考证了。反正这金字招牌，确是我祖爷爷墨宝，没谁敢争版权。远远站在河对岸邓小街，仍然熠熠生辉，直扑眼帘。若非祸起萧墙，焚为焦土，定然赢得更多后来人仰望。

那年祖爷爷从金陵辗转漂泊庙集，携江南风骚和半生沉浮，挥翰泼墨“龙兴寺”斗方匾额，声誉不胫而走，名扬颍州亳州开封诸府。提金带银求其翰墨的络绎不绝，祖爷爷一概拒之门外。也许自命清高，也许待价而沽，也许要等到老爷这样的知己才一展怀抱。反正祖爷爷有足够的底气耐住寂寞，以启蒙授徒为业。不过很愧作“有教无类”的圣谕，收的几乎全是庙集大家族的熊孩子，很快赢得“大先生”的荣誉。后来老爷慧眼识荆，祖爷爷的运命也天赶地催到了。梧桐不语，凤凰自栖。俩人一拍即合，如鱼得水。老爷也确实对得起祖爷爷的如椽大笔，五谷粮仓不久就轰轰烈烈起来。

老爷的办法简单粗暴，现在看来不值一哂。猪脑子商贩也开窍，但开窍没用，模仿试试。那要雄厚的实力，尤其比实力关键的眼界。你能比常人多看五步，弄几筐铜板不难。想弄金山银山，你得有五千步的鹰眼，五千步的虎胆，还必不可少相当的鸿运。

先前粮坊小打小敲有的，五谷粮仓都敞开供应，其中一部分还便宜分儿八厘。显然是有意撒诱饵，张网以待。老爷有四百亩清沙地撑着，大不了把三年的收成砸进去，也不过勒勒裤腰带减点肥罢了。谁知没砸俩月，方圆百里买粮的闻风而动，摩肩接踵直奔五谷粮仓。粮食生意分儿厘儿都算钱，乡民掰着脚趾头过日子，绣花针鼻也能透进斗大的风。做面食买卖的更要锱铢计较，一个馒头，一碗稀饭，一滴滴汗水里也就挣着分儿厘儿的利润。

五谷粮仓的线愈撒愈长，触角无孔不入，以至形成独特的优势。其他粮坊没有的它有，远超中原诸府的同行老字号。老爷放手能人，江南塞北求购，囤积居奇。特别是稀罕珍贵的小粮食，产量极少，地域性极强，还娇滴滴的极脆弱，多泡蛤蟆尿少缕阳光都没法活，隔道田埂河沟就不是那个味道。饭店酒楼偏拿它作招牌，嘴刁吃货就爱这一口，挑逗的就是好奇炫耀的人性。其实生意做到极致，就是人性的买卖。老爷有意无意捕捉到了，想不发都不行。何况高堂大人养病偏方的药引子，少奶奶滋补保胎的孕妇粥，小粮食头角峥嵘，愈见其大。譬如玉田县粒粒如金的“胭脂稻”，蔚州小五台山海拔两千米以上的“桃花小米”，恐怕拿金元宝也难买到，五谷粮仓居然神不知鬼不觉垄断了。休说黄淮之间争相求告，顺姑苏古运河直下永定河，北平府八大酒楼跑断腿也要请老爷漏漏手指缝……

世上事奇特有趣：阴阳相谐，生死相依，买和卖形影不离。买粮的一旦浩浩荡荡，卖粮的自然车水马龙。红白喜丧大病小灾等着使钱，拿粮食换银子吧。其他粮坊，没有合适买主干着急。五谷粮仓全兜底，多少都吃得下吐得出，人气旺得像着火。半年后，周边不知不觉聚来剃头挑子猪肉架子油条锅子，还有麻花铺子豆腐脑子细粉皮子……鸡鸭行牛羊行骡马大车行，谁也弄不清何时蓬勃兴起，或断然从别的街巷搬迁而来，形成农贸特色小吃一条街，硬生生将老街朝东拽出几百步。若非拖缰沟屏障，大石桥张家庄怕也被席卷。

那几位当家土地，这才恍然老爷没费一个子白占垃圾坑的厉害，肠子都悔青了。表面仍大度邀请老爷领衔规划整治，建立秩序。其实是承认接纳老爷，堂堂正正步入庙集大舞台，可以长袖善舞了。老爷却以忙着迎娶亳州府昭武校尉的大小姐婉拒，从此很少抛头露面，还是度蜜月造人要紧。再大的家业，没人白搭。后来又豪拥药店当铺，最终意兴阑珊甩手了。知道进是胆识，知道退才是人生大智慧。尤其能从容把握节点，进退裕如，方可得养怡之福。

当大小姐耍秋水雁翎刀，老爷再不情愿，照样乖乖“妇唱夫随”。人不必和现实过不去，更不能和自己拔河，吭哧心力交瘁提前完蛋。要像水一样随遇而安，是江河就像样地奔腾澎湃，是池塘就安静地守望星辰。蛮好蛮好。也许老爷和大小姐都天赋异禀——大小姐在二十四间房创建“一夫一妻”制，老爷就预见到怕老婆将来一定是世界潮流。愈是大丈夫愈体贴入微，忸怩不安，深恐未怕到老婆心尖尖上。那些以打骂女人为荣的大爷们，吃屎长点见识吧。

五谷粮仓左右小吃里，最先落地最具特色的有这几家。它们为农贸一条街的兴起繁荣，无疑具有奠基意义。更是众星拱月，将五谷粮仓祭上神坛。一棵树恣肆撑天也算不上森林，杨柳藤蔓灌木丛自有其存在的价值。只要绵延足够的绿，同样蓬勃出大海的风景。

老闺女种黑瓷的油条，尤其是焦酥喷香的回锅油条，独树一帜，搅动庙集多少大人孩娃的肠胃风暴。

庙集油条的历史，无可追溯，大概和庙集的历史也差不几条街。庙集人对油条的嗜好，好像与生俱来烙印胎记里。新生儿除了吃奶，第一口正规饭，依照祖奶奶惯例就是泡在饭汤里的油条。据说金灿灿的油条，能给孩子带来金灿灿的人生，谁也不敢马虎。豪门大户舍猴头燕窝，也要遵循第一口饭的老规矩。早餐稀饭油条，无论如何改朝换代，都顽固地保留为一街两巷的标配。光有萝卜咸菜窝窝头，小孩都羞于出门，闷头躲屋里咀嚼寒酸。看看孩子菜叶子小脸，想想吃不上油条的命苦，大清早也忍不住跌下泪蛋蛋。

那时乡民走亲访友瞧病人，油条也必不可少。阔绰的垒半篮子，金条一样亮瞎左邻右舍瞪圆的眼球。再不济也要凑够两串十二根，这已经是礼尚往来的底线。女人坐月子，红糖鸡蛋是点缀引食，油条面疙瘩汤撑个大饱投奶旺。孩子每天裹着汩汩流淌的母乳，富态壮硕，鹅娃子一样帅气，满月都拱高大半头，神童似的见风长。从此，小媳妇也争得和婆婆平等对话的资本，这可是质的飞跃。可见油条已非普通美食，它简直有改变命运的神奇。

庙集油条锅之多，不敢说鳞次栉比，三十步二十步总少不一家。烈油沸腾，浓香扑面。但黑瓷的油条不卖干卖净，好像谁也甭想开张。这很招同行忌恨，编排出不少闲话，有的还挺恶毒。市井低层的互害，最常见的就是流言蜚语。暗箭似的防不胜防，杀人于无形，死了都找不到复仇的债主。有的说黑瓷沦为老闺女种是命毒，未过门就把男人防死了。更有嚼舌的在这个故事基础上继续发酵，黑瓷连望门寡的资格也没混上，刚订婚男人梦见黑无常，吓得第二天把她休了。不管怎样抽风发恨，舌头嚼碎八条街，都不得不佩服。黑瓷的油条确是庙集第一，而且把第二远远甩开三条大街之外。

每天早晨想吃上黑瓷的油条，那要比黑瓷起得还早，黑隆隆在户外油条锅前排队。否则，也不必奢望驴年马月苦等，一个时辰就曲终人散。因为黑瓷每天定量就那么多面，那么多油，炸完了也卖完了。剩下的时间就是快乐地数铜板，大约总是一千六百枚吧。如果多出几枚，黑瓷就会托腮凝思：是自己手下不匀油条有出入，还是顾客匆忙数错铜板呢？很好笑的是，她总会乱想一定是老爷多丢几枚。黑瓷就悄悄攒下来，专放一个好看的钱罐买金丝银线。哪天下大雨不出锅，或者夜里睡不着，就偷偷给老爷织一个漂亮的荷包。

老爷想吃黑瓷的油条，当初也要排队。好在老爷有早睡早起的习惯，油条锅又傍着五谷粮仓西墙，搭个遮风避雨的斜棚，可谓天时地利人和。但老爷也常吃不到嘴，当他排队候到焦酥喷香的回锅油条，准备打道回府享受，却见馋得流口水的娃娃，寒风中瑟瑟的老婆婆，便将油条双手奉送，头也不回走了。聪明人说老爷作秀伪善，可他从来就不伪善一次给世人看。好在一圈排队的啧啧，老爷的成功不是无缘无故的。老闺女种黑瓷心底，大清早也像锅里的油沸腾了。此后最后几根，拿金条也不换，那是特为老爷留的。黑瓷说得理直气壮：我炸的油条好，那是因为五谷粮仓的面粉好，人得知恩报恩。当然后来闲话里的闲话，也把老爷给一锅炖了……

孔圣人表扬徒儿“箪食瓢饮”，自己却“食不厌精，脍不厌细”。作为万世师表，好像略有瑕疵；而作为人，倒蛮真实可爱。其实老百姓的肠胃和美食也没仇，只不过口袋缺银子。夜里梦见红烧肉流口水，天明遭老婆骂魂坠巫山。恨不得捏鼻子灌辣椒水，可灌出的是一肚皮馋虫，哪有狐狸精的影儿。秀才平时摇头晃脑：“冷淡生涯本业儒，家贫休厌食无鱼。菜根切莫多油煮，留点青灯教子书。”一旦攒够铜板，也屁股生火坐不住冷板凳，奔盖氏羊肉汤泡店过把瘾。

盖氏羊肉汤包比较小众化，是上流阶层的专宠。汤包一个要六根油条价钱，嘴大的一口塞没了，十个八个不过给肚子垫垫底。甭说小民怕烧钱，家大业大的也心疼。隔三岔五来一笼，打打牙祭，绝对不让人失望。单单它的羊肉就非同寻常：必须是邓小街正东涡河之滨那片果园里放养的小肥羊，八个月大，四十斤左右，质嫩肉鲜，只取脖颈后半尺脊肋处，其余统统扔给羊肉汤锅凑合。也许你觉得厚实饱满的腿子可惜，但吃货们知道，腿子肉柴汁少，并非做羊肉汤包的好食材。葱姜香芹胡椒粉的配比，误差拿捏毫厘之间。还有两种佐料画龙点睛，盖家传男不传女，外人休想知晓。待笼开热浪还未散尽，趁烫搭口一咬，小心啦——有太馋两腮烫出泡的，有太慌舌尖咬出血的，啧啧啧，仍舍不得松口。嘴角流油兮，十指流油兮，又用流油的唇舌吮吸流油的十指，哧溜溜响彻包子铺十八步开外。

那时庙集早摒弃“楚王好细腰”的私癖，盛行大唐审美标准。杨贵妃的丰乳肥臀才勾人眼球，梦里销魂。苗条骨感，不过是穷酸遮羞自慰的托词。大户人家找儿媳妇，不仅看脸，更看屁股，腚大好生胖小子，以利家族后继有人兴旺发达。因此美食油大味浓，好像都离不开大肉。哪怕半锅树根秋草，肥猪肉煨着就美滋滋的。

姬一哼的猪肉架人气爆棚，给农贸一条街带来勃勃生机。别人卖肉是把杀好蜕净的死尸挂肉架上，姬一哼却活灵活现整个过程。一般屠夫，要四蹄捆绑，几个棒小伙抓耳揪尾摁腰，兴师动众好半天。杀猪刀又捅又搅，像小孩玩具总够不着要害，自身却血溅得恐怖。猪嚎哭咒骂，来世若有轮回非加倍复仇不可。经验老到的，好容易进入技术层面。姬一哼玩的是行为艺术，猪死在他手里是幸福的解脱。无论大小肥瘦，卧着站着跑着，寒光一闪，猪仅仅哼一声翘蹄归西。大概连痛的感觉还没来得及体验，就做梦安乐去。姬屠户真名早已湮没，无人考究，“一哼”名头愈叫愈响，远播四野。

姬一哼每天最快活的是手插猪肚，掏一捧亮晶晶冒着热气的肥膘油，用四桥口邓老嬷的麻豆皮卷起来饕餮。那是真解馋，人和动物完美的融合，或者人就是最神奇的动物。姬一哼一天只吃这一顿，剩下的时间慢慢啜桑茶洗胃。他一年四季都光着膀子，除非零下十几度，小雪飘飘依然露着肚脐眼和周边的十数根长毛。那肚脐眼像温泉口，雪花怎么也糊不住，至多挂在蓬草似的长毛上晶莹。男人爱看，想入非非。女人也爱看，手绢围巾遮掩发热的脸蛋儿。

花开花落，白云苍狗。一年又一年埋葬历史黑洞里，再难吐出曾经的辉煌。世上的美好，好像都有时效性，弄丢找不回来。我九岁时，老爷创建的五谷粮仓也斑驳的有些古意。油条自然长盛不衰，幸福着庙集人的肠胃，可惜老闺女种黑瓷的回锅油条只能在传说里回味了。盖氏羊肉汤包每况愈下，生意萧条，后人都改行贩卖牛皮羊皮。猪肉架又添几个，颇热闹，没一家姓姬的。姬一哼麻豆皮卷膘油的吃法倒有个隔世传人，卖面花生焦蚕豆的罗锅。罗锅很想请少爷享受，少爷摇摇头，怕没本事拿住窜稀，比老瞎子还噼里啪啦呢！

风雨如晦，五谷粮仓依然雄踞东大街令人不敢小觑。祖爷爷泼洒的四个大字，月光下愈见古朴奇崛，仿佛老爷和祖爷爷不甘的眼睛。听说最新大掌柜也姓张，其背后老东家却神龙见首不见尾。少爷最近几年四百亩清沙地的粮食，都让农户直接缴到五谷粮仓。街巷里传闻纷纷：要么二十四间房雄心再起，欲重新收购五谷粮仓完璧归赵；要么少爷和五谷粮仓有什么神秘契约，不知将来要搅动多少条街巷的青石板。庙集自立埠建城就像长河一样，波澜起伏。

五谷粮仓是二十四间房的根。当年老爷孙子为解决四房相煎将根铲了，实乃败家肇始。此后辛苦补缀，不过是苟延将就。甭说少爷志不在经世致用，老爷复生恐怕也回天乏术。自古道：濯足中流，抽足再入已非前水。老天赐给人的机会极其有限，一生能摊一次就很侥幸。如果还不珍惜，胡乱做派，那就等着哭丧吧。

我知道的事，晶晶当然也都知道。我不知道的，她可能也听说不少，只是小心藏着掖着，唯恐我知道得越多做梦越不踏实。神勇的二郎神，也看不住偷窥梦境的鬼魅。有一天，我和晶晶溜沙滩上，天风浩浩吹过长河，芦苇沙沙响，翠鸟磔磔云霄间。晶晶突然严肃地凝望我："听着月儿，你将来也能成为老爷！"我笑着摇摇头，做老爷有什么好，还不如做少爷舒服一点点吧。

第八章　药店

世上本无事，庸人自扰之。说起来潇洒出尘容易，可万家灯火哪有不冒烟的灶？人生来就活在大大小小是非里，有时笑笑人家，有时被人家笑笑，谁也逃不掉纷扰。也许死了清净，可有人生前寂寞，死后故事却蓬蓬勃勃。仿佛生命才刚刚开始，恐怕也清净不了。陆放翁很无奈："死后是非谁管得，满村听说蔡中郎。"

"生尘堂"好像又出事了。北关街围堵得水泄不通，一丝风挤不进去，半个屁也溜不出来。穆阁巷公馆街有人听说了，沸沸扬扬，也一路滚雪球似的朝那儿涌。人生最难熬的是无聊，好在乡民聪明，消磨无聊的办法也很多。像少爷喝酒恋爱固然不错，但那成本高，一般人玩不起。庸众最常见廉价的是看热闹，不仅消化无聊好使，似乎还能骤然还魂，一股股青春热血起来。

生尘堂看似拗口，云遮雾罩，其实略通文墨的一眼望穿——不就是药店嘛。出典并不深奥，别费脑子另寻渊源，就来自那两句半俗半雅的诗文："但愿世间人无病，宁可架上药生尘。"北平府的百草堂堂皇大气，出处亦稀松平常：“曾有神农尝百草，便留良药济众生。”文士情怀，良医愿景，都氤氲在这慈悲的文字里。

药店出事，一般都不是小事。能惊动几条街更不简单，大概率是抓错药牵扯人命了。人的命本就脆弱，动辄句号，阎王也从不给说法。上口气还在，下口气罢工，给老婆孩子几句遗嘱念想都难留。难怪贤达高士冷眼旁观：牛哄哄你方唱罢我登场，其实命贱过猫狗。凛冽北风里，流浪的猫丧家的狗，干瘦如柴眼泛绿光，吃腐尸粪便，睡荒草坟丘，照样苟延残喘，熬到春暖花开的那一天。

药店抓错药肯定不常见，常见就不是药店，早改为棺材铺了。偶尔错一下，也不能说不正常。神都打瞌睡，鬼也拉稀，人哪能万无一失？冥冥中阴差阳错，非人力所主宰，摊上谁谁倒霉。“倒霉”俩字，说尽天下委屈和狼狈。不过终究不可原谅。人命关天，再充足完美的理由都是屁，压上全世界也白搭。生尘堂今日在劫难逃，于是事故变成故事，添油加醋，在十八条街巷疯传。

生尘堂肯定出事了，板上钉钉。到底多大的事尚无定论，在眼见为实之前，有足够想象的空间。恐怕多数还都朝地狱里想，好像尸体比大活人有意思。此时看热闹的层层叠叠，除了翻翻滚滚的人头，仍懵然无知。很想就近打听点眉目，众说纷纭，愈加糊涂上火。本来被挤压得满脸油汗，此时开始蒸腾冒烟，顺带把腋窝陈酿的馊臭激发出来。彼此混合，浩浩荡荡，瞬间形成黄泛区。人久溺其中，仿佛泥沙塞眼，脑袋灌浆，连一街两巷都像喝醉酒颠摇起来。

庙集人喜欢看热闹，好像天天也都有热闹可看，有人简直要靠热闹活下去。像吸食成瘾的大烟鬼，一旦断货了无生趣。所以有热闹绝不放过，没热闹闲得蛋疼不妨制造点解闷儿。酗酒打架踢寡妇门，这仍然需要成本，后果更不断推高成本，以至承受不起丢人现眼。本来想凑热闹取乐，活出一屁啦好心情，反倒出丑，成了被看热闹的蠢货。三天羞于出门，憋家里老婆孩子讪笑，一头扎茅缸的歹念都有。终究活的意志顽强，姑且藏被窝里舔舐难堪，改日抖擞精神，继续在街市游荡捕捉新的热闹，把被看热闹的损失捞回来。

庙集看热闹最经典的是在大戏院广场，看两个发情的狗儿打秧子。这在乡下稀松平常，除淘气的孩子扔坷垃，成人不屑的。只有骡马驴子媾和，才有点观赏价值。可见乡下人的识见，未必输于城里人。城墙规范突兀的四角，还是多少限制了想象力。

那天午后，十八条街巷陆续罢集收市。戏院《天仙配》，一通荡气回肠也曲终人散。世上本没有永恒，良辰美景奈何天。不如趁闲情闲钱还在，呼朋唤友，茶馆酒肆花巷潇洒去。九寨三十六村乡民大都落潮回家，来时走多少步，回去麻烦再丈量多少步，少一步也到不了家门口。青石板突然空阔寂寞起来。算命的收了卦摊，卖油的不再敲梆梆，捏糖人做冰糖葫芦的也懒得吆喝。

万物皆有灵性，两条腿的人不能也不该独霸街市。总要留点时空，给我们动物界的邻居。它们也要社交倾诉过日子，一辈子都不容易。这时一雌一雄俩狗儿登场：也许本就是爱侣，也许一见钟情，交颈低语数声，雄性嗅嗅雌性私处，雌性羞答答转两个半圈爱了。刚才空荡荡的广场，霎时聚拢里三层外三层看客，屏息凝神，恨不得把眼珠当弹珠打过去。憋不住轰然叫好的，尤甚醉酒狎妓的狂欢。乡野里猫狗闹春司空见惯，不料搬到集市竟如此兴师动众。

我本不该看到那荒唐的一幕。爷爷和老王化聊过头，我忍无可忍跑出来溜达撞上了。回到二十四间房，便黏着晶晶像有一肚子话要说，又不知从何说起。傻半天，还是吞吞吐吐告诉她狗儿的事。晶晶双颊飞红："月儿，你是我眼珠子，不该看不干净的东西。"我羞愧地点点头，望着晶晶水灵灵大眼睛，突觉自己好脏。赶紧跑神桑边，掬塘水一遍遍洗濯眼睛。晶晶不放心跟过来。我仍怯怯发慌："没事儿，我不会跳塘。"晶晶笑了："月儿，好出息好志气！不过跳塘也没关系，我把你捞上来。"我又露破腚（绽）让晶晶笑话，反倒心安许多，不觉调皮起来："万一我跳了呢？晶晶，万一你捞不上来呢？"晶晶笑道："跳就跳吧，咱找红尾巴鲤鱼快和去。"

北关街愈加喧嚣，像巨大的漩涡裹挟着周边街巷的人流。"生尘堂"被窝在黑洞里，信息渺茫，或已完全湮没，仿佛就要从庙集彻底消失。这无疑更具探索的魔力，好奇者前赴后继。就连最不该看热闹的，隔着好几条街巷，平时冷静到冷血的"一把抓"也惊动了。他居然丢下蕴德门旁的药摊，箭似的射向"黑洞"。虽然没有少爷醉后的"凌波微步"好看，却剑鱼一样披风斩浪，根本看不清施展功夫，就直扎进漩涡深处。那水泄不通的人流宛若无物，也不见如何推搡挤加，沾衣滑过，把一波波涟漪甩在身后荡漾。

庙集自古商埠属性，又坐落长江黄河文明交汇处，具有极强的吐故纳新能力。西域胡马，东洋倭刀，都曾野性敲击过十八条街巷的青石板，终究泯然无迹。而江湖浪子，落魄艺人，更是来来去去，庙集也任其蛰伏疗伤混碗饭吃。但真能扎根的极少，多是浮云飘蓬，还没有候鸟待的时间长。“一把抓”在蕴德门天相门卖跌打伤药，好像已有好几年。开初谁也没在意，像一滴水湮灭泥土里，既说不清来路，也不必追究归途。直到码头扛大包的宁二愣子出事，才让人刮目相看，原来庙集还有这号人物。四娘绣花针姑苏一绝，金梭银梭；岂料一个普普通通中年男人的手指头竟也如此魔幻。

那天宁二愣子逞能，非要和老板赌三麻包五百斤黄豆扛起来走三十步，赌注为一挂活蹦乱跳的猪心肺。其实老板熟知二愣子蛮劲，故意以区区一挂猪心肺奖酬，挑起码头工兴致，增强劳动效率。而二愣子三天两头找人赌，嗜赌成性，也有不得不赌的苦衷。二愣子胃太壮，好像吃岩石能顺腚眼子哗哗淌铁水。有人怀疑他有两个胃，日夜饕餮，像天狗吃月吞日也搁不住消化，挣的苦力钱都塞进去还是饿饿饿。便愣头愣脑蒙出“赌吃”绝技，以添补肠胃亏空。当然还没有老婆——他连自己都喂不饱，哪个女人会抽筋跟他喝西北风。

宁二愣子先前和工友赌，都是看起来撑死也不可能的事。大家挣的都是血汗钱，谁也不想轻易撂二愣子肚里化成屎尿。他第一次赌一口气喝八十个生鸡蛋，一弹指没了。第二次赌一铁锅面条和十个大壮馍，足够三头老母猪的伙食，只不过让二愣子撑出几串臭屁来。第三次赌两个卤猪头三副肥肠另加四斤烧刀子，这是二愣子最过瘾最光辉的一次，酒足肉饱，两条腿泡河里美美睡一夜，天明还灌醉一身水蚊子。工友们的裤衩都输掉了，从此再没人敢接茬。万般无奈只好赌到老板头上，谁知老板也是冤大头？如果老板真是冤大头，那他喝老板娘的洗脚水也摸不着，甭想在漕帮三江五湖闯荡了。

宁二愣子在工友的鼓噪助威声中，起得稳，走得牢，不觉得意忘形，眼见那挂猪心肺挂脖颈上，一张嘴两嘴角淌油。乐极生悲，最后卸下的麻包不慎将小腿骨砸折。就近喊来天相门卖跌打伤药的，也没指望奇迹发生，贴块膏药略减疼痛就谢天谢地，然后再冲船去亳州府找华佗接骨。岂料摆摊的搭手一抓，“咔嚓咔嚓”铿锵数声，断骨续上，膏药敷毕，缠好麻布夹板，比脱裤子放屁还干净利索。二愣子回去老实仨月痊愈，又敢赌麻包卤猪头了。

摆摊的由是传名。此后几个更重的伤筋断骨者闻名寻来，摆摊的左推右拉，上压下顶，瞬间完事。伤者疼得杀猪嚎，欲拼命挣脱阎罗掌，可在“一把抓”手里纹丝不动，似乎没半点怜悯之心。后来谁也推敲不出摆摊的姓名来历，但见他铁钳似的魔手一抓就好，便以“一把抓”呼之。摆摊的受之坦然，遂成官称。

在庙集能把绰号叫成官称的，无疑都算能人，说不定还是藏龙卧虎。阮二手，姬一哼，还有卖面花生焦蚕豆的罗锅。一旦风云际会，长啸一声，也许十八条街巷的青石板都轧轧作响。

“一把抓”看上去，比少爷足足大二十岁。满脸沧桑，不苟言笑，显然是江湖人。官话说得像模像样，自带三分威严。走南闯北卖膏药的，大都会几句官话撑场面，庙集土著门儿清，也没谁放眼里。一把抓几抓扬名立万，生意颇好，摊上不断九寨三十六村乡民。他就不在流动摆摊，而是固定东大街蕴德门外，和老爷创建的五谷粮仓仅百步之遥。其实他租间门面，挂牌坐诊，手艺名望实力都撑得起，也免受这街边摆摊的风尘之苦。可他喜欢看天看人，更喜欢和五谷粮仓无言相对，还是蕴德门空阔方便。真有能耐的人，大概都有点怪癖。吃口红，闻臭袜子，石片擦屁股享受火烧火燎的疼。不一而足，各有各的怪法。但像一把抓这样，泡街边风尘里看人看天看五谷粮仓成癖，闻所未闻。少爷觉得挺有意思，与自己爱花嗜酒有不谋而合之妙，将来有机会浮三大白。少爷交友秘诀：好像就是有癖好臭脾气，和正人君子最好保持点距离。爷爷却仰天叹息，若有所思。

那时开山劈石刨树挖坑全是人力，扭伤跌伤砸伤家常便饭。况且庙集向来“崇文尚武”，耍刀舞棒拿大顶的也难免失手——瓦缸不离井口破，将军常在阵前亡。光荣的旗帜都是插在墓碑上，古今中外皆然。一把抓每天都要秘制疗伤膏药，而膏药需要原材料，他一眼就看上药材最多最齐全的“生尘堂”。很快和燕大查柜和两个小伙计稔熟，常收摊进来喝茶聊聊行情。燕大查柜为人温厚，古道热肠，见一把抓一个人孤戚，有时还殷勤留他喝杯酒暖暖身子。这最温暖江湖人的心。他乡遇故知，比故园里全是熟悉的陌生人熨帖。今天“生尘堂”遭劫，一把抓岂能袖手旁观，不料无意间竟露出不可思议的功夫。大家只顾推着挤着看热闹，好像也没谁留心。

如果不是修到“菩提本无树”的化境，多少还是要惹点尘埃的。风拂过会在小草上留下痕迹，雪融化将洇湿梅花的笑靥，白云飘去很久很久了，湖心里还依稀萦绕着淡淡的影儿。还是有两个人看得一清二楚，少爷和卖面花生焦蚕豆的罗锅。

罗锅还沉溺昨夜宿醉里，不禁揉揉眼，揉过后的眼球攒聚鹰隼的锋芒——将来必有一战，不管是敌是友，那一战必定十分好看。罗锅骨节爆响，突然高大许多，背后的罗锅好像也快拉直了。黑黝黝乌木圆盘，在他左手上风驰电掣旋转。面花生焦蚕豆像黏死圆盘里，没接到主人指令，一粒也不敢妄动。罗锅右手平添一把刀，虚拟又实在的大刀。不知是饮英雄血，还是要砍仇人头。少爷却笑了，庙集本该有这样一个奇人，这样一身功夫。改日不妨和“凌波微步”印证，看谁三百步不沾泥沙。好像还不止他们两人，当铺里那个脂粉气十足的贵公子斜倚门楼，眼里也爆射刀剑饮血的殷红。

一把抓影子样闪进生尘堂，好像仍是孤零零影儿没人搭理。撒泡尿照照，在庙集你算老几啊？但见一老者情绪激昂，语无伦次。两个小伙计不依不饶，顽强抵抗。庙集人吵架，向来谁嗓门大谁有理，理直气壮嘛！一把抓听半天，啼笑皆非，不禁摇摇头。原来燕大查柜去开封府进药未归，两个小伙计忠于职守。河南邓小街一老人抓药，药倒货真价实，没丝毫出入。争执的焦点是老者过大半个时辰，硬说柜台少找一个铜板。若燕大查柜在，随便丢个给他，皆大欢喜。两个小伙计憨厚朴拙，脑袋不大灵光，平时切药抓药守着本分就好，也无须耍小聪明。但遇事拘泥而不知变通，那就麻烦了。他们谁也不敢承担一个铜板的过失，怕砸了饭碗事小，连带砸伤“生尘堂”牌子咋整？况且药店规矩：当面点数，钱货两讫，出门概不负责，哪怕天塌地陷也于本店无涉。于是僵持不下，观者如堵，双方更不能让步。好像让步即认输认栽，里子面子全折，不惜作困兽斗。

一把抓弄清原委，腰里摸出一串铜板恭送老者。老者断然拒绝："俺有的是钱，谁稀罕这仨瓜俩枣，俺要的是个理儿。"一把抓再神，遇到"死理儿"也不好使，便向两个小伙计示意。小伙计总算眼睛不瞎，明白一把抓好意，柜台里取出铜板很不情愿递给老者。老者不客气接过，底气更足，倚老卖老继续数落，比教训自家的灰孙子还仗己。另一小伙计鞠躬念叨，好像是向老者赔罪。其实是燕山方言，骂人"老而不死谓之贼"。老者当然听不懂，见鞠躬度数折叠成麻花，脸快贴到裤裆，足见悔过甚诚孺子可教。还是抬抬手放他们一马，彰显老人风范。于是捏着铜板高举过头顶，让看客们一睹胜利果实，散了吧。围堵一条街的大热闹，如此虎头蛇尾，让人失望。好在庙集热闹层出不穷，溜达溜达，也许公关街顺河街就不期而遇了。

众人散尽，"生尘堂"三个大字赫然在目。徽墨蘸着金粉，沉暗里透着响亮，隐隐有金石之声。越瞅越眼熟，好像在哪见过，皮影戏连过几遍，猛拍脑门恍然——这不是和"龙兴寺""五谷粮仓"一贴同胞吗？不错不错，都是我祖爷爷墨宝。庙集就这三处，大江南北存世的也只有这三处。老爷当年创建五谷粮仓，俩人就义结管鲍，相见恨晚，必然要联手再造一座丰碑。祖爷爷说服老爷锦上添花，拾掇一个最齐全的大药店。粮食关乎千家万户的嘴，药店可连着万户千家的命。这都是积德行善，福祐桑梓的菩萨恩泽。老爷正愁银子没地投，原来命中注定还有个

"生尘堂"等着呢!

我从记事起，爷爷的心思好像都在少爷身上。他不厌其烦地叙叨老爷壮举，以激励少爷奋发图强，莫让酒色误了二十四间房锦绣前程。仿佛也是暗暗告诫我，少爷好学而不可做，把老爷精神发扬光大才是正途。爷爷极少说自己的家事，像祖爷爷这样光芒四射的人物，也羞而不谈，似有隐衷。后来我从零零碎碎的道听途说，取舍补缀想象，才勉强拼凑起祖爷爷行略，深以为憾，也深以为荣。倒不像爷爷，感时伤怀，总怀着千年忧的沉重。

我家祖籍江南，那个秦淮河泡着紫金山的风流地。马马虎虎，与大才子祝枝山也能扯上点关系。醉酒狂歌"别人笑我太疯癫，我笑他人看不穿"的唐伯虎，也是我先祖的铁磁。童年时凡历经杏花春雨的洗涤，画舫古筝的熏陶，无不带三分才子相。祖爷爷好像更上一层楼，就算才子中的上品也没人敢说赝品。才子风流，仿佛与生俱来的基因密码，祖爷爷也未能免疫。风流而不下流，留情而不留种，不妨在吟风弄月的诗文里荡漾，一旦荷尔蒙泡着烈酒就完蛋了。那天完蛋的还有道台的少爷，千总的公子。祖爷爷居然独占花魁，那代价是第二天，糊里糊涂被一群烂仔打出紫金城。这很契合丛林社会的法则：爱也好，性也罢，无论羽毛多么华彩，哪怕你龙凤之姿，天日之表，最终都要靠武力征服。祖爷爷太天真，以为满腹锦绣就可横行秦淮河，差点玩掉项上人头，可谓教训深刻。这一点还是唐伯虎钻机，伸缩自如。只要能抱秋香入怀，卖身为奴也是不错的选择。

祖爷爷对那湾浸透胭脂的香波难以忘情，潦倒异乡，也总爱在有水的地方漂泊，聊解相思之苦。于是淮河颍河沙河转个遍，都不尽如人意。特别难堪时，也曾学太白醉酒捞月，漂漂亮亮直奔西天的阳关大道。可还没沉到水底酒就醒个大半，手脚又本能地划上来。至于喝药上吊让屁憋死，那好像都不是才子的死法，有辱斯文，所以他压根儿想也不想。流浪流浪继续流浪吧，命运带哪里算哪里。苍天在上，日月明鉴，总有一片适宜埋骨的青山绿水。

祖爷爷“泛彼柏舟，亦泛其流。耿耿不寐，如有隐忧”。他顺涡水曲曲弯弯冲到武家河，夜观流星园，沉寂不复生气，原来此地风水皆被老子占尽。五千言《道德经》竭泽而渔，再难翻起浪花。失望之余，天亮踟蹰庙集，本没抱幻想，不过“到此一游”，估计连买醉一宿的资格也不配。谁知眼前豁然开朗，遂调动阴阳堪舆的全部知识，果然物华天宝，极宜东山再起，夺回往日荣光。祖爷爷数年来苦其心志，劳其筋骨，也该时来运转了。适逢“龙兴寺”金字匾额被战火焚毁，处境尴尬，佛也有自身难保的无奈。好多年请人蓦写，以期光大佛门。颍州亳州开封诸府名家也不甘寂寞，纷纷献艺，不过尔尔。大都端庄严正，有的浸润佛的慈悲，有的跋扈龙的精神，可水乳交融以逞万千气象者尚未出现。这远去龙兴寺本意，更不配小青龙威仪棣棣。方丈只得凑合着应景，暗地里仍求贤结缘不辍。

祖爷爷半生飘蓬，浮沉荣辱，于宿命佛道颇有体悟。对小青龙开河传说并不真信，却也抱着虔诚到龙兴寺瞻仰流连，尤其对山门匾额看了又看，不自禁摇摇头。这一切当然没逃过方丈慧眼，便请祖爷爷静室品茗小叙。祖爷爷很慎重，数年来风餐露宿，泪水泡着酒水，早把少年轻狂陈酿成一泓秋水，照彻天地古今。祖爷爷深知这是能否在庙集起航的大考，绝不逊鱼跃龙门的价值。俩人啜饮半盏，寥寥数语，相视一笑，方丈知道期盼的有缘人就在眼前。于是唤小沙弥捧来文房四宝，亲自铺纸研墨，请祖爷爷挥翰。祖爷爷凭窗眺望南方，依稀看到杏花春雨正沐浴着虎踞龙盘的紫金山。一个挽着高髻的春衫丽人，拔金簪换酒送落荒而逃的情郎一醉，眸子里满盈盈着秦淮河的无限忧伤。霎时，胸中澎湃起重整河山、还我佳人的豪情。他接过毛锥，深吸一口气，“龙兴寺”仨字一挥而就。然后向方丈合十鞠躬，口宣佛号缓缓离去。祖爷爷踏在青石板上的每一步，沉稳响亮。明天的路就是从龙兴寺一步一步走出来，而且一定走得十分好看。

方丈焚香沐浴，选良辰吉日将“龙兴寺”斗大匾额重新镶嵌寺院正门，白马寺灵隐寺少林寺也纷纷派长老高僧观礼道贺。此乃庙集佛教界盛事，千载难逢，朝拜香火更旺了。休说善男信女，远近数百里赶考举子也趋之若鹜，欲从这三个大字里汲取江南文墨灵气，以便进京“春闱”猎获功名，不负熬掉的头发和娘子牙缝里抠出的灯油钱。让名字从金榜上与天安门城楼的旭日一起升起……

祖爷爷一夜间声名鹊起，像一河两岸的柳丝儿迎风招展。他深谋远虑，并没把虚名立马兑换世俗银子，而是低调地做个启蒙老师，好像要把自己藏起来。这看似闲笔，无足轻重，可一下和庙集几大家族攀上关系，为日后运作腾达埋下草蛇灰线。郁郁乎文哉，祖爷爷很快被尊称为“大先生”，还传扬美誉为“南邓北回一大群，不顶大先生一个人。”这在庙集史无前例，足以媲美翰林的光荣。时至今日，“大先生”桂冠依然在爷爷头上闪闪发光。尽管爷爷实至名归，十八条街巷没谁说闲话，但祖爷爷“随风潜入夜，润物细无声”的恩泽，还是洇透百年时光。家族传承有无形和有形之别：有形的楼宇田产显赫一时，容易崩毁易主，所谓“旧时王谢堂前燕，飞入寻常百姓家”。无形的文脉礼仪，看似弱不禁风，却源远流长泽被千秋。

老爷就是在那时和祖爷爷相识相知，管鲍终生，并由此结下七代渊源。我和晶晶托福庇佑，居然“朱砂记”也联袂生长。这是多么神奇的梦缘福报，今生自当拿命珍惜。祖爷爷当年书写的“五谷粮仓”和“龙兴寺”一样，誉满长河，老爷佩服得五体投地。好像涡水流经之处，必有潺潺回响。这次又笔走龙蛇“生尘堂”，尽管老爷不明其意，也不好意思垂询。但他信服祖爷爷，信服江南鸿儒一肚皮墨水像长河一样滔滔滚滚。老爷一旦信谁，你拿刀剜他一块肉，还是眼皮眨也不眨地信。祖爷爷当时也犯踌躇，如向老爷解释，好像老爷连那两句破诗也没读过，未免尴尬，日后自会云开月明。果然药店开张，几个酸丁对着招牌摇头晃脑，啧啧称贺。自然要显摆出“但愿世间人无病，宁可架上药生尘”。老爷微笑拱手：“不敢不敢，寸心可鉴。”有分量的人都用实力说话，懒逞口舌之能。当然也是自知肚里墨水稀罕，言多必失。不像某些大人土豪，自恃权杖银子天下通吃，在太学府《易经》研讨会上，也敢猫儿狗儿似的叫春。

老爷把“生尘堂”全权托付祖爷爷，好像连甩手掌柜也要甩出八条街之外。祖爷爷深感知遇之恩，趁机把教职辞了。说实话，当初开门课徒本是权宜之计，伺时而动。现在拥有更广阔的平台，可以长袖善舞了。人生最难得的是机遇，多数人苦熬一生也是枉然，好像白来世上一遭。把握时机，果断选择，比一辈子努力更重要。否则稍纵即逝，一旦错过，你赤脚追到阎罗殿也未必能追回来。

祖爷爷不想泛泛打理药店，仅仅作为买卖多赚几锭银子。那绝非祖爷爷想要的生活。半生屈辱苦难的磨砺，未来衣锦还乡的憧憬，都让祖爷爷骤生“不做良相，便做良医”的宏愿。而且近在咫尺，看得见摸得着。不像狂生醉嚎“试借君王玉马鞭”，醒来不值一个臭屁。于是夜夜挑灯研读《难经》《黄帝内经》《神农本草经》，白天手不释卷《千金方》《本草纲目》《伤寒杂病论》。有时几部书同时翻开柜台上，相互斟酌参详，细究某味药某个方子的异同得失。愈精进愈感到无知，华夏医学仿佛深邃的夜空无穷无尽。兀兀穷年，有幸摘取几颗，也不过苟得萤火之光。深为从前的放浪诗酒风月汗颜，吟破杜鹃带血啼，哪如开一个医病救人的好药方。

世上事无不如此：只要耐住寂寞，坐稳冷板凳，舍得下笨功夫，总有开花结果的一天。一年后，生尘堂几千种中草药，祖爷爷不用看，手摸鼻子嗅即可说出药名疗效。望闻问切，一般疑难杂症迎刃而解。祖爷爷还在采药上不惜成本，常用药就近到中原诸府精挑细选。稀奇贵重药物，派专人按季节到原产地蹲点守候，而且绝不要水洗硫黄熏的干净药。祖爷爷很迷信，药是泥土的精灵，带着微尘也就带着药魂儿，药到病除。所以从生尘堂抓的药，熬到最后药渣上总沾着星星点点尘屑。说来也怪，庙集十八条街巷和九寨三十六村还就信这个，不用贴商标，那定然是生尘堂货真价实的良药。

生尘堂和五谷粮仓一样红红火火，大先生名头家喻户晓。有大家族抛来橄榄枝，欲结秦晋之好，提升家族影响力。好像拴住祖爷爷，江南也跑不多远，总有一天会成为自家的后花园。祖爷爷思谋再三，不愿陷得过深，将来拔腿南归费周折——那杏花春雨沐浴的紫金山总让祖爷爷梦牵魂绕。不久，顺河街老秀才小女儿迷上祖爷爷，请教诗词歌赋，还偷偷慰劳鸡蛋煎饼小米粥，祖爷爷的心田肠胃同时打开。这是一段美满姻缘，否则就没有爷爷，月儿屁也不是，更休想朱砂记和晶晶联袂生长。可惜天命自有定数，祖爷爷的好运也快到头了。

那天一个普普通通的乡下女人，一个平平常常的肚子疼，一包实实在在的中草药，回家熬了喝了肚子永远不疼了。连带六个月大的孩子，也不必咀嚼人世间的悲苦艰辛，一尸两命。这种事在乡村再正常不过，大夫治病不治命，生死簿攥在阎王爷手里，玉皇大帝也没辙。女人婆家娘家都懂这个古理，忍痛埋了拉倒。“认命”是疗伤止痛最好的麻沸散，也是乡民世世代代活下去的理由。

庙集还有个活着的法子，茶余饭后消遣死人。日子太重复乏味，好像一辈子就是一天。能从死人身上榨取乐趣又不犯法，不像偷根针线遭鞭刑夹板。偏偏七拐八磨，传祖爷爷耳朵里。祖爷爷脑袋轰地炸了，想象女人临终扭曲挣扎的恐怖，孩子娘胎里撕心裂肺的痛楚，涕泗滂沱。他当即抓和女人一样的药，熬好喝干，药渣也舔食干干净净。然后换好送老衣衫，等待上天判决。整整挨过三个时辰，阎王无常都不理他，生死簿消不掉户口。只是舌苔有点苦涩，肚里闹咕嘟撵出几个屁。祖爷爷仰天长叹：

“修合无人见，存心有天知……”

祖爷爷以命试药，人职义尽，心灵应该得到救赎。可如此重击还是打回书生原形，闭上眼就是女人戚戚哀哀的眼神，愈想象愈真真切切，终于精神恍惚病倒了。我深为祖爷爷惋惜感动：在丛林法则社会里，厚黑学大行其道，甚至不啬别人的血染红顶子。祖爷爷的悲悯情怀和对弱者的同情，哪怕流于脆弱滥情，终究焕发人性的光辉。老爷闻知，速速接回二十四间房，好生静养，并派人给女人家送去三十块大洋，以让祖爷爷宽慰。祖爷爷唏嘘道：“都怪我招牌没写好，‘生尘堂’堂生尘，好端端无事生非，摘掉砸了吧。”

老爷口头诺诺，当然舍不得砸。否则，庙集就永失这百年老店。老爷当初不懂都高挂起来，懂了更像眼睛一样爱惜。“但愿世间人无病，宁可架上药生尘”，那可是五千年中医的魂啊！无奈“生尘堂”百年来数易其主，斑驳陆离，房顶黄蒿草郁郁葱葱。而今东家也不知姓啥名谁。燕大查柜敬业和善，很适合这个行业，可惜缺少点气魄。假以时日历练，前途可期。如果暂且让“一把抓”坐镇主持，运筹帷幄，倒是一个比较理想的组合。

后来我想象的大都应验，好像有未卜先知的禀赋。其实生活本就波谲云诡，一切皆有可能。天真烂漫的孩子无所顾忌，啥都敢想，难免有误打误中的小概率。这样我再对晶晶吹牛，底气十足，看不把她水灵灵大眼睛吹出一池清波来。

第九章　当铺

当铺做到一定规模，或相当成功的高度，当品就源源不断、稀奇古怪。就像酒肆不能拒绝醉鬼，青楼不能挑拣嫖客，茶馆必须容纳泡茶汤的犀牛肚一样，当铺也要有开门揖盗的胆略气度。最耸人听闻的当品，并非西周青铜器，东海夜明珠，王母娘娘划天河阻隔牛郎织女的玉簪子，而是有关少爷的传说。

八十年前庙集有很多传说，有的比《山海经》还荒诞。古楚大地是生长神话的地方，单单屈子的《九歌》就芳菲华彩，乘雷浩荡。少爷就在这传说里被过度消费，以至体无完肤。

那个月黑风高夜，蒙面玄衣人惊天一当，庙集十八条街巷的青石板轧轧作响。甭怪老天懒散，极少理人间的破事儿。专司其职的阎王做梦也想不到，那当品居然是少爷的舌头和一对大拇脚趾。于是严令黑白无常破案缉凶，八十年后仍是一笔糊涂账。谁也弄不清当者来龙去脉，和少爷有啥不共戴天之仇，又当多少黄金白银？但当这两样的理由倒十分充足，不得不令人信服。少爷一张嘴就口绽莲花，甭说少女少妇迷醉，连想杀他的快刀都举不起来，不知咋就把舌头割了。肯定是瞅他醉酒，刚张嘴还没容吐字的瞬间完成的。至于剁大拇脚趾头，因为少爷脚尖太滑，屡猎不中，一旦施展“凌波微步”便杳无消息。那也一定是趁他元龙高卧，才勉强得手。神都有打盹的时候，少爷好端端一觉未醒，有幸而又不幸地成为传说。

传说并没有以恐怖作结，叙写的浪漫美丽，任风流倜傥的唐伯虎复生，恐怕也自愧是头笨猪，还是老老实实呆桃花庵地穴里以全名节。斗转星移，各领风骚。那是又一个杏花春雨的月夜，公馆街青石板上娉娉袅袅一个千娇百媚的女子，梳六条姑苏花辫，捧一盆红玫瑰赎当。她嫣然一笑，满室芬芳，黑衣人刀枪剑戟斧钺钩跌落一地。当铺只好乖乖把少爷的东西交出来。那女子深情一吻，铁石心肠也心碎肠断。然后她揣进贴胸衣袋里，婀婀娜娜而去……

传说一般都无从考稽，错就错了，冤就冤了，自生自灭。神话更是女娲娘娘的屁，愈嗅愈香，恨不得收香囊里自慰。好在他们没遭遇阮二手的鱼叉，爷爷更像岩石一样挺过生命的最后七天。他说少爷走时一袭青衫，面带微笑，依旧玉树临风的样子。

时隔八十年腐蚀，往事自然有模糊褪色的斑驳，或者九岁孩子最初的记忆本就残缺不全。一生中最深刻的生命烙印，难免不按秩序提前蹦出来东张西望。其实少爷仍旧在诗酒风流，挥霍生命。他不把自己完完整整演好，怎好意思鞠躬谢幕呢。

庙集自古商埠重镇，大唐天宝十年设置真源县衙，繁盛威仪可知。虽屡经战火，百业摧残，但只要几千户业主还在，九寨三十六村澎湃着赶集的热情需求，十八条街巷总会“春风吹又生”。

据考证庙集从没有当铺行业，大概是民风淳厚所致。平时生老病死，红白喜丧，乡邻街坊抓抓磨磨，早在心里揣摩透远近厚薄，确保张嘴现成，不会遭拒泥插子变抓钩的尴尬。谁家烟筒不冒烟，谁能一竿子耍到头？悲欢离合，阴晴祸福，是活在世上的常态。那多少都要帮扶一把，给自己家人留条后路。极少打借条签字画押，也没听说赖账的。自古有钱钱挡，没钱命挡，命死账消。至多叹一声：唉唉，就算上辈子欠他的还了吧。所以，拿宝物当钱闻所未闻。这无疑趁火打劫的强盗行径，突破道德民俗底线，把人心硬生生挖出一个黑洞来。

老爷创建“五谷粮仓”和“生尘堂”后，功成名就。从此休养生息，和大小姐多造几个男儿乃千秋大业。脑袋里从没有当铺概念，而且一想逼人当宝，就有犯罪念头作祟，心神不宁。大小姐未出阁时，曾随昭武校尉的父亲走南闯北见过大世面，亳州府就有一家典当行生意兴隆。她笑老爷土鳖，只看到二十四间房四角的天空。当铺是扶危渡厄的菩萨事业，绝非火中取栗的害人勾当。若老爷缩头畏尾，不妨袖手旁观。大小姐变卖金银首饰，也照样弄得风生水起。老爷多少有点惧内，更对大小姐巾帼不让须眉激赏。何况大丈夫让女人冲锋陷阵，一街两巷闲话好马没配好鞍，二十四间房可丢不起这张脸。于是在公馆街南麓，庙集第一家当铺破天荒挂出来。

那时祖爷爷遭逢一尸两命，心力交瘁，坚辞生尘堂事务，好像抬不起头在青石板上踱方步。他接受老爷好意重操旧业，屈就二十四间房私塾先生。叹息本就是孩子王的命，再不敢胡思乱想瞎折腾。平常很少迈出大院门槛，闷了就帮老爷酿酒，仰望天上白云发呆。偶尔喝点红高粱，浇心中块垒。按捺不住冲动，便在夜色掩护下溜长河边东南痴望：“林花谢了春红，太匆匆。无奈朝来寒雨晚来风。胭脂泪，相留醉，几时重。自是人生长恨水长东。”他再也望不见虎踞龙盘的紫金山，望不见流淌胭脂水的秦淮河，望不见春衫高髻的丽人金簪换酒等情郎一醉。其实现在蛮好。从盘古开天地，人不都是这样熬过来并继续熬下去。祖爷爷天命之年，随天命而归。

大小姐做当铺时，肯定也想让祖爷爷起个雄伟的名字，宛若“五谷粮仓”响彻长河两岸。尤其祖爷爷的毛锥，犹比秋水雁翎刀霸气，做当铺招牌点石成金，还不像秋风收割梧桐叶坡满塘平。祖爷爷摇摇头：“脑袋空了，盛点酒稀饭凑合。双手也抖半残，毛锥拎不动喽……”从此，祖爷爷再没给庙集题一个字，双脚也没踏十八条街巷半步。逢年过节走老亲，祖奶奶一人抱幼子踽踽独行，溜河风吹乱祖奶奶长发萧萧。我替祖爷爷遗憾，那么多风雨屈辱都扛过来，最终还是自己被自己打败，空负一世之才。不过退而思之，遗憾才是真实的人生。放眼四野八荒，墓田里埋葬的岂是坟丘，都是大大小小的遗憾啊！休说“五谷粮仓”墨宝尚在，祖爷爷仅留下“龙兴寺”匾额，也足以不朽。庙集文脉绝不会断绝，我又很替祖爷爷骄傲！

人一生跌跌撞撞，女娲王母娘娘也磕磕绊绊。女娲辛辛苦苦最伟大的补天事业，四海龙王怄气也七漏八淌，可没少给人间祸害。剩下那块石头也不争气，癫狂潦倒，害得雪芹公子泪尽而逝。王母娘娘更悲催，宝贝女儿都管不住，偷偷跑凡间找个穷光棍生儿育女。玉帝有段时间臊得没脸上朝，恨不得弄个大裤衩把脸藏起来。大小姐请不动祖爷爷，又嫌老爷手拙，自信能把秋水雁翎刀舞得风雨不透，小小毛锥也拿得起放得下。无须酸儒腐丁花里胡哨瞎想，干脆就“当铺”俩字，秃子头上虱子明摆着，老百姓看得清记得牢。哪像“生尘堂”——猜来猜去猜半天一头雾水，不知是接生还是卖沙子。

那时大小姐心底，肯定滋生着男女平等的萌芽。穆桂英花木兰梁红玉之类的戏文，从小就看了又看，感动得湿过无数罗帕。虽没赶上她们的好时代一展英姿，把胡骑情郎统统挑于马下，但她很想通过当铺实践，只许成功不许失败，刷新十八条街巷和九寨三十六村视野，同时也断了老爷的花花肠子。于是又麻烦昭武校尉爹爹，从亳州府典当行挖来两个要角儿。说是挖来还不够隆重，那是九个兵丁全副武装“护送”过来的。那俩人本来悲愤得想咬舌自尽，见大小姐如沐春风，甘愿为其驱驰。从此当铺生意略有曲折，大体上一帆风顺。庙集人奔走相告，遇急筹款再不必像从前那样拉下脸四处求告，不慎热脸贴凉屁股上，蔫巴好多天还过不来霉气。

大小姐大概生性好动：这既有先天基因，昭武校尉一生征战沙场，不动就完蛋了。后天环境耳濡目染，更把性格擦得铮亮。她窝在闺房昏昏欲睡，总提不起精神，动辄摔东打西，三个丫鬟吓跑俩。一旦溜爹爹兵营里横刀立马，气冲牛斗。中间差点学红拂私奔，可恨那大兵太熊包，关键时连李靖一根汗毛都不如。后来阴差阳错，下嫁二十四间房固若金汤。防贼防盗自是万无一失，可鸟儿风儿极少串门说话，大小姐闷得气都喘不匀，恨不能天天找白云杀三百回合。于是隔三岔五光临当铺，又不喜喝茶清淡，总想捋袖子甩胳膊御驾亲征。这可难坏当铺主持，全乱套。他们嘴上不得不恭维大小姐，心底早埋怨：姑奶奶、祖奶奶，哪儿凉快不哪歇着，掺和一锅烂粥了。

那时每天都有人守当铺四周，恭候大小姐像恭候菩萨，甚至远超菩萨待遇。菩萨供着念着，安慰成分居多，兑现极难，也没人太当回事儿。乡民的信仰大都挂嘴上，很少心里扎根。以形式主义姿态，玩实用主义游戏，和神灵捉迷藏。大小姐着实令人牵挂，她能把包袱里的破烂，当成铜板碎银叮当响。称盐灌油买米面，一家人不打饥荒。罢集卖不掉的鸡崽鹅娃，大小姐看着欢喜，一口一个价，直让大查柜眼球翻到青石板上滚动。这哪是森严的当铺，分明地摊杂耍，龙兴寺施粥的慈善场。当者数着铜板碎银笑嘻嘻出了当铺，大小姐还不忘殷殷关照："诸位高邻，千万别忘了三天赎当，鸡崽鹅娃饿瘦了，你们可就吃大亏了。"当的人点头哈腰，诺诺连声，赶紧隐没街市人流里。唯恐当铺反悔退货，三个月也不见踪影。其实大小姐心知肚明，让随行人把鸡崽鹅娃悄悄带回去，分给农户喂养皆大欢喜。

商埠庙集，从此不仅有几千年田园经济的温情，也筛子似的泄露城市商业文明的亮光。它最大的亮点，不在于钱庄库银的多寡，经营善恶的得失，而是十八条街巷有没有温暖的故事。因为大小姐的搅和，青石板上确实平添不少温度和温婉的笑容。

大小姐衔着金汤勺出生，深得昭武校尉疼爱呵护，贵为二十四间房女主人，骨子里还是小女生似的阳光灿烂。当然任性刁蛮，这大概是全世界大小姐的标配。就像晶晶拧我耳朵好玩，拧过还不是心疼呵气抹口水。大查柜肩负经营重任，委婉状告老爷，满脸忧虑。老爷哈哈一笑："我来替她擦屁股。本来当宝有犯罪感，这一闹倒安心了。庙集不懂当的太多，由她鸡鸭鹅娃折腾，必然风似的传开。比我当年做五谷粮仓准备砸三年收成，不知高明多少倍。"后来证明老爷眼毒，一瞅到位。大小姐是任性又不任性，闹着玩又不是闹着玩。她极其通俗快捷地普及了典当常识，让一个完全陌生无人问津的行当，迅速在十八条街巷和九寨三十六村扎根发芽，生机盎然。

典当业乍一看五花八门，乱麻般茫无头绪，细细梳理也有迹可寻。除一般规律外，还带有明显的地域色彩。当铺刚开张时，涡河两岸的粮食药材占很大比例。这本来有专业市场，可用钱急出手慢，不如拉当铺爽快。等坎翻过去，手头宽松，不妨再赎回物归原主。那种失而复得的喜悦，简直想对大小姐三鞠躬，另加四字"谢天谢地"。不过粮食药材特占地，当铺必须有足够的空间和储备设施。老爷好像有先见之明，五谷粮仓和生尘堂早准备好，于是珠联璧合无缝对接。大小姐对老爷连抛媚眼，虽然夫君是土了点，有时不洗脚就上床打呼噜，但归根结底还是有几把刷子的。放在龙亭老塘能搅三江水，真归大海不可限量。只要不纳妾，不洗脚上床打呼噜也认了。昭武校尉也不是天天洗脚，至于打呼噜，那是壮士梦里犹击鼓扬威呢！

世上能人无外乎两种：第一种举轻若重，孜孜矻矻，有鸡毛视作磐石的笨功夫。也许很慢很慢，但沉稳严谨，成功率大风险少。第二种正相反，举重若轻，把磐石当鸡毛玩，谈笑间樯橹灰飞烟灭。而这极具风险，如果没有深厚的功底和运气，万一命运开玩笑，蝴蝶翅膀扇动千里之外的飓风，也牵扯身家性命满盘皆输。老爷大小姐都是后一种人，蒙上天垂青，玩得有惊无伤。虽然在纳妾播种上针锋相对，终究气味相投，维持在一个吊诡而又和谐的平衡上。

当初大小姐鸡崽鹅娃插科打诨，也并非单纯的营销手段，其实隐含着智慧和人性光芒。但走向正规后，游戏规则在那儿摆着，秦琼的黄骠马也只能委屈退避三舍。当铺绝不会也不敢当活物。大而言之生命无价，小小当铺岂敢逆天越界，包揽大司命少司命的业务。小而言之，这也确实不好操作，每天的饲养粪便都无法收拾。况且为一只蚂蚁较真，都能赖到开封府包公大堂诉讼。那还开什么当铺，干脆锁枷带铐，赶赴县衙大狱培训明白再开业吧。

当铺当然希图含金量高的宝物，这可不是收破烂。所以老物件，品质可上升到文物层面的最受青睐。从亳州府挖来的两个角儿，对此可谓摆弄手指头一样娴熟。庙集发轫于春秋战国，古楚大地底蕴丰厚，虽历经沧桑，幸存下来的并不鲜见。周边尹喜墓嵇康墓曹氏墓葬群老子流星园比比皆是，隔河相望陪葬楚灵王的二女孤堆，也躺在历史的落日余晖里。庙集的家底到底有多厚实，深不可测。爷爷学富五车，也不过管窥一鳞半爪，谁也不敢吹嘘望到边儿。

当铺有缘相聚的宝物里，有三件必须沐浴焚香以观。

其一是战国青铜盘。并不大，紫乌乌的铜锈，所奇的居然密密麻麻一百二十八字铭文。不知是岁月腐蚀坏了，还是当初制造者神经错乱或顽性大发，故意弄一堆错别字，让后人打破脑浆当天书祭拜。反正浸淫几十年的要角儿也懵逼，便求祖爷爷慧眼雅正。祖爷爷禁不住诱惑，吭哧三天三夜，才勉强弄明白二十二个，还不到零头。而祖爷爷的头毛却由灰白衰变为银白，一抓一绺子坠落；差点干咳出紫金山南麓的桃花瓣，秦淮河漂流的胭脂红来。

其二是大宋玉碟。两只彩蝶儿嬉戏于花丛间，花蕊的花粉，蝴蝶的触须都栩栩如生。大概取自梁山泊祝英台的故事，好像比故事本身还要美丽。扣之则清脆悦耳，有编钟之余韵。我相信后来晶晶梳妆台上，那只盛桑葚梅花糕海棠云片的就是真品。

其三是乾隆皇帝墨宝。乾隆一生游山玩水，墨汁淋漓不可数，有几幅遗落民间实属正常。这三件宝物何人所当，多少金银，永远是个谜了。有一点可以肯定，宝主均没有赎当，遂成大小姐的镇铺之宝。老爷大小姐仙逝后，他们的重孙子四房操戈，其父便果断遣散三房。为表内疚和惜子之意，每家抽号带走一件以志纪念。还有一说，宝物全扣在二十四间房镇宅。所以三房的后人绝不干休，少爷岌岌危矣。当然也不排除，当时就和粮坊药店当铺一起清仓处理。后来辗转北向帝都，流归故宫，这应该是最理想的结局。

当铺的宝物与日俱增，安全是重中之重。一旦鸡飞蛋打，活该当自家四百亩清沙地。这方面不必担忧，二十四间房可见一斑。老爷特设密室，专藏极品物件。火烧水漫掘地九尺，十六驾铁甲车相撞，也不过掉几粒灰星。大小姐从昭武校尉兵营，挑三个健卒，三班十二时辰轮流看守，一个蚊子也休想溜进去。有一天还是失盗了，查不出蛛丝马迹。八个时辰后，盗者又自缚其身完璧归赵。这让大小姐啼笑皆非，最终还是纯真善良的天性主宰，处理得妥妥帖帖。甭说当铺同仁口服心服，老爷也暗自点头折腰。女人能在家中挣得地位，比在江湖打拼困难百倍。光会耍秋水雁翎刀，削铁如泥，也难征服男人的心。看来老爷不是不敢纳妾，还是太在乎大小姐。一生都小女儿傲娇的女人，至少有两个男人呵护：一个父亲，一个丈夫。丈夫比父亲更重要，陪伴的更长，落花季节还能视作心尖上的豆蔻梢头。

原来盗者是一护宝健卒。老母病重半载，家里早七漏八淌。一时糊涂便起歹念，窃走的是落难侠客暂寄于此的和田玉“有凤来仪”，价值连城。健卒回家面母惶然，老母细究原委，无地自容。遂遵母命自缚其身投案，要杀要剐，悉听大小姐发落。他本来也有神不知鬼不觉放回原处的机会，此后洗心革面重新做人。但他深悔对不起大小姐，对不起昭武校尉军营的旗帜，甘愿自守遭罚。大小姐念其救母心切，又是敢做敢当的铮铮男儿，尤其对那病息奄奄却磊落伟岸的母亲肃然起敬。不仅风轻云淡原谅他，还当即封好五十两白银，同时派“生尘堂”大药师背着药箱一同前往。并且正告伙计们，此事绝不可外传，完全是她一手策划的游戏，到此结束。以后谁家有难处，都要及时告知大小姐，当铺自会替你们扛起来。茫茫人海里三年才修来同船渡，同一屋檐下结缘惜缘，我们更要互相帮衬着往前走。

当铺好像还有个不成文的潜规则：那就是无论谁来当，当何方宝物，皆不问出处姓名。哪怕要饭花子提溜来关公刀镆铘剑，按价作当即可，不必问其来历。江洋大盗从皇陵盗掘举国重器，只要他不怕吃亏，亦不可拒当，更不能出卖盗主。赎当亦只看当票，其他勿论。否则这行业甭混了，还可能招致江湖追杀。所以，当铺有时难免像地下钱庄洗黑钱，风险还是不小，往往不得善终。若没有过硬的靠山背景，一跟斗就栽完了。大小姐有“昭武校尉”撑着，老爷又长袖善舞，终其一生有惊无险，仙寿古稀有余矣。

那时还有不少“笑话当”，至今仍在庙集津津乐道。拱辰门卖烧饼的老郭，收摊时总要带几个热腾腾的芝麻猪肉馅烧饼路过，乐呵呵要来当。小伙计像对亲大爷一样热络：“郭大爷哎，你这烧饼比黄金玉器宝贵，本店万万承受不起，还是放肚里保险。”于是一哄而上，你争我夺，狼吞虎咽。寅辰门卖卤煮的老邓也来凑热闹，嚷嚷着非要当串猪大肠不可。伙计们又像迎亲大爷似的蜂拥而起：“邓大爷邓大爷，这可千万当不得——暴殄天物菩萨怪罪，还是陪郭大爷的烧饼祭五脏六腑吧。”有时老爷大小姐碰上，更其热闹。请老郭老邓当铺里东扯葫芦西扯瓢，弄壶烧酒就猪大肠解馋，大小姐也淌两腮油。临走赏二位宝主各一串铜钱。老郭老邓也不客气，铜钱挂脖颈上叮叮当当。一街两巷啧啧声中，仿佛得胜回朝授勋的风光。

人活在世上，只会挣钱而不会花钱，既无趣又可怜。纵然挣金山银山，还不如拥有小小的土山。金山银山放哪都招风，福祸无常。多少通红的眼睛盯着，恨不得立马替你瓜分消费干净。土山上放羊猎狐，弹琴长啸，总不至于抱金元宝像抱炸弹。老爷大小姐，大概比大多数会挣钱的还会挣钱，而会花钱更是一门学问，确切说是人生大智慧。就像花给监守自盗的健卒，卖烧饼卤煮的老街坊，这就花得漂亮。看似闹着玩的“笑话当”，无形消解了当铺本身的原罪，将一个暴利行业把玩得极富人情味。可惜老爷大小姐还是挣得太多，花得太少，留下的基业太大，后代子孙承受不起。以致“兴勃亡忽”，百年后飘蓬云散，到头终究一场空。但活着能实现个人价值，对得起自己的大好生命——“死后是非谁管得，满村听说蔡中郎”。

几千年农业文明社会里，大多维持在温饱线上，财富积累相当缓慢。遭遇灾荒战乱年景，很快就消熬殆尽，转眼归零。如此周而复始，像老驴蒙眼在磨道里打转转，很难出现显赫富贵的大家族。只有庙集这样的商埠，一旦天时地利人和，从不乏脱颖而出的机会。老爷大小姐可谓横空出世，一弹指走向财富巅峰，此后每况愈下实属常理。甭奢望后浪推着前浪浩浩荡荡，连维持一潭静水不至枯竭都很渺茫。乡民常胡吣“地劲”拔完了，再不可能雄起神桑那样的大木，撒点花花草草就不错了。其实也算朴素的真理。如果少爷在爷爷辅弼下，励精图治，并非绝对没有峰回路转别开天地的机会。但少爷狷介疏狂，情陷姑苏花辫，再不屑和世俗周旋。偶尔借杜康吐点豪气，放个响屁，醒后摇头窃笑，宛若南柯一梦。

爷爷应该早已看透。他老人家“二十四史”颠倒着推敲，区区二十四间房岂能遮住慧眼？但大先生职责所在，恐怕还负托孤遗命，数十年明知不可为而为之。诸葛孔明扶不起阿斗，倒也没啥遗憾。面对一坨屎鞠躬尽瘁，累死也白搭。对牛弹琴，讥笑的哪是笨牛，而是自以为聪明的操琴者。少爷可是人中龙凤，却荒唐如斯，爷爷的叹息里分明有几多不甘。后来爷爷也很宿命：老爷当年的风流债被大小姐憋着，憋好几代。其孙豪娶四房，却沦为猪马牛羊的交配下崽，不沾风流边儿。直到少爷岩浆般爆发，其摧枯拉朽的破坏力，大小姐复生也徒唤奈何。秋水雁翎刀再快，割仇人的脑袋像砍西瓜，总不能割掉亲爱的命根子。况且二十四间房只剩三根钉，也足够少爷挥霍。大家族从来都是从挣银子始，败银子终，倒也因果不爽。

爷爷大概也曾指望我继中兴使命，卧薪尝胆，让二十四间房重新焕发青春。但我也很不争气，不是学少爷像模像样，而是骨子里就是少爷一样的情种，连无相大师也难破我的“痴”字。剩下晶晶确有大小姐模样，那拧耳朵技艺就不亚于秋水雁翎刀，何况绣花针钉蚂蚱花蹦儿，我做梦都学不会，可见多么神奇。但大小姐时代一去不复返——濯足中流，抽足再入而非前水。爷爷无奈仰天长叹：祖爷爷满腹锦绣，虽折戟沉沙，好歹还留下“龙兴寺”和“五谷粮仓”在江淮大地上璀璨。爷爷一肚皮墨水怕都要付诸东流了……

庙集足以勒石立传的人物，在我有限的记忆里都头角峥嵘，卓然而立。虽然笔锋所至，也不乏臧否，但尽量给以温情地理解和宽容。人各有其命，而命很少圆满的——有的得天时，有的得地利，有的得人和。得其一者便可有所作为，同时也步履维艰。纵使天赋异禀，吐哺握发，也难逆天造命，顺势而为庶几乎修得正果。由于月老过早地掰开我双眼，我知道我的命和晶晶的命长在一起，破我的痴就是破我的命。无相大师太疼爱我便陷于执，徒熬佛力。“爱欲之人，犹如执炬，逆风而行，必有烧手之患。”少爷自然心里透亮，但那是他的命身不由己，或许还庆幸恨不得给老天磕十八个响头。当爷爷为少爷痛惜时，少爷早就我行我素，光明磊落荒唐给世人看了。四娘肯定觉得很好看，这辈子看不过瘾，下辈子还要接着看。就像我和晶晶，最好能生生世世轮回，变成一对小蝴蝶也挺好挺好。

现在主持当铺的年轻人，命相不好测度。看样子小少爷十来岁，性情阴沉，好像全世界都欠他几吊钱。他暗暗收购二十四间房条据，尤其是少爷赏花大醉后的欠条。莫非闲着无聊研究少爷书法？就像一把抓喜欢看天看人，研究书法也是个不错的嗜好。

那天少爷又在谭家酒楼和罗锅拼酒，俩人醉得快找不着嘴，可还能用嘴继续灌酒扯淡。少爷道："罗兄，咱是不是朋友？"罗锅翻起醉眼："少爷说了算——你说朋友就朋友，你说兄弟就兄弟！""罗兄，咱是不是对手？哪天痛快打一架。""少爷都由你定。你说对手就对手，我多年都找不到对手了……"其实这世界上，只要不过于清高，交几个朋友并不难。而想找放手一搏死不足惜的对手，着实不易。少爷哈哈大笑，酒精酿着豪气喷薄而出：

宝刀在我手，乾坤任我游。
饮不尽英雄血，砍不完仇人头……

"兄弟，稍等，我再当点酒接接着喝。"少爷趔趔趄趄，划着弧步进了当铺——大小姐当过青铜盘有凤来仪，当过鸡崽鹅娃的当铺。还是那时的夕阳，腐蚀着公馆街的北半面，南面的灰影扑扑往下落。当铺主持模糊灰影里，少爷连眨三次醉眼才依稀望见。突然活见鬼，怎么开玩笑变成自己了。还是矮半头，五官略显拥挤，肤色惨白仿佛地窖里捂烂的大白菜。好像营养不良，从没见过阳光似的。

“当!”少爷一个字。

“当啥?”少掌柜俩字。

“当少爷!”少爷很开心。把自己当掉从今而后无牵无挂，还能和好兄弟一醉，实在是一件值得高兴的事儿。

少掌柜阴鸷地盯着少爷，比刀剑寒厉。好像“少爷”本就是自己的，被盗走无数年，而今强盗还敢找上门来调戏。少爷摇摇头：“我本想把‘少爷’当给你，贱就贱点吧。你，你，你不配!”

少爷扬长而去。少掌柜咬牙切齿，几个伙计刀剑在握，可怜都没敢动，没一个敢走出当铺半步——半步就是死!

罗锅沐浴在当铺斜对面残阳里，懒洋洋地端着黑黝黝的乌木圆盘。圆盘里还有酒徒最爱的面花生焦蚕豆。他眼眯一线，仿佛被残阳照花了，或像剑藏在剑鞘里，不露一丝寒光。就这样一个四尺半高看去猥琐的罗锅，谁也摸不透他的来历功底，只知道他的面花生焦蚕豆好吃，庙集独一份。他醒着醉着盘里空着，生铁一样的圆盘都在。哪怕睡觉，头枕的还是这个冷硬油腻的圆盘。谁也弄不清这是普通营生工具，还是天然盾牌、奇门兵器。罗锅把自己暴露当街残照里，一肚皮烧刀子翻翻滚滚似有狼烟升起。他极易受四面八方袭击，立马剁成肉酱或射成马蜂窝。可他将花生圆盘平平淡淡端着，好像又封死所有来路。一旦滴溜溜转动，必将幻化为无数嚯嚯飞碟……

少爷可不管这些，心里还惦念一个朋友。自己吃饱喝足浪够了，朋友可还饿着。赶集时曾叮嘱忍着点，会带一包它最喜欢的肉骨头。二郎神是少爷的朋友，也是我和晶晶的朋友。这世界如此孤独，没朋友真难活下去。少爷回到二十四间房，烧刀子发作。他把肉骨头丢给我，习惯性地摸摸我的头嬉笑道：“月儿，你和晶晶可都不许偷吃！”然后关上门，关上他醉后狼狈的样子。

爷爷虚掩房门，不知是沉重叹口气还是轻松舒口气。四盏红灯笼，照着我和晶晶一替一个骨头喂二郎神，心思悠悠。晶晶突然直直看着我，水灵灵大眼睛结一层薄冰，冰下好像又跳荡着火焰：“月儿，记住了。你将来弄啥都行，就是不许醉酒！”我霎时眼酸酸的，不觉握紧晶晶的手：“放心吧。我听你的，一辈子都听你的。可如果陪少爷替少爷喝，喝死也得喝！”我扛着脑袋，伸长耳朵准备让晶晶拧两个半圈。谁知晶晶却递给我花手绢，示意我将眼角泪花花浸干。晶晶小声道：“月儿，甭一辈子一辈子的挂嘴上，让人听见多不好意思。天知地知你知我知，都在心里就是啦……”

晶晶的声音愈来愈低，像呵出的一缕兰香；眼眸也愈加温暖，薄冰消融殆尽，又漾出满盈盈的清波来……

第十章　花巷

花巷里没有花，至少表面上望不见云蒸霞蔚、姹紫嫣红。它是一条僻静的巷子，有几家卖零食针头线脑的小生意。勉强可算作步行街，不过冷冷清清，行人寂寞。如果深入两边帘幕重重的庭院，不仅藏着娇艳的花，还有比花芬芳妩媚的女人。少爷爱得如痴如醉，不愿醒来。留下一首绝句，足以让花巷不朽。

凿破昆仑作玉楼，独携四娘醉温柔。
莫道江南风景好，不倚江南自风流。

这首诗起笔石破天惊，不可一世。“凿破昆仑作玉楼”：何等雄豪炽烈，气势如虹。只有伟大的爱情，才让人痴狂到欲将巍巍昆仑凌空凿为爱巢。哪怕横亘着狰狞的地狱之门，我偏视作悠闲的天堂之旅。嫦娥七仙女感动得珠泪纷纷，女娲王母娘娘徒唤奈何：这浑小子，天生一身痴气一段狂。“独携四娘醉温柔”：遥想琼楼玉宇里，红烛尽燃，酒色皆醉，说不尽的温柔缱绻。媚到骨子里，缠绵到骨子里，“独携”二字更骄傲到骨子里去。区区十四字，风流倜傥，睥睨高蹈的少爷形象呼之欲出。而能让少爷为之倾倒的四娘，自是华容婀娜，闭月羞花。不著一字，却给人无限想象的空间。

四娘必定是姑苏精灵，江南浪子骚客车载斗量，少爷的一袭青衫能撑住那无边的杏花春雨吗？“莫道江南风景好”：看似平淡，波澜不惊，其实一扫前人窠臼，仿佛鲲鹏试翼，不觉掠过江南十二州扶摇而去，丢下一地惊叹和眺望的眼眸。几千年来，从诞生文字起，江南就是天人合一尽善尽美的标杆。白居易慨然而歌：“江南好，风景旧曾谙。日出江花红胜火，春来江水绿如蓝。能不忆江南？”杜甫穷途末路仍念念不忘：“最是江南好风景，落花时节又逢君。”韦庄撕破老脸，赖着不想回家：“人人尽说江南好，游人只合江南老。春水碧于天，画船听雨眠。垆边人似月，皓腕凝霜雪，未老莫还乡，还乡须断肠。”“莫道”二字笔力千钧，好像独立昆仑之巅，似有江南敝屣之豪，令杜工部韦文靖汗颜。唐寅祝枝山，也恨不得立马扔掉“江南才子”封号：贤弟见笑见笑，愚兄酌西湖一瓢可饮否？

笔走龙蛇至此，气势磅礴，浑然天成。我不禁替少爷担心，该怎样作结？是否牛皮吹得过大，收不回来爆炸。我苦思冥想无力卒章，很可能虎头蛇尾，千古遗恨。可少爷就是少爷，轻飘飘七个字“不倚江南自风流”。但见一袭青衫随随便便一站：手持半盏酒也许没有，唇边竖一只箫也许没有，一双清亮亮眸子似乎看遍全世界，似乎空无一物，就那么懒洋洋站着，风撩过他的头发……

这首诗还有一个版本，不过稍易俩字，也在庙集流传："凿破昆仑作玉楼，独携晶晶醉温柔。莫道江南风景好，不倚江南自风流。"我太喜欢这首诗，也想写这样一首，最好超过这一首，让晶晶水灵灵大眼睛漾出清波。可苦苦推敲未能如愿，干脆替晶晶赖过来。作为花贼爱盗，反正少爷也没少干，彼此彼此。我觉得晶晶更值得拥有这首诗。少爷的一见钟情，说穿了还不是见色起意？我和晶晶当初没有性别概念，解手都不知道避讳。后来月老掰开我双眼："傻孩子，看看你的女人吧！"晶晶骤然光芒万丈，风华绝代。少爷无疑是因为美才爱，而我是因为爱才美。后来在寻找晶晶的路上，也有缘遇到娇媚多情的女子，但晶晶仍然是我心中的唯一。

这首诗在崇文尚武的庙集，本该风靡一时，洛阳纸贵。好像动静并不大，庸众活在喧嚣的物质层面；少爷也不屑对牛弹琴，四娘懂就值了。爱情本就是命里的精血，悄然结晶在另一条命里。谁知后来竟惹出不少风流债：三桥街私奔少女怀揣的是这首诗，据说是晶晶版本；顺河街投河少妇念叨的也是这首诗，当然是四娘版本了。

不管怎样，这是少爷极少留存于世的文字，遗憾而又万分珍惜。少爷过于懒散，又常酩酊，满腹锦绣却述而不作，口吐莲花不过逞一时之快。那时我和晶晶都还小，囿于自己青梅竹马的世界里，哪知捡拾少爷随手撒落的珠玉。更不屑理会人生无常，总以为生命无限长，好像能地老天荒。岂料后来说散就散，固若金汤的二十四间房留不住一片云，年年做巢的小燕子也杳无音讯。

据史料和现实印证：庙集从没有花市，真正喜欢侍弄花草的也不多。随便插几株月季牡丹夹竹桃，已算了不起的风雅。过些时日，活就活了，死就死了。所以“黛玉葬花”的戏实在尴尬：演员台上涕泗滂沱，痛不欲生；观众却莫名其妙，还忍不住笑喷场。奇怪的是，庙集建埠之初好像就有这个花巷。它的来历可能不是花，而是原始的青楼生意，从以货易货时就开始了。

庙集自古大商埠，苏豫皖三省通衢。除天空让给鸟飞翔，水陆四通八达，直通徐州蚌埠颍州开封诸府。它横卧中原腹地，同室操戈，异族入侵，好像都舍不得绕开这片肥沃的泥土。如不骚扰一下长河两岸的芍药牡丹，似乎没劲白来中原一趟。因此商贾云集，兵匪如缕。这些强悍的男人，总要找个场所缓解生理饥渴，少祸害点良家妇女免遭天打雷劈。况且码头石料场大车行，还有那么多眼巴巴的纤夫脚夫车夫，流血流汗喝烧刀子，也需要温软的慰藉。于是花巷粉墨登场——它卖花，只要有足够的银子，更卖花一样的女人。

花巷最盛时，肯定不是一条冷清的巷子，而是堂而皇之的花巷街，缤纷多彩的“夜市”。由于曲径通幽金屋藏娇的需求，不大可能车水马龙，但并不影响笙歌曼舞、寻花问柳的荷尔蒙激情。尤其夜深戌时，东西长街最后一盏灯灭了，最后一扇门也吱扭扭关上黑夜。花巷红灯笼才粲然盛开，和天上星月争辉，呼唤浪子旅人梦游温柔乡。这儿有最美的酒，最甜的笑，最销魂的被窝……

花巷最多的还是无名娼妓，这和其他行业一样，大多数都在金字塔底层，挣扎生计边缘。爬上塔顶的屈指可数，能待多久还要看各自造化，并非一劳永逸。那时名妓都以“花”名之，只要占上一朵，便凤凰登高枝，身价百倍，也不乏待价而沽的天文数字。那花儿剪贴红灯笼油纸上，远远望去，梦幻般迷离妖娆。但如果袋里银子有限，还是赶紧低头逃过，以免口水洒前襟上，回家自费皂荚豆。万一夹不住色胆，莽撞闯进去更其狼狈。非痛砭得满地找牙，哭爹叫娘不可。这种事打就打了，打死抛涡河里也溅不起几朵水花花。花巷街做的是血肉生意，想讨便宜吃霸王餐天理难容。庙集十八条街巷，自古就有足够的正义力量，维护市场交易的公平合理。

从前最有名的四朵花“杏桃梨菊”，身怀绝艺。仅靠色相搏名极易凋谢，不堪收拾。乱花渐欲迷人眼，男人没那么多耐心，艺就千差万别。泡到艺的高度，而非一弹指露水姻缘，白花花银子花得其所，便有几分杜牧唐伯虎的风流样。十年一觉花巷梦，赢得青楼薄幸名。男人活到这份上，不能算多成功，也不能算多失败，至少曾经男人过。老来独酌，往事依依，犹能蹿升一股回光返照的春情。

“小楼一夜听春雨，深巷明朝卖杏花。”杏儿姑娘小曲，不是神吹，天上也未必有。荤素雅俗，随客人情景移阙换调，无不蚀骨销魂。有人听一夜风雅，天明撂大把银票，那点本能倒忘了。“城边流水桃花过，帘外春风杜若香。”桃儿姑娘古琴无双，纤纤玉指能把男人的铁石心肠弹成棉絮轻飏，像喝九坛春酒，沉醉十八个春秋还是醉啊！甭说把臭皮囊扔花巷了，连同魂儿都葬这儿吧。

“泪流琼脸，梨花一枝春带雨。”梨儿姑娘舞林独步，肌肤梨花胜雪，腰肢柳条儿轻柔。开初都被层层叠叠舞衣罗裙封锁着，风驰电掣舞起来，一层层飘落，最后剩三点私处金丝银线掩护，偏偏掩护得不够彻底，真要命！“泪雨”乃玉体上晶莹的汗珠，都舍不得啜饮，最好一滴滴收玉瓶里老了做还魂丹。“不是花中偏爱菊，此花开尽更无花。”菊儿姑娘是公认的花魁，杏儿桃儿梨儿敬慕为姐姐，贴心贴肝唤亲姐姐。菊儿不仅色艺俱佳，更兼具罕有的品和义，众多姐妹的保护神！在花巷愈见尊严高贵，充满圣洁的光辉。当江南才子饥肠辘辘，远未识“秦淮八艳”，庙集“花巷四朵”早已娇娆欲燃，让滔滔涡河顺淮河长江南下，带给秦淮河一缕缕胭脂香。

花开花落，白云苍狗，舞榭歌台经不住岁月风吹雨打。花巷街很快洗尽铅华，恢复寂寞小巷的本来面目。日月风尘腐蚀的老墙泥缝，滋生着小草野花当风摇曳，说不出的凄清。偶尔有鸽子咕咕掠过，不知会惊动帘幕后谁的眼睛。现在多数是庙集常住户，早晚出摊收摊，殷勤做点小生意过日子。大概永远也没有暴富机会，可踏实心安，一家人能睡囫囵觉。这有什么不好？租出去的房子很少，也不排除做暗娼的可能。只要还有饮食男女，像猫儿狗儿一样，这种事稀松平常。有人为嘴忙，有人为裆忙，都是生命最卑微的需求。

二十四间房颇是安然，古砖老石很难再澎湃生机。好在哨楼一角浮荡着月色。桂花婆娑的影子，比晶晶菱花镜里的梦境朦胧。二郎神精神，汪汪撒欢，欲窜屋脊上踏月而去。我想骑它月宫一游，嫦娥不必搭讪，免得后羿吃醋，晶晶耍小心眼。我要采桂枝桂花，编漂亮的花环戴晶晶头上，让仙女羞得不好意思露脸蛋。我当然没敢骑，怕晶晶笑骑狗烂裤裆，万一真烂呢？我和晶晶牵手看月亮，看几次不觉看上瘾。也许月亮是月老化身，看久了就想地老天荒。爷爷喊我回屋睡觉，才很不情愿松开：“晶晶，明天月儿更圆更亮，咱再接着看。”晶晶扑哧一笑：“哪有这样夸自己的？我看今晚的‘月儿’就更圆更亮！”我也笑了，只顾替晶晶宽心，忘了自己名字。

今天果然十五，太阳还要值班好几个时辰，月亮才肯借浮云柳丝掩护羞答答现身。我又要和晶晶神桑下告别，陪爷爷喝茶去。我实在弄不清爷爷的怪癖，同样自家桑芽，呆二十四间房喝不好，非要跑茶馆现世？少爷也不可理喻，从不啬带我庙集疯，说男人的胆识都是从小疯出来的，憋二十四间房可惜了。难道女人就不需要胆识？休说红拂吕四娘，西施苏小小哪个不侠肝义胆？他们就不带晶晶，是过于呵护还是别有隐忧？二十四间房藏许多困惑，远比“四书五经”难啃，我和晶晶头大。眼下最重要的是和晶晶告别，其他以后再慢慢推敲。告别和牵手看月亮，都让情愫疯长，最终两条命长在一起。

爷爷好像真的老迈了，跨出门槛那几步很慢很慢。我趁机窜出去和晶晶会合。二郎神不识趣摇尾迎来，我推向一边，贴近晶晶：“放心吧。我回来给你带面花生焦蚕豆，还有熏牛肉。”晶晶水灵灵大眼睛冰着，我很心疼，便又哄她，像含嘴里的糖怕化了。“晶晶，我发誓一丁点儿也不偷吃。不信回来你闻我的嘴，有一星肉味花生味，你把我门牙砸掉接二郎神剑牙上笑话。”晶晶眸子电过来，空阔的眼白清波荡漾：“竟胡说，看啥时能长大，总让人操心。月儿，照顾好爷爷，别朝冷巷子扎，人越多越安全。早点儿回家，我和二郎神等你！”当心里有个要等的人，那就真的憋不住要长大啦!

茶馆还是老样子，牛皮小鼓不过尔尔。茶客腻歪歪难受，抽烟放屁天窗污染了，老掌柜也不制止。甭怪我不给面子溜出来。爷爷装作没看见，反正大先生孙子也没谁敢绑架。我在街巷瞎窜，没有晶晶便六神无主，糊里糊涂误入花巷。怎么偏偏就误入花巷呢?

突然，发现一黄衫小姑娘似曾相识，端盆鲜花悠闲散步，漫不经心的样子。我无论怎样努力，似乎要学少爷凌波了，总隔着那几丈距离。既没缩短一点点，也没拉开一点点。原来花巷里真有花和花一样的女孩，这不稀罕，令我惊诧那背影绝对是“晶晶”无疑。莫非她忍受不了二十四间房沉闷，斗胆偷偷跑出来寻我?从哪弄的鲜花，此刻又到哪儿去?我且紧盯着保护——街市向来繁杂，坏人都藏好人堆里随时发难，晶晶的头发风也不许碰。这种跟踪既紧张又兴奋，比沙滩上光脚丫疯跑有意思。挤到巷岔口，我扑向后颈“嗬”一声，给她个惊喜。不行不行，晶晶猝不及防，花盆跌碎弄残鲜花绿叶，伤心落泪怎么办啊?我拿南海珍珠，也赔不起晶晶一滴泪珠儿。

我患得患失，胡思乱想出神，晶晶蒸发了。我又焦急又哀伤：焦急的是晶晶安危，十八条街巷每扇窗户后，好像都藏着饥饿的眼睛；哀伤的是我明明在她身后，晶晶竟无感无识，仿佛生气不要我了。我极力揉眼，试图揉出泪把眼睛擦亮好继续寻找。揉到第十二下，晶晶赫然从公馆街当铺走出来，鲜花不见了，平添一个手提袋。大概很沉，左手提着左肩坠下一些，右肩略微上仰。好像踩滑板，努力保持平衡的姿势。脚步依然从容，不紧不慢，我仍旧追不上那触手可及的距离。晕乎乎兜一圈又回到花巷。此时花巷宛然迷宫，两边屋宇藤萝摇晃。快到尽头，晶晶推开右边斑驳的木门闪身而入。

我好紧张，抖擞精神，一阵小跑跟进门里，唯恐晶晶再次失踪。谁知别有洞天，五间南屋的大庭院。据说是当年“不是花中偏爱菊，此花开尽更无花”，菊儿姑娘的书寓。院里满满的鲜花，几乎连下脚空都没有。花香馥郁，直将人淹没。好像空悬香雾中，四肢如何扑腾却够不到岸。花儿好亲切：芍药山茶月季玫瑰。花盆似是按八卦排列，三盆红玫瑰居中，像三团火焰腾起，又像猎猎作响的帅旗迎风招展。芍药山茶月季婉约有序环绕，有风吹过，浪花似的簇拥着竞相开放。有花的地方必然黏着逐香的蝴蝶，更黏着美丽的扑蝶女孩。正所谓：“一生踪迹，总在花深处。几番消受，小院红楼午。黏来珠幌如痴，落上绣裙成雨。有人记，曾暗结同心苣……”

黄衫少女在扑蝶，风摆莲荷似的婀娜。红罗裙大姐姐也在扑蝶，飘忽若彩云乘风，朝霞映水，瞬间让花儿黯淡失色。俩人沿着花盆边缘，穿梭回旋，翩翩起舞。有时明明踏空，偏又蹭上另一个花盆摇曳。眼看一只脚踩上花儿，我揪心恨不得扑过去替花儿承受那一脚之力，纵然蹭掉皮也无悔。间不容发之际，但见绣鞋飘过，腰肢比花枝颤得销魂。俩人宽大的衣袖兜满花香，蝴蝶儿也纷纷翔集衣袖间。仿佛不是她们在扑蝶，而是蝶儿贪嗅花香自投罗网……

“喂——你跟的好辛苦，送你一只蝴蝶吧。”

黄衫少女跳到我面前，双手展开，各有一只粉蝶儿扑棱着翅膀，好像黏手心里就是飞不走，楚楚可怜。

“放了吧，让她和花儿做伴，多看一眼也是福气。”我记得这是从前求晶晶绣蜻蜓，谆谆告诫我的。怎么换了黄衫，自己就忘了呢！难道黄衬有啥古怪，像蜘蛛精法衣蛊惑人失去心志？晶晶莫怕，咱有朱砂记，打天下扯淡，震慑小妖肯定没问题。

“哎哟哟——还是个怜香惜玉的多情佳公子。侬再细瞧瞧，也可能是闻香就到的贪色小坏蛋哟！”

大姐姐落霞般映花我的眼。其实叫她“大姐姐”都有点委屈，她好像一点也不大，只比晶晶大一点点。扑蝶本事神乎其神，十个手指各黏一只蝶儿，魔法般神奇。不如叫她“蝶姐姐”，或许她就是人世间最美的蝴蝶仙子。我眼下迫切想问晶晶何以藏着扑蝶能耐，还有花盆上舞蹈艺术？二十四间房朝夕相处，居然都没发现。声音也变了，沾满花粉的甜腻而不真实，还是神桑树下的叮咛贴心贴肝。我正欲和晶晶亲热，不觉痴了。突然跌落一个混沌梦里，晶晶呼唤我，却听不见一丝丝声音，也够不到伸来的手指，就要活活溺死梦境里。我觉得太窝囊，世上有那么多死法，咱不求光荣壮烈，溺死梦里却也不甘。于是拼命呐喊，死也要留下最后两个字：“晶晶”！

“晶晶？”蝴蝶仙子很震惊，“她是晶晶，和晶晶很像很像？”

“她比晶晶还像晶晶，但也绝不是晶晶！”我断然道。昂脸向天，二十四间房的气概油然而生。

“我有金丝王佩，这可是晶晶的护身符！”

黄衫少女很自信，掏出玉佩在我面前晃悠。果然又是一模一样，不过镌刻的是“天上星”而非“亮晶晶”，哈哈全解了。我早听说晶晶有个双胞胎妹妹，机俏灵怪，显然就是眼前这个小姑娘。其实玉佩声音全对，还是非也非也。哪怕骗了爷爷少爷，也骗不了月儿。晶晶眉心若有若无的朱砂记，只有我俩心有灵犀，这是天赐神密不可解。有朱砂的才是一家人，痴根早种植在三生石上。一母同胞，终归是各奔东西的外撇子，好在血脉相连还没撇太远。那个蝶姐姐，年龄确实不符，但我大胆推测，定然是令少爷神魂颠倒的四娘。

刚才扑朔迷离，差点溺死梦里，现在豁然开朗。我一通百通，底气十足，俨然代表少爷和二十四间房巡视的钦差。尤其看着星星突觉自己高大许多，满院鲜花一览无余。我便学着少爷腔调，故作老成："此花甚好，不过都是我们二十四间房的。好像没上燕子粪，纤弱娇气，没少爷养的壮硕!"其实少爷一生好像都没老成过，我越装越是不像，倒把小屁孩斤两暴露了。

"燕子粪不臭吗？还不把花儿熏蔫，那多无趣哟!"星星蹙眉，鼻孔里似乎飞进一粒燕屎，香帕也难擦净。

我正要教训星星孤陋寡闻，彰显我和晶晶的渊博。无须爷爷的四书五经，燕子故事就够了。尚未开蒙，却被四娘拦截："月儿，牛皮吹得倒像少爷。说实话，二十四间房的花也是从我这儿偷的。"四娘嫣然一笑，并且直呼我名字，像捕快早拿到小贼物证抵赖不得。我有幸替少爷受罚，不可露怯："二十四间房啥没有，稀罕几盆花？少爷何等人物!"突然想起，无相大师赠我一盆龙舌兰，就在晶晶闺房里芬芳。这可是佛祖加持过，走遍天下谁怕谁。

"越是人物，越会偷越敢偷，把人的心儿魂儿偷得干干净净。

你说不稀罕，少爷的花让下人侍弄吗?”四娘直视我，温柔如水的眸子迸射剑的寒芒。我只得点头。少爷那四盆花确比命金贵，休说巩氏夫妇，我和晶晶亲近，少爷也提心吊胆，生怕一丝花毛儿弄落了。我像充气的猪尿泡，刚想膨胀骄傲，忽被荆棘刺破，瘪瞎回原型。无端被四娘抓住那么多把柄，我很委屈，好像被少爷出卖了。同时又窃喜：少爷偷的哪是花，分明是四娘的心儿魂儿，自是要拿命呵护。就像我送给晶晶的龙舌兰，如果晶晶不当回事儿，任他人染指，我的心也会好痛好痛！晶晶可也看得比命金贵，置放床头，朝朝频顾惜，夜里还常常披衣坐起，含笑嗅那一簇簇花骨朵美呢！

我满心欢喜，在花上不必纠缠，已经美得无暇了。晶晶嗅花的笑靥，足以温暖二十四间房所有的寒夜，照亮我的一生一世。于是仰望四娘，情不自禁深鞠一躬：“谢谢你，谢谢你把晶晶带到人间！先前只是听说，你果然配得上我家少爷，也只有你才配得上；当然我家少爷也配得上你，世上也只有少爷才配得上你！”

四娘俨然风里颠摇的红玫瑰，在马屁盛宴里沉醉。惭愧惭愧，试想少爷都无条件投降，我好歹还挣扎几个回合，至少也不算输得太难看。况且她是晶晶亲娘，江南杏花春雨的精灵，就是顶礼膜拜也不丢份。我和少爷一样，除情痴外凡事淡然，没多少争强好胜之心，马马虎虎算了。刚才那两句确有谄媚之嫌，倒也十分真诚，仿佛肚里憋了无数年。当面向四娘招来，一身轻松。回去还可向晶晶吹个小牛，可牵扯到四娘星星，极其敏感，万一触碰晶晶泪腺，怕三个花手绢都堵不住。我还是小心夹住热屁，从长计议才好。当一个人心里想藏点掖点，大概就开始狡猾，好像长大成人的熊样子。

我暗自得意，准备撤退，花巷再好终非久留之地，还是找爷爷回二十四间房为妙。不料四娘莲步轻移，一抄手将我托在胸前。虽然温馨舒适，有娘怀抱的感觉，必定略显尴尬。我想挣脱，浑身软软的没劲。她也没怎样束缚，却比地球引力强大，我凭空悬着就是挣不到地上。突然四娘两指一闪，把金丝玉佩叼出，惊喜地“咦”一声，果真是“一弯月牙照龙亭”。连无相大师都给三分薄面的堂堂二十四间房小公子，居然再次被验明正身，多少有点屈辱。我不禁抗议道：“放我下来，你再美也不是我娘，凭什么抱我?”

四娘笑得前仰后合，我宛然颠在摇篮里。“月儿，我就是你娘，未来的丈母娘。趁你还小娘疼疼，再大晶晶就吃醋啦。当年若非少爷说，江南‘大先生’家公子来了，将来让晶晶随他一同回江南好。我才舍不得把两个宝贝拆散可怜呢！少爷自己都照顾不了，日日夜夜让人悬着心煎熬。月儿，你和晶晶可是同一天进的二十四间房。当时你只会哇哇哭，奶都不会裹，晶晶可都能吃两个鸡蛋啦!”

原来如此。从前我和晶晶老争谁和二郎神一块进的二十四间房，好像很光荣似的。有一次，晶晶硬说二郎神也比我大三岁，我该叫“狗哥哥”。我当然不服，顺便损她——我还有有个“狗姐姐”呢！现在好了，联袂而至，真是天赶地催的奇缘。

庙集大户人家，自古就有定娃娃亲习俗。通过联姻纽带，巩固双方财势地位屹立不倒，甚至有滚雪球似的放大效应。非常时期，也可抵御自然灾害和社会动荡的倾覆。至于俩人是否情投意合，基本上忽略不计。尤其女孩为家族牺牲做祭品，理所当然，前赴后继。奶奶哭着进门，母亲泣之以血，女儿又能朝哪儿逃？我和晶晶的缘分，与娃娃亲没半个铜板关系，哪怕爷爷少爷也曾精心设计过。在二十四间房特殊环境里，两条命相伴相生，不觉长一块儿。葳蕤为独特风景，远比江南杏花春雨的旖旎更添几分痴意。

四娘放下我。我松口气又叹口气，有娘的感觉真好！不过有晶晶在，也没啥好遗憾的。上天赐给人福气都有定数，你休想都攥手心里。我宁愿用所有残缺，换一个晶晶足矣。这时星星扑过来："你的玉佩，能让我摸摸吗？"我把玉佩递她，星星很是不舍："月儿，这玉佩将来是送给晶晶吗？我一点儿都不急，阿爹会偷，我也能从阿姐那儿顺过来。你不许生气哟！"我点点头又摇摇头。谁被这精灵古怪的小姑娘腻着，都糊里糊涂不知点头好还是摇头好。反正我就要作别庭院，往来天路，也许分别就是永别，摇头点头都无所谓吧。

四娘拿出几包东西，不用猜，梅花糕海棠云片之类的姑苏美味。我早在晶晶闺房偷食无数次，回去还是悄悄放她玉碟里，记在少爷花巷账上，以免晶晶追问麻烦。四娘又给我一包绣花针："月儿，晶晶练得怎样啦？能一把绣六个蜻蜓吗？你监督着别让她偷懒，将来一定用得着！"四娘突然面似寒霜，恍惚飘雪的样子。

据说四娘属于某个神秘的江湖组织，衔恩主之命千里寻仇。若非少爷"凿破昆仑作玉楼"，七步断魂梅花针，早将少爷的凌波微步变成诀别人间的僵尸舞，最多也舞不出七步。但命缘不可违："我杀不了你，只好嫁你……"最后一刻，少女羞涩的本能还试图美丽挣扎："你不是'不倚江南自风流'吗？莫倚莫倚哟，早早离开干净。"少爷连连作揖打躬，好像调皮甘愿受罚的孩子。四娘回眸一笑："我出上句，你接下句，接对才好。不倚江南佳公子——"少爷殷勤接过："怀抱江南更风流"。四娘嗔道："江南如此辽阔，你贪心抱得过来吗？"少爷低声下气："不敢不敢，怀抱四娘尽风流。"四娘叹一声，只好认命。少爷心疼得发颤："怜惜四娘护风流……"

原来花巷里确实有花，最美的并非"杏桃梨菊"，还是千娇百媚的姑苏四娘。而惜花护花的使者，自然非少爷莫属了。

第十一章　客栈

凡有集市的地方，就必然少不了客栈。南来北往的商旅，东奔西走的流浪者，总要找个歇脚的一席之地。或者安放疲惫不堪的肉体，或者安放伤痕累累的灵魂。

荒村野岭也不乏过路店子。整日柴门虚掩，一年半载热闹不几回，挣不几个铜板。残阳腐蚀着土坯茅草，风钻来钻去，沙粒摩擦的烟尘袅袅为远方暮霭。偶尔飞来一只鸟，半个时辰后还是一只鸟，兀立铁锈的枯枝上自言自语，恐怕它自己都不知道念叨些什么。突然展翅扑向天宇——与其无聊空寂得要死，不如继续流浪累死旅途上算了。哪里都有埋葬羽毛的泥土，收留曾经飞翔而纷纷坠落的亡灵。也许活着都不免狼狈，那死总要留下好看的样子。

花开花落，白云苍狗。又是一个淅淅沥沥的黄昏，抑或大雪纷飞的夜，一团模糊的身影撞开吱吱呀呀的柴门。他走过半生希望失望，脚板磨出血痂，心田荒芜成废墟，确实很累很累了。并不奢望柴门里还有一壶酒，一盘花生米两个卤猪蹄。他早已习惯苦难，就像习惯自己漂泊坎坷的命运。此刻有半盆木炭几星残火，焐焐冻僵的身子就足够欣慰。如果上天再慷慨点，居然又赏赐一个松软的草铺，撂一床破棉絮，那无异奢华的皇宫。不——简直温暖的家了。

人生旅途，哪里不是客栈？谁又不是匆匆过客？大而言之，地球也无非是宇宙中还凑合的客栈而已。若干年后，当最后一个旅人形影相吊，茫然四顾——他像地球一样富饶，也像地球一样孤独。

豪拥十八条街巷的商埠庙集，客栈当然也不少。比较有规模的就有六七家，更多的散落小巷民居里。所谓规模，至少两层楼，十几个房间，一个大院子。庭院里不必有奇花异草，亭台轩榭，要宽敞安全，能放置几挂马车，一堆小山包样的货物。牙刷皂荚毛巾之类的日用品，应有尽有。每天想泡热水澡，大浴缸热气腾腾。如果赏小费，小伙计保准伺候得舒坦。如果小费足够多，客栈大都暗通花巷，男人那点事很容易解决。那时还没有一条龙服务的说法，但一条龙服务的做法，率先在客栈推广。好多客栈都打着“宾至如归”的招牌，那不仅仅是形式上哗众取宠，确有一定的内容含金量。

客栈饭菜就比较讲究，肯下功夫，可以说是经营客栈的精髓。虽不像酒店有大菜硬菜特色菜唬人，一日三餐家常饭亲切可口，有滋有味。远多于家中婆娘的花样，远高于粗瓷大碗的营养价值。而且酒水丰富，低度的米酒黄酒葡萄酒惬意；六十八度烧刀子，那是浪子豪客的最爱——他乡故乡，爱恨情仇，都在烈酒里燃烧得干干净净。客栈好像对旅人肠胃心理仔细研究过，看客下菜碟，让每个铜板都掏得物有所值，甚至超值享受，仿佛占了便宜。一旦住下来，两腿竟像扎客栈里长出毛根不愿挪动。若非商场家里重大变故，恐怕赶他走，也磨磨蹭蹭推三阻四，像面筋想多黏巴会儿。

庙集客栈还有个特殊功能，殷勤为当地人操持。不但多挣银子，还落个泽惠乡里的好名声。名声在生意场特重要，好名声就意味着是大家信得过的好商品，趋之若鹜。名声坏了，生意大概也黄了。客栈服务乡里，这与庙集婚丧习俗密不可分。有眼光的经营者，除招徕四面八方流水客，主要盯着这一块。平时便布下眼线，和九寨三十六村问事的热络情感，提前把生意揽下来。随随便便几家，就足以支撑仨月半年收成，省了每日掰脚趾头数铜板的艰辛。

婚丧嫁娶，几千年来在庙集都是大事，其他地方大概也不易蒙混过关。一般人只有两次：一次欢喜悲痛地婚嫁，天堂地狱边缘挣扎消磨；另一次悲痛欢喜地丧葬，留堆坟丘和日月天地赛呆，偶尔有狐狸野兔子串门就不错了。婚丧的热闹隆重，可谓举家族亲邻之力，小户人家折腾一次，无不破费三年五载借贷。可仍要坚持打肿脸充胖子，尽量做得漂亮些。因为村村这样，家家如此。乡民一句“没吃过猪肉，还没见过猪走”，看不把一家老老少少噎死？风俗的伟大沉重，常人休说血肉之躯，灵魂怕也要碾出屁来。

婚嫁主要流程之一，大婚头天女方“添香”，男方“挂对子”，内容实质一模一样。最亲最好最重要的亲友，姥姥姑姑姨娘们倾巢而出，发小同窗闺蜜们结伴而来。鲜花是鲜花，礼金是礼金，还提溜着崭新鞋袜被单毛毯诸物。身份不同，礼物各异，不可张冠李戴僭越规矩。悬挂院里预先拴好的红绳上，越多越喜庆，主人越排场有面子。当晚就十桌八桌，闹哄哄一院人，烟花爆竹燃红半边天。那时没机动车，走动两条腿，凑辆马车牛车都很难，总不能让亲友披星戴月往家赶，第二天又顶着鸡鸣狗吠丈量回来。甭说情不可忍，礼节也不允许。东家就两间茅屋，三张床，放脚趾头空也没有。于是本家族长执事带队，浩浩荡荡奔庙集提前包好的客栈。财大气粗讲脸的，一包好几天，让亲友们住过瘾，俨然也是十八条街巷的土豪。管它每晚多少人，一律按整体承包计算。女方宁愿少要点金银首饰绫罗绸缎，务必请男方订下“益香阁”风光。否则，都有罢婚风险。

丧葬习俗更其隆重烦琐，拖延时日。祭奠的除直系亲友，沾沾刮刮远亲故交，平时极少来往，八竿子够不着，这时从地底下突然冒出来让东家懵逼。费一嘴唾沫，转几道弯，还是捋不清亲戚源头。但凭手里几刀纸钱，仿佛圣旨，又像浸染先人亡灵，孝子也不敢质疑，老老实实行三跪九拜大礼，管吃管住好几天，不能出半点差错。如被人闲话，孝子蒙辱，老人蒙羞，难以入土为安，甚至闹出好歹无法收拾。把他们客栈里供起来，多淌点银子也咬着牙淌吧。

这样看来，客栈银子好像还挺好赚。但客栈也有客栈的烦恼——啥样的过客都有，啥样命运都不稀罕。常在河边站没有不湿鞋，碰上就碰上了。有生意失败付不起房钱的，有横刀玩命赖着不给房钱的，小意思算慈善了。遭遇暴死房客才倒血霉，棺椁衣裳丧葬费用孬不掉。死人头上有绛子，鬼神也缠不清。

万一善后乏术，休说经官动府折磨得上蹿下泄；一群披麻戴孝的烧纸哭号，辛苦积蓄建的客栈就废了。如此一闹便成凶宅，客人远避，自己住也瘆得慌，贱价出售谁敢接茬。所以，只要用银子能悄悄摆平的事儿，在庙集都不算大事。从盘古开天地，好像都是花钱消灾，留得青山在要紧。

特别难堪的也不是没有，牵涉老婆女儿名节，只好打掉牙往肚里咽，肠子都悔断九九八十一截。早知如此，八辈子饿死也不招惹这破营生。“如意居”老板娘，三年前跟一个江浙佬称心如意去了。“客来轩”如花似玉的小女儿，硬是和一个落魄书生两情相悦，生死相随。族人非要打死书生泄愤，父母还是扛着老脸放他们一条生路：“走得远远的再不许回来，就当没这个女儿吧……”

男女私奔，庙集似有光荣传统。古楚地浪漫风流，在私奔上表现得淋漓尽致，不拘一格。有本地人跟本地人私奔的，有本地人跟外地人私奔的；有的想象还沾边，有的打破头也不信，天差地别不可思议。家人包羞忍辱一段时间，街坊邻居热闹闲话好些日子，慢慢释然矣。这都是命，不是冤家不聚头，谁能拒绝逃离命呢！也许三年五载，私奔的衣锦还乡。仍然是好亲戚，受一街两巷尊重艳羡。不私奔哪有今天？这极具鼓励示范作用，为下次私奔埋下伏笔。

情之所系，我对客来轩小女儿尤其同情，热泪泉涌，晶晶三条花手绢都堵不住。偷读唐诗：“去年今日此门中，人面桃花相映红。人面不知何处去，桃花依旧笑春风。”揪心怅然，好多天不知面味。同时很不屑崔护优柔寡断，把桃花女子错过，活该！

几世轮回还空吟："纵收香藏镜，他年重到，人面桃花在否?"岂如我庙集住店男儿，敢爱敢恨，真为天下书生争脸！纵然和心爱女孩共赴黄泉，也是铺满鲜花的阳关大道。我突然想：也许某天，真在二十四间房闷坏，甭管爷爷少爷，干脆和晶晶私奔算了。我把这想法告诉晶晶，满含期待。晶晶很淡定，眸子电过来，大片淡蓝色眼白泛起浪花花。

"月儿，私奔就私奔。咱俩手牵手一气疯跑回龙滩，又不是没私奔过。爷爷疼还疼不过来，哪会为难咱。少爷带二郎神，装模作样追杀又怎样？你活我就活，你死我就死!"

晶晶如此坚贞决绝，特像大小姐。秋水雁翎刀确是寒厉点，蘸着情爱同样能舞出满天彩虹。老爷一生遗恨"一根弦"上，但拥有大小姐也是八辈子烧的高香。生活本就这样：悲欢离合，阴晴圆缺，哪有十全十美？其实晶晶是四娘克隆，四娘的爱情宣言："我杀不了你，只好嫁你……"翻译成晶晶的话，不就是"你活我就活，你死我就死"吗？好像晶晶更其果敢，连红拂夜奔都残色不少。

晶晶和少爷真是一对奇特父女。那时晶晶总随喜我叫"少爷"，从未喊过一声"爹"。少爷也不生气，还屁颠颠答应，唯恐晶晶改口把"少爷"弄丢了。奇特的人都有奇特的命运，真不知命运要将少爷和晶晶带向何方？我颇惶然，好像也被爷爷感染成千年忧的熊样子。但有一点可以肯定，即使我和晶晶私奔了，少爷发神经撞棉花跳蚂蚁窟，让屁憋得鼻青眼肿，也舍不得动俺俩一根汗毛。少爷天生情种，深知人世间真爱奇缺珍贵。多数人稀里糊涂上错花轿，一生糟蹋了。惺惺相惜，痴情人最能读懂痴情人的生命密码。少爷敢“凿破昆仑作玉楼”，因为命中注定要独携四娘温柔乡里一醉千年。

我把那首诗赖过来，调皮地在晶晶面前吟咏。晶晶叉开五指捂着耳朵：“不听不听，公子少爷都会写诗骗女孩子。不听不听……”其实那二十八个字，早从指缝间溜进晶晶耳朵，小蜜蜂似的在她心房里闹呢！终于闹得心花怒放，双颊绯红：“月儿，少爷会偷花，你会偷诗，我觉得你比少爷偷得高明哟！”我很得意，顺口吹道：“晶晶，那本来就是我心里的诗。念你还小，没敢拿出来怕吓着你。岂料少爷恁不讲意思，捷足先登，老早给四娘现了。将来我给你写部大书，波澜壮阔的都是咱们的故事，长河一样生生不息……”

我九岁那年，好像把一生的话都说完了。晶晶紧扣我的手，好像把一生的话也都听完了。她染着玫瑰花瓣的指盖，直欲抠进血肉里，给我的生命也染一抹玫瑰红。晶晶眸子似要窜出火苗苗：“月儿，真有那一天吗？”“晶晶，会的，一定会的！”这是我给晶晶的第二个承诺，豪掷庙集十八条街巷青石板上，春雷滚滚。伟大的情书感天动地，那是两条童贞的生命共同书写的。何必非要再次轮回，悲悲切切：“阑干倚尽犹慵去，几度黄昏雨。晚春盘马踏青苔，曾傍绿荫深驻。落花犹在，香屏空掩，人面知何处？”

眼前有件事盘踞心里，剪不断理还乱，就是那天花巷见闻。我试图委婉透露给晶晶一鳞半爪，有个温水煮青蛙的适应过程。以免四娘星星从天而降，哪怕最亲的母亲，一条脐带拴着的双胞胎，也会颠覆心理平衡，惊得晶晶神思恍惚。况且全部真相，我也如坠云雾。少爷都憋肚里窖藏，定然有他的道理。但晶晶有权知道自己的身世，我也有责任帮晶晶探明真相，尽快让她们母女姐妹团聚，花好月圆。晶晶的事就是我的事，切不可鲁莽办砸了。

晶晶虽然母亲不在身边，好像也不缺少母爱。我见过少爷最温情的一次，尤胜世上温暖慈祥的母亲。那天夕阳氤氲东厢房墙壁，燕子呢喃着人间四月天。晶晶沐浴在一片橘黄色晚照里，温馨妩媚，鼻尖酒窝洋溢着圣洁的光辉。少爷给晶晶编花辫，手指轻柔灵巧，宛若抚弄古琴似的优雅曼妙。他编的并非北方简单常见的独辫或双辫，而是姑苏花式玲珑的六条，每条还镶嵌着七根金线，好像把彩虹花蕊都织进乌蒙蒙瀑布里。鬓边零散的几缕当风拂拂着，幽香袅袅，有江南丝竹《梅花三弄》的悠扬清远。

我想少爷编花辫技艺，定是四娘手把手教的，还在四娘头上演练无数遍；才敢放晶晶秀发上弹奏，好一曲《渔舟唱晚》的斑斓华彩。那金线也是从四娘头上偷偷顺来，故意在我面前逞能。少爷太能黏了，足足一个时辰还在晶晶发辫上腻歪。我看得眼酸，心底渐渐涌出醋意。爱有先天排他性，再亲也不能分享，这与胸怀肚量没半个铜板关系。爱得愈深，醋意愈浓，好像烈酒熊熊燃烧。

“晶晶，你看月儿两眼瞪的，像不像要决斗的小公鸡？羽毛未丰就想打擂台，我看欠揍！”少爷调侃道，“晶晶你可要提防点，人心不古，臭小子八成是暗恋上你了！”

我哪恁没出息，竟停滞在暗恋的低级阶段，送别看月亮早升格为明恋水平。少爷只顾花巷流连，落伍苍苔斑斑的二十四间房好多。也难怪，这种事往往全世界知道了，爹娘还蒙在鼓里，以为孩子依旧嗷嗷待哺呢！况且逼急了，我就拿“独携四娘醉温柔”臭他，看他还好意思取笑我和晶晶占便宜。我正欲反击，晶晶抢先而出：“老大不小的少爷，能不能正经点，欺负弱女子羞不羞？”

少爷连道惭愧，俯晶晶耳边低声下气，像为闺阁大小姐服务欠佳遭砭的奴才。转身对我却又横起来：“月儿，你还敢嫉妒我？本少爷恨不得把你嚼嚼吃了。我好命苦，只能陪晶晶一时，臭小子几万年修来的福气居然能陪晶晶一世。可怜我牙齿尚没沾你的皮，晶晶怕要给老子拼命。姑且打下屁屁，聊示训诫！”

少爷话音未落，也没见如何移步换形，手掌呼的从我脸颊掠过。痒痒的一点也不疼，显然并没用力。可明明说打屁屁，偏偏抹人家的脸恶作剧，少爷太淘气了。我也懒得与他计较，凌波微步本就防不胜防。何况抹过的脸颊还残留着晶晶发丝异香，直朝心里钻。我口鼻齐嗅，唯恐风儿偷去害相思。晶晶赶紧瞥眼示警，怕我痴病发作又让少爷抓住把柄，连她也跟着心羞面臊。我们不得不服少爷，爱得荒唐，也爱得堂皇，反正我和晶晶联手也不是对手。

那时，我和晶晶加起来足足二十一岁，再不相爱就老了。也许我们的爱并非今生开始，上辈子种下的。留下诸多遗憾，只好重生轰轰烈烈一场。但人生就是遗憾，如果今生难以美满，莫非来世还要再续前缘？如此一生一生花开，一世一世轮回……

少爷终于编好花辫，长舒一口气。他左看右瞧，前瞻后顾，意犹未尽又采朵玫瑰斜簪花辫上。花房的吝啬鬼，破天荒壮举了。少爷眼眸愈见温柔，眼前的晶晶恍惚摇晃为四娘倩影——“巧笑倩兮，美目盼兮”。恕我唐突，少爷天生一颗杏花春雨的心，足够绮丽却肯定没我忠贞。我的眼里只有晶晶，融入我心灵才能映射我眼眸。我的心就这么大，满盈盈的全是晶晶，风也休想透进丝毫。如果有女孩胡闹敢闯我眼睛里，不要晶晶动手，我立马眼珠挖出来当泡踩。我想少爷最该打自己屁屁，如果他怕疼手软，我帮他免费象征性打几下也行。这无异犯上作乱，有弑父情结，腹诽几句罢了。

东墙上最后一抹橘黄，湮灭暮色里。小燕子相偎泥巢，不忍打破这温馨的静谧。明年她们还能平安回来，不会中途迷失遭箭矢吗？世间的美好稍纵即逝，太阳也是匆匆过客啊！那个叫羲和的断了盘缠，还是饥渴的宿命，非要赶去遥远的扶桑歇息。二十四间房呢？更其微不足道，表面上固若金汤，哪里禁得住时光腐蚀。偶然一现，青史上一弹指资格也没有。只不过暂时寄寓我们的躯壳，生活还要熬下去。当我和晶晶沉浸花辫喜悦里，少爷的眼睛热热的湿了……

此时，花巷也被夜色沁染。白色山茶像暮雪透着寒意，无端把庭院涂一抹秋凉。玫瑰宛然红烛摇曳，暗香浮动，让人心疼那孤芳自赏的寂寥。四娘深知花最芬芳时，也意味着凋谢的日子不远了。谁也挽不住命运的河流。四娘泪眼婆娑，虽然早过了伤春季节，但命中注定她要为少爷伤春一辈子。其实茫茫人海里能遇到值得伤春的人，哪怕将生命焚烧殆尽，也要感恩上天的垂青。所有庭院无非都是客栈，当你住好那一刻，便是心中最美的家园。

四娘原是姑苏官宦人家排行第四的孩子，兰心蕙质，冰雪聪明。七岁那年父亲犯事，满门流放直通黄泉的宁古塔。那天街巷贪玩，也许冥冥中神灵眷顾，被后来的东家收留，送到一个神秘的江湖组织，习练花艺轻功和梅花针之类的小巧功夫。转眼十六娉娉袅袅，芳心侠骨，在春风十里的姑苏别样娇媚，一街两巷蜂蝶都像喝醉酒。有天突然失踪了。原来为报恩主，四娘衔命潜伏庙集，伺机毒杀二十四间房少爷。所幸红鸾星照耀，长河作证，柳荫沙滩才是人世间最美的婚床。福兮祸兮，祸兮福兮，爱恨缠绵谁又能说得清。

其实老东家早算准结局，堂堂二十四间房硕果仅存的少爷，如果让四娘轻易得手，那他早该死一百八十八次，骨头上锈了。老东家没那么天真，四娘不过是他手中的一枚暗器，浸透十六年姑苏女儿红，一击必中的是少爷心脏。麻痹斗志，温柔乡里糜烂，直至埋葬为一抔黄土。岂料少爷天生异种，命里自有定数，本以为陪少奶奶此生休矣。天降四娘点燃少爷的生命，一下蓬勃出十三年壮丽！

四娘舍不得离开少爷怀抱，也无颜回姑苏复命，寄居花巷侍弄芍药山茶玫瑰倒也快活。最好姑苏那边以为她早已殉职，遗忘安然。此后嫁鸡随鸡，都交给少爷啦。少爷好像只会喝酒恋爱糟蹋银子，其他真挑不出瑕疵。况且二十四间房少爷，不会糟蹋银子，简直不务正业。谁知悬着的心刚放下，那个神秘组织又阴魂不散纠缠庙集来。四娘本想提醒少爷做好准备，放手一搏，鹿死谁手尚未可知。四娘几次明里暗里示意，少爷就是不接茬，小冤家活活气死人。可气死九十九次，第一百次轮回还是只认他，想在他怀里再痛快死一次。

少爷天生心大，还是天生糊涂，搂着七步断魂梅花针的女人高枕大睡却从不问来历，真把命当儿戏？如果少爷略有沉吟，四娘也好倾诉一空，像赤身长河清波里洗濯痛快。少爷就是少爷，爱就爱了，管它天塌地陷呢！况且派遣十六岁少女独自涉险，其背后组织之阴毒可想而知。也许四娘开口之日，就是封口之时。少爷看似简单稚嫩，二十四间房韬略不言自喻，想装傻也没门。

“阿娘，阿爹爱我们吗？”星星幽幽道。特殊环境下成长的孩子，总有点早熟忧郁的气质。

“当然爱啦！”四娘点燃红烛，让喜庆铺满房间，铺满庭堂上悬挂的少爷的诗。好像少爷正微笑着从诗里走出来，一步一步踩在她心尖上。“星星，等你长大读懂阿爹的诗，就知道爱啦！”

“爱咋不接咱回二十四间房？”星星很执拗，显然是四娘执着性格的衍生。遗传的伟力，远在女娲造人的想象之外。

“二十四间房太闷，不好玩，不像咱花巷庭院美。你阿爹正种花调理，等弄得跟花巷一样好，就接咱回家啦！”四娘是说给女儿听，好像更是说给自己听。人要有盼头，吹个泡泡眼前晃晃也好。

“那月儿呢？月儿晶晶啥时来看咱？总不能把咱丢这儿，她俩天天沙滩上疯快活。”女孩想多了心事也就多了，心事多不觉就啰唆了。所以母亲的啰唆，大概就是从女孩想心事开始的。

“该来的时候就来啦！”四娘抚摸星星的脑瓜，语气愈加温柔。“乖囡囡睡觉去，梦里就全梦见啦……”

“阿娘，你能梦见吗？”星星歪着脑袋凝视四娘，两只眸子像星星闪烁。一只眸子闪烁问号，一只眸子闪烁叹号。孩子迈向社会，迈向成人世界，好像都带着这两个标志性符号。

“当然能啦……”红烛摇曳，摇得四娘脸颊烛一样羞红，两颗泪偷偷爬出来。相思豆未必长在南国树上，也未必潜伏唐诗宋词里等待采撷，她就挂在四娘腮边晶莹——少爷少爷啊！

夜幕笼罩庭院，四野八荒里鬼魅。远处有狗儿在吠，花巷泥墙，也扑簌簌掉下夜的影子。从前剪贴花朵的红灯笼呢？莫非都顺着长河漂向杏花春雨的江南，飘落风香水腻的秦淮河畔？

其实庙集从不稀罕红灯笼，十八条街巷没红灯笼哪能还是庙集。花巷现在确实寒碜些，几十步摇晃一盏，好像还沉浸往事里暧昧。东西老街依然竞相开放。“生尘堂”燕大查柜匆匆穿过长街结合处，沿顺河街南行百十步右拐，敲开“栖间堂”客栈大门。这是第六次拜访一把抓了。那天邓小街榆木老者为一枚铜板纠缠，观者如堵，差点砸了百年药店招牌。多亏一把抓解围，义薄云天。所以他比刘备三顾殷勤，恳请一把抓收了德蕴门地摊，坐镇生尘堂。他甘愿做小伙计，大查柜椅子扔哪儿都行，劈柴烧也无所谓。

“栖间堂”是两层楼庭院，在庙集客栈不算抢眼，但敞亮素雅，大堂客舍点缀的字画小品颇值得赏玩。一把抓栖息楼上最右首一间，独立南望，涡河从张家庄扑面而来，似还带着田野麦粟的清香。他喜欢闻这味道，就像爷爷晚年念叨的家乡味道。还有爷爷朝思暮想的长河——旭日里浮光耀金，月光下银蛇乱舞。舟楫穿梭，纤夫的号子和渔民敲磬撒网小调此起彼伏。一把抓沉浸这清幽而又繁盛的况味，把客栈当家住。虽然孤零零一人，锅碗瓢勺油盐酱醋，也置备齐全。他很少吃客栈现成饭菜，习惯拾掇简单的小米粥菜馍，像家的样子。隔三岔五也不忘加餐，通常四个菜：爆炒猪肝，菠菜豆腐，清蒸鸡蛋羹，虾仁韭菜花。三两烧酒一个花卷，足够幸福。人往往被欲望塞得满满，幸福无处可留，抱金山银山受罪。这种活法，少爷不屑，一把抓也不屑。从骨子里，俩人倒真有不谋而合之处。

一把抓在栖间堂看风景，茶是不离手的。他独自生个小茶炉，宜兴上好紫砂壶，北宋青花小茶碗。茶叶是涡河两岸随处可见的桑叶，和二十四间房的神桑也差不多。只不过神桑年代久远，有独木成林之势，平添神话色彩。一把抓抿着茶水，却将一片桑叶吸到唇边。他咬住细细咀嚼，好像要把乡愁咀嚼成羁旅行役的淡然。饱经风霜的皱纹绽开无限满足。那纯粹温润的表情，依稀有少爷的影子。

燕大查柜毕恭毕敬，一把抓似乎礼数欠周，既不让坐，也不让茶。其实让也是虚礼，一室一椅一个小茶碗，客人无法染指，反倒做作了。平时定然少有来往，一把抓也懒得应酬。能享受孤独的男人，必然有强大的精神世界支撑，那大概就不是一般的人物了。

燕大查柜愈见谦卑，鞠躬如也。低声道："两间静室收拾好了，波斯地毯和西域驼绒被也布置妥当，药店同仁盼您移驾为幸！"一把抓将嚼碎的茶叶咽下去，唇齿间残存余沫，喝口水冲进肚里干净。这才漫不经心道："一年房租，还差仨月没住完。说好的不给退，浪费可惜了。"燕大查柜赶紧接道，唯恐一把抓的话跌落沾上灰尘。"那就药店柜台支。"突觉不妥，很想打自己两个嘴巴，连忙改口：“还是从我月银里扣吧。”一把抓笑了：“生尘堂终究要交给你，你也一定比我做得好。我懒散漂泊惯了，摆摊是辛苦点，但能多看人，我喜欢看人。”大查柜突然懵圈：世上喜好千差万别，“喜欢看人”算哪门子理由？但它终归也是理由，不容争辩，好像刑部最终判决。再有钱也难买喜欢，看来大查柜要第七次枉驾委屈了。

凡能称得上人物的，大概都有点嗜好，还密不外泄，怕被对手发现利用。燕大查柜不是外人，可也啰唆太久耗神。一把抓今天起得晚，日升三竿了。他凑合碗稀粥咸菜，再没胃口。头有点沉，骨骼也酸懒像注铅水。他决定不再出摊，给自己放假，到老王化茶馆享点清福。该去的地早晚都要去，该见的人早晚都要见。

爷爷依然在茶馆浅斟漫酌。老掌柜见一把抓抱拳相迎，引到爷爷旁边茶桌，应该是很光荣的待遇。“先生，大稀客。请坐。”一把抓回礼甚恭：“不敢不敢，有‘大先生’在，谁也不配称先生。”王化年轻时颇是雄豪，在茶馆浸淫大半个甲子，仍不失江湖本色。“好说好说，五湖四海皆兄弟。”一把抓又是“不敢不敢”，长衫里掏出两瓶跌打伤药：“今天没出摊，也没挣到银子，权作茶资吧。”王化双手接过，他深知这药的珍贵。虽不能说起死回生，一般刀剑下救命还是有把握的。小伙计冲来沸水，爷爷把神桑叶拨一半给他。一把抓诚惶诚恐，好像受了极大恩惠，又掏出两瓶：“雕虫小技糊口，请大先生收下。”爷爷郑重接过，看着一把抓的眼睛，意味深长：“二十四间房虽不够宽敞，方便时小聚还住得下。”一把抓深深一躬：“恭敬不如从命，改日一定叨扰大先生，叨扰少爷……”

第十二章　校场

校场是诞生英雄的地方。猿门射戟，沙场点兵，似乎都关乎社稷苍生，一个民族的历史走向。庙集校场有点尴尬，好像尚未有拿得出手的人物故事。多是些鸡零狗碎，庸众娱乐，茶余饭后的谈资。偶尔也有江湖恶斗，血溅五步，月黑风高夜头颅挂旗杆上的惨烈。

当初为镇邪，征用土地方便，校场建郊外乱葬岗上。大大小小上百座坟包，埋葬着不知来历，也没有归处的孤魂野鬼。大水冲来的浮尸，卧街倒巷的乞丐，沿途暴毙的商旅，仇家追杀抛掷的断头残躯。也不乏小棉袄裹着的弃婴：先天残疾，与其一生大人孩娃受累，不如早早解脱；或偷情野合，不敢见天日，忍痛堕胎爱的牺牲品。

校场西南环倚涡河，苇蒲杂草丛生，荆条藤蔓疯长。白天人迹罕至，夜晚鬼火幢幢。野鸟野蛇们不怕邪，反倒争相栖息为乐园。东北卧一大坑，周围二百余步，最深处三竿之多，一年四季从未干涸过。坑里盛产蛤蟆，大的赛过小盆，小的还不盈寸，掌心里跳舞绰绰有余。颜色五花八门：除常见花斑褐色的，另现通体焦炭和红灯笼的异种，突兀着墨绿眼球，说不出的诡异。不管从遗传变异角度，都很难解释这两种蛤蟆的前世今生。老人迷信，怪校场霸占乱葬岗惹出祸端。那些鬼魂没地安息，只好就近投胎为蛤蟆寄生。焦炭大蛤蟆，分明是仇杀冤魂变的。红灯笼小蛤蟆，则是弃婴不甘的亡灵。大坑的所有蛤蟆，都干鼓肚叫不出声音，很让人愤懑。此坑便是庙集老少皆知、望而生畏的“哑巴坑”。意为阳间找不到说理的地方，阴曹地府也乌鸦鸦黑，不得不做哑巴苟且。民俗的沉重，鬼怪狐媚的喜怒哀乐，往往折射的还是现实的影子。没有人世界，哪有鬼作场。

校场空阔，足足二十个打麦场大。乱葬岗周遭均是荒滩，无人认领，建时一并收拾了。单单垒起的六尺高擂台，不多不少三十六间房屋的面积。不知哪个风水师精心勘定——好像只有如此之高，如此之大，才能镇住妖魔鬼怪不敢妄动。正中矗立三根二丈八尺高的松杉圆木，升起三面分别绣着“虎、狮、豹”的杏黄大旗，猎猎作响。颇有铁马秋风，中原北望气如山的壮志豪情。

校场周边植一圈杨柳，也许疏于管理，或别有讲究，现在仅存两株。东南角大杨树，树干一半似是与生俱来的焦黑，老人说被雷火烧了。另一半却葱茏得不像话，好像雷火烧掉的生命都加倍还魂这边枝叶上。西南角大柳树，根部烂出洞穴，孩子小狗钻来钻去玩耍。就这两棵残树，每年春夏之交，杨花柳絮依然纷纷扬扬洒满校场。

校场建起百年，颇是冷清。除四月八庙会热闹几天，平时人影没鬼影多。甭说一个人搿这儿心里打鼓，怕放屁砸脚后跟，三五成群也瘆得慌。太阳当空，照不误脊背发寒，头发滋滋竖起来。三面虎狮豹大旗，风雨侵蚀，怯于辟邪扬威的崇高职责——虎旗寂寞降下，被操蛋少年撕成片片擦屁股，比瓦砾土坷垃舒服；狮旗豹旗也随风而去，不知所终。但作为庙集武事图腾，校场名闻遐迩。中原诸府好事者欲来此设擂比武，但见偌大废地零散着狗屎鸟粪，寻不到一点英雄痕迹，怅然而归。此后哄传庙集校场盛况，摇头漫笑，颇为不屑。

近些年风调雨顺，百业兴旺。随着庙集摊大饼似的朝外扩张，曲曲弯弯抽叉分枝，快逶迤到校场了。庙集闹处寸土寸金，皆已固化，扛三褡裢银子也难换一间像样门面。这儿码堆铜板，请几大家酒楼茶馆小叙，便可划拉几分闲地。老街房宅窄小住不下儿孙的，乡野有识之士欲来庙集施展拳脚，纷纷造屋建庭，人气旺起来。

这里与其说是校场，毋宁说是三教九流聚会娱乐的广场。秧歌花鼓灯耍得开，高跷旱船均可纵情恣意。管它谁淌口水，谁掉眼珠子，谁和谁钻芦苇荡野合。十八条街巷倾巢而出，也压不塌广场结实的泥土。老年人舒展筋骨，中年人遛狗带孩子，青年男女谈情说爱，都各有空间互不打扰。唯一遗憾的没有公共茅厕，小孩随地大小便，成年人总要遮羞盖盖脸。好在河湾沟坎尽可避人，苇蒲青纱帐藏身，钻进去不见人影。也有男女误摸一圪垯，前面“吭”声示警，后续的识趣转弯。两边解手声清晰可闻，大手小手放屁了然。完事后提裤走人，同时结束出来，谁也不看谁散了。胆肥的互望一眼，谁也不笑谁，各奔东西。碰巧一街两巷熟人，还热情招呼“吃了没”？自然亲切。在庙集“吃了没？到我家住下吧"，是最流行的交际搭讪话，陌生人亦通用。万不可当真，甭瞎子不识托真到人家吃住去。

如果是夏季，河湾里翻翻滚滚着洗澡后生。虽没有钱塘江弄潮儿勇武，也搅得一河两岸杨柳天摇地晃。荷尔蒙泛滥的，一边兴风作浪，一边展览人体艺术。可惜胚粗骨俗，表演欠佳，怎么也沾不上艺术边儿。一会俯身撅屁股，一会仰面露阴囊，惹得两岸淘米洗衣的女人跳脚痛骂。有的还拣石子瓦砾投，恨不得把那玩意儿砸崩，看还敢撒野不？后生愈加起劲，狂野成叫驴模样。庙集人默认"有理街道，无理河道"，好像还是蛮夷野兽的化外之地。撅就撅了，露就露了，骂也就骂了。民俗狂欢，哪儿都大同小异，似乎总在肚脐下三寸闹腾。

庙集擂台开张，令人啼笑皆非。如果传出去，庙集男人的脸都该集体扎裤裆里，再也羞于见日月天地。那是公馆街本族男女捉奸在床，男人倒一头一脸屎尿放过，女人却要挂一嘟噜破鞋游街。前面铜锣开道，后面跟一街两巷亢奋的观众。十八条街巷游遍仍不尽兴，非要押擂台上逼女人复述通奸过程，关键细节纤毫毕现。女人忍无可忍，一头撞向巍峨的松彬圆木旗杆，血流如注。谁能想到堂堂擂台的旗杆黄沙，不是壮士的血英雄的血染红的，竟让一个挂破鞋游街的女人祭奠。杜牧感慨"胜败兵家事不期，包羞忍辱是男儿"，恐怕早预见这不堪的一幕。吕洞宾洞若观火："独立高峰望八都，黑云散后月还孤。茫茫宇宙人无数，几个男儿是丈夫？"几千年从男儿诞生起，朝廷都忙着系统浩大的阉割工程，漏网命硬的应该还有——古人颂之"士"。不过想从挂破鞋的女人裆下找，那肯定找错了地方。

如此校场，也不能总是龌龊，那崇文尚武的庙集还不扒光了。最近每年都有场赛事，蒋五爷马二姑奶奶两家的查拳切磋，极具观赏性。因为均源自山东杨氏一门，没必要动真章拼高低死活。庙集豪拥十八条街巷九寨三十六村，足以养得起两家风生水起。

农闲季节，也有小打小敲的热闹。突然闹大的可能性，也不能完全排除。斗鸡斗蟋蟀鹌鹑，多少都有点赌注彩头。像钓钩挂个活蹦乱跳的草鱼虾米，也能燃半天欣喜。小赌怡情，一个铜板也不寒碜，至少消磨一段时光。大的就没上限，一旦赌红眼赌疯了，田产老婆孩子都能压上去，直至赌命赌人头。这和校场设擂初衷不同，形式有异，其实质一模一样。最后赌的都是人性，人们内心深处的贪婪和疯狂。平常看似人模狗样的谦谦君子，只要放出心里的小野兽，照样一路吃过界，无底线下坠，重回茹毛饮血的丛林时代。

斗蟋蟀小孩玩的居多，再不就是几个无聊透顶的中年人。青壮年赚太小儿科，不过瘾，都算自己赢也不稀罕。老年人佝偻身子，本就喘气不均，蹲伏地上看小虫耍，万一哪口气提不上来就完蛋了。小孩子兴趣盎然，墙根沟坎大田里捉蟋蟀乐此不疲。捉的当然都是屁股上带俩叉的公蟋蟀，肥胖的三个叉的母蟋蟀是不要的。只有饿了，弄一两捧烧了充饥。公蟋蟀矫健警惕，往往追好几个田埂，自己摔得灰头土脸，还是眼睁睁看它逃之夭夭。母蟋蟀比较笨，大腹便便，屁股是公蟋蟀的两倍，速度大约也累赘减两倍，一扑即中。肠胃叫唤了，不愁野味果腹。那烤得焦黄的籽特香，咀嚼起来比花生美味，十步之外能馋掉口水。一旦捉到满意的公蟋蟀，赶紧放罐里养起来，南瓜花是最好的饲料。蟋蟀也偷懒怯战，必须用毛谷草撩拨牙齿，骤然野性十足，再也按捺不住咬架的激情。每次蟋蟀大战，均有死伤，孩子们还签好“死伤勿论”的口头协议。以免事后撕破脸，无休止纠缠，好端端友谊破坏了。所谓游戏规则，确是从小游戏玩出来的。长大强势便抛之脑后，好像天降老子就是要为所欲为糟蹋全世界。

斗鹌鹑则是中年偏上，接近老年人的游戏。日渐衰朽，来日无多，总得弄点生趣把残年点亮或消耗殆尽。玩鹌鹑要有几个闲钱，无家室之累，酒足饭饱提个漂亮的鹌鹑笼走街串巷，那简直像八旗爷们，是一种身份的象征。有人不惜把半辈子积蓄抠出来，以挣得身份的标志。在庙集咱也算得上人物，没白来世上一遭。人生最悲哀的是一滴水渗泥土里，冤得没有码号，屁也不是。屁还有动静味道，甭管喜不喜欢，总得蹙眉掩鼻不能完全忽略。而没身份的泥塑木偶，休说亲戚邻里瞧不起，老婆孩子也鼻子不是鼻子眼不是眼的。

庙集东北三十多里，绵延一大片坑坑洼洼，淅沥几滴蛤蟆尿就成沼泽。荒草蔽日，鹌鹑翔集，也是土匪逃犯藏匿活跃的天然屏障。大刀谭五和疤瘌脸马六，都曾挣命于此。州府县衙扫荡，逮不住强梁盗贼，却弄几筐鹌鹑满载而归。庙集鹌鹑，十有八九来自该地。周边精明农夫，捕售鹌鹑比田里挣得还多。鹌鹑没有统一市场，价钱随口乱侃，货卖要家。不喜欢白送没人搭理，对上玩家眼，一锭银子也值。天天手里把着，眼珠滴溜溜挑逗，像温柔亲昵的小情人。那叫声清脆婉转，快乐祥和，比百灵还荡气回肠。麻雀叽叽的土气，鸽子咕咕的单调，喜鹊乌鸦呱呱闹心，算来算去鹌鹑还是最爱。

鹌鹑分文斗武斗两种。武斗是双方鹌鹑放插好的网里，激起野性，嘴叼爪抓，闪辗腾挪，羽毛纷纷坠落。终有一只拖着尾巴，围绕网圈游走算败了。文斗则是在各自笼里，高高低低横几根竹枝，鹌鹑飞来跳去，一边舞蹈一边唱歌。看谁叫得最响亮动听，并且时间足够长。老年人早过了争雄斗狠阶段，看山看水风轻云淡，极少武斗伤感情。养一只好鹌鹑不易，斗残斗废了，怕老命都陪上去郁郁而终。文斗也是以嬉戏方式，姑且观之听之，赏心悦目，谁还在乎输赢呢！旁观者起哄，硬要判出输赢，也不过到茶馆坐坐，桑茶瓜子侃大山尽兴而归。铁磁的鹌鹑友，也到酒肆一壶两碟。往往付钱的不是输家，赢家高兴铜板也扔得爽。况且都是光腚长大的老街坊，不斗鹌鹑也常窝一块小酌。今天你埋单，明天我掏腰包，图个热闹劲罢了。

庙集斗鸡的历史渊源，肯定远过斗蟋蟀鹌鹑。颍州徐州开封诸府，这一大片中原腹地，几千年来宏图霸业者逐鹿不休。他们当初也未必有如此雄心，说不定就是从斗鸡走狗开始。父母都误认孩子第一声啼哭是天才的呐喊，铁杵磨成针，才是白发婆婆对李白醍醐灌顶的启蒙。贺知章酒高眼花戏呼“谪仙”，庸众随大流信了。名人效应，自古就极不靠谱，掺沙兑水可不少见。由此上溯五百年，三国狼烟烽火正炽，庙集西七十里谯郡，翩翩佳公子曹植远未遭遇“煮豆燃萁”的七步生死劫。他赖以扬名四海的竟是一首《斗鸡诗》：

游目极妙伎，清听厌宫商。

主人寂无为，众宾进乐方。

长筵坐戏客，斗鸡观同房。

群雄正翕赫，双翘自飞扬。

挥羽激清风，悍目发朱光。

嘴落轻毛散，严距往往伤。

长鸣入青云，扇翼独翱翔。

愿蒙狸膏助，常得擅此场。

花开花落，白云苍狗，长河明月还是旧时模样。一千多年来曹子建的文采风流，少爷虽然很难锦上添花，庶几乎还接得上。雄豪彪悍的一面，就数马二姑奶奶爱徒金八，深得蒋五爷嫡传的海十三。俩人醉心武术，痴迷斗鸡，堪称新生代双雄。两家都是新崛起的土豪，视金钱如粪土夸张，手头不缺银子倒是实话。斗鸡可是烧钱的嗜好。仅仅养一只斗鸡的成本，远比养一堆孩子还破费真金白银。

庙集斗鸡早已普及，它当然有广泛的群众基础。九寨三十六村几乎家家养鸡，除吃肉待客、卖鸡售蛋补贴家用，看鸡斗架也是劳累之余很好的放松。鸡半大进入青春期，公鸡们争风吃醋，欲和心仪的姑娘交配，很能刺激男人的房事。人和动物的距离很短，一不小心就滑过去，或者本来就是动物世界里大大小小的玩家。

庙集斗鸡行家不下两把手，大家公认最有价值的还是金八和海十三。其他斗家逐渐门庭冷落，囿于自娱自乐的尴尬，金海开战必然沸沸扬扬。明赌暗押，不知多少银子在十八条街巷青石板上滚动。况且二人又分属蒋五爷马二姑奶奶门下，他们斗的不单单是鸡，好像还牵涉两家武林盛事。蒋马二师风闻此事，俩人修为既深，年事亦高，觉得孩子们有点业余爱好也无可厚非，权作过家家游戏一笑。如果换个角度看，这何尝不是两家的营销广告呢？

金八养的是亳州府最有战力的“大青鸡”，据说其基因和五千年前山野里的“原鸡”相近。好像还一直未臣服人类教化，倔强保持着原鸡固有的野性尊严。高耸着菱形褐色花冠，全身黑缎子羽毛光滑润泽，白沙尾长翘惊风。两条长腿，骨皮斑斑，活像古松虬枝的化石。十指利爪，金钩银划，沾皮带肉如撕纸裂帛。平时金八更张扬其野性，五谷籽粒都极少下肚，几乎全是猪马牛羊血淋淋的肉食。而且绝不切碎，大块大块任其撕咬。隔三岔五还饿它半天，扔只活鸡把同类生生撕吃。心肝肠子叼啄净尽，只剩一地带血的鸡毛……

训练更其野蛮：金八戴上皮套皮帽，两眼也用风镜保护严密，然后模仿鸡的章法拼斗。常打得难分难解，火上浇油，把恩师马二姑奶传授的查拳精华也发挥得淋漓尽致——泼扫勾挂，缠撩截拐，发力迅猛，动静有致。甚至要使到“七路梅花，八路连环”，才把青鸡逼退，或许是青鸡故意承让呢！所以甭说鸡闻之丧胆，猫丧魂落魄，飞鸟也绕过这片危险区不敢下来觅食。两条看家护院的狼狗，但见大青鸡昂首阔步而来，也乖乖闪避别处，惹不起还躲不起吗？

海十三那边没有动静，十三的涵养功夫似乎犹在蒋五爷之上。好事者偷窥情报，十三家还是那几只平平常常的斗鸡，还是吃涡河两岸的五谷杂粮。最近饮食欠佳，肠胃着凉，有两只还顺腚眼子拉稀。那臭味比小孩屎粑粑臭十倍，差点把偷情报的熏倒当场，捉个现行。众人都把银子押金八这边，觉得这场斗鸡没啥看相，估计就几个回合一边倒了。斗的虽不过瘾，赢点银子也不赖。喝点小烧酒，找相好私密春风一度，改锅饭香啊！只有几个硬头鳖，不但押给海十三，且以黄金计价。真能一服望穿的赌就不是赌，输赢都没意思。况且海十三生性阴沉，一个屁夹三年，谁又能看得透呢！

那天金八和海十三斗鸡，自然放在校场擂台上。虎狮豹三面大旗焕然一新，啸傲二丈八尺的松杉圆木顶端俯瞰擂台，好像很不屑小小鸡儿能闹腾出啥名堂。如果放在山野，充其量一碟小点心，垫吧垫吧，还不够打半个饱嗝。人类却如此兴师动众，斗鸡也成气候。除一年一度四月八庙会，无相大师主持的蒋马二家比武盛事，这也算校场少有的大赛了。赌徒斗鸡爱好者蜂拥而至，占据擂台前三十步好位置。看热闹的摩肩接踵而来，很快让偌大的校场沦陷。

金八的大黑青一出场，扑打双翼扬天“喔喔喔”，气壮神雄，“雄鸡一唱天下白”的绝妙写真。众人轰然叫好：大将军，大元帅，战神武圣关帝爷显灵……海十三的岂止猥琐，简直失望透顶。几个押黄金的，肠子悔青悔断还是悔啊！单单身架就小一圈，还是一只杂毛鸡，甚是丑陋。黑毛铁锈斑斑，白毛驳杂无序，零散的红毛像硬栽上的，还没来得及梳理分外刺眼，不如拔掉干净。可它一步一步，径直走到大黑青对面静静兀立，不卑不亢。刚才讪笑的喧哗，突然静穆下来。尤其杂毛鸡眼神，精光内蕴，有一股不怒自威的气势。懂行人私语：这可是山东菏泽的鲁西斗鸡，极刁悍的品种，有好戏看了。

好戏惊心动魄，无法尽述。从辰时三刻到巳时一刻，打斗近两个时辰，胜负难测。胆小的捂着心口退出不敢多看一眼，有恻隐之心的泪花花蒙住视线。正午当空的太阳，也不知何时藏云翳里不忍目瞧这血腥场景。一地纷乱的鸡毛，一地斑斑染红的黄沙，昭示着疆场的悲壮惨烈。金八汗水滚滚衣衫尽湿，脸也憋得像个通红通红的大公鸡。海十三十指抠进掌心里，慢慢渗出血来。但见大黑青和花杂毛，浑身几乎没一片完整的羽毛，没一处不冒血的皮肤，可仍像两只秃鹫死死盯着对方，战死也必须是站立的姿态——这是尊严！不屈不挠的魂魄！就这样不知对峙多久，围观众生谁也不说话，闭嘴心跳闷喘。鼻孔也极力控制着，好像会骤然窜出一股热辣辣油质，不小心阳光点燃"怦"一声，将擂台连同校场炸成废墟。突然，有孩子哇哇大哭着跑了，一群孩子和女人也哇哇着离开校场……

天和地凝滞了。没有风的影子，虎狮豹三面大旗无力垂着，不再趾高气扬。它们自忖联袂擂台上，也未必能如此生死笑傲。突然，大黑青和花杂毛拼将最后的生命，同时扇起残缺不全的翅膀纵身一跃，仍扑打一阵沙尘狼烟。当金八睁开眼，大黑青颓然倒在脚下。黑青还没死，眼勾勾望着主人，显得万分抱愧和无限凄凉："对不起主人，对不起，来生报答吧！"也许它还想请主人喂几滴清亮亮的河水，润一润烧焦的五脏六腑。更想让主人温情抚摸一下破碎的花冠，那曾经的光荣和骄傲！如果主人能再慷慨一点，安慰一句："你辛苦了，也尽力了，好好休息吧！"大黑青感激不尽，欣慰地闭上眼睛。天堂里也有梦，梦里依稀荡漾着“喔喔喔”的号角声。

此时，金八不知疼昏还是气昏了，抹掉喷出的泪蛋蛋，飞脚将大黑青抛起，越过众人头顶“嘭”一声，跌落擂台之外，砸起一片沙尘。当人们沉浸惊悚里，惶然无措，匪夷所思的一幕升起——花杂毛挣扎着爬起来，像喝醉酒摇摇晃晃，依然坚定地晃向金八：斗鸡战死擂台是本分，是光荣，岂能辱死恶人脚下？哪怕用命也要血洗屈辱，还我斗鸡尊严！金八灵魂出窍似的呆了。当鸡和人扑成一团，“未悟雄冠死结缨”。花杂毛头颅被金八挥刀斩下，而金八裆里的东西也被花杂毛叼碎。海十三悲痛欲绝，俯身去抱爱鸡温热的残躯。花杂毛的亡灵尚未远去，它依然支撑金钩银划的利爪蘸着自己精血，在主人前襟印上几个漂亮的“竹叶”，留下最后的纪念吧！岂料疯狂的金八顺势把海十三的头也砍下来，向着众人大笑三声，挥刀自刭。金八沉重的身躯倒在海十三旁边，瞪着泣血的双眼，努力伸出手似要和海十三相握：好兄弟，甭恨我，到那一世咱还斗鸡去……

四条大好生命！四腔沁染黄沙的热血！当初小青龙拱长河划破头颅的血，也是这般殷红吗？这才是名副其实的擂台校场，从此颖州亳州开封诸府的英雄好汉，谁还再敢小觑？

后事处理虽然波折，基本上还算平静。必定是两条人命，大好后生。应该还是家族未来领袖，可光宗耀祖勒石纪念的。多亏蒋五爷马二姑奶奶和德高望重的阿訇，深明大义，竭力斡旋。两家又没世仇，纯属突发事件，不必为无知斗鸡的莽汉再作无谓牺牲。况且金海两家人丁兴旺，缺一个金八，少一个海十三，照样热热闹闹一堂。否则群殴两败俱伤，好容易兴起的家业毁于一旦。于是金家丧事自了，“死去何所道，托体同山阿”。海十三的棺椁衣裳和“社号”祭品，也一并由金家承担。从此两清，再无瓜葛。蒋五爷马二姑奶奶严训师们：凡我查拳门下，沾与斗鸡赌博一律清除，绝不姑息。

庙集斗鸽虽不血腥，观赏性也不强，玩家也不多，但赌注据说是斗鸡的无数倍。好像沿涡河一脉铺开，上溯亳州开封，顺流而下蒙城蚌埠，左右勾连颍州徐州淮北淮南。其诡谲变幻，外人如坠云雾，圈内人也不尽知。还是姑且略过透透气，漫步一望空阔的校场，让风吹拂好心情，看孩子们蓝天白云下斗皮钱轻松。

铜板，庙集人俗称“皮钱儿”。内方外圆，康乾时代居多。秦汉唐宋的稀世珍品不是没有，专业性太深，大人孩娃没几个懂，照样当普通皮钱输赢。赌皮钱最直接的方式是砸皮钱：俩人或多人各出一枚扔地上，长长短短有一定距离。以“剪刀锤子布”决定砸的顺序，砸中即赢，铜板囊入口袋，继续砸下去。砸不中老实待着，让别人砸。小孩游戏规则，简明扼要，无须文字说明，努努嘴心领神会。砸皮钱也需要技战术，不可莽撞。发现距离远，砸中概率比大雁拉屎掉鼻尖上的机会小，不妨就近扔下，引诱对方出击。对方失手，皮钱又落近处，大约就是网里的鱼跑不了。手气运气好，鬼神也挡不住，一鼓作气收获一大捧。今天的花生糖葫芦牛肉馍，非撑破肚皮不可哩。所有赌都是零和游戏，你有多高兴，别人就有多悲催。

推皮钱稍稍复杂：在广场支起一块四十五度左右倾斜的砖，根据需要，可随时调整倾斜度，供皮钱滚动。推者为庄家，下面是依自然地势下皮钱的，多少不限。一枚也可，愈多愈来劲，也招一个位置垒一叠。但不许人为挖沟设坎，阻止庄家皮钱自由来往。庄家目测场上皮钱远近多寡，调整皮钱着力砖的高度角度方向，以期皮钱像战车一样杀入敌营，所向无不披靡。输赢则以庄家皮钱和下家皮钱距离而定。庄家赢的工具是一揸草棍，够着通吃。如果直接撞倒一块，那是无可争议的绝杀。下家则是一揸零四指草棍，在庄家草棍之前够着皮钱，庄家按数赔偿。公平合理，愿赌服输。当然出老千的黑庄家遍地皆是，大多酱缸成人世界里。孩子们朗朗乾坤下，游戏的成分居多，使坏几率忽略不计。如果孩子都坏了，这世界也快玩完了。

那天少爷在谭家酒楼和罗锅喝得很爽，眨眼一人三壶。谁也搞不懂，风流儒雅的少爷，何以和粗鄙丑陋的罗锅那么投缘，好像是传说里比兄弟还铁磁的“酒搭子”。人活世上，若想快活轻松点，最好要有一两个“搭子”。喝酒的“酒搭子”，打牌的“牌搭子”，上青楼都少不了“楼搭子”。万一玩过头扣作人质，搭子好通风报信解救。其实搭子可遇而不可求，那是生来的臭味相投，偏偏少爷就中奖了。看来少爷的命还不错，足够再挥霍一段时日。

少爷的酒钱也无须经常麻烦，每年总会大醉好多次，丢几块银锭或龙飞凤舞一张欠条，五谷粮仓统一结算好了。今天少爷有点反常——少爷的反常才是正常，否则正常的和常人一样就不是少爷了。少爷竟厚着脸皮，要罗锅的钱褡裢连同大半袋沉甸甸的铜板，那可是罗锅辛苦全天的收入。罗锅卖面花生焦蚕豆都是用把抓，一把也就值两个铜板，从没人给他金子银子难为情。罗锅扔过去，好像这本来就是少爷的，大半袋铜板在他手里轻飘飘像半张麻豆腐皮。少爷搭手接过，一个“谢”字也没有，扛肩上扬长而去。

少爷走向校场，一群孩子皮钱推得热火朝天。他大咧咧凑过去，褡裢往庄家砖边一墩，牛起一通铿铿锵锵。“我来推，满招满待！”孩子们好奇地看看少爷，更热切盯着那大半袋铜板，好像是迄今为止见到的金山银山。原来的庄家是孩子王，默默把丈量输赢的草棍交给少爷。这无疑是缴械投降，令箭呈献新的王。可惜新王是个醉鬼，少爷不是来推钱的，而是来送钱的。孩子们衣服上的小口袋，都快被铜板撑叉或坠叉了。少爷的钱褡子，却瘪得像泄气的猪尿包。一个个小脸亢奋得通红，甭说买糖藕牛肉馍扑棱鼓花棒槌，买身新衣服走姥姥家让小表妹眼馋，也差不多够啦。发财啦，发财啦……

少爷揉几下醉眼，又被清风一吹，果然清醒许多。这才意识到输得真不好看。孩子们准备凯旋，享受胜利果实，不再理他这个输光的赌徒。甭说区区少爷，阎王玉皇大帝输掉裤衩也一文不值。这世界赢者通吃，哪怕流氓如泗水亭长，照样笑眯眯俯瞰西楚霸王的大好头颅，在虞姬滴血的绣花鞋边像坏西瓜滚过。

少爷微微一笑，抱拳半圈，昂然道：“各位小哥尽管下，尽管赢！我把这百把斤当当铺里，也绝不欠诸君半个铜板。”孩子们面面相觑，瞬间达成共识。必定赢得太容易太过瘾啦，这种发财机遇千载难逢，碰着冤大头还不照死宰！欲望是无底洞，天地日月都装得下。况且少爷一袭青衫，顾盼生辉，咋看也不像悔赌的无赖。所以不必顾虑，趁热打铁，说不定能赢块金元宝让爹娘惊喜！

孩子王带头豪掷十枚，其他孩子也三五不等散了一地，唯恐落后钱都跑他人口袋里唱歌。这好像是最后的围猎，非把少爷送当铺里展览示众不可。看少爷到底值多少铜板，再掰着脚趾头好好算一算，今天赢的是少爷的胳膊腿，还是屁股上的一块大肥肉。

说来邪门，还是那枚晦气赔通的庄家铜板，此时竟像百发百中的箭镞，回回绝杀。少爷洒脱得将草棍令箭折断垫砖，不屑再举手里招摇。孩子们满脸大颗大颗汗珠子，头发丝也蒸腾着袅袅青烟。刚才还是自己的大把大把铜板，一眨眼又统统收回少爷褡裢里，打气的猪尿包愈加膨胀，眼看快撑爆了。俗话说鱼头上有火，赌头上更是火冒三丈。孩子们就是不服，打死也不认输。直到最后一个铜板，像散兵游勇听到集合号，也乖乖回到钱褡裢大本营里去。这才沮丧得坐地上发呆掉泪儿，有的还俯身趴下藏起脸，痛苦地咬自己的指甲盖，恨不得顺势把手指头也咬下来。谁叫你不见好就收啊，非要再伸出来下赌逞能，输得屌蛋净光冤冤冤哪个傻瓜……

少爷把褡裢铜板全倒出来，俨然一座小山。他指着孩子王道："你去分，十五堆。分均匀了，别人拣完，剩的一堆才是你的。"孩子王深鞠一躬，连忙蹲下扒拉，左看右看，一枚两枚十五堆里来来去去，唯恐拣剩最后吃亏的是自己。少爷道："每人一堆，从小个拿起。"最小的孩子眼珠滴溜溜转，睃睨几圈才拣定，好像是最大的。赶紧朝衣袋塞，怎么也塞不下，干脆脱掉小褂兜回家吧。其他孩子早瞅得眼酸，心里已有把握，果断奔向自己认准的那一堆。

孩子王最后拿了一份，居然还剩三堆。越瞅越撑眼，仿佛三座金山银山。二十四只小眼珠齐刷刷盯着少爷：你一个大人独占三份，岂非强盗，这不是欺负小孩吗？其实少爷心里还装着三个孩子，她们也该有一份自己的欢乐。面对二十四只热切愤愤地质疑，摇摇头。他收进褡裢一堆，弯腰从另两堆里各拣一枚，居然都是大唐稀世珍品：一枚“乾封泉宝”，一枚“咸通宝玄”。少爷不再谦虚，叮当两声掷褡裢里。剩余的麻烦孩子王和小伙伴均分完毕。少爷弹下青衫，扛起褡裢，直奔那摇曳着芍药山茶玫瑰的花巷庭院而去……

第十三章　墓田

又是清明节，一年一度断魂的日子。

其实断魂的，并非单单是纷纷雨丝里赶路的酒徒浪子，还有荒芜墓田里祭祖的孝子贤孙。一年三百六十五天，大概只有这一天阴阳两界才相互开放。子孙们要走进先祖故事里，汲取智慧力量继续前行。祖先也憋不住从坟墓里探头探脑，东张西望；想尽量透口气，多看一眼生疏而又亲切的孩子，熟悉而又陌生的故乡。

二十四间房的墓田，是老爷和祖爷爷生前共同推敲选定的。老爷说："一家十亩，到那一世咱还比邻而居，一大家人热闹。"祖爷爷道："能和知己煮酒谈天总是幸事，而世间阴界都很难十全十美，十亩太多了吧。"老爷说："那就一家九亩，留点遗憾，让孩子们完成。"祖爷爷道："天有九重，地有九重，皇上乃九五至尊。虽然王侯将相宁有种乎，但给孩子们的压力还是大了点。"老爷说："大先生，咱就一家八亩，总凑合说得过去吧？"

老爷和祖爷爷相识，就尊称祖爷爷"大先生"，一生都未改口。显然爷爷的“大先生”并非完全靠自己打拼，恐怕也有不言而喻的世袭成分。当然爷爷一肚皮墨水，足以撑得起“大先生”荣誉。庙集十八条街巷和九寨三十六村，也都口服心服。祖爷爷见老爷如此恳切，不忍再拂老爷好意，仍坚持道：“老爷家的八亩，天经地义。我从江南漂泊贵地，承蒙收留有口饭吃，残骸孤魂也有了归宿。八亩万不敢贪，四亩吧。”祖爷爷眼里有了泪花花。老爷望着祖爷爷，双眼也浮起酸雾。他点点头：“一切听大先生安排。”于是十二亩墓田在涡河之阳，朴素静穆地与长河为伴，和日月星辰相对。

老爷家的地并不多，仅仅四顷，但都是依偎涡河的清沙地。这可是令人眼馋的肥沃良田。一头牛能轻松翻出滚滚浪涛，不像北湖砂姜黏土，两头牛累断套还一步一喘的艰辛。犁过后象征性耙一遍，宛若面粉，豆壳大的坷垃也找不到。抄一把攥手里美滋滋的，充实舒坦，似能冒出油花花来。尤其旱涝保收：哪怕一个月瓢泼缸倾也涝不着，再多的水都被涡河收纳，顺便带五湖四海去。三个月滴水不见，烈日下蔫成绳条的禾苗，月亮下夜来沙滋润，第二天又水灵灵迎风起舞，生机盎然。二十四间房墓田，是老爷和祖爷爷从这四顷良田里，看了又看，挑了又挑，重新拔起的陵地。平坦开阔干净——方圆五百丈之内，俨然无风的水面，肉眼看不见一点洼陷隆起，更没听说丝毫邪气秽迹。无须堪舆，墓田风水一目了然。

古诗词里清明好像都被雨水浸泡，泪水沁染，拎起来汇成河。天若有情天亦雨，没雨没泪怎么好意思断魂？今年也不例外，三天前淅淅沥沥一天一夜，可搁不住这三天春日融融，何况东南风早占上风，颇有力度。残冬余寒，只能朝西伯利亚方向败退，不敢再赖在江淮流域撒泼。麦苗马鬃一样葱茏，桃树杏树梨树争先恐后蓬勃满枝满梢绯红雪白，柳丝儿也像少女发辫准备闹春了。

我和晶晶提着纸钱，甩掉爷爷少爷，身轻似燕直奔墓田。它离二十四间房不足三千步，一弹指到了。清明节添坟祭祖，大人难免有缅怀的沉重悲戚。回首先人荆棘里趟出的康庄大道，悲欣交集，感慨万端。孩子们简直没肝没肺，活像出笼的鸟儿快乐飞翔。我和晶晶挣脱二十四间房束缚，叽叽喳喳自由踏春去。

老爷和祖爷爷墓田，天衣无缝连在一起，也可以说是同一块陵地。但还是有象征性标志，即以松柏树为界。老爷墓田当然居右首，祖爷爷左侧宾席相陪，依旧维持着人间道统。老爷墓田两边，从南到北分别排列十二株松柏，像守陵卫士健壮精神。据说是老爷仙逝前亲自栽植的，当时就碗口粗，现在几可合抱。在春风抚慰下，隐隐透出新芽，绿得晃眼。坟丘也从南到北一字排开，间距九尺，总计五座。也就是从老爷起一共埋了五代。一百多年还不够天地打个盹，五代人说没就没了。最大靠近涡河的，是老爷大小姐的千年归宿。无论活着多么牛气，死后弄出什么花样，最终无非都是入土为安。古人可看得明白："贤愚千载知谁是，满眼蓬蒿共一丘。"

东西方向和老爷间隔九丈并列的，是祖爷爷祖奶奶的栖息之所。严格说逊后三尺，以示对老爷大小姐永远地感恩和尊敬。从南到北埋着四座坟茔，因为爷爷长寿，暂时还没填补第五代空缺。如果留心会发现，祖爷爷那边坟丘比老爷这边略小一点。祖爷爷临终遗训：每年添坟，这边都必须比老爷那边少三分之一，也是基于同样道理。后代子孙清明上坟，谁也不可能恁精确计算，但少添几锹土要遵嘱执行。大先生家风一脉相传，爷爷也奉若神明，不敢懈怠。

每年清明节，我和晶晶的任务是烧纸送钱。至于跪不跪着，跪得标不标准，好像没有明确规定，留下即兴发挥的空间。我有时顽皮发挥过了，少爷还忍不住窃笑，刮鼻子羞我。不过让先人在那一世丰衣足食，可谓尽孝最实在的戏码。我和晶晶很难严肃，堆积不成像样的仪式感，流于游戏。我怕爷爷听见挨训，少爷耳朵贼倒无所谓，至多事后讹我干点傻事。我悄悄附晶晶耳边："开始放火吧!"晶晶会意"嗯"一声。我连擦火石，"嚓嚓嚓"颇是生动，直到划出一串火星，将晶晶手里的纸煤儿点燃。然后在老爷大小姐坟头放第一把火，再举着燃烧的纸钱像火把旗帜，呼啦啦几乎同时把所有坟头点亮。以免先人们着急怪罪，送钱还论资排辈，太世俗不堪了。

添土是爷爷少爷的职责。现在坟丘都足够大，不必再筐抬锹添，吭哧几身汗。就近捧几捧从上到下撒面粉似的，心到神知，有点意思就行。费劲的是拔除藤蔓杂草，年年都恣意生长。这些务必清扫干净，以免影响家族气运——其实也没谁说得清楚。我和晶晶也努力薅草，手指划出血也不用包扎，刚烧过的纸灰按几下就能止住，好像还不会发炎留疤痕。即便纸灰真是那一世货币，先辈们也不啬给后辈止血。先辈走了百年千年，庇佑后代仍是他们不可推卸的职责。年年高枕大睡享受祭祀，连点屁事都不干，好意思吗？

最有仪式感的是磕头摆祭品。爷爷总担心我和晶晶不懂事，怕毛手毛脚惹祖先生气，从不让沾手。我俩也乐得一旁看戏：少爷磕头很好看，一跪到底；好像瑜伽功夫在身，有足够的韧性弹性，臭皮囊可随意折叠。爷爷很吃力，身子骨僵硬，可坚持一丝不苟；仿佛教科书虽不大美观，却也挑不出毛病。九个坟头磕头大礼，足足花费半个时辰，甚于打整套查拳功夫。少爷好整以暇，爷爷不知腰酸背痛多少天。我暗自腹诽：死去的先辈，老是让活着的子孙受累，这清明节设置得恐怕有点问题，至少某些程序可以省略。

少爷和我不谋而合，难怪他发神经就戏谑俺俩可以“拜把子”。那我还不高攀为晶晶的小叔？就是大爷也没用，晶晶照样能轻轻揪住我耳朵拧下来。即使拧红肿了，抹点口水就够我屁颠大半天。我有时也怪自己没出息，敢跟少爷拼酒偷诗，颇有点视死如归的熊样。总在晶晶面前出息不上来，不知命中犯啥太岁？

原来祭祀酒菜果品，相当丰富。唯恐招待不周，祖先从坟墓里跳出来绕墓田骂三圈。最近几年有所简化，少爷强势改革推行的。当初爷爷也很顽固，二十四间房少跟钉也不差墓田这点祭品。少爷随口丢下“齐人乞食”四个字，爷爷沉思三天终于同意了。再多的祭品除招致齐人这样的无赖餍足，野狗黄鼠狼糟蹋，正所谓：“人生有酒须当醉，一滴何曾到九泉？”于是，从前九座坟茔逐一摆放的祭品，现在只象征性地供奉老爷大小姐和祖爷爷祖奶奶。好像只要这四位老人家酒足饭饱，几代人也都幸福安康了。

我很替少爷担心：改革固然没错，可把亲爹亲娘的也简化掉，不怕二老怪罪，深更半夜跑二十四间房找他谈话？万一殃及晶晶，那可大大不妙。每次上坟回来，我都把晶晶拉倒僻静处，双手合十，默念平安咒：“开通天庭，使人长生。三魂七魄，回神返婴。灭鬼除魔，来至千灵。上升太上，与日合并。三魂居左，七魄守右。静听神命，亦察不祥。邪魔速去，身命安康。”我想这平安咒，就像孙大圣金箍棒画的法圈，把晶晶安全呵护起来。少爷爹娘碰着就会触电逃窜，还是乖乖回坟墓里安歇。也许有误伤风险，那也无可奈何。反正我不许伤害晶晶——鬼也不行，神也不行！如果鬼神胆敢来试试，阿弥陀佛，实在对不住——为晶晶，我见鬼杀鬼，见神杀神！

我常反复念叨三遍，加强版的实效应当更好。晶晶未必信，但她依然很感动。等我咕哝半天完毕，晶晶就用热水给我洗手擦脸，把墓田沾染的泥土阴气揩净。她灵巧的手指裹着毛巾擦脸时，会在我眼窝耳根处流连。这已超出“擦”的范畴，分明是妙手空空的“按摩大法”。我微醺依依入梦矣。生活是美好的。世界是美好的。我有平安咒，晶晶有按摩大法，堪称完美！这时晶晶还任我从玉碟里挑梅花糕海棠云片——如果我不谦虚，尽可死皮赖脸舔碟子。哪怕把玉碟嚼嚼咽了，晶晶水灵灵的大眼睛眨也不眨，大片眼白照样漾出清波。我直欲跳进去，像红尾巴鲤鱼那样戏水吐泡泡。

今年的清明节还是有点异样，好像还不止一点异样，情况很严重似的。墓田播种小麦，绿油油地快淹没我和晶晶的膝盖。播种时中间留五尺宽小径，以供祭扫方便。少爷一脸凝重盯着小径，三天前淅淅沥沥的雨，虽然表层风干了，三指之下湿润膏腴。我和晶晶的脚印一目了然，蹦蹦跳跳歪歪斜斜的，有不少我还故意踩晶晶脚印上，据说这样以后“当家”。其实我就是坐金銮殿，晶晶仍旧会笑眯眯把我揪下来，不服不行！少爷再发神经，也肯定不是研究我和晶晶的嬉戏。她盯着小径中间一串笔直的脚印，很深很深，应该能把整双鞋陷进去。奇怪的是深坑里仍然是表层干泥，不带半点鲜土。正常人脚印，前掌后跟凹陷明显，可这雕刻似的脚印完全平坦，没一点特别着力痕迹。而且步幅都像尺子预先量好似的，每步之间的距离绝不差三根头发。显然这是一个武功修为极高的人，随随便便走来，本不想显摆功夫，偏偏墓田泥土忠实留下他绝世侠踪……

少爷摇摇头，自愧弗如。“凌波微步”固然好看，以命相搏就很难说。这一串脚印左右，还有凌乱模糊的影子，若非少爷被深深脚印吸引，早马马虎虎遗漏过去，误判为野猫狐狸之类的踪迹。少爷知道，四娘施展轻功便是这个样子。但四娘除非贪玩黏着他，绝不会深更半夜独自溜到二十四棵松柏墓田来。

爷爷也一脸凝重，他和少爷对望一眼，低沉叹口气。

来到墓地，果然非同寻常。老爷大小姐坟头已烧两堆新灰，应该是昨夜才烧的。如果是白天，墓田里冒烟不会没人发现，也逃不过二郎神的眼睛。坟前供了祭品：爆炒猪肝，菠菜豆腐，清蒸鸡蛋羹，虾仁韭菜黄，还有一壶烧酒。那边祖爷爷祖奶奶坟前，也和这祭品一模一样，不过只有一堆新灰。少爷突然笑了，莫名其妙。少爷的心就是大，好像天塌下来也能笑出来。其实哭成娥皇女英刘皇叔，天该塌还是要塌。所以能笑的时候，还是比哭好看点。

少爷面向爷爷："大先生，墓田里有人来祭拜总是好事。如果愿意认祖归宗，二十四间房就不寂寞了。"

爷爷点点头："少爷说的是。本就同宗同源，血浓于水。但愿能和光同尘，共襄手足之情……"

爷爷说完，好像一天阴云散尽。接着复习从前的老俗套，待所有仪式结束，爷爷也该打道回府大休了。岁月不饶人，九九八十一岁纵然白须飘飘，终究不是神仙。我和晶晶采一堆鲜花芳草，准备编花环。少爷道："大先生，有句话不知当说不当说。最好能化劫圆融，如果天命当归，最放不下的还是晶晶月儿。不如今天同着老爷大小姐和祖爷爷祖奶奶的面，让她俩敬咱一杯酒！"

"少爷做主，那就喝一杯吧！"爷爷道。

少爷请爷爷做右首，自己做左手，爷爷居然没有谦让，然后喊我和晶晶敬酒。老爷坟前酒菜现成，今年还是双份。我和晶晶并排跪着，仿佛人生第一次朝觐大典，紧张兴奋，感觉似有大事从天而降。突然想起那天和晶晶玩，激她绣花针绣蜻蜓，我给她磕三个响头。晶晶教我"磕天磕地磕爷爷，其他都不许磕，关键时才可对少爷磕一下。"现在是不是关键呢？眼前情境肃穆，九座老坟冒着轻烟。爷爷正襟危坐，少爷也装得像爷爷了。肯定不能乱说话。我瞥向晶晶，只要她给我个眼神就够了。晶晶点点头，意味深长。

第一杯敬老爷大小姐，晶晶磕头，我也跟着磕，反正跟着晶晶总不会错；第二杯敬爷爷，继续磕头；第三杯敬少爷，"关键"时更要磕头了。祖爷爷祖奶奶坟前，又重演一遍。我轻轻舒口气，晶晶也轻轻舒口气。俩人相视一笑——这人世间最美的清明节啊！

老爷大小姐和祖爷爷祖奶奶，有没有喝到幸福的美酒，反正都泼洒他们坟前不见了。是否半途被土地爷截流，不得而知，也不好追查。少爷喝得很爽，恨不能杯盏换作大海碗过瘾。但碍于墓田诸老环伺，也不敢放肆。没想到从不沾酒的爷爷，如此干脆，几杯一滴没剩。他把右手大拇指上红玛瑙扳指取下——还是当年祖爷爷从虎踞龙盘金陵带来的传家信物。今天又当着祖爷爷面，爷爷把玉扳指郑重套晶晶右拇指上。确实有点大，爷爷微醺的酡颜有点不好意思。少爷道："月儿，对不起，忘了给你纪念了。"我大度道："没事儿，少爷。你早给我了。"我把"一弯月牙照龙亭"玉佩从脖颈下掏出来，阳光下和红玛瑙扳指交相辉映，好像天生就是绝配。

爷爷不知是沾酒就醉，还是高兴醉了；也可能诸事攒一起累的，脚步有点蹒跚。我和晶晶一边一个要扶他回家。爷爷乐呵呵摇摇手："春日迟迟，卉木萋萋，鸧鹒喈喈，采蘩祁祁。大院里确实有点闷，你们俩就逗留田野一时，缓缓踏青赏花吧。"

少爷还在老爷坟边沉思，好像成熟许多。墓田是人间大书，读几页就能长大。晶晶俯我耳边："别忘了咱俩打的赌，你欠我一块梅花糕呢！"我当然不会忘，为这枚红玛瑙扳指，我和晶晶至少打过两次赌。那次在芦苇荡，我们晾晒衣服一丝不挂，晶晶又戏说："月儿，爷爷疼你还是疼我？""那还用说，咱俩爷爷都疼。""不，月儿，爷爷最疼我。不信咱打赌，爷爷的红玛瑙扳指将来一定传给我。咱就赌一块梅花糕，赌重了，别把你的裤子都赌掉啦！”“好吧好吧，晶晶。不知赌掉谁的裤子呢！”此時想来，特甜蜜亲昵。

我情不自禁贴过去：“晶晶，你真神！那时怎么就算好，爷爷一定会把红玛瑙扳指传给你？”

晶晶手指梳理秀发，脸红扑扑的。娇笑道：“月儿，我比你多吃三年盐，多喝三年稀饭，当然比你多三年智慧啦！你可小心做好我眼珠子，不然我把那三年的盐都塞你肚里去。”

我和晶晶卿卿我我。少爷好不识趣，突然喊道：“月儿，快过来。咱陪老爷再喝一会，一年一个清明怪可怜的。”大约刚才几杯勾起肚里酒虫，馋得难耐，老爷清明节祭酒也不放过。还讥笑“齐人乞食”，这是明目张胆监守自盗嘛！我请晶晶示下，少爷“乱命”听也不听？晶晶朝少爷背影努努嘴，分明鼓励我大干一场。有晶晶撑腰，老天阎王爷我也不怕。反正每次跟少爷干也吃不大亏，好像还能占点小便宜。晶晶替我骄傲，眼里山水明媚，我夜里做梦都会笑醒。

酒还是老爷当年酿造窖藏的。此时老爷若能把酒重温，一定会忆起好多温暖的往日时光。大小姐也恨不得舞起秋水雁翎刀破墓而出，极欲把逝去的日子风风火火过一遍。哪怕就半个时辰，一弹指也好啊！可惜人死不能复生，活着也是把“现在”一点点失去，埋葬幽暗的时间隧道里再也不见天日。既然如此，何不开怀畅饮将生命点燃绽放。少爷朗声道：“老爷大小姐，百年后还有少爷公子陪你们一醉，也不枉人生一场！”少爷漂亮的致酒词有点糊弄神明，举壶独倾，哪有老爷大小姐的份。我好容易抢过来，才勉强蹭一口。

转眼精光，少爷抓起另一壶也要果腹，我连忙拦住。少爷道："月儿，放心吧。你看这爆炒猪肝、清蒸鸡蛋羹多讲究，酒也定然是好的。谁敢祭酒里下毒，那要遭天打五雷劈!"说完扬脖鲸吞，我再也抢不过来。少爷看似莽撞，其实心细毫发。墓田小径上奇怪的脚印，鬼一样闹心。他也怕万一毒死我，晶晶咋办？晶晶自然有晶晶的办法，而且百发百中好使。大概天下当爹的，无不是娇宝贝的俘虏奴才。晶晶道："恁大的少爷，还吃独食?"少爷乖乖松手，我趁机咕嘟两口，果然好香。晶晶顺手接过，从容举起，好像没留住嘴把残酒喝干，面不改色。我和少爷深知晶晶的意思，真有毒也没关系，大不了一家人结伴西游，一路欢声笑语也不孤单。少爷笑了："快哉快哉，有女若此，夫复何憾!"我和晶晶心意相通，只要牵手而行，地狱也是天堂。我不禁把手伸过去。晶晶怕我发痴，惹少爷戏谑，突然甩起插着野花的发辫打我手面上。那一刻，颇有大小姐附身的风采!

人大概只有在墓田才能活明白：该爱就爱，敢爱敢恨，对得起自己的大好生命，至少不能把爱埋葬荒冢里……

这时硕大的火球染红长河，像无数玫瑰花瓣漂浮清波涟漪上荡漾。落日很快将越过茅舍田野远山，栖息西天边孤独的扶桑上。美艳之极，也危险之急。我担心转瞬间，落日茅舍田野远山会一同燃烧干净。只剩下冷冽寂寞的长夜，和无边无际的长河流淌。

当落霞与孤鹜完全湮没，少爷酒劲神经开始徐徐发作。他徘徊老爷坟丘左侧偏北两丈处，突然仰天躺下，我和晶晶怎么拉也拉不起来。少爷道："此地风景很好，晶晶月儿记住了!"

少爷沉浸梦幻里，那是他自己的世界谁也休想进去，连四娘也可望不可即。少爷黯然吟道：“夜来幽梦忽还乡，小轩窗，正梳妆。相顾无言，唯有泪千行。料得年年肠断处，明月夜，短松冈。”一种不祥的预感，直朝我心里钻。晶晶好像也不胜清明暮寒，牙齿打战发出咯咯声。我赶紧握住她的手，将生命的热量源源不断输送给她。一会儿，晶晶手心发烫，水灵灵大眼睛也漾出暖意。可她依旧小猫咪似的偎着我，并且用爷爷给的红玛瑙扳指蹭我手心，蹭得手心也热痒起来。

人生有太多不如意，醉酒的人也最容易忧伤。何况背负二十四间房，如此多愁善感的少爷。今年伤痛的事确实不少，而且都在清明节前赶趟儿似的。爷爷少爷的朋友，德高望重的阿訇还不足花甲走了。二十四间房送九丈白布九袋面粉，为阿訇诵经“炸香油”食品。张家庄也祸不单行：东头十五岁庆宝羊角风，一头扎茅坑里，一嘴屎尿活活憋死。西头枣花头生龙凤胎大出血，母子三人同时归西。世事无常，命贱蝼蚁。少爷每家送十两银子，三袋面粉。只能这样了，所有掏心掏肝的安慰不过是风过池塘，溅起的除掉泪还是泪啊！医治悲伤的只有时间、遗忘，无数熬磨岁序的日日夜夜……

人总要有活下去的理由，其实墓田也不缺少热闹。当年二十四间房财大业大，老爷仙逝，十二亩墓田独他一人也照样闲置，不许动一粒泥土，以免叨扰风水。此后萧规曹随，接纳一个又一个安息的亡灵，也没人敢动墓田心思。直到少爷执掌二十四间房，中间只留五尺小径，坟头周边三尺空隙足矣。其余土地该犁的犁，该耙的耙，春秋两季一麦一豆。让先辈躺在麦香豆香里，做梦缠绵着人间烟火踏实。后来土地倒三七分出去，墓田绝不容他人染指。张家庄百姓朴实善良，每到播种收割，争相前来帮忙。少爷来者不拒，农事完毕一起请到谭家酒楼做馆去。而且二十四间房只要头遍粮，二遍三遍耢瓢，谁耢归谁。这样算下来，墓田收成还抵不上烟茶酒菜窟窿。可少爷高兴，一年能热热闹闹几天，也胜过守着银子数脚趾头。

少爷的喜悦远不止此，别有根芽。北方墓园极少修剪树木，枝叶愈恣肆，好像风水愈旺。一旦动起刀剪斧锯，怕惊吓地下亡灵惹出地上是非，甚至血光之灾。老爷墓田的二十四株松柏，枝杈修剪精神，氤氲着江南园林韵味。少爷向来懒散贪杯，吹牛赋诗还行，哪有修剪本事。但姑苏园林独步天下，即使瑶台灵霄殿，王母娘娘后花园也无出其右。四娘钟灵毓秀的手，并非只会梅花针撒出满天花雨，园林花艺也尽在掌握之中。她见如此好的松柏五股六叉，好像从不梳洗的女人空有一头长发，不精心打理可惜了。当然也不乏在少爷面前逞能，给老爷大小姐一份惊喜，算是进婆婆家的特殊见面礼。

少爷很不情愿，口占一联："菩提本无树，明镜亦非台。"这是六祖慧能偈语，可谓见性成佛的最高境界。少爷顺手拈来，甚是得意，好像拍出佛门无影掌，见鬼灭鬼，遇神送神。他当然舍不得动四娘半根汗毛，只求她少安毋躁，别撒娇耍赖使小性子，墓田可是老爷大小姐的地盘，切莫造次。你看菩提无树，松柏亦无树，无物何以下剪？这无异于铁布衫金钟罩，密不透风，孤独求败不可得。岂料四娘拈花一笑，呵气如兰："看山还是山，看水还是水。"一下破了少爷命门，还是乖乖爬树剪枝听指挥吧。

少爷剪第一株，恐怕实验的成分居多，不好就罢手。如果四娘硬逼，就赖皮上吊给她看，至多憋出个屁来。谁知剪过后，果然明媚俊朗，阳光月光都能筛出婆娑的影子。

四娘能黏到墓田，还不是少爷所为？四娘并非明媒正娶，但牵手墓田认祖归宗，等于给她女主人身份加冕，比明媒正娶的资质更具含金量。少爷看似脱俗也未能免俗。四娘在老爷坟前盈盈一拜，也定然惊艳大小姐。兴奋得欲拔出秋水雁翎刀，和四娘走试三百回合。百年来大小姐也是孤独的，梅花针泼成梅花雨也能解闷啊！

如果放胆想象，四娘是否还潜入少爷花房剪枝拿叉，溜到卧室里鸳鸯戏水，这都是未解之谜。老宅的红灯笼当然知道，却缄默不语；二郎神也肯定知道，但忠勇的二郎神怎会泄漏主人的秘密呢！

二十四棵松柏墓田，也曾是我和晶晶的乐园。记忆最深的，是我和晶晶挎着小篮子挖荠菜。每年正月开春，残雪消融，大地从冬眠里苏醒，炊烟似的袅袅呼吸。荠菜就顶着余寒，开出一点点白花，像星星眨眼一样明亮。荠菜并不富贵，按理说应该随处生长，但在经常犁耙的大田难觅踪影，好像碰断根芽就胎死泥土里。而老爷们坟头周边，风水独厚，连绵一簇簇蓬蓬勃勃的荠棵棵。我和晶晶边采边玩，半个时辰能挖一小篮。然后从河边折根柳枝抬回家，让巩氏夫妇择好洗净，开水一焯，调新鲜的麻油蒜汁荠菜，或包荠菜扁食。每次都撑得肚皮滚圆，一嗝啦一股荠菜清香。我那时调皮，总黏在晶晶身边刺棱鼻子。其实嗅到的，多半是晶晶发香体香。晶晶知道我犯痴病，不以为忤。作势欲拧耳朵，看似薄惩，也不乏奖励之意。

那天又采一小篮，正要兴高采烈抬回家。晶晶突然道：“月儿，转过身，不许偷看！”原来晶晶要解小手，女孩子真麻烦。而“不许偷看”的诱惑，仿佛伊甸园的苹果，亚当夏娃都没管住馋嘴。我骤然心里像撞进十八只小兔子，逃跑似的狼狈。深恐亵渎晶晶的冰清玉洁，百死莫赎。最好藏那边祖爷爷坟后，想看也没门。谁知晶晶喊道：“月儿，你跑那么远，撂下我在老坟里不怕吗？后退十步。”我很乖很听话，心里默念着步子向后退，不敢挪错一个脚趾头。晶晶又喊“还是远，再退十步。”我老老实实复习算术题，低头垂手，像做错事罚站的小学生。我确实为刚才丢下晶晶羞愧，抬起右手暗拧自己耳朵，仿佛在替晶晶惩罚。不知为何，我生来胆贼，把天戳个窟窿糊把稀泥就是。在晶晶面前调皮逞能恶作剧，亦属常态。但灵魂深处敬若神明——晶晶是我的神，而且是这个世界上唯一的神！

“有风偷看哟！”晶晶道。

我挺直胸膛，张开双臂，似要把全宇宙的风挡在千里之外。

“有云偷看哟！”晶晶道。

我甩掉小袄，在头顶哗啦啦旋转。我要把云彩儿赶跑，或者像乾坤袋统统兜起，笼子关鸟似的看它还敢胡乱漂泊。

“有蟋蟀偷看哟！”晶晶道。

我连连跺脚，甭说蟋蟀蚱蜢之类的小虫儿，老虎蟒蛇怕也要吓得逃之夭夭。只要月儿在，就必须天上地下捍卫晶晶解手的圣地。纵使嫦娥七仙女下界，请自觉闭上眼睛。求求仙妹，咱井水不犯河水好吗？八十年后，我仍然觉得那是奇迹：孩子们都闹过

“过家家”游戏，长大后才知道围城厉害，牲口一样圈死一辈子。而我和晶晶在二十四间房特殊环境里，一开始就用小命相濡以沫，孤独地游离于老爷少爷之外，在心里莽撞地营造模糊而又清晰的“家”的样子。它确实很小很小，只容得下我和晶晶俩人，谢绝一切拜访打扰。但它又是我们五彩缤纷的大千世界，今生今世最美丽的桃花源……

暮色从长河升起，星星怜鱼儿怕黑在长河里洒满银光。对岸昏黄的渔火，那是阮二手孤独的家吗？少爷仍赖着不起，酒醺情伤比孩子都难哄。我急中生智：“少爷，老爷大小姐他们白天不好意思出来享受祭品，天黑快憋不住啦！咱又偷喝他们的酒，还不快跑，非要捉个现行？”少爷一拍脑门：“有道理，有道理。月儿，你说的真他妈的有点道理。”少爷好像从未说过粗话，乍一出口挺生猛亲切，太仗己了吧。我和晶晶相视一笑，趁机将他搀回二十四间房。少爷照例把自己关进屋，不让人看他醉后的样子。其实晚了，墓田里撒泼耍赖不回家，又冲我爆粗口，明天醒了臭他。爷爷大概累过头，困床上没动静。晶晶拉我闪进闺房，立马把门带上。

“月儿，我肚子疼！”晶晶一脸痛苦，应该支撑很久了。

也许墓田暮寒侵袭，也许少爷“料得年年肠断处”吓的，我都折腾够呛，晶晶更有几分断魂。我服侍她躺被窝里。想我小时闹肚疼，爷爷总是合掌猛搓，似要将掌心搓出火苗苗，然后贴肚脐上揉，把寒气驱散放几个屁好了。我学爷爷样子，掌心嚓嚓嚓也像火石窜出火星。掀开被子，揭去内衣，晶晶红肚兜赫然在目。最美的是肚兜右上角一朵红玫瑰，比少爷花房的娇艳。葱绿的丝线绣着叶片，嫩黄的丝线粉着花蕊，渲染的红肚兜稍加勾画，就是直扑眼帘的国色天香。这肯定是四娘手笔，母爱都织在花朵上。我俯身将掌心贴着晶晶肚脐。晶晶“嘤”一声，婴孩娇气的呻吟。记得从前有个宝玉，专爱猴女孩身上吃口红。还有个张敞，好给女人画眉为乐。那固然是喜爱，未免浅薄浮浪。搓火星星给晶晶揉肚脐，才是含在心尖上的疼和怜惜……

晶晶双手本能地揪住我耳朵：“月儿，你手掌只能贴肚脐上下四指区域里。上面犯规，我拧你右耳；下面犯规，我拧你左耳；两面都犯规，我把你头拧下来！月儿，你可要小心哟！”晶晶呼吸有些大，热气扑我脸上又痒又烫。我颇委屈，对天发誓绝没有犯规念头。况且掌心贴着肚脐，上下就各占两指，无论怎样小心，就只剩两指空间。此时晶晶肚疼要紧，我不必诉苦计较，轻轻揉抚起来。掌心从没离开肚脐半分，晶晶赐给的两指空间也没敢探索。

“月儿，想什么哪？”晶晶梦呓似的道。

“不知道，什么都没想吧……”我梦呓似地答。

我好像又想好多，渺茫的捉不住。二郎神轻轻汪几声，也梦呓似的模糊；红灯笼朦朦胧胧，有点儿暧昧。二十四间房的夜，一如既往的神秘幽冷。虽然春天了，太阳依旧遥不可及。我们还要依偎着靠掌心的火取暖。晶晶叹一声，松开耳朵，自己将红肚兜向上卷，露出花苞似的小乳头：“裹吧，月儿。早晚都是你的……”

第十四章　澡堂

老闺女种黑瓷走了。有的人走了，她的故事才刚刚开始，而且还要按照别人的逻辑重新再活一遍。

那年黑瓷九十九岁，加上闰年闰月，实打实超过一百年。她是庙集有史记载，也是口口相传的最老的寿星。所以黑瓷走时哀荣备至，庙集十八条街巷都送了花圈挽幛。按理说二十四间房也该有份薄祭，可竟然因为避嫌装作不知道省略了。而这种省略，更激起闲人的好奇索隐，牵出许多花边往事。有时辟谣比传谣，让谣言走得更快更远。当谣言传到第十个人耳朵就不再是谣言，那是板上钉钉的事实。众口铄金，积毁销骨，很是要命。

老闺女种黑瓷靠炸油条手艺，就在庙集挣一份家业。在老爷“五谷粮仓”左侧，建起三间堂屋，东西各两间厢房，一间大门楼，共计八间屋子庭院，里面还栽两棵老枣树。虽然不是门面房，也足够让人眼馋。休说红眼病看不惯，老实巴交的街坊邻居也心里打鼓。油条生意再好，不过是养家糊口的小买卖，每天数的也就是叮叮当当的皮钱子。那个庭院顶一座小山包的铜板，黑瓷不吃不喝，恐怕一辈子也攒不起。可偌大的庭院在那放着，阴天不长晴天不缩，不服也得服，不信也得信。谁癫痫疯把眼珠子挖出来当泡泡踩？当然独自生闷气也好，三五成堆嚼舌也罢，无外乎黑瓷的钱来路不明，最后推推敲敲都指向同一个方向——五谷粮仓的老爷。

平心而论，这不能说没有一点道理。何况男女私情也不必讲太多道理，甚至一点道理也不讲。爱就爱了，散就散了，甭说月老的红线拴不住，王母娘娘玉簪子辛苦划的天河也形同虚设。

黑瓷的油条有口皆碑，人品好像也没瑕疵。无论贫贱富贵，都要排队购买，每人每次不超过六根。因为确有钻营者，把多余的油条加个铜板转卖，呼啦啦围一圈抢。起初老爷也必须排队，也不乏排空售完悻悻而归的郁闷。后来老爷再不需要排队了，因为黑瓷收摊前最后几根回锅焦油条拿金子也不卖，铁定给老爷留的。而且还用白手绢包好亲自送过去，吃到老爷嘴里还热热的烫呢！久而久之，那烫的滋味愈加有滋有味，不觉会蔓延到其他器官吧。

黑瓷的理由冠冕堂皇：托福五谷粮仓面粉好，她才能炸出这么漂亮的油条。因此给老爷留油条是“感恩”，谁能对这崇高的感情说三道四？老爷每天都享受如此喷香的焦油条，“感恩”之情是否也油然而生？如果某天，两股感恩迎头相撞，自然而然撞出一片野火——铜墙铁壁的粮仓肯定无恙，人却很难幸免。甭怕，好事者给出标准答案：黑瓷汪汪三十年的池塘，就等着老爷扑进去泡澡，淋漓尽致的热水澡。后来庙集骂女人破鞋，随口一句“澡堂子”。意思那骚货乃公共浴池，谁买票都能进去爽一把。

但老闺女种黑瓷是老爷的专用澡堂，纵使你帅逾潘安，金多胡雪岩也白搭。她只对姥爷一人开放，这大概就是传说里可遇而不可求的缘。几千年古楚大地："父母之命，媒妁之言"，往往是等价交换牲口，最终拴死一个石槽上。所以，"钻穴隙相窥，逾墙相从"，何尝不是生命燃烧的爱呢？

我们姑且把爱情抛在一边，完全按世俗人性推演，黑瓷和老爷殊途同归也顺理成章。老爷四辈单传，据说老爷的乳名就叫"四辈"。好像时时刻刻提醒老爷，叮咛老爷：一根弦不搁弹，稍有不慎都有弹断绝户的"大不孝"。大小姐生个儿子再不开怀，那分明是五辈沿钢丝独舞。老爷纳妾造人的欲望可想而知，偏偏大小姐强势推行"一夫一妻"制，又有"昭武校尉"撑腰，老爷天大的本事也只能暗度陈仓。况且这种私情万不可和大户名媛牵扯，纸包不住火，必然轰轰烈烈讨要名分地位财产。而和老闺女种黑瓷私通，鱼水泱泱，不影响二十四间房的安定团结。黑瓷除了黑，也没啥褒贬。男人见惯细皮嫩肉，突然碰到健壮黑妞，也别有一番性趣。就像海吃滥喝山珍海味琼浆玉液，改天换麸子滋巴野菜窝窝头，另类刺激胃口，激起许多原始的欲望。男女之间铺叙调情阶段，需要唐诗宋词渲染润滑，而把心尖的痒传染到子宫里去，关上门终究是爆燃的生命。

最后一点作为直接证据存疑，但也是千真万确的证据。老闺女种黑瓷曾中断火火的油条生意两年之久，据说是到远方亲戚家"有事"去了。回来带个生吧的女孩，乍一看像男孩，打闹起来比男孩皮实。黑瓷自称是路上有缘"拾"的。那年月兵荒马乱，路上丢小孩拾小孩也很正常。碰巧被黑瓷拾到，也并非天方夜谭。

奇就奇在女孩名叫“萌萌”，如此矫情诗意的名字，目不识丁的黑瓷搬着《辞海》《辞源》《四库全书》三天三夜，也绝对找不出这个字来。合理的推测，这个所谓“拾”来的女孩就是老爷的种，名字更寄寓老爷满满的爱意和祝福。“句者毕出，萌者尽达”——美好的生命刚刚开始，必然蓬勃无限生机。张伦《西江月》将老爷的欣喜自得泄露净尽：“雪似琼花铺地，月如宝鉴当空。光辉上下两相通，千古谁窥妙用。若悟珠生蚌腹，方知非异非同。阴阳相感有无中，恍惚已萌真种”。后来萌萌虽不尽如老爷所愿，贵为奇葩仙姝，也没让老爷失望。她活得真实生动，对得起自己来之不易的生命。

萌萌身世，一直都是悬案未解之谜。二十四间房有很多谜，所有深宅老院都烟笼雾罩，太阳也无可奈何。当然人心藏着的，人性掩埋的更深不可测。你休想探索出子丑寅卯，不小心陷进去也有灭顶之灾的风险。有好事者，试图从萌萌的鼻口眼相，言谈举止中发现老爷的影子，可一点也找不出遗传基因；倒是偶尔发嗔的一瞪眼，颇有几分大小姐模样。总不能由此倒推，萌萌是大小姐野合遗弃，恰被老闺女种黑瓷拾来抚养，那也太荒诞不经了。这好像另一个迷宫，更其作妖，一旦钻进去恐怕逃生的希望都很渺茫。

老爷仙逝前一年，身体征兆明显。闺蜜们便和萌萌戏谑：“傻闺女，还不快到二十四间房认祖归宗，再晚怕来不及了。”萌萌不温不火，爽朗道：“谁想认谁认，谁稀罕谁认。二十四间房有啥好，俺这八间屋还住不下，空得慌呢！”当然，不久“空得慌”就被填满。萌萌从五里湾招个倒插门女婿，五年生一男二女。凡有孩子的地方，都能闹叉天，八间屋子还是略显小了点。

老闺女种黑瓷的后事真是排场，庙集津津乐道好多年。据说是黑瓷事先安排好，萌萌执行得一丝不苟，甚至超出娘预期的慷慨漂亮。黑瓷墙洞里掏出一个沉重的黑布包，不出所料都是银子。黑瓷道：“我走后，来咱家帮忙的都是贵客，一个不落请到谭家酒楼招待。入土下葬后，包两天澡堂：一天给帮忙的男贵客，一天给帮忙的女贵客洗尘歇息。一街两巷老街坊，活着托福照应，走了还受累操心送行……”萌萌点点头。这时黑瓷脸上现出微笑，百岁老人最后的笑容一定是神的光辉。她抚摸女儿有些花白的头发，仍像抚摸三岁青丝似的小心亲昵。黑瓷缓缓道：“老爷大小姐都是好人。”黑瓷眼里迸发出少女的清澈和羞涩，“我那地离他们不远做个伴儿。你年节里给娘磕头送钱，要是不着急回家，就到二十四棵松柏墓田看看，替娘给老爷大小姐整整坟头上的草蔓……”萌萌一头扎娘怀里，憋了一甲子的泪水滂沱而出：“娘，我都记住啦！娘，你放心吧……”

老闺女种黑瓷安详地闭上眼睛，神一样的光辉照耀她一百岁的生命。这样的寿星只会把躯壳留在泥土里，灵魂一定飞升天堂，嘤嘤在王母娘娘鲜花盛开的蟠桃树上成仙，慈祥的光辉依然温暖人间。萌萌哭完哭够，似乎把大半辈子委屈倾泻一空。她倒满一盆温水，用手试试不热不凉正好，取出一块崭新的白毛巾给娘洗脸擦身子——也是人世间最后一次洗澡了。庙集习俗，老人走时，孝顺子女一定要给爹娘：“洗洗脸，净净面，千年万年不相见……”

黑瓷埋在大石桥自家陵地最东边，南面傍依涡河，可日夜倾听纤夫渔夫的号子小调，看六桅大帆船顺流而下淮河长江。东距二十四棵松柏墓田不足千步，甭说太阳下能和老爷相守相望，月亮下拉拉家常也清晰可闻。活着有太多太多遗憾，死后到阴间弥补聊胜于无，至少对活人是个安慰吧。老爷有点花边旧事也无伤大雅，在庙集不沾点花花草草的，哪能算响当当的人物卓然而立？可怜的还是那些看客闲人，一生都啾啾在别人的故事里东张西望，再不济也死皮赖脸钻进流言蜚语里放屁撒尿。其实换个角度，我们何尝不感谢那些花边绯闻，感谢那些辛苦的传播者——让逝去的人物故事穿越冰冷幽暗的时间隧道，带着历史的余温和人性的光芒闪烁。若干年后，还伴随着小青龙拱出的长河川流不息，激起好看的浪花花……

红白喜丧亲友众多，包酒店客栈实属正常，没啥噱头。包澡堂极其罕见，这好像还不单纯是银子问题。偌大的庙集就一家澡堂，每年八月初一放炮生火烧水，四月底关门歇业。也就是这一段霜雪寒冷，没法洗野澡的日子。气温尚可时，十八条街巷也不乏泡澡的闲人。九寨三十六村清亮亮的河水塘水在召唤，谁愿去澡堂遭罪？气味憋人就憋吧，池子里还泥垢滚滚，难免有搓掉的牛皮癣白癜风，洗回澡瘙痒好多天。这种享受实难忍受——当然人们对享受的理解也千差万别。也许有人就喜欢搔痒度日，虽然很难搔出诗情哲理，一天时光很容易搔过去。天赋异禀者夜夜与寒星赛呆，照样心游大千，不知今夕何夕？我们只能从世俗意义上，作一点肤浅的认知而已。

庙集澡堂窝在西大街尽头，向南越过天相门，正对着涡河分岔的小漳河。老人们说小青龙拱到这儿，余兴未尽，调皮地甩下尾巴，一泓清水便荡漾开来。烧澡堂最重要的是取水有源，排水方便。小漳河勉为其难，默默忍受“清水出，污水进”的尴尬。好在它连着浩浩长河，滔滔东去。区区污渍，几个潮涌浪打便散作泡沫云烟。甭想混进长江大海里浪荡，恐怕连淮河的边也沾不上。

庙集澡堂从不分男女浴池。每逢初十、二十、三十，这三天专为女性准备。虽然仅仅三天，形式大于内容，但也是庙集“男女平等”的标志性事件。尤其值得称道的，农历小月二十八天或二十九天，根本没有“三十”的日子，澡堂也马马虎虎把最后一天算作“三十”，可谓对女性的额外奖赏。那三天，澡堂突然戒严为男人禁地，挨近外室门帘三尺都有流氓之嫌；胆敢再进半步，就等着鼻青眼肿吧。也有母亲顺带两三岁儿子，那东西才有点意思，当然还不能算男人，也无须买票。少女有意无意瞟两眼，很惊诧造物主的神奇，居然多出那疙瘩肉来。看着蛮好玩，可有什么用呢？

女性洗浴的日子，服务生也是特聘的女人，模样说不上俊秀，倒也说得过去，至少耐看不倒胃口。他们殷勤地送皂荚毛巾，更要来来去去招呼拖鞋，以供客人从脱衣的炕台和浴池之间穿行。那拖鞋底为寸把厚的榆柳木板，不怕水耐沤，鞋派则为麻绳编织，走起来“咔哒咔哒”，既精神又有派头。青春少女特喜欢，往往装作拿东拿西，在炕台和浴池之间咔嗒好多个来回。那美丽的胴体，也愈加骄傲了。惹得半老徐娘恨恨地乱甩眼珠子——时间真是杀猪刀，曾经坚挺的乳房，像发过的面头驼得不像样子。腰围的赘肉是半卷的伞，还是袋鼠妈妈的育婴袋，哪敢再显摆“咔哒”呢！

这“咔哒”拖鞋颇有来历，乃大名鼎鼎的“木屐”。晋朝特时髦，后来风靡东瀛。莫怪女孩眼窝浅，男人也趋之若鹜。大名士宰相未能免俗，留下“谢安折屐”的美谈。李太白跟着捧臭脚，醉后胡吹：“脚着谢公屐，身登青云梯。半壁见海日，空中闻天鸡……”宋代叶绍翁由此生发一首绝句，令人想入非非：“应怜屐齿印苍苔，小扣柴扉久不开。春色满园关不住，一枝红杏出墙来。”好事者考证：踏苍苔扣柴扉的名唤张生，红杏出墙的自然是莺莺小姐了。

澡堂共计三个浴池，翻过内间门帘依次排开。靠门的大浴池，约一丈五尺见方，水温四十度左右，大人小孩皆宜。小孩刚入水龇牙咧嘴叫几声，慢慢忍下来，嬉闹成一群野鸭子。中间略小三分之一，水温至少增加八度，淘汰一半人。弱冠以下不见踪影，全是成人世界。靠里的小池，不过六尺长宽，温度绝对在五十五度以上。一般只有六十岁以上老人，皮肤像老树根粗糙坚硬，憋口气蹲下去，老长老长，再牛喘几口缓过劲来，起死回生般矍铄。汗珠滚滚，皮肤烙铁通红，似乎沾着即能将老旱烟点燃。这才是名副其实的过瘾，也戏说“蜕猪毛”利索。否则仅在大池搓弄肚皮，对镜涂点油膏头毛锃亮，再拖木屐咔嗒搭装酷，实才对不起那八个铜板的澡钱。

澡堂水温，也随着人的多寡起伏。人相对较少，水温就低，适宜悠闲地多泡会儿。人愈多水温愈高，愈难以坚持，那叫“撵人”。不敢下池怕烫半熟的，只好站池外撩点水湿湿身子作罢。

况且澡堂里像下饺子，人头攒动，云遮雾障，放屁小解不绝如缕。空气高度紧张，肺部心脏支气管不够强健的，最好早早逃户外吸氧去，甭拼着老命小命硬撑了。泡澡泡出事故也很正常，那是自身体质作祟，与澡堂无涉。人家泡半天都没事，你凭啥讹澡堂呢？

庙集十八条街巷，深受千年街市文明熏陶，对澡堂有几分依赖。九寨三十六村乡民，没多少把它当回事儿。有的一冬和澡堂无缘，大年三十才象征性亲亲水，唯恐弄脏过年的新衣服。结婚的青年男女，头两天也必须去澡堂刷一刷，抹点香皂，以免满身异味，对不起洞房花烛的初夜。结果勉强凑合，留下心病，这辈子怕都要同床异梦了。若是真爱，反倒沉迷那独特的“异味”儿，以致融化为生命中的兴奋剂。洗掉反提不起性趣，好像陌生人的身子。

庙集一河两岸乡民，女人爱在傍晚锅碗瓢勺洗刷完毕，烧半桶水穷对付。心闲气顺时，也能对付出诸多情调。慢慢搓，细细揉，灰垢搓成条儿，揉作块儿，不觉捏个小人儿在手里把玩，恍惚就是小冤家的熊样子。平时吹胡子瞪眼，现在弄手里多乖，能个屁哟！要你站就站，令你睡就睡，叫你磕头不敢作揖；敢不笑就把嘴叉子放开，大龅牙呲唇外，比叫驴笑得欢。女人开心地想打自己屁股，扬眉吐气鼓掌欢呼呢！于是丢了泥人，揉搓得愈是起劲，突然揉到某个敏感部位，那味道不好意思冒出来。女人有点羞，赶紧插上门栓，怕小冤家闯进来占便宜。窗帘拉上还不放心，又用破床单蒙好几层，连横梁上高高的透气孔也不放过，竹竿顶上旧毛巾塞实。其实薄暮冥冥，也没多少残光。屋里比黑夜还黑，女人仍觉得四处藏着黑眼珠偷窥，脸越来越热，心愈来愈慌，仿佛初夜揭开红肚兜的那一刻……

男人不屑水盆里鸭子瞎扑腾，多数喜欢洗野澡。河里沟里塘里，只要能盛下屁股的公共水域，尽可兴风作浪。讲究的穿个裤衩顾住大象，甭影响别人的观瞻心情。随意的光腚也无妨，尽量收敛点别让女人明嘲暗骂，老陵地里冒烟，祖先翻身打滚不得安宁。还有一个潜规则：不许跑岸上展览人体艺术，管你在水里如何畜牲。否则，被砖石砸伤“老二”活该，流氓又能到哪里说理去。所以，虽说是“有理的街道，无理的河道”，其实乡民心里仍守着无形的底线。平时看不见摸不着，关键时鬼使神差跳出来，比书本上的哲理公理好使。从某种意义上，这是人性善的最后一道防线，维系着乡土文明原始的根系，让恶不敢轻易窜出来祸害四邻。

集市文明看似无所不在，滋润着物理人心，却也脆弱得经不起风吹草动。小小澡堂有时竟也像怪兽无底洞，不经意间把鲜活的生命吞噬。远的不说，记忆模糊，怕有戏说荒诞成分。最近三十年，除烫伤跌伤的一般事故，庙集澡堂至少出三件命案。

大梅庄一个六七岁男孩，其父明明在旁边搓澡，不知何时被挤倒池里，再没爬起来。当一只大脚挑起，满池惊恐。男孩脸乌青，眼珠外突，牙关紧咬，似乎有鼻涕冒泡儿。肚里空空，头下脚上控不出一滴水，显然不是喝水淹死的，而是活活呛死闷死的。其父鬼哭狼嚎，恨不得自己立马被屁憋死，好跟孩子西天做个伴儿。

花开花落，白云苍狗。庙集澡堂寒冷季节依旧冒着木柴煤炭的滚滚黑烟。十八条街巷和三十六村乡民，仍然要抽空来洗洗肉体或蒸蒸灵魂。

那天一个壮硕的中年男人，赤红脸膛，嗓门赛喇叭。他是大周营一带红白喜丧的“大总”，即响当当的执事。他刚下事，酒足饭饱，东家照例奖赏一大串辛苦费。他也照例去澡堂泡澡放松。不过这次没经过大中池低中温的过度，直扑入温度最高的小池，以展英雄本色。他也的确够雄性的，一人独占半个池子，两个小老头被挤一角瑟瑟。好像池里并非六十度左右高温，而是零下冰水让人寒战。大总抡起自带的新毛巾，从左到右，从右到左，对着肩背大幅度扭动。他搓的不是灰，而是舒坦入骨的痒。可惜十几个来回，便僵持不动，而且一直摆着那个动感十足的造型。两个小老头慑于威势，仍缩池子一角不敢喘大气。当他们发现异样悄悄爬出来，不小心带出水波，居然让威猛的大总轰然倒塌，溅起最后的回声依然雄壮。

前两件似乎不明不白，死得窝囊有余，波折不足，连茶余饭后的谈资也没劲。小鸡子斩首还扑棱棱几蹬腿，老母猪被屠宰也要干号咒骂直达云霄。那都是命啊！他们死了就死了，像死个蚂蚁似的潦草。没有故事的死，等于白白葬送一条命。第三件就比较血腥壮观，活灵活现，起因发展高潮层次分明。所以传得很远，也传得很久，绰号细节都没遗失。几十年过去，张口还栩栩如生。

东关大街北拐穆阁巷有个武痴，绰号“小石头”。不知何故，也许有人背后填坏话，也许缘浅对不上眼，反正蒋五爷不纳，马二姑奶奶也白眼朝天。小石头颇有志气，不求不靠不拍马屁，朝夕苦练苦熬，拳砸树，手开砖，头撞墙，硬是将血肉之躯练就石头一样的硬功夫。脾气也铸造得比石头还硬三分，遇强愈强，遇恶更恶，跟谁都敢玩命。庙集武术界集体沉默，就是视而不见，充耳不闻，好像有意把他冷藏起来，或者根本就没这号人存在。这简直是兵不血刃，却毁人魂魄的虐杀。好在小石头的魂魄也不是泥捏的，否则早被虐杀九千九百九十九次，死后连窦娥的冤魂残渣也不剩。

小石头的愤懑可想而知，便是孙猴子也会把石头活活气炸，立马蹦出来把天宫闹稀巴烂。小石头不是不敢大闹天宫，可惜轻功欠佳飞不上天，只好喝瓶烧刀子解闷儿，然后摇摇晃晃下浴池泡泡一肚皮晦气。泡一会儿，酒气上涌，焦渴难耐，爬上炕问浴家买个水萝卜败火。庙集澡堂，自古就有在炕上捎带茶水花生水萝卜之类的服务。赚钱尚在其次，主要是满足袋里银子叮当的顾客需求。泡澡后往往口渴肚饥，弄点小零食惬意。无论哪朝哪代，哪怕搓污纳垢的破澡堂子，超越行业标准，往高消费者看齐乃是趋势。

翟碾子庄有个叫“小板凳”的后生，先天性脑膜炎留下“愚讷”之根。他三门归一，家有薄产五十亩也够败货的。小板凳好像还天生皮痒，不是打架就是泡澡堂子，因为这两样都比较解痒。小板凳打架的口号是“我打不过你能挨过你”，你打他十拳皮开肉绽，人家眉头也不皱一下。可他终于瞅空还击你一拳，也够你满地找牙小半天。江湖上“会打的不如会挨的”，在小板凳身上诠释到极致。商埠庙集，舶来品稀奇古怪，土特产也头角峥嵘。

那天小石头在炕上用三角刀切水萝卜，切着切着，突然瞥见小板凳贼溜溜瞅他的那家伙。顿时火起，像庙会校场上开幕式点燃的大雷子炮。其实都怨小石头疑心生暗鬼，你不瞅人家咋知道人家瞅你的，难道还不叫人睁眼？况且澡堂里塞满裸体，滴溜耷拉的那玩意儿没啥稀罕，瞅不出名堂，挨挨碰碰的也犯不着发邪火。但小石头憋得太久，偏要找碴泄愤；而小板凳皮痒还没泡好，打一架解痒也蛮不错。于是各取所需，各展所长，玩起矛和盾的游戏来。

小石头连击十拳，拳拳如击枯木败革。小板凳口鼻都出血了，依然面带笑容，好像是无情地讥嘲。殊不知这是小板凳脑膜炎留的后遗症，在姥姥灵堂上也是笑容可掬，几个舅气得半死也没法。小石头平生第一次感到做人如此失败，练武如此失败，昏昏然提起三角刀朝小板凳心脏刺去。小板凳搁挨不假，那是千锤百炼的真功夫；可挨刀还是头一次，况且直指心脏最软弱的部位，显然准备不足，当场就呜呼哀哉。小石头也想学金八“引刀成一快”，生得寂寞，死得壮烈，总算男人一次。可划烂脖颈的瞬间，疼疼疼啊！他套上裤头，拎着血淋淋三角刀扑入小漳河，钻进对岸高粱地消失了……

小板凳死了，死了依旧面带笑容。最后一刻，他知道人世间还有痛苦悲哀吗？据说后来小石头混得八面威风，比“昭武校尉”还粗好几揸，好像是骠骑将军。兵荒马乱年代，只要足够心狠手辣，阎王爷不要命，大概都能混出点名堂。用别人的血自己的血染红顶子，倒也理直气壮。好像再也不叫“小石头”了，有名有号有字。师爷还编一套漂亮的家谱，世袭勋爵，满堂贵胄。

远在南宋先祖就中过武举人，康熙年间还攻打过盘踞琉球的红毛鬼子……

澡堂故事，似乎比茶馆酒肆的还枝繁叶茂。扒掉底裤，愈见人性本色。我怕愈扯愈远，暂且略去，再回头把“包澡堂”的事补叙明白。不然老闺女种黑瓷的故事就虎头蛇尾，对不起她老人家一百岁的荣光。这些碎枝末节边角料儿，同时也让老爷和二十四间房丰富起来。打捞辑录在此，对将来写庙集正史有所裨益。

庙集酒店客栈随处皆是，林林总总近百家。敞开欢迎承包，也没那么多财力包得下。反正到处都有吃的喝的住的，山高遮不住太阳。而澡堂只此一家，一旦被包意味着十八条街巷没地泡热水澡了。包澡堂难度极大，光出平时三倍的银子远远不够，必须是有头有脸的大家族震得住，还要拿得出足够的理由服众。否则，明面上惹不起，背后却被人骂得老陵地冒烟，三天三夜的雨浇不灭。由此坏了门楣声誉，败家之兆，几代人瞎忙活了。暴发户尽管银子发霉，却想都不敢想。你包是包了，怕洗不好丢人现眼。三教九流使刀弄棍的踢门，看你到底脸大还是腚大，终究不如破门帘儿遮羞。如此一闹，庙集你还咋混？百年来包澡堂的，有据可查的也就三次。

第一次是马二姑奶奶先人九十仙逝，丧事热热闹闹为喜事。两班响，两台大戏，七天七夜流水席。管你亲的近的老的少的，拿刀纸钱就是上宾。还破天荒为送行宾客，包两天澡堂。其实也混进不少不是宾客的闲人，马家睁只眼闭只眼，总算风平浪静。

第二次是蒋五爷祖奶奶八十大寿，老寿星耍小孩脾气，非要闹着泡澡玩不可。蒋家人无奈，只好央求另外几大家帮衬。众女人陪伴老寿星沐浴，才勉强堵住悠悠众口。虽有异议，多碍于世家情面，撇撇嘴咽下。蒋家也并不以此为荣，私下里暗自检讨。据说蒋五爷终生未进澡堂的隐衷，也是当年祖奶奶留下的“病根”。

第三次就是老闺女种黑瓷驾鹤西游，一辈子炸油条的，还不是十八条街巷根扎八代的老门头，整个庙集却口服心服。人家是有史以来满百的第一人，上天肯定有啥讲究，完全有资格享此殊遇，好像还给庙集挣来莫大光荣！不然，你也活一百岁试试？一个铜板不让出，直接赏给你澡堂算啦！可让管辂先生算算，你有那个命吗？况且甭管避嫌与否，黑瓷身后还隐隐押着二十四间房呢！

其实，庙集澡堂对二十四间房毫无意义。好像从老爷大小姐起，就从没人在澡堂泡过。不知是过于“封建”怕人看身子，还是另有规矩不可与外人道。大家族的规矩就像大家族的人，都略带魔性不好说。但洗澡却刻板得雷打不动，由灶膛统一供水。无论春夏秋冬，每月三次。初一初十和二十，与庙集女人澡堂开放的日子差不多。一目了然，间隔有序，还避免小月没有三十的尴尬。而且不洗还不行，甭因为自身异味搅和家族风水，那要在神桑下给个说法。

那时每房都有自己的沐浴桶，皆从南方优质橡木定制。橡木材质坚硬，韧性好，密度大，纹理细腻漂亮，是做澡盆沐浴桶的上等材料。只有大户人家用得起。可惜传到现在只剩两个。据说还是当年大小姐和祖爷爷专用的。大小姐的自然归晶晶独享，祖爷爷的就让我和爷爷凑合。至于一月三次的规矩，从少爷执掌二十四间房全废了。你爱天天泡橡木桶里，不怕泡成水蛇青蛙那就泡吧。你忌讳水湿元气，包裹不见光，只要自己不被自己熏晕，三年不洗澡也随便。少爷好像从来都不是建设者，却是一个勇敢的破坏者。近些年二十四间房的规矩七漏八淌，远没有老砖青石坚固，难怪爷爷叹息。

少爷从不用沐浴桶，那好像限制他自由叛逆的精神。他喜欢冷水浴，和乡民一样洗野澡。他先和阮二手喝几碗，下酒菜多是二手现抓的活鱼。然后乘酒兴搏风戏浪，学孙登长啸。龙亭老塘，少爷也曾搅得黄河不澄清。即便塘里一层碎冰浮凌，少爷灌一气六十度红高粱，一身紧衣直窜水底，憋到缺氧再浮上来。四肢展开，像鱼鹰一样扑打水面，碎冰浮凌随之漫天飞舞，好看极了。老塘边有不少男女围观。男人们鼓噪叫好的同时，也不免腹诽：少爷这个败家子，闲得抽风，吃饱了撑的浪。女人们不说话，两眼活像摄影机，紧盯少爷“矫若游龙”的英姿，夜里恐怕要做“翩若惊鸿”的美梦。其实少爷纯属自娱自乐，他不需要舞台，也不需要观众；可偏偏他到哪里哪里就是舞台——自带光环，自毁声誉，反正他也不在乎。

爷爷还守着初一初十和二十，在橡木桶洗浴的老规矩。为避免巩氏夫妇另烧水麻烦，我和晶晶只好随着规矩了。其实规矩只是形式，只要心灵自由，内容倒不妨随意涂鸦。我每次洗澡都不老实，爱在浴桶里瞎扑腾，把地面溅湿。我的狗刨儿，大概就是在橡木桶里瞎扑腾出来的。爷爷也不训斥，任我耍一会，这是二十四间房少有的温情。然后抓住我胳膊，从鼻眼到屁眼脚丫，热毛巾细细揩一遍。于是把我拎出橡木桶，套好衣服，驱之门外。

爷爷洗澡从不让我在场，比亲娘还讲究。爷爷睡觉也睡衣周全，和白天穿长衫时暴露的差不多。大先生的身子就像大先生的学问，被“二十四经”深深包裹，外人只能管窥蠡测，略见一斑已非易事。我和晶晶所得，充其量不过是爷爷指甲盖里的一丁点，已在肚皮里活蹦乱跳欢了。晶晶能存住气，或者女孩子根本没兴趣招摇。我很想学解缙袒胸露乳晒晒太阳，甭将“子曰诗云”憋霉了，终怕爷爷的戒尺没敢逞能。

我在院里无聊，便搂着二郎神脖颈叙旧。咱和晶晶三个，哪可能一起从天而降，到底谁先进的二十四间房呢？叙了一会，还是无聊，便敲晶晶闺房窗户。晶晶不理，就调皮地再敲几下，耳朵还贴砖缝里听动静。晶晶嗔道：“月儿，就不能老实待一会儿，我还没洗好呢！”我想晶晶一个人揉肩搓背，肯定艰难，我也没办法帮忙，颇是沮丧。有时晶晶也让我从窗户洞，塞入院里晾晒的干毛巾。我就屁颠颠不得了，仿佛干一件非常伟大的事业，兴奋得想学孙大圣翻十八个筋斗云。男人爱我所爱，甘愿为心爱的女孩鞠躬尽瘁；无论做得多么卑微，笨拙好笑，哪怕横遭冷眼奚落，也是值得骄傲的。

晶晶每次洗好后，总要慵懒地倚在床头对着菱花镜梳妆。其实很简单，并没有描眉帖花黄的复杂程序；就是用大小姐留下的犀牛角镀金梳，反复梳理秀发。也许心里沉吟“自怜新髻好，对镜久夷犹。回首瞥见郎，含羞整搔头。”也许啥都没想，全赖我自作多情。小情种也是情种，看女孩梳头自然发酵。晶晶的发丝远未垂腚蛋儿，却已披肩散开，宛若瀑布。这无疑是遗传的伟力，堪和四娘媲美。我想玩藏猫猫游戏，那是最理想的所在。有次月夜梦游，我还真变成小精灵轻盈地藏那儿。晶晶怎么也找不着，急得直喊“月儿，你在哪儿？你在哪儿啊……”我很得意，哈哈——晶晶做梦也想不到我正藏她青丝里做梦，是该梦见蝴蝶，还是干脆自己变成蝴蝶翩翩呢？

晶晶秀发真美，太适宜编姑苏花辫，难怪少爷编得那么好。那天我正对着晶晶梳妆发痴，她转身手指戳一下我腮帮：“月儿，我累了，你替我编花辫吧！”我受宠若惊，赶紧回忆少爷编姑苏花辫的情形。越紧张越模糊，那秀发好像也突然散作满天青云，又像海浪扑面而来，似要将我淹没。我向来调皮胆大，百无禁忌。神桑树我敢尿，龙兴寺的大槐树我敢尿，三岁时还尿过无相大师的狮子窟，此时却仓皇无措。晶晶道：“月儿没事的，总要有第一次呗。”

姑苏花辫，并非本地村姑土得掉渣的羊角头马尾巴。搭手几抓几捋，红头绳一系完事。稍稍复杂的麻花辫，也不过头发分作几绺，像老太太编麻绳一样，没多少技术含量。姑苏花辫可谓爱和美的艺术结晶，必须“赤橙黄绿青蓝紫”的七彩线，至少也要“赤橙黄”三色锦丝缎带，柔情蜜意细细织进青丝里。二十四间房好像啥都有，少爷马虎，唯独缺少这些女儿红。他好像也从不把晶晶当女儿培养，除非哪天神经腻歪得让人受不了。那次少爷为晶晶编花辫用的金线，定然是从四娘头上偷偷取下，才成就《渔舟唱晚》的华章。少爷贵为二十四间房主人，“三只手”神乎其神，四娘也无可奈何。最多心里多骂几句“小冤家大宝宝”，还是屡屡被少爷得手。况且是偷给女儿晶晶，一家人颠来倒去，也平添不少情趣。

我为晶晶编了半条，不可谓不用心，甭说经不起少爷四娘推敲，自己就很惭愧。哪有姑苏花辫的影子，怕是盗版村姑的马尾巴，辜负晶晶的信任和一头瀑布了。月儿痴则痴矣，并非榆木疙瘩，关键时小精灵飞舞。少爷会偷敢偷，潜移默化，我也深得其中三昧。于是钻进少爷花房，月季茶花玫瑰专拣最艳的各采一朵。同时又挑几片鲜凌凌叶子，比“绿青蓝紫”丝线精神。有了这些，犹如神助，我将花瓣叶片都织进晶晶青丝里。虽没有正宗姑苏花辫花俏，而芬芳妩媚过之，不如命名为“晶晶月儿”花辫吧。晶晶对着菱花镜，左看右瞧，满心欢喜，水灵灵大眼睛漾出清波。却也不无担忧：“月儿，你不是不知道，那玫瑰可是少爷的命！几朵几个花瓣几片叶子，每天都掰手指头数好几遍。你敢采撷，看少爷回来咋收拾你？”

哈哈，本公子才不怕呢！只要晶晶高兴，把天戳个窟窿再用稀泥糊上。如果糊不严，那就小解多糊几把尿泥就是。况且少爷恐已酩酊，正缠着摆渡的阮二手，教他河底睁眼抓鱼的绝技。少爷醉后常把涡河闹腾得天摇地晃，仿佛李太白捞月飘然而逝的长江。少爷跳进水里，面对蓝天白云最后一句朗吟：

千年古树为衣架，万里长江作澡盆。

第十五章　庙会

古历四月初八，是庙集的庙会，也是十八条街巷和九寨三十六村一年一度的狂欢节。

庙会自何时始，无从考稽。如果说从古楚发轫，不是没有这种可能，也不是太有把握。只好姑妄言之，姑妄听之，留点混沌的想象。祖爷爷的祖爷爷们都不再考究，而以糊涂大智慧一笑而过的历史，我们也不必过于严肃，枉费心机推敲了。

庙集在秦汉自有一番作为，鹿肥马壮，兵革不休，也未必有闲情逸致纠缠在烧香拜佛上。大唐繁华，吸纳万方，玄奘西行驼来佛门圣经普照东方沃土。唐太宗对其人其经又推崇备至："松风水月，未足比其清华；仙露明珠，讵能方其朗润。方冀兹经流施，将日月而无穷；斯福遐敷，与乾坤而永大。"天朝体制运作最为神速，自中枢至末梢，牵一发而动全身。于是上行下效，竞相建庙造宇，一时繁盛而成民俗节日，并逐渐固定传承下来。因此庙集庙会，马马虎虎算作太宗始，虽不敢说是定论，大概也是信史。

庙会缘结古历四月，那是于黄淮流域农事脐带相牵。中原腹地，春夏秋冬分明。每个季节气候物产，老天好像早就按数理公式严密计算运转。一年两季最主要的农作物：午季小麦是千家万户赖以生存的口粮，也是朝廷赋税的重要来源，上上下下均不敢懈怠；秋季黄豆高粱玉米谷子红芋等杂粮，大户人家多是酿酒饲养牲畜，偶尔换换肠胃图新鲜，可对广大乡民依然是填饱肚子的宝贝，远胜灾年吃糠咽菜剥树皮。小麦收获及腾茬播种秋粮，几乎全集中在五月。白居易做颍州太守，距庙集区区二百华里，风土物产一模一样。曾感慨长吟："田家少闲月，五月人倍忙。夜来南风起，小麦覆陇黄……"确切说，端午前几天就大行镰。所以要赶在一年最忙的季节头里，该买的买，该卖的卖，趁机胡闹放松几天，此后月吧就要一头扎土里拼命。至于为何定在初八，也许"八、发"谐音图吉利，也许纯粹是先祖拍脑门的遗产。我们膜拜的图腾圣迹，无不含先人游戏成分。其实初八正会前，也就是从四月初一，庙会就沸沸扬扬开始了。

最初的动静应该还早，像十月怀胎的婴儿，七八个月就在娘胎里蹬腿啦。三月下旬，颍州徐州蚌埠开封诸府的客商，就陆陆续续在庙集安营扎寨。最早的靠近十八条街巷见孔插针，尤其街巷两边进出口宽阔处，以图地利人众销货畅通。

大的老字号商家，往往一道好几挂四轮马车，带着帐篷，插着杏黄旗，人欢马叫，简直像流动的街市。日用品应有尽有：镰刀草帽，布匹鞋袜，锅碗瓢勺油盐酱醋，富饶得能撑瞎乡民的眼。贵重稀罕物也不少，玛瑙翡翠，金银首饰，丝绸貂皮琳琅满目，也看得人眼花缭乱。不出马车，足以把你兜里的银子铜板掏个精光。

手推独轮车的也很抢眼，多是几家搭帮，携妻带子互相照应。既防范路途匪患，也要招呼刁民哄抢。商品都事先商量好，每家准备五六样，绝不重复，尽可拼命吆喝，断无恶意竞争之嫌。万一遇到麻烦买主，想找碴耍横并不容易。几家人呼啦啦围上去，拉的拉劝的劝，一般也就息事宁人吃不了大亏。独轮车商队善做庙会节日生意，好像绵延好几代。龙生龙凤生凤，老鼠生来会打洞。遗传固然重要，成长环境更是决定生存发展的方向。他们不用本本记录都了然于胸：赵屯几月几，城府寨几月几，沙土集几月几……有一个合理规划的路线图，一年四季几乎把方圆几百里的逢会生意一网打尽。

肩挑手提的独行侠也不少，卖的还是偏门奇货。譬如专治绝症的神丸，西域南洋淘来的四不像。热闹围观者众，但买家极少，半天也不发市。你都替他发愁，其实多余了。货卖要家，总会碰到病急乱投医的倒霉人，以及脑子短路进水的土豪，终被忽悠得双手奉上银子，利润在日用品十倍百倍之上。物以稀为贵，更以“无知”卖天价，周瑜打黄盖两相情愿的事儿。那几瓶神丸，就是普通淀粉加点佐料，再浸泡些颜色。甭说肉眼难分辩，杨戬三只神眼也晕。据说还真治好过绝症，四桥口邓大爷言之凿凿：老娘卧病半月，茶饭不思，一心想躺棺材里睡大觉。谁知吃半瓶神丸，扔掉拐杖串门了。不少绝症实乃心理虚幻，神丸神乎其神攻心为上，放屁释然矣。

几百里州府大商号，不惜车马劳顿，奔赴庙会当然不是为做慈善事业。商家本质乃一“利”字，红利滚滚而来，哪有拒银子而不纳的道理。他们神往庙集疯狂的销售市场，简直无底洞。无论拉来多少商品，最后差不多底朝天。很后悔马车上不能建八层楼台，卖八倍商品八倍利润。他们也钦佩庙集博大的胸怀——虽然守着的是小青龙拱出的区区几百里涡河，没法和长江黄河争雄，庙集人却有海纳百川的气度。极少欺生，也从不收“外商”会费，乖乖真是味。

庙会是复杂的综合工程，开销花费之大非常人想象。从脚下青石板到门旁石狮子，以至门窗墙壁招牌红灯笼，房顶瓦楼的茅草鸽子粪，上上下下里里外外，全方位整洁包装，力求尽善尽美。用水使漆抹粉，添置花盆鱼缸鸟笼子，每个细节都让人赏心悦目。千年古镇形象焕然一新，大部分落实到一街两巷的商家住户，漂漂亮亮各扫门前雪，最好连雪沫也干干净净。总会遗漏一些公共设施，必须公家出面。只能从商家会费里拿银子打理，花销哗哗淌水似的。

庙会绝不仅仅是买卖场，那样和平常集市没有区别，很难搅动八方商贾和几十万乡民的激情。庙会风潮火热，主要来自平时难得一见的娱乐形式，演变成全民参与的狂欢节。但艺人娱乐，不可能从天上掉下来，也要真金白银购买。好在会费来源不全是商家，那还不竭泽而渔，久而久之一潭死水？很大一块是豪绅望族竞相为桑梓出力，否则会被视为“肉头”鄙夷，哪还有脸逞强。二十四间房从老爷起，会费一百两银子。大概排在前十，老爷已很满足，前五就有风险。捐银子也是一门学问，务必符合自己的身份地位，谦虚谨慎点好。现在虽然每况愈下，少爷毅然坚持一百两颜面。二十四间房再打屌，也不差那仨瓜俩枣。没这点自信，咋敢在青石板上溜达呢。

庙会必不可少高跷旱船，不独庙集，好像是普天下庙会的保留节目。扭秧歌棒槌舞，也是喜闻乐见的形式。还有猪八戒背媳妇，白骨精和孙大圣闹恋爱的荤段子。没有固定脚本，全凭表演者任意发挥。语言动作神态都相当开放，可还是比狗打秧子优雅含蓄。反正都是孩子们性启蒙的教材，泼妇莽汉房事的春药。

东西老街各一台大戏，艺术含金量颇高。初一唱到初八，同时开戏，同时收场，效果就看戏台下观众多寡。如果稀稀拉拉盖不住白地，即为“失脸”——艺不精丢人现眼。从此这一带很难立足，要自掏银子连夜请名角加盟，以期挽回脸面，让生旦净末丑继续传扬，戏班老小几十口有碗饭吃。以艺养人，古往今来都不容易。

北关街北，精挑细选两支唢呐队。临近二百步搭两座高台对响，输赢和对戏相似，不亚于校场擂台上刀枪剑戟比拼。名义是两支唢呐队，暗里却串联集中方圆数十里好手高手。尤其抱大笛的主唢呐手，仿佛先锋官，至少要三人轮换。常会累缺氧吐血，直挺挺摔高台上。立马架去抢救，另一个接过狂吹。上下左右摆弄着骄傲动作，颇有疆场上慷慨复仇、视死如归的豪壮。看到这儿，观众也血脉偾张，叫好如雷，联想到金八砍下海十三头颅的那一刻！

庙集高跷旱船源远流长，堪称一绝。一旦出会亮街，必然万头攒动，山呼海啸。每到一处，沿街商家茶水糕点供奉，鞭炮高挂齐鸣。希望逗留表演一番，那既是观众眼福，更是商家面子。有的还预先塞给领队几串铜板，或者弄点酒菜意思。庙集人都心知肚明：凡是能拿到桌面上漂亮的，都没吝啬桌底下功夫。

高跷看似简单，踩两根木棍上如履平地，好像稍加训练并不难。它集戏曲舞蹈杂技武术于一身，又有“文跷、武跷”之别。文跷以戏曲舞蹈为功底，展示表演走唱本事。武跷把杂技武术熔于一炉，劈叉倒立，跳高桌，叠罗汉，惊险刺激。孩子白天看罢，夜里惊梦滚床下，犹自呼喝。《列子·说符》记载：“宋有兰子者，以技于宋元。宋元召而使见。其技以双枝，长倍其身，属其胫，并趋并驰，弄七剑迭而跃之，五剑常在空中。元君大惊，立赐金帛。”列子战国人，那时已蔚为壮观；卓有成就者，甚至可换来金帛功名。

旱船婉约诙谐，颇受妇女孩子喜爱追捧。竹竿铁丝扎船型骨架，红黄蓝绸布相围，船顶饰瓦棱四出水江南古建式样，比姑娘出阁的大花轿缤纷。船以大小，乘人不等，一般不超过七人。表演者三人为主：老艄公戴毡帽或草帽圈，着老生古装，脸部淡彩挂白色长髯口。他奋力划桨领船，颠簸旋转，好像荡漾在万顷波涛上。船娘子坐中舱，高髻粉颊，花枝招展；或娇羞妩媚，或风骚张狂，无不惟妙惟肖，荡人心魂。船娘子极少为女人真扮，真扮谁敢放得开，回家何以见夫君公婆？而闷骚男人，一旦戴着面具释放骨子里的压抑，竟让同伴梦入芙蓉国湿了下身。第三人为小丑，挤眉弄眼，破衣破鞋破蒲扇，极尽济公滑稽之能。逗得妇女孩娃手舞足蹈，笑出泪蛋蛋……

旱船表演并非一只，往往五六条一线排开——“绕八字，蛇蜕皮，二龙戏水”，如痴如醉。看花眼或入戏过深的，宛然置身于波涛汹涌的河道里，一街两巷建筑仿佛崇山峻岭了。

说来尴尬，庙会上雅的就较冷清。阳春白雪，和者必寡。两班对响，唢呐笙箫锣鼓钟磬，几千年民族乐器有足够的文化底蕴。听两天观众审美疲劳，来的没散的多，两边台下不约而同露出白地。必须采取措施，不然对响艺人一锅煮。乡下民俗技艺能生存发展，绵延不绝，一定有它适宜的土壤和摸爬滚打出来的招数。既然庸众舍艺术而贪感官刺激，越荤越黄越惹人，那就莫怪艺人的堕落和无奈。

南边台上，果断换上一凹凸有致、风韵扑面的少妇抱“大笛”。吹得没有扭得好，观众呼啦啦围上去，有的还脑袋削尖硬往台上爬。听觉早已麻痹，五音模糊，视觉倒像老君炼丹炉窜出来的火眼金睛，电光灼灼，恨不得将少妇身上的一丝一缕烧净，原始天性都完全解放出来。少妇受到鼓舞愈加狂野，绝技迭出，上边能吹，下边也敢吹，许多男人的眼珠子都被吹落台上火辣辣滚动……

北边台下被席卷一空，眼看要屈辱败下阵，回家奶娃或集体投河算了。且慢，数十年红白喜丧实践，狭路相逢肉搏，有足够的经验教训和人才储备，绝处逢生。陡然降下帷幕，台上空无一人；而幕后钟磬齐鸣，锣鼓喧天，暂且压制住少妇的大笛。足足一盏茶功夫，好像自暴自弃做派，内行人知道这是憋大招。忽然所有乐器戛然而止，但见十四五岁少女一袭红披风，明眸皓齿，眉黛如烟，仅著乳罩裤衩，私处隐隐春草茂盛。她独自羞羞抱着唢呐，吹几下居然没吹响；难过得两汪汪泪，可一滴也不掉下，就在凤眼里晶莹，阳光下愈见楚楚可怜，令人心疼。不知谁咆哮一声“姑娘加油——”数十人数百人齐声呐喊：“姑娘加油——

姑娘加油——姑娘加油——”待滚滚加油声停歇，全场寂然。少女果然不负众望，娇躯婀娜，启唇鼓腮，一曲婉转悠扬情意绵绵的《打枣》，直打进众人心坎里……

这些都是庙会组织的大戏，足以支撑十八条街巷的狂欢。各种自发的小打小闹散布街角巷尾，趣味盎然。随便找片空地，二三十人围着，仅容七八个也没关系，反正庙会最不稀罕的就是人。针对孩子的居多，玩猴戏的，斗山羊公鸡梅花鹿的，套金鱼布老虎瓷娃娃的……地摊小景，各有千秋。生意不好不坏，一天也能糊弄小半盆铜板。孩子们向铝盆投掷铜板的叮叮当当声，让饱经风霜的脸上浮出笑意。庙集实乃善地福地，才能养活那么多流浪的艺人。

庙会还潮涌着饮食行业。所有赶庙会的，文质彬彬的乡绅小姐，肠胃暴开的壮士孩娃，都摇身一变吃货饿鬼。所有酒肆客栈爆满，再不论一日三餐的节奏和祖先老规矩。从卯时到亥时，一桌桌流水席，似乎非要把厨师跑堂的累倒累死，酒桌板凳啃光啃净才罢休。吃喝玩乐，无师自通，好像是上天赐给人类活下去的理由。

各种地摊小吃，更被围剿得惨不忍睹。不管咸的淡的荤的素的稀的稠的，有名的没名的半生不熟滴答血水的，统统一扫而光。三桥街高家烧饼，平时一个烧饼炉，卖小半袋面粉阿弥陀佛。现在全家齐上阵，三个烧饼炉深更半夜还“炉火照天地，红星乱紫烟。”六袋面粉仍供不应求。美丽贤淑的大女儿，两条打着蝴蝶结的长辫垂腰肢上妩媚风情。这几天也忙活成披头散发、裙衩油渍的小疯子……

二十四间房依然如故。甭说小小庙会，山崩地摧也没丝毫关系。它以固若金汤的傲岸，和春夏秋冬对峙。爷爷足不出户，白天看枕头似的线装书，夜晚观星象叹息，似乎全宇宙的重负都碾压他一人身上。九九八十一岁的爷爷，哪怕支撑的是心中虚幻的世界，也令人肃然起敬。少爷则一反常态，平时花巷流连醉酒吹牛，现在也老老实实呆院里，心无旁骛修剪起花枝来。芍药谢了，少爷舍不得清扫，一瓣一瓣捡起放掌心揉搓，生怕揉疼了花魂。渐渐揉作一抔粉末，少爷一撮撮埋花根里："落红不是无情物，化作春泥更护花。"这是少爷心里流泻的芳菲，满盈盈着杏花春雨的香。此时他眼前浮现的还是从姑苏匆匆赶来，带着花辫赴今生之约的十六岁四娘?

我和晶晶好忐忑，不是没有定力，而是庙会动静太大。假装"子曰诗云"用功，偷空溜出去透气。官路上人欢马叫，长河里乱舟竞发，庙会上锣鼓喧天。好在也有盼头，今天初五，初六爷爷铁定带我和晶晶赶庙会。纵然象征性走一遭，也算没被庙会遗弃。

爷爷好顽固，好像此生只能摸到老王化茶馆的门。还是那张茶桌，不同的是"一把抓"早在恭候。他喝的是白水，好像等的就是爷爷的神桑叶，等待很久很久了。爷爷也好像早知道他的目的，随手从长衫里掏出两包，一模一样。一把抓合十鞠躬："谢谢大先生，真是好茶!"我见他眼里只有爷爷，却对新衣灿然、玉树琼花的公子小姐熟视无睹，提醒道："你这包桑茶，还是我和晶晶爬东南枝上采的呢!"一把抓有点窘，连忙还礼："谢谢二位，茶真是好茶!"他从怀里摸出两枚"咸通宝玄"，每枚都带着玉扣金丝线，显然事先精心准备的。“没少爷的玉佩宝贝，二位若不嫌弃，权当小玩意。”爷爷却极郑重：“晶晶月儿，还不快谢谢大伯！”那小小铜钱，俨然江湖传说的“护身符”。我和晶晶相视一笑，同时鞠躬，宛然一对面向长辈拜堂的小新郎小新娘。一把抓甚是感动，眼里浮出泪光：“大先生少爷教育的好，二十四间房必然屹立不倒，代代相传……”

我第一眼看一把抓，虽然没少爷好看，也不难看，好像比一般人还耐看。说不上喜欢，也说不上不喜欢。仍觉得过于深沉，滴水不漏，仿佛他和二十四间房才是绝配。

老瞎子敲起牛皮小鼓，颠来倒去那几段破书。神奇的是并没因外面大戏逊色，茶客们依然引颈倾听。这好像母亲的唠叨，耳朵起茧可还想听，听成一辈子依赖。爷爷有话和一把抓嘀咕，也许逢会原因，挥手放我们半天假。我和晶晶连忙奔出去，深恐爷爷反悔重新把俺俩扣茶馆里，那可糟糕透了。我们也有要事，爷爷少爷还蒙在鼓里。孩子总会长大，并且以出其不意的方式突然长大。

昨晚临睡前，我溜进晶晶闺房，把那天花巷庭院见闻和盘托出，这秘密看不把天惊个大窟窿？谁知晶晶淡定之极，好像早知道四娘是她亲娘，星星是她双胞胎妹妹，她们早已相认相亲。我事先准备好的一大堆安慰话，连同替她擦泪珠儿的手绢都落空了。晶晶还是亲昵地接过手绢：“看脏的，还不给人擦大花瓜？放这儿吧，我给你打皂荚豆洗。唉唉，没有我，月儿你可咋活呢！”那语气，她不是我亲娘也是四娘。反正平时被晶晶呵护惯了，包括拧耳朵的特殊娇宠，也不觉得突兀。只是靠她身上腻歪一下，像不会撒娇还偏要撒娇的小无赖。晶晶不以为忤，并非我替她寻到娘亲妹妹立啥大功，而是知道我心思都在她身上。遂决定趁爷爷喝茶之际，联袂花巷探访，给她们一个惊喜或惊悚。二十四间房公子小姐驾到，动静当然不小。

距初八正会远隔几十个时辰，老街已很鼎沸，犹过“腊月集，挤掉皮”的拥塞。我和晶晶手拉手，怕被人潮冲散。很快闪入小胡同，七拐八磨转进花巷。晶晶负责左顾右盼，我频频回首张望，看是否有贼眼盯梢。虽然一直有爷爷少爷二郎神相伴，可警惕已成本能。我和晶晶心跳得厉害，两颊绯红，不觉手心攥出汗来。

转眼来到庭院，我迫不及待轻扣紧闭的庭门。仿佛江湖秘密接头，即便大白天，也有月黑风高夜的紧张。无奈庭院深深，像寂寞的大嘴将敲击声吞噬。我和晶晶对望一眼，五指握拳擂得响亮，尘屑阳光里飞舞，有眯眼的感觉。蜜蜂蝴蝶也扑哧哧飞来飘去，仍不见四娘星星踪影。晶晶蓦地泪珠儿滚滚：“明知道咱来了，偏不开门。月儿咱走，谁稀罕呢!”晶晶抹一把泪，甩在灰沉沉的庭门上，洇湿一片委屈。孩子对母爱的要求，比对太阳苛刻，务必温暖灿烂，一点云翳也不许沾染。否则会伤心失望，甚而对人世间最伟大的爱质疑。如果真要较真，母爱就完美无瑕，没有缺憾遗恨吗?

我挽着晶晶的手，也牙根痒痒的。乘兴而来，败兴而归，浪费我俩如此多热望，四娘少爷加起来也赔不起。回去总要找少爷讨公道，看着办吧。当我们转身，全傻了。原来四娘星星刚逛街回来，突见我和晶晶，惊悚果然多过惊喜，嘴唇翕忽却吐不出一个字。四娘紧拥晶晶入怀，泪珠儿跳脱，跃入秀发里权作母爱的搽头油。晶晶也自然而然贴在四娘胸前，一点也不生分。看来在这之前，少爷肯定带晶晶来过花巷，四娘也曾潜入二十四间房疼爱女儿。唉唉，我倒瞎操心了。不知为何，我突然酸酸的，仿佛自己是个多余人。

这时星星过来牵我的手，虽然才见两次，第二次不过刚打照面，却儿时玩伴似的稔熟亲切。仗着和晶晶双胞胎资本，大咧咧喊我“弟弟”，还想摸我脑瓜亲热。幸亏晶晶果断阻击，正色道：“星星，你哪有弟弟，只有一个哥哥！”说完，假装撩风吹乱的鬓发，右手红玛瑙扳指灼亮晃眼。星星一头雾水，智商降到零点。我和姐姐同样大三岁，凭啥叫小三岁的“哥哥”？瓜畦国的强盗逻辑？四娘自然明白，包括女儿弯弯绕的小心思。她和少爷可也没少弯少绕，心思纺成线足足绕月亮三圈。于是道：“晶晶，这可是大先生家祖传的千万珍惜了。星星，姐姐叫你叫哥哥，你就叫哥哥好了。”

星星愈加困惑，委屈得泪水盈盈。怎么刚来个姐姐，阿娘就一心外向不疼自己，好像是外撇子。星星还太小，多年流连蜜罐里，哪像我和晶晶早在风雨里扑棱了。等她长大，无须解释，遇到独属自己的“月儿”就懂了。可惜长大并非遇到的充足条件，无数人都在生命的旅途上阴差阳错，浪费一生。晶晶自然珍惜这可遇不可求的缘，哪怕面对亲爱的妹妹，也像老母鸡张翅罩着我不容置喙。我满心欢喜，宛然万千宠爱一身，刚才的酸涩一闪而过。

那天四娘为我们做五六样姑苏糕点，秒杀庙会上所有大餐小吃。原材料预先弄好的。母爱真是伟大，一天天一年年珍藏着，随时准备奉献给亲爱的孩子。梅花糕，核桃酥，海棠云片，松子玫瑰……每一样都沾濡着母爱乳汁。尤其比百果蜜还甜的，我意外而又正常地晋升为“哥哥”。在二十四间房，本公子从来都是小布点，一不小心就被省略。现在高大阔气为哥哥，仿佛从今而后可顶天立地。其实乾坤朗朗，天哪会塌？纵使塌下来，爷爷少爷顶着，暂且还轮不到我的份。那就和晶晶一起吃梅花糕海棠云片，还不误沙滩上练习私奔的姿势。清风浪花红尾巴鲤鱼作证，那姿势定然分外好看……

四月初八正会，踏着锣鼓笙箫和十八条街巷的青石板，踏着鸡鸣狗吠和九寨三六村的期盼，如约而至。少爷即便心静如水，也没法安然侍弄茶花玫瑰了。庙会压轴万人空巷的，是蒋五爷马二姑奶奶门下校场大比武。少爷老王化被推举为裁判，无相大师当然是众望所归的主裁判。少爷做裁判不能说不够格，也不能说没有遗憾。其见识眼界，蒋五爷马二姑奶奶都心悦诚服。但少爷的武术造诣本来有限，又被二十年风花雪月腐蚀，恐怕所剩无几。少爷也不想逞能，可庙集武术界信他，十八条街巷的女人喜欢看他。少爷不得不勉为其难，抛头露面。男人校场争雄，如果没有女人摇旗呐喊，那些“巧笑美目”指指点点，多没劲哪！所以壮士的冲冠一怒，君王的烽火戏诸侯，说到底和社稷苍生屁关系。要么博红颜一笑，要么把丢失的女人抢回来。其实敢为爱拼命，也不枉男人一场。比那些动辄红颜祸水，自己缩头乌龟，还偏怪罪女人的正人君子，至少还像男人样。

庙集蒋马二家查拳，均出自山东杨氏一门。表面上开枝散叶，争奇斗艳，归根结底还是抱着同个根系生长。百年来虽不乏龃龉摩擦，大体上还较默契，相安无事。有时看似要出乱子，那是为吸引十八条街巷和九寨三十六村的眼球，做营销广告。仿佛青楼里闹绯闻隐私，奔的还是知名度和银子。当然其保家安民的作用，无论怎样夸耀都不夸张。太平年间，两家同样大小尺寸的杏黄旗呼啦啦迎风一展，想欺行霸市的都要规矩点。战乱年代灾荒年景，除开来的正规军旅祸害，残兵游勇土匪强盗，在庙集还不敢过于放肆。

蒋五爷为人中庸内敛，徒弟多为乡绅商铺家底殷实的后生。他们既为强身健体，更是维护家族利益的需要，很少惹是生非。马二姑奶奶罕有的巾帼英杰，豪侠仗义，三十丈开外须眉黯然。六十年前表哥王化退避三舍后，她郁郁独身，更其率性刚烈，收徒不拘一格，鱼龙混杂。哪怕刚脱枷的囚犯，骨瘦如柴的小乞丐，对上眼也照样入其门墙耍大刀。因此，徒儿们可没少给她添麻烦。好在马二姑奶奶从不怕麻烦，愈到晚年愈需要点麻烦撑着，以免孤独凄凉乘虚而入。那对女人心肝儿的蹂躏，可比岁月摧残容颜尤甚。

校场上早已人如蝼蚁，围得水泄不通，河坡杨柳树上都爬满勇敢的孩子。三面绣着虎狮豹的杏黄大旗，在二丈八尺高的松杉圆木上猎猎作响。平常偌大的擂台，突兀壮阔，此时淹没人潮人海里，仿佛汪洋大海里时隐时现的礁石。主席台上一排长桌，主裁判无相大师居中稳坐，宝相庄严，俨然定海神针。右边依次为少爷马二姑奶奶，左侧是王化蒋五爷。本来按资历排序，须发皓然的老掌柜应该坐无相大师右首，可他光天化日下仍和表妹避嫌，怕瓜田李下牵扯，躲左首逍遥去。马二姑奶奶很不屑，鼻子重重冷哼一声。少爷想笑又不好意思笑，忙给她斟桑茶泻火。马二姑奶奶仍悻悻然：臭小子现在倒会献殷勤，从前却赖娘胎里晚出生四十年，否则哪有表哥那个熊样的份。马二姑奶奶过于自信，总以为想得到的手到擒来。岂知生前没贿赂好月老，那根红线缥缈无所踪，哪能系住可心如意的缘来。

这一年一度的校场比武，看似龙争虎斗，轰轰烈烈。主席台上的五人都心知肚明，名次早已内定，平分秋色，走完程序即可。左侧一身白绸的蒋五爷爱徒，右侧一身黄锻的马二姑奶奶精英。各自三十六人方阵，威武雄壮，有金戈铁马之势。随着无相大师号令，团体个人徒手器械轮番上演。两个时辰风起云涌，高潮迭起，居然一弹指过去。老人忘了伸懒腰打哈欠，小孩忘了解手尿裤子，女人忘了胡乱擦汗花了脸蛋儿。小偷小摸忘了自己的职业，只顾瞪眼看擂台而错失周边的钱褡子。将来如被县衙捉拿判罪，那也是赖不掉的渎职罪。

按既定程序本该鸣金收兵，皆大欢喜，簇拥酒楼喝酒吹牛去。这次却给数万观众增加个特殊福利，可谓五十年一遇的大红包。原来蒋五爷马二姑奶奶均已耄耋之秋，尽管矍铄，但偶感风寒仍力有不逮，浑身功夫也并非钢铁之躯，才深知古人“哀吾生之须臾”的沉痛。暗自决定，借庙会盛举把各自首徒推出以代掌门，从此养怡之福要紧。名和利终归是虚的，多活几年才是硬道理。

蒋五爷大徒弟李云鹤气宇轩昂，四十年尽得师傅真传，隐隐有大家风范。马二姑奶奶悉心栽培的徐立本，年且花甲，一头灰白板寸根根直立，每一根都可当袖箭甩出，洞穿百步外的杨柳叶。此番加时赛表演，无疑是广而告之，庙集武林新时代开始了。长河后浪推前浪，眨眼间就要汇入大江大海澎湃。李徐果然不负众望，给师门争脸：一路母子，二路行手，三路飞脚，以至七路梅花，八路连环，九路龙摆尾；泼扫勾挂排，缠撩截拐点，无不酣畅淋漓，鬼神皆惊。数万观众目不暇接，唯恐遗漏精彩，恨不得鼻孔耳朵都改成眼珠子。老王化和少爷频频点头，无相大师拈须微笑。蒋五爷马二姑奶奶长舒一口气：一生敬献武术事业，总算可以完美收官了。

李云鹤徐立本收式，向恩师无相大师老王化少爷行大礼，向全场观众团团作揖。这时喝彩欢呼声爆响，远播四野。本台庙会压轴戏史无前例，人们忘情宣泄正欲作鸟兽散，只见一个略显稚气的蓝衫青年走上擂台。他先向主席台鞠躬，又向观众鞠躬，接着向李徐二位抱拳施礼，摆出“请指教”起手式。校场霎时静下来，大家以为又是一个大红包，可过瘾啦！蒋五爷马二姑奶奶从容淡定，王化无相大师若有所思，少爷微微皱起眉头。这个皱眉的小细节，恐怕全场没谁在意。不经意间都可能皱眉：突然虱子叮一口，眼里吹粒沙尘，心里闪过曾经擦肩而逝的女孩……当然还有好笑不好说的皱眉：譬如后窍吃紧不得不夹住，主席台可不方便“吹小响”。不管怎样，反正少爷皱一下眉，却让隐在台下观战的四娘心里荡开涟漪……

徐立本继承马二姑奶奶衣钵，连性格脾气也像其师克隆的。最好的教育，无疑是芝兰鲍鱼的熏陶。他决定十招之内把蓝衫青年放倒，一来扬名立万，二来压李云鹤一头，摆明此后庙集武林当以谁马首是瞻。确实没用十招，也确实有人倒下了，好像倒的姿势还不大好看。众人都以为是不知天高地厚的蓝衫青年，谁知徐立本却莫名其妙睡在地上，而且再不想起来。因为全身软麻麻舒服，好像刚被胡姬按摩过。摔打一甲子的成功男人，哪怕众目睽睽下，也有资格享受一点“异性”服务。李云鹤见势不妙，立即俯身推拿，半拉半抱将立本送回黄缎阵营还魂。然后回到蓝衫青年对面，气定神凝，心想谨把“守字诀”立于不败之地，再伺机而动。还是不到十个回合，又有人倒下了，不过李云鹤倒下后还能轻松跃起，漂亮地施礼认输，也不失潇洒。蓝衫青年回礼甚恭，然后标枪似的站着——是的，比标枪还要挺拔！

全场肃然，恍若一梦。长河上有大风吹过，杨柳枝好像也突然瑟瑟地要落叶满地了……

众人不约而同巴望主席台，不知演的哪出，该真心欢呼还是鼓噪喝倒彩？蒋五爷如坐针毡，强自镇定，自忖亲自下场未必倒下，也未必能放倒那杆标枪。无相大师出手，当然能制服这来路不明的野小子，可庙集武林颜面从此怕要大打折扣，像镀金的佛抠出一块泥巴，再难装模作样俯瞰众生。王化很欣幸早年急流勇退，擂台的确没有茶馆喝茶听老瞎子说书舒坦。这时马二姑奶奶豁然站起，轻哼一声，一身黄缎迎风招展。少爷不能再犹豫了，总要有人扛下来，但绝不能让前辈涉险犯难。至于成败荣辱，少爷一生都没这概念。做自己想做的该做的事，俯仰无愧天地，对得起大好生命足矣。

少爷一袭青衫，施施然走向擂台中央，走向那标枪似的蓝衫青年。太熟悉亲切了，好像就是二十年前的自己，也喜欢穿更亮的蓝。青春仿佛都是亮闪闪的，像三月的阳光，六月的瀑布，九月的天空。蓝衫青年好像也突然被阳光晃花眼，迎面的少爷似曾相识，至少梦里依稀见过，一时竟想不起名字，不觉羞赧一笑。殊不知四娘手里的梅花针都握出水，只要少爷遇险，管它什么武林擂台规矩，哪怕与全世界为敌也豁出去。但这必定还是校场，蓝衫青年显然衔命而来，岂能因为和少爷的似曾相识就一笑而过。世事无常，造化弄人，有的明明可做生死之交的朋友，偏偏阴差阳错为生死相决。那就仰天浮三大白，大笑三声，大哭三声，快意恩仇一弹指吧！

蓝衫青年重回标枪状态，纵然折断也是标枪姿势，青年人的志气都写在脸上。少爷微微一笑，成竹在胸。先凭凌波微步周旋，合适时就地躺下，以衬托标枪的挺拔。尽量躺得好看一点，舒服一点，像在沙滩上晒太阳。站着真是辛苦，青年人不经磨砺领悟不到躺着的妙处。而少数人勉强悟到此境界，怕又要永远躺着了。

突然一道黑影，一把抓横亘俩人之间："你是二十四间房少爷，能不出手还是不出手的好。"他对着标枪缓缓推出一掌，蓝衫青年甚是凝重，收腹沉胯双掌接过。俩人都像钉在地上，方寸间电光石火交换八八六十四掌，少爷眼睛似乎都不够用。这时标枪已陷三分，一把抓千层底布鞋还稳稳浮在沙粒上。他收回掌力，蓝衫青年纳头便拜："师叔，师父命我请您小聚。可庙会人山人海，侄儿鲁莽出此下策，好引您老人家现身。请恕侄儿无礼！"一把抓含笑道："还不向无相大师老掌柜请安，向马二姑奶奶蒋五爷请罪，向李徐师兄赔礼。"他没说少爷，好像少爷是自家人，多礼反而见外了。

庙会压轴的校场大比武，还是有惊无险压下来，而且比往年都压得刺激圆满。人们余兴未尽，奢望还有大红包从天而降，可擂台已是白地。虎狮豹三面杏黄大旗，也和夕阳一起从松杉圆木上落下半杆。整个庙会已近尾声，异乡商贾杂耍娱乐，开始拆篷打包牵着猴子山羊散去。有些商贾还剩些货底，就近找熟识的商铺一折两折清仓处理，甚至还相邀喝两口依依惜别。这样回去不但风一样轻快，更重要的是联络情感，埋下伏笔，明年庙会卷土重来好有个照应。光阴似箭，日月如梭，明年的四月八好像说到就到了。

十八条街巷和九寨三十六村闲人，依然在青石板徘徊。捡拾花絮，消遣这几天脑满肠肥的美食和故事。有的还直瞅青石板缝隙，看有没有滚落陷进的铜板碎银。据说前梅湾有个少年，贼精贼精，每年逢会起早贪黑，专门搜索十八条街巷的青石板。这十天半月的收获，居然比一般做小生意的丰硕。当然，多数还是为守着看烟花。庙集习俗：“有钱没钱，放挂鞭炮好过年；有事没事，放架烟花好无事。”意思是过年放炮，庙会放烟花，吉祥如意。其实人生辛苦打拼，无论官商民匪，不都是想图个“吉祥如意”吗？

放烟花不必组织，一街两巷自愿。这几天赚不少银子的，赚的不多图个高兴吉利的，哪怕就为四指宽脸面，也要弄几筒火树银花。这本在意料之中，意料之外的是码头漕帮悄然崛起，也要昭示在古楚大地的存在。酉时三刻，从江南两湖采购的三百箱上等烟花，在涡河中心六条大船上同时燃放：大地红，啄木鸟，旋风雷，桃李争艳，天女散花……本来落潮的十万众生，骤然从四面八方涌向三桥四桥，涌向燃放烟花爆竹的艨艟斗舰。后来粗略统计：踩死三人，淹死九人，重伤四十八人，遗弃鞋子三麻包；失踪人数不详，轻伤人数不详，撞坏损毁的物品设施不详。在无数疯狂踩踏的同时，另一座庞大的百年烟火库轰然爆响，盖过所有的哭喊声叫骂声浪涛声……

“五谷粮仓”失火了！

第十六章　龙亭

龙亭里没有龙，只有一个孤独的少爷在喝酒。

世上有很多种酒，很多种喝法，而孤独地自斟自饮只有一种。

心境好时满眼美酒。二十四间房的少爷，当然有资格有能力泡在美酒里。他别有根芽，从不想苦心劳力，只负责把老爷酿的酒装进臭皮囊；以免过期浪费，糟蹋那么多粮食。这个使命也接近尾声。光喝不酿，再多都有喝透亮的时候，少爷也该见老爷交差了。

心境不佳的日子也防不胜防。老爷酿的酒把少爷辣出两眼泪，还不许人看见，一肚皮苦涩。今天极不寻常：少爷一杯一杯，喝水喝尿都不如，好像杯中满盈盈虚无。生活对少爷可真眷顾，啥样滋味都尝遍。管它好喝不好喝，少爷都必须坚持喝下去。

这是命，前世今生，谁又能拒绝自己的命呢！

少爷的命有时太好了，好得全世界嫉妒。花巷对酌，一大坛十六年姑苏女儿红，盎然着杏花春雨的香。四娘轻易不沾酒，一旦沾起来都是少爷先醉，端着酒杯找不到嘴。两眼痴望四娘，孩子似的一脸无邪的笑容。平时口吐莲花的舌头，仿佛雨中的芭蕉叶，吟不出“凿破昆仑作玉楼”的雄豪。此时少爷最像少爷，也最不像少爷，却能让四娘心疼得哭花妆。四娘想给少爷醒酒，又想让少爷永远醉在怀抱里，没有烦恼忧伤，再不会突然离去。少爷本不属于俗世，四娘的怀抱才是他温暖的家。家里还有女儿红中的极品，嫦娥七仙女也未必有——四娘的两只大白鸽只要被少爷裹着，真是神奇，一会儿就有琼浆玉液汩汩流淌。少爷嘴角四溢，贪婪而又无措得像个让奶的婴儿。少爷也许会醒酒，也许醉得更厉害啦……

少爷的命有时又太糟，糟得连野狗宁愿饿死冻毙也不想托生人。少爷只好藏酒里，很深很深，酒花也不冒。四娘招魂似的呼唤听不到一丝回声。少爷常这样玩失踪，让酒精麻痹灵魂。今后也不必如此麻烦：酒已无味，少爷也心似草灰，比八百年前的苏东坡彻底。人家尚有黄州惠州儋州聊以自慰，身如不系之舟浪迹天涯。少爷终其一生，好像都没能走出庙集，走出十八条街巷的青石板。

少爷好时糟时都在龙亭喝酒吟诗，龙亭里好像有少爷的魂。四娘也曾黏到这里，反正少爷喜欢的地方，四娘都要黏一遍。她要黏住少爷的魂儿，还要黏着少爷走过的泥土。

那是暮春三月，姑苏已杂花生树群莺乱飞。花巷还有些许微寒，四娘说不出的慵懒寂寞。于是趁月明星稀，缠着少爷溜出庭院，漫过老街青石板红灯笼，拖缰沟大石桥上凭栏远眺：长河里渔火桅樯跳荡的星月，梦幻朦胧。少爷低声教四娘儿歌：

大石桥，万丈高。

二百（碑）担一空。

铁帮铜底，玉石栏杆……

这是大唐传下的。庙集大人孩娃倒背如流，四娘不会怎能算少爷的女人呢？四娘听两遍就滚瓜烂熟，谦逊地请少爷“指教”，撒娇讨赏。少爷心领神会，给四娘长长的热吻赛过红高粱。

月夜春游本该收工，而四娘游兴才刚开始。她要少爷牵手在沙滩上赤足奔跑，好像比姑苏河畔撑着油纸伞漫步，美哉快哉！少爷耳朵软腻逾棉花糖，任凭四娘揉捏可心花样。俩人疯癫到张家庄渡口。阮二手见是少爷假寐，怕羞了这对玉人儿。其实哪羞得了？四娘杏花春雨的灵魂里，蕴含着干将莫邪的锋锐。此刻豪兴逸飞，干脆顺便拐二十四房探幽，那可是亲亲婆家啊！那时少奶奶还在，少爷不好意思唐突，便哄四娘请神桑为媒，小夫妻对月戏拜，像董永七仙女老槐树下缘定三生。四娘觉得好玩，便和少爷屁颠颠折腾。四娘累了，少爷青衫裹怀抱里，划船龙亭。一股风老塘升起，掠过龙亭，柳絮儿飘落青衫上。一时花香体香，少爷又醉了。轻轻吟道：

风起龙亭不寻常，暮春三月转清凉。

心闲不逐白云起，一任衣襟落花香。

每年庙会散后，少爷都要在龙亭邀月小酌。又快午收了，一河两岸的麦浪层层叠叠，月夜下的麦香浮浮荡荡。少爷忍不住拍着栏杆清唱：“麦穗雨晴迷野岸，桃花风急满溪流。隔林布谷如相应，更酌丹泉为少留。”少爷恨不得有千亿双眼睛，千亿只鼻孔，附在每一颗麦穗上，和可爱的麦穗一同呼吸成熟，完成今生饱满金黄的生命。唉唉，人是一株麦子多好，下辈子能托生麦子吗？

今年的午收原本更好。少爷和五谷粮仓签约：二百亩清沙地“当”掉，少爷再痛痛快快败次家。反正五谷粮仓是老爷创建，新主子也姓张，败也没败给外人。另二百亩，少爷心中有数，争取尽快败出去。届时一身轻松，腋下生出翅膀携四娘飞向梦里的江南。四娘离开姑苏十三年，最芬芳的生命都给了少爷。少爷无以为报，能让女人开花结果时荣归故里，整理荒芜庭院，给逝去的亲人上香磕头祭奠，也算小小的补偿。少爷想得很美，最近常在梦中笑醒。然而四月初八那场大火，一切都烧光了。疏狂，怯懦，抗争，狼狈——命中注定的劫数劈头盖脸奔来，躲无可躲藏无可藏，孬也孬不掉。

八十年后，那场浩劫噩梦依然挥之不散。能烧的都烧了，梁檩竹子箩筐小麦黄豆玉米高粱……除了砖瓦石头还是砖瓦石头，地下三尺好像都烧成一整块岩石。有人贪图地下有老爷埋藏的金银财宝，疯狂开挖——镢头断头，抓钩崩齿，铁镐卷刃。几个莽汉虎口震得鲜血淋漓，使尽吃奶喝尿劲啃出的红土，突然像强弩怒射的箭镞，把其中一只鲜活的眼球射淌。庙集人纷纷传言，这是老爷大小姐显灵：五谷粮仓烧成炼狱也自有归属，岂容他人觊觎。

五谷粮仓火势蓬勃时，码头漕帮河当心烟花正盛，数万人踩塌溺水混乱不堪，根本无法组织扑救，眼睁睁看它煎熬一夜。天明昏昏，烟雾覆盖十八条街巷和好几里河面，往日穿梭如林的桅帆岿然不动。纤夫脚夫们傻傻瞪着初升的太阳，混沌成残冬干瘪的小橘子。休说天狗懒得吃，一只麻雀也能啄为碎屑化作沙粒似的屎尿……

水火无情，确是切肤之痛的至理名言。自从小青龙拱出涡河，庙集水患基本绝迹。当年四海龙王震怒，累得吐血遗精淌白沫，滔滔洪峰还是乖乖溜回长江复归四海。一河碧波百舸争流，灌溉千里沃野，分明是有情多情了。失火意外不能说没有，灶头炕房柴垛闹点小动静。粮仓失火闻所未闻，那是根本不可能的事儿。

庙集尚武崇文："锄禾日当午，汗滴禾下土。谁知盘中餐，粒粒皆辛苦。"这首诗家喻户晓，饭桌上的教育最为普及。粮食远超金子银子，那是命根子。谁敢对命根子等闲视之，谁又不把命根子看稳看牢，何况固若金汤的五谷粮仓？老爷当初用最好的防火材料，立下最严的规矩。照明全是南国羊城的西洋马灯，油纸竹篾的红灯笼不得进门。不许粮仓抽烟，老爷烟瘾发作，也要跑大门外一丈远吐烟圈，熄灭最后一个火星方可转身。金陵定制十二口大水缸，每口都足以装十石水以上。为防止隆冬结冰冻实，万一出事误急，水缸都深埋院里保暖，仅留四指木盖麻包加封，确保零度以上的液体状态。可谓"秣马厉兵，枕戈待旦"。结果还是一炬焦土，灰飞烟灭。

这火烧得实在蹊跷：戊时风平浪静，白云倦于漂泊，树叶儿懒得拍巴掌，长河上六帆大船如履平地。烟花直射夜空，炮皮残灰几乎全落在方圆丈内的河面上，有小雨泼洒的嘈嘈切切。五谷粮仓防范之严，甭说意外失火，有意纵火也很难烧成气候。木竹檩条多数镶嵌在砖泥石罅里，一囤一室粮食密不透风。虽说可做燃料，沤烟暗火容易，熊熊燃烧何等艰辛。而纵火必须潜入粮仓，院墙都在丈二以上，顶端布满倒钩铁蒺藜，老鼠休想钻进来，小鸟也不轻易招惹。为几粒糊口的仓粟冒如此风险，还不如野地里捕捉虫儿草籽。这样一块铁板禁地，竟然说烧就烧没了。放在十个时辰之前，庙集所有疯子算命先生打破头都不敢想。爷爷夜观天象，也未见丝毫端倪。

五谷粮仓大掌柜宅心仁厚，最近几年十八条街巷买粮的商铺，九寨三十六村卖粮的农夫有口皆碑。初八下午，他破例给所有伙计放假，二查柜要陪他也被笑着轰出门。庙会尾声有极便宜的货底，还不到平常三折。伙计们收拾些，可哄得一家老婆孩子欢喜。做好男人不容易，成功背后一抓一把泪啊！他沿廊道巡视库房，角角落落瞅遍，这才放心插上大门，喝茶养神。他要静下来捋捋思绪，最近的事很多很烦，累心更累腿。他从小麻痹症的左腿好像又短一点，走起来更瘸了。但再累再烦也值，和二十四间房少爷达成一个漂亮的协议，大概是他一生的骄傲。这无关生意买卖，总算了却父辈们一桩心愿。尽管济南府清泉无数，可爷爷爹爹念叨的还是小青龙拱出的河水甜呦……他突然闻到火药味油烟味焦煳味，还有几声磔磔怪笑。五谷粮仓所有房间，好像同时爆炸起火。霎时浓烟滚滚，火龙飞舞。他扑向一口大水缸，也许想舀水救火，也许本能地跳水逃命。当所有能烧的都烧了，地下三尺泥土都烧透亮时，他也被活活煮成一缸烂肉……

爷爷不知抹多少老泪，积攒一辈子的泪水，这几天海海漫漫干了。爷爷心碎大掌柜煮烂的肉，更痛惜祖爷爷书写的“五谷粮仓”匾额，却也怀璧其罪做了祭品。除“龙兴寺”外，这是祖爷爷最有价值的墨宝。开启和老爷七代人情义，祝氏一门赢得“大先生”的光荣。“君子之泽，五世而斩”，何况绵延七世，已经是个奇迹。无论怎样努力，好像都走不出历史的铁律怪圈。爷爷力所能及的，就是蹒跚废墟兜包冷灰，撒在老爷祖爷爷坟头焚香祈祷。五谷粮仓是二十四间房的根，魂兮归来，二十四棵松柏墓田呼唤所有亡灵回家……

据说那夜，二十四棵松柏树上翔集无数鸟儿，久别重逢似的叽叽喳喳一夜。天亮前神秘消逝了。张家庄几个失眠老人，听得真真切切。自古鸟儿聚集从没征求过人类意见，还要签字盖章批准。奇就奇在，天明树下竟没掉一粒鸟粪，也没见一片羽毛……

五谷粮仓失火一定是仇家所为，这是铁案无疑。但想寻找蛛丝马迹，简直大海捞针。现场早被烧成焦土，上万人围观践踏面目全非。老爷当年从垃圾坑建造五谷粮仓，硬生生把老街拽出半里多地。哪有仇家呢？近几年，瘸腿大掌柜费尽千辛万苦，按游戏规则亦步亦趋，凭的是道义和真金白银。有智者推测，大掌柜姓张，莫非是老爷后人卷土重来？庙集那几大家族，眼看二十四间房重新崛起，且有超越当年之势，暗中联手做掉的。更有秘闻传出：少爷才是幕后黑手，他“当”的二百亩清沙地便是铁证，倾涡河之水也洗不清身子。一把火五谷粮仓没了，“当”地契约也永远失踪。兵不血刃，二百亩地带几车银子重回少爷手里。那可是涡河边，小青龙拱出的最肥沃的泥土。神仙都眼红，以防夜长梦多，还是煮一缸烂肉保险。何况他们祖辈就擅长同根相煎，自掘坟墓，要不咋发配流放各奔东西呢！

热闹永远属于闲人们。少爷从不屑争版权，他继续在龙亭喝酒。这是第三天的第三坛，也是老爷留下的最后几坛之一。少爷苦笑：有人酿酒就有人喝酒，粮食装肚里总不算败家吧。人们歌颂创业的辉煌，却不晓得败家的辛苦。况且从当家就败家，有始有终，这份担当也隐隐有老爷的影子。老爷注定在二十四棵松柏墓田享香火祭祀，少爷却不知流放哪里做孤魂野鬼，败家的下场从来都不好看。

今天破例加盆辣子鸡。鸡是丑时越过哨楼扔来的，那劲真不小。没有头，扑棱棱一地血。二郎神叫得凶，少爷抚摸脑袋让其安静，担心把我和晶晶惊醒。其实这几夜，甭说爷爷睡不着，我和晶晶梦里也睁一只眼，当然瞒不过我们。为了安慰可怜的少爷，我们像古砖老石一样沉默，假装还是瞎屁不知的玩孩。当孩子学会假装孩子，那就真的长大了。少爷叫巩氏夫妇把断头鸡收拾干净，做好藏笼里。他不想让我和晶晶发现，更不愿让俺俩尝一口。少爷清楚：那样我们会把肠子呕出来，一生留下呕吐根儿。少爷只等月亮爬上柳梢，他的一个好兄弟来了下酒。第三天了，那个兄弟一定会来！

该来的总要来，想留的也总留不住。这缤纷的人生啊——无论好的坏的，都要坦然面对，悉数接纳。不然你又能怎样：搬石头砸天，还是活活被屁憋死？

罗锅喝三碗酒，吃三大块肉，还从老塘舀三碗水一饮而尽。这三天一粒米一滴水未沾牙缝，全凭一口气撑着。直到他吃完喝完这些，才有力气张开眼看着少爷。黑黝黝的花生圆盘还在，好像和他的命长在一起，命在圆盘在！可惜圆盘里一颗面花生焦蚕豆也没有，干干净净。本来罗锅和少爷喝酒，一定要配这两样下酒菜。不配这两样，他好像心不安，不好意思喝少爷的酒。有人占便宜能占出习惯天理，似乎全世界都欠他的。罗锅不是这样的人，他是不小心卖光了，还是这三天根本没做生意，或者干脆就奔着鸿门宴撕破脸，无须再虚情假意掩饰。老祖宗留下的面具，有几个能坚持戴到墓穴呢！

五谷粮仓瘸腿大掌柜，其实是罗锅的少东家。罗锅当年刀快人豪，亦正亦邪，终被泰山三雄打断脊椎抛下水沟等死。少东家爹爹救起，遍请济南府名医，还是落下"罗锅"残疾。从此隐姓埋名，醉酒度日，自研下酒菜面花生焦蚕豆。后来少东家回庙集收购五谷粮仓，罗锅以卖面花生焦蚕豆为掩护，暗暗保护。很快和少爷臭味相投，成铁磁酒搭子。少爷和五谷粮仓的契约，罗锅自然清清楚楚。传出的秘闻确实不虚，少爷是五谷粮仓焚毁的最大受益者，也是概率最大的杀人纵火犯——当然也不排除第三者"一箭双雕"的阴毒。

罗锅的手一如既往的稳，泰山崩于前也不会颤动。大男人快意恩仇，用刀能解决的问题，何必再糊弄婆婆妈妈的面花生焦蚕豆。何况少爷又那么欣赏他的刀——那是从魔教天涯明月刀演化淬砺而来的。其英豪霸道的刀魂，屡屡让少爷击节而歌：

大刀在我手，乾坤任我游。

饮不尽英雄血，砍不完仇人头……

“兄弟，把刀亮出来吧!”少爷直截了当。好像等了三天已等得不耐烦，等完了所有耐心。金子的情义，也搁不住光阴敲打。“兄弟”二字平平淡淡，还是让罗锅心里揪紧。

罗锅这个桀骜不驯的汉子，从素昧平生到相识相知，好像都很听少爷的话。人和人的缘法，不守逻辑没法解释。罗锅从黑沉沉的圆盘下豁然抽出一把刀，果然很亮很亮，宛若昆仑之巅凌霄的结晶。月光照耀下，从龙亭反射水面一波波银光，荡开一层层涟漪。但见两条红尾巴鲤鱼，摇头摆尾嬉戏。俩小屁鱼儿不懂事，此时还如此贪玩。也许一眨眼，少爷的血会把它们的红尾巴染得更红了。

少爷整整青衫。这几天老喝酒坐着，坐着喝酒，恐怕爬上褶皱影响形象。少爷被十八条街巷誉为玉树临风，不仅里子风骚，面子好看，衣着细节也经得起推敲。不然四娘会笑他土财主，少爷要羞得找根月光爬歪脖子树上吊。万一勒不死，屁股跌满泥沙，四娘非笑岔气不可。好在罗锅的刀吹毛立断，见鬼杀鬼，遇神斩神，不必麻烦月光出洋相。龙亭很静，红尾巴难消受这扑面的杀气，遁水底逃生。徒留一朵朵浪花寂寞地开着，开给谁看呢？远处有孩子闹夜的哭声，很奇怪灵异的二郎神，却吝啬得不肯汪汪几声相送。哮天犬啊，让少爷孤独地走，对得起少爷十年来辛苦喂你的肉骨头吗？

感恩四月的大地，感恩神农氏传下的种子，长河边阵阵麦香袭来。少爷张大嘴，似要将麦香都吸进五脏六腑里——也许这是人世间最后一口美好的空气了。甭说一介书生，一条真龙也难逃魔刀劫数。何况魔刀主人也因为少东家的死深陷魔咒，只有同归于尽。最后一弹指，少爷也要饱餐最后一口馨香自由的空气。这是小青龙拱出的长河沃野的馈赠，也带着二十四棵松柏墓田的厚爱。

少爷本想处理完四百亩清沙地，把四娘星星接回家，往后守着墓田也能吃个大饱。每天看四娘“当窗理云鬓，对镜贴花黄”，至少可省一顿饭。古人云“秀色可餐”，并非书生浪子穷开心，大有道理。少爷面对波光粼粼的老塘笑了，依然干净无邪的笑容。风缭乱头发，少爷以指当梳篦几下。这还是四娘教他的：人不可能身边随时有梳子，手指头总随身带着。妙哉四娘——生活的确美好，人生横竖还不赖。少爷留给明月碧波，也应该是好看的样子。

罗锅的手依旧很稳，尽管心里倒海翻江，一流刀客都被岁月淬砺得波澜不惊。他凝视少爷，瞳孔收缩，额上青筋条条凸起，仿佛紫红的老蚯蚓。显然凝聚全身功力，就要爆发毕生最痛苦的雷霆一击。谁面对最好的兄弟朋友诀别，都要先把自己的命掏出来，魂榨出来，此后余生，徒留行尸走肉的空壳。但魔刀在手，不得不发！骤见寒光一闪，势比月光豪华，雷电迅疾，旋机又收进黑沉沉的面花生圆盘下。少爷居然没有倒，也没有血溅五步，好整以暇地弹弹青衫，仿佛残留着月光腐蚀的痕迹。然后从青衫里拽出块白布，密密麻麻的蝇头小楷，还盖着两个鲜红指印。这时，龙亭西北角横斜的碗口粗的柳杈带着枝叶，齐刷刷跌落老塘里，溅起好爽的阵雨。

“契约有两份？这是少爷的一份？”罗锅满脸疑惑。

“你以为丹书铁券，我还要留一份光荣。败家契约就这一份，完全属于你少东家。他十天前说有人想把契约‘当’走，怕有闪失，承蒙看得起，让我暂且保存。”少爷说到这儿，泪光闪烁，白布契约无风自动。蝌蚪似的文字仿佛要踊跃爬出，跳进老塘戏耍。那两个鲜红指印，骤然幻作不甘的眼睛喷出血来。早知窝囊为水缸大掌柜烂肉，何如堂堂正正的少东家火里涅槃。少爷哽咽不能自抑：“我不杀伯仁，伯仁因我而死。带回济南府，给你老东家吧！”

“好的，少爷。”罗锅接过白布契约，也塞在黑黝黝的面花生圆盘下。这平淡而又古怪的花生盘，好像有无数暗洞，不知藏多少宝贝。有的能要人的命，有的比命更值钱。罗锅道：“等我砍掉仇人的头，再带着契约和自己的头以谢老东家！”

罗锅血脉偾张，激愤壮烈，仿佛置身西瓜地满眼头颅滚滚。少爷脸色惨白，目光茫然，说不出的疲惫忧伤，好像连听话的力气也没有。他倚在龙亭上，似乎没有龙亭支撑，立马散架葬身老塘成一摊稀泥。额头上虚汗点点，浮动着迷蒙的月色雾岚。罗锅本来要走了，但见少爷可怜的样子，怎么也抬不起脚，好像被无形地钉在龙亭。这个粗豪漂泊的汉子，娘走了没哭，少东家死了没掉眼泪，此时却为少爷两眼酸酸的钻进虫子，怎么也揉不干。非要再喝一碗酒，鲸吞一碗烧刀子，才有勇气把虫子赶开。自古酒壮英雄胆，也壮怂人胆，罗锅面对少爷怂一下，谁又敢说不是有情有义的英雄！

“少爷，保重！”

罗锅很惊讶自己的语气，好像刚才喝的不是酒，而是女人坐月子的红糖疙瘩汤。一张嘴，竟然新生母亲似的温柔忸怩。他有点尴尬，干咳一声，自然带出几十年练就的丹田之气。那咳声便恢宏地在老塘上荡漾，引得张家庄的狗儿叫来吠去，久久不散。二郎神颇有定力，不过支棱起耳朵摇摇尾巴。它不愿打扰少爷，少爷和朋友应该有重要的事交代。此地一别，恐怕再没有诉说的机会。许多看似平淡的小别离，我们连“再见”也懒得出口，以为不过转一圈，其酒尚温。谁知竟天人永隔，再也不见。古人深感人生悲悯无奈，温婉叮咛：“还将旧时意，怜取眼前人。”细细咂摸，都是泪啊！

“少爷，大前天我看有些外来人，可都不是善茬……”

罗锅神态肃然，语气也缓慢推敲，仿佛沉浸在思考里。能促使罗锅思考的东西，显然相当严重。尽管少爷如此倦怠，也不得不实言相告，以作应策。山雨欲来，黑云压城，总该准备一顶斗笠一把油纸伞。哪怕击穿撕碎不顶事儿，手里总算有护命的家伙。

罗锅所说的大前天，就是四月初八傍晚。夕阳隐去余晖，十八条街巷的红灯笼开始点亮，商铺零零星星燃放烟花爆竹。人们余兴犹在，码头漕帮的大船缓缓驶向河心，五谷粮仓依然无恙。

四娘正扯着星星遛街。星星喜欢看烟花出神，十二岁的少女也该有自己绚丽缤纷的梦吧。四娘却深知烟花易冷，瞬间繁华却要拼一生凋谢死寂为代价。哪如庭院的山茶玫瑰，风来起舞，蝶来啜香，花瓣陨落化作花肥明年愈加娇妍。但她缠不过女儿，天下母亲没几个能缠过女儿的，只好牵她的手随便走走。不过四娘心里也有个甜蜜的骄傲，无论何时，少爷总缠不过她。姑且记下账单，有一天统统从少爷身上加倍缠回来。她要将少爷缠作姑苏小麻花细嚼慢咽，缠成庙集红头绳扎发辫上，和自己的千万缕青丝永永远远缠在一起。缠完今生再缠来世，谁也不许跑。她还要少爷牵她的手漫步塘古街，让一街两巷女人眼馋。然后游留园虎丘，少爷看过洗剑池，就该移步西施井为她濯发梳妆，引来满坡蝴蝶。看不把西施羡煞，以为傍上范蠡就多了不起？四娘愈想愈美，不自禁笑出鲜花模样，风情万种。

黑衣人围上来。甭说街痞流氓有犯罪冲动，正人君子见四娘也心猿意马。四娘今天心情不错，能避让则避让，毕竟自己也担一份责任。如果美也会害人，今生今世只害少爷一人足矣。想到少爷，笑意又要从心底喷薄而出，漫到香颊僵住了。黑衣人随随便便一站，四娘发现前后左右都被封死。而且似曾相识，偏偏一个也想不起。年长领头的似笑非笑："四娘，别来无恙，愈加俊俏了。梅花针呢？都给少爷绣荷包了。"捏着庙集土腔，却掩不住吴侬软语的糯腻。

四娘大惊，十三年逃不出的噩梦就在眼前。表面仍装作若无其事："远方来的哥哥，不在家陪嫂嫂吃梅花糕，倒在这大街上喝干醋。梅花针确实适合给少爷绣荷包，也能绣……"四娘一把梅花针正要撒出满天花雨，一只极速旋转的圆盘横空飞来，盘里的面花生纷纷向那几个黑衣人射去，击中立开，壳里的花生仁却弹给四娘。四娘蝶一样飘舞，口咬手抄，一个也不让其落下。还忙里偷闲道谢："罗哥哥，面花生天下一绝，多谢多谢啦！"黑衣人好像悉数被打中穴道，封住经脉，一个个泥塑木偶。四娘飘来飘去都纹丝不动，梅花针绣过眼皮也不眨。整个街巷看呆了，以为又是奇人异士蹭庙会余热，表演杂耍。可惜晚了，没卖出好价钱。若放校场擂台，蒋五爷马二姑奶奶难免尴尬。星星看得十分过瘾，娇笑着拍手叫好。

少爷刚才连听话的力气也没有，这时毅然独立，一脸凝重。罗锅低下头："少爷，我实在低估了他们……"这可不是一般低估，完全掉入人家圈套，难怪五谷粮仓烧得那么干净。罗锅继续道："我一直感觉背后有个人没动，冷眼旁观。转身不见，鬼影似的甩不掉。我的脊背三十年不出冷汗，那晚还是湿透了……"

少爷仰天长叹，仿佛借机放松一下，吐口憋几天的闷气。然后看着罗锅："你的花生根本封不住穴道，他们没有动；四娘的梅花针绣过去，居然眼皮也不眨，任其绣针眼儿。这份定力胆识，不知比武功可怕多少倍。如果不是试探着玩，或者用玩的形式耗住你们，恐怕你和四娘已遭不测。唉，四娘实在不该出手，但归根结底他们是冲二十四间房来的。我走了，一了百了……"

"少爷，你千万不能这样想。你是大树能庇护好多人……"罗锅欲言又止。少爷知道他是直肠子，夹不一弹指热屁。"少爷，我来时遇到无相大师。大师说有人捎话给他：这是家务事，自己解决，不麻烦庙集武林帮忙。大师让我转告你——家里的事能有什么大事，鸡毛蒜皮上不了秤星。少爷吃好睡好就好。我还有半包谷雨雀舌，虽没有神桑叶神奇，少爷不妨闲来品两盅，一消暑气。"

少爷极是感激，敛衣合十，向龙兴寺方向连拜三拜。好像无相大师就盘膝端坐老塘莲花上拈须微笑，少爷受了感染也笑了。如此清风明月良师诤友，何不开怀一笑？人生来不是受苦的，能笑还是尽量多笑一点，谁知道下一刻能否笑得出？少爷依然天真自负："罗兄放心。除非我自己想倒，放眼江湖，还没几个配做本少爷对手。大师教导的是，鸡毛蒜皮家务事，何足道哉。"

少爷心里明白，强敌环伺，生存死亡近在咫尺。恨固然能激发斗志，唤醒绝地反击的潜能，但爱才是人世间最伟大的力量！对家人的爱，朋友的爱，故土的爱，尤其是生命深处岩浆般炽热滚烫的爱情，没有什么可以阻挡！少爷大笑三声，小小酒碗再也盛不住这泼天的豪迈，举坛独倾。罗锅将花生圆盘抛向老塘，纵身一跃，脚尖轻点，那圆盘带着罗锅箭似的射向对岸，转眼没入茫茫月夜里。少爷掷去酒坛，对着罗锅消逝的背影朗朗而歌：

一饮江湖便自豪，乾坤扯淡杜康消。

老子笑看世间事，不说何因缘何了。

爷爷撒完五谷粮仓死灰，也许大彻大悟，也许也随之心如死灰。他不再管我和晶晶"子曰诗云"，也不再观天象叹息，他老人家叹息一生也该歇歇了。况且天象在天不在人，一肚皮墨水也没鸟用。我像栅栏里的小兽，突然放归山林撒野，亢奋之后还真有点茫然，很想重找栅栏倚靠有安全感。好在晶晶天生是我的栅栏，从前用拧耳朵以示自由的边界，不可横冲直撞。现在下厨炒菜，以收服我的肠胃，并且让我老老实实烧锅打下手，仿佛预演未来日子的图景。如果晶晶真喜欢做饭，我觉得烧锅就是我这辈子的事业。袅袅炊烟极像晶晶的千万缕青丝，非常好看，也非常好闻。

晶晶炒辣椒鸡蛋，麻油倒小半瓶，炸的橙黄翠绿，透亮诱人。然后纤纤玉手翻来覆去着锅铲，花生米油锅里唱着嘹亮的歌。可惜我太想表现，纵火无度，把一些正好金黄的烫黑了。看似羊屎蛋，吃着微苦，可我和晶晶都抢着吃。因为我多吃一颗，晶晶就少吃一颗。晶晶肯定也是这心思，抢的嘴唇都染黑了，也顾不得手绢擦。一会儿，剩下半盘全是一颗颗金珠子。我和晶晶相视一笑，刚才好像打一场甜蜜激烈的仗，算是平手，也可谓漂亮的双赢。每天都和晶晶这样抢羊屎蛋，晶晶也能把我养成活蹦乱跳的小肥猪。

一般人肠胃是母亲培养的。走过千里万里，吃遍山珍海味，最后馋的还是母亲小时做的那几样。我的肠胃是晶晶培养的，虽然就那么几次，最多不超过一把手，居然一生都馋油炸花生和辣椒鸡蛋。罗锅面花生天下一绝，偶尔也会回味一下，但思之念之的依然是抢着吃的“羊屎蛋”。后来我天南地北寻找晶晶，最疯狂的是尾随一群羊七天七夜；坚信顺着羊屎蛋的方向，一定能和晶晶团聚。

辣椒鸡蛋，是庙集酒店和九寨三十六村的家常菜。农夫几乎家家养鸡，户户种辣椒，原材料方便不用钱买。晶晶的麻油炸法，误打误撞为特色，真香！我鸭子似的嘟噜，嘴角油渍淋漓舍不得揩掉。晶晶很欣赏我的土匪吃法，水灵灵大眼睛漾满笑意。她花手绢给我擦手，又沾沾嘴角，倒两杯酒，自己端一杯，努嘴示意我端另一杯。我没动，老爷的红高粱后劲十足，能从舌尖辣过嗓跟，在肠胃转十八圈还是辣啊！当初少爷哄我，也是我逞能陪少爷实验几次，哪次不天旋地转？不能再让晶晶享受了。于是道："晶晶，喝酒是男人的事。女孩子炒花生鸡蛋。我保证给你烧好锅，再有羊屎蛋都算我的。"

"月儿，我说过陪你喝，哪能不算数。"晶晶确实这样说过，以为戏说闹着玩。晶晶却像大小姐，骨子里有一诺千金的侠气。其实，我更喜欢晶晶克隆四娘杏花春雨的灵气。古人总叹息鱼和熊掌不可兼得，岂知红拂苏小小，同时在晶晶身上脱生还魂呢！

"晶晶，总得再等几年，至少十六岁吧！"四娘第一次陪少爷，好像就是十六岁，女孩最芬芳的季节。

"不，月儿，再等几年我就成老太婆啦。"

晶晶笑靥如花，眼眸电过来，大片浅蓝的眼白春水涌动。我突然想跳进去游泳，像红尾巴鲤鱼那样调皮吐泡泡。晶晶会爱抚我的小脸蛋，娇嗔道："月儿，别闹别闹，奶奶打屁屁。"我岂能容许晶晶拽我两辈，于是严正声明："晶晶，你永远都是十二岁！"是的十二岁，比四娘还多芬芳美丽四季哟！谁知一语成谶，不久我就要和晶晶告别，晶晶也永远定格在豆蔻年华上。如果时光倒流，我死一万次也不会说那句话。但是，如果今生今世上天只许我说一句，说完就死。那我一字不改还是那句话："晶晶，你永远都是十二岁……"

我还是争不过晶晶。一杯一杯，好像很快把这辈子的酒喝完了。顿时头大眼晕，五脏六腑燃烧起来。奇怪的是晶晶却瑟瑟发抖，像隆冬神桑上最后一片叶子。二郎神汪汪叫，是被风惊吓，冲来的乌云恐惧，还是断头鸡又扔院里。我连忙为晶晶铺好床，服侍她躺下，并小心掖好被子。我再恋恋，也该离开闺房了。晶晶不说话，楚楚可怜望着我。那一刻，我骤然雄起为男人，而且被烈酒蛊惑成顶天立地的大男人！我要保护晶晶，不能再和爷爷搅一起。我俯下身，额头贴着晶晶额头：“放心吧，我给爷爷少爷说一声就回来。”

爷爷眯眼端坐床头，白发白胡须在月光映照下，好像下了一季大雪，俨然神的威严。我肚里打鼓，嗫嚅半天没敢吐半个字。爷爷开口道：“龙儿，你的竹席被卷都在那边，想抱就抱走吧。”爷爷今天慈祥或反常得离谱，把名字也叫错了。恕我不敬，爷爷看天象马马虎虎，看我却一眼望穿。爷爷九九八十一岁，即使不是太白金星那样的老仙翁，也是通天彻地的老妖怪。我双膝一软，面对爷爷磕三个响头。然后夹起席被，轻轻给爷爷关上门，泪水扑簌簌掉下来。说实话：我的命不是爹娘给的，分明是爷爷给的。当我走出门的那一刻，我带走了爷爷给我的一条命，也把自己的半条命留给爷爷。

庙集一般农商户，房子少孩子多，往往一家数口挤两间茅屋里。兄弟姐妹同睡一室，一张炕上扯通铺很正常。二十四间房规矩森严，少爷有少爷的华堂，小姐有小姐的闺房，佣人有佣人的住处。爷爷简直是执法长老，今天却为我和晶晶破了。人总要长大，不管是阳光雨露下快乐成长，还是血雨腥风里被迫站起来。长大的孩子有自己的路，再苦再难都要走下去。我把竹席被卷放置墙边，既对房门又离晶晶较远。如果飞刀暗器袭来，我自会挺胸挡在晶晶前面。这时门吱扭一声，少爷从龙亭回来了。我自然不用挡，想挡也挡不住。

“少爷，我要保护晶晶!”

“小屁孩，尚无缚鸡之力，你凭什么保护？”

“少爷，我凭我的命！”

少爷不再饶舌，凛然直视我。我也毫不畏惧迎上去，终于碰出满意的火花。少爷最大的后顾之忧就是晶晶，现在我扛下来，少爷应该多少心安一些。少爷知道我头上有朱砂记，好像被天神祝福过，素来命大，说不定还有点命贵，大概能罩住晶晶平安。少爷笑了，和从前一样干净顽皮：“月儿，我还是想和你拜把子！”他屈起右手大拇指向我连拜三拜。这看似孩子的玩法，其实蕴含郑重嘱托。从此赴汤蹈火，了无牵挂。我本想模仿他回拜，却不由自主跪下去，又给少爷磕三个响头。那咚咚咚的声音，定然会撞响晶晶美丽的心弦。记得晶晶曾叮咛：“月儿，关键时少爷是可以磕一下的。”

我与少爷好像一直是忘年交，从没把他当父辈。此时颇有向泰山折腰之意，一身轻松，总算和晶晶名正言顺。命中注定的头，该磕还是要磕。纵然为天子，磕头也免不了。少爷不再客气，心安理得地接受这磕头大礼。然后回屋捧出一张虎皮，算是给我磕头的红包，不过太重了点。这是当年老爷北上购置五谷粮仓横梁，从匪徒手里重金救下长白山猎户，猎户朋友感恩回报的。老爷活着时从未用过，大小姐古稀之年焐过膝盖。百年后皮毛略有脱损，可仍是一张百兽之王的图腾。二十四间房冬暖夏凉，三伏天也不是防暑，而是防夜寒入侵。有这张老虎皮撑着，睡阴曹地府也无所谓啦。

晶晶自始至终一句话都没说。我知道她什么都看在眼里，什么都记在心里了……

第十七章　天丧

每夜听到二郎神的声音，我和晶晶睡得还算踏实。只要二郎神在，有点风吹草动也没啥大不了，至少还在可控范围内。

时已孟夏中旬，夜短天长，不觉破晓。雄鸡叫三遍懒得喔喔，母鸡也开始咯咯觅食。二郎神汪汪几声，仿佛唤我和晶晶起床。还有很多事要做，很多路要走，千万别堆积成睡懒腰的习惯。我一跃而起，好像睡虎皮上，老虎那股劲儿暗暗传给我。晶晶受了感染，也一扫昨晚酒伤侵袭，纵身跳下床，光脚丫真好看。

打开门，二郎神并没像平时一样撒欢扑来。它依旧卧大门旁，温柔地望着我们摇摇尾巴，举起下腭好像要点头致意。也许过于努力，竟侧脸跌落青石上，剑牙完整折下。晶晶俯身捧住头，我拾起剑牙希图趁热给它接上，还我“二郎神贯世，剑牙刺长空”的雄风。可抚弄一会惊悉，二郎神大概走了。它坚持站好最后一班岗，坚持天亮和我们告别，坚持剑牙折掉馈赠亲爱的朋友。晶晶抱着二郎神的头，脸贴着脸，披散的秀发覆盖它身上。

我也愣怔偎依它身边，渴盼奇迹发生。直到爷爷把晶晶拉起，少爷将我扯向一边。

爷爷说二郎神是老死的，寿终正寝实乃福报。我们一同进的老砖青石大院，它至多十几岁，在它们族群勉强算尽其天年。若非二十四间房沉重压抑，或许还能多活几年。爷爷的话安慰的成分居多，以为我和晶晶还是小孩子，哄哄就过了。其实从五谷粮仓焚为废墟，我们再也天真烂漫不起来，摆在面前的都是成人的路。无论多么崎岖坎坷，荆棘满途，都必须用自己尚未结实的双脚去丈量。

我们抬着二郎神来到墓田。好像人间阴间近在咫尺，一不小心踩块西瓜皮就滑过去。满眼淡黄的麦子，清香可喜。埋哪儿好呢？晶晶看着我，显然是让我拿主意。自从睡过虎皮，我只有向前冲，再不能倚小卖小吊儿郎当了。我努力回忆最后一次带二郎神墓田疯，它曾在右边第六棵松柏下撒尿。还用前爪纷纷扒土掩饰，依稀残留穴痕。动物都有撒尿标记领地的习性，是否暗示这一片就是它的安息长眠之所？或者别有灵性，早料到今日的归宿。我和晶晶耳语，晶晶“嗯嗯”附和，心意相通，紧锁的眉头也松开一些。

我奋力开挖，泥土面粉一样松软，也不咋费劲。遭遇松柏旁逸斜出的根系，确需忙乱一阵。铁锹也欺软怕硬，木锨似的磨叽，好像还没牙齿快。我额头上汗珠儿滚滚，晶晶忙不迭手绢擦。哪像二十四间房的小姐，俨然可爱的小村姑。差不多一个时辰，才开拓出像样的寝宫。我跳下去仰面躺下试试，浮云像好看的蒲公英飘过，仿佛阴间也挺美好。晶晶忙把我揪起来，怕土地爷挽留和二郎神结伴而去。我突然很恍惚，好像二郎神是替我去死似的。

我们都不忍铲第一锹土覆盖朋友身上。这是真正地诀别，从此阴阳相隔，永不相见。晶晶的泪一颗颗掉下来，每一颗都把沙面砸个坑，我的心也砸得嚯嚯疼。不能再这样熬下去，晶晶要流多少泪啊！我将小蓝褂蒙住二郎神头脸，以免泥土眯眼。晶晶小花褂盖它身上，阴间没有太阳冷哪！我用锹，晶晶用手，一锹锹一把把泥土垒起新坟。然后采鲜花，围绕坟头插花环。若干年后，坟丘风雨侵蚀垮了，二郎神肥沃的松柏参天耸立。某个月夜，二郎神的魂魄定会窜上松柏之巅，向二十四间房守望。那时，我和晶晶又在哪里呢？

墓田回来，仿佛人间阴间转一圈。生和死并不神秘，就差一口气那么简单。二郎神剑牙，少爷洗净穿孔系上金丝线。庙集人确信：黑狗牙辟邪，何况是二郎神的破空神剑。少爷送我，我当然要给晶晶，比少爷出手意味深长。晶晶接过来，要亲手戴我脖颈上。这可不能退让，又不便硬来，便哄晶晶以“石头剪刀布”定输赢。我早有主意，男人的点子一般比女人多，尤其是刁钻的屁点子。

我们重拾儿时游戏。晶晶迫切想赢了给我，比较紧张，出手便不够灵动。我见识过少爷四娘手段，暗暗狡猾地复习几遍，一伸手赢了。晶晶不服，第二局愈谨慎，也输得愈难看。三局两胜，没必要画蛇添足再来第三局，可晶晶跳脚不同意，自然还是我的布牢牢包住她石头。我紧握晶晶的手，锁定胜局，以免她反悔。

晶晶干脆耍赖推倒不认账，又是刁蛮的大小姐。我只好温言软语继续哄，反正命中注定要哄她一辈子。其实哄女孩，绝非耐心的叮咛，完全是爱心的滋养。像母亲的奶头，管它有水没水，都要噙在亲爱的小宝宝唇里。在我和晶晶相濡以沫的生命里，早就这样换奶头喂养了，我裹她的自然更多些。于是凑近晶晶耳朵："三次都这样，咋这么巧？晶晶，我哪有本事赢你？说明是天意。二郎神魂儿还没走远，肯定也想让你多陪它一会儿，咱不能让朋友失望吧！"晶晶蹙眉沉思，我趁机把辟邪剑牙戴她玉脂般的脖颈上。晶晶豪拥少爷的"亮晶晶玉佩"，一把抓大伯的"咸通宝玄"，还有二郎神的剑牙三大护法。此后水里火里，定然畅通无阻，不会掉半根小汗毛。

孟夏将尽，时令可不管人间烦恼悲哀，一如既往降临。金黄的麦穗谦卑地垂向大地，又要午收了。张家庄开幕式，自然还是少爷家的十二亩墓田。几十把雪亮的镰刀，大半天就干净利索。今年少爷好奇怪，却将老爷这边八亩和祖爷爷那边四亩，分别放置脱粒。八亩的送西厢房巩氏夫妇屋里，满满三大囤。四亩给阮二手，姑且算包渡的河钱。二手一年四季长河里抓鱼吃，不大热面食，粮食几乎全换酒酩酊。各家租种该交的部分，过去直接拉五谷粮仓，打收条完事。现在五谷粮仓没了，少爷叫各自囤着等后通知。

转眼端午，二十四间房除插艾蒿吃粽子，每年都提前举行"封仓"仪式。据说还是老爷别出心裁创建的。其实也没多少创意，不过盗版二月二"围仓"那一套，图个吉利。无知者无畏，好像越成功的人越迷信。天刚麻麻亮，从灶里掏一斗草木灰，倒走手摇，念念有词，在院里画一个个圆。而且大圆套小圆，连围五圈。意味五谷丰登，囤尖仓满大丰收。画圆祈祷，历来属于二十四间房主人，少爷懈怠，也不够虔诚，就由爷爷代劳。而今五谷粮仓已废，爷爷心灰意冷提不起灰斗。但见巩氏夫妇期待的眼神，便让我和晶晶实习，好玩地撒一地圈。虽说不大规范，但五环紧扣，比从前的花式好看。

二十四间房最后一个团圆端午节，也和从前迥异，刻骨铭心。爷爷请巩氏夫妇用刚磨好的新麦面，下野菜南瓜丝，炖一锅面筋糊糊。我连八宝粽子没粘牙，肚皮也撑得滚圆。尤其闷火烤焦的锅饹巴，一嚼嘎嘣脆，打破味觉极限的香。关键还禁饿，晚饭也省略了，仅弄两盘神桑果意思。少爷突发神经，催促我和晶晶爬树摘的。爷爷少爷好像从前不食桑葚，也许出于敬畏，或视为孩子游戏不屑参与，今天却殷勤起来。爷爷还让我俩挎着小篮子，恭送二十四棵松柏墓田一些，请老爷大小姐和祖爷爷祖奶奶优先享用。

仲夏五月，阳光饱满。午收秋种，应该不是告别的季节。可去年闰四月，头年打春，今年热得比往年早，小燕子檐下做巢提前十多天。本来季夏六月羽翼渐丰的雏鸟，眼看着叽叽喳喳要飞去了。真抱歉，最近事烦人躁，好像没喂她们几次青虫，遗忘了这群可爱的小朋友。地上累积一摊燕粪，从前可是少爷的至宝，不许别人碰。少爷仔细收拾，晒干碾成粉末，给芍药茶花玫瑰做花肥。我们却想不起替少爷分担，赶紧找来粪筐铲子拾掇。孩子常自诩长大，吹牛敢南征北战包打天下。其实距卓然而立，还有一大段岁月跋涉。

少爷最近恍惚，花房也懒得伺候。芍药只剩枝叶，茶花玫瑰也提不起精神。花是万物之灵，谁疼爱怜惜，她就为谁妩媚芬芳。少爷捧起茶花玫瑰，稍事踌躇，又将玫瑰放下换了芍药。喃喃吟道："无人处，数蕊弄春犹小。幽姿谩好。遥相望、含情一笑。花解语，因甚无言，心事应难表。莫待墙阴暗老。称琴边月夜，笛里霜晓。护香须早……"少爷要找会养花的人，而且心甘情愿为他养一辈子。这世上没第二个，当然只有花巷庭院的四娘。

心有灵犀早在意料之中，四娘并没有特殊惊喜。已经度日如年七天了，大概对俩人都是极限，谁也撑不到第八天梦断鹊桥，那还不如投银河殉情。四娘扬脸望着少爷，不禁颦眉质疑。少爷低下头，俯她耳边私语。仿佛不好意思，怕小女儿星星见笑。

"玫瑰花，我留给晶晶了。月季自然送月儿，茶花是星星的。有情芍药含春泪，在长河之滨万顷碧波里摇曳，这才是你的绝世风情，也是我们庙集的图腾。四娘，你不会吃女儿的醋吧！"

"我吃我吃，谁的我都吃。"四娘更像刁蛮任性的小女儿，耍起赖来比撒娇还娇。星星看阿爹出丑，觉得蛮好玩，将来不妨照样子裁一个。不过先要学会阿娘的本事："连你的影子我都酸掉牙——天天赖着少爷不离不弃，黏黏糊糊，我倒像孤魂野鬼了。"

"你哪里是孤魂？四娘，你的绣花针引着月老红线，早把我的魂儿你的魂儿绣成'心'字啦！"少爷头愈低，恨不能低到石榴裙下尘埃里。声音愈小，直揪心四娘能否听得清。其实情人的耳朵是多余的，一个表情足以神魂颠倒。四娘又将自己笑成玫瑰花。

少爷真有本事，不服不行。我哄晶晶磕磕绊绊的，怕黑怕红怕风怕光。看来要继续努力，还有提升空间。有次说漏嘴——唉唉，在晶晶面前我总夹不住热屁。晶晶叹一声：“月儿，恁爷俩真该拜把子！”这好像不是表扬，羞得我耳根比拧两圈半还红，三个时辰没敢看花。少爷在花巷里却满眼芬芳，不想醉也只有醉了。

少爷今生喝的第一场酒肯定没有四娘，少爷心动的第一个女孩也未必是四娘，但少爷最爱的女人一定是四娘。少爷也要把最后一场酒完完全全醉给四娘，连星星也不许偷嗅一滴香。小姑娘只好从阿爹那儿死皮赖脸讨个拥抱，很不情愿钻自己小狗窝做梦去。

少爷醉眼蒙眬，青衫里取出犀牛角镀金梳，将四娘高鬟散作满屋青云。弹指十三年，四娘恍惚柳荫沙滩上十六岁模样。好像还没长大，梳头编花辫都不会，真让少爷操碎心！如果一颗心不为四娘操成月光碎屑，要心干吗？星星美美梦一觉，见阿爹手指还在阿娘头上腻歪。只好翻身做第二个梦，也许梦里月儿会为她梳妆。

“四娘，这几天你收拾收拾，带晶晶星星回江南吧。”

“少爷，咱一家人一起走。日出江花红胜火，春来江水绿如蓝。十三年了，不知姑苏还记得四娘否？”

“四娘，你带孩子们先走，我暂时还不能。”少爷很无奈，“有二十四间房在，这是我的命！”

“少爷，你不回去，我和女儿怎舍得离开？”四娘很平静，好像窗外如水的月光。“有你在，这也是我的命！”

不用不必再说了。这毕竟是一个美丽的仲夏夜，春天般美丽的夜。月亮点燃所有未眠的情人的眼睛，开出花来。少爷把四娘抱进罗帐，管它明天怎样，此刻生命是美好的，爱情是美好的！哪怕还剩最后一弹指，都不能浪费这美好的生命，美好的爱情！

季夏六月，整个上旬像着了火。刚揸巴高的玉米苗，白天蔫得似草绳，一宿夜潮沙滋润，又迎着早霞泛起水灵灵新绿。龙亭老塘，孩子比鸭子稠，整天窝水里。这边尿尿，那边喝水，或边尿边喝两不误。饭也懒得吃，非让娘亲连自己都骂到，拎棒槌撵好几圈。红尾巴鲤鱼却没现身，不知躲何处纳凉。据说老塘连着龙宫，总不会偷偷游回故乡，还没同我和晶晶告别呢！涡河也失去往日浩渺，瘦成一弯小溪。满腾腾摸蛤蜊鱼虾的乡民，几乎插不上脚。蓦地窜出一条水蛇，疑似小青龙显灵。惊倒一大片男女，裤衩乳罩里兜满泥浆……

六月十二午时三刻，破天荒一道闪电，咔嚓嚓一串炸雷将太阳陨落。乌云像祭了魔法，刹那间把天地严严实实装进黑洞，对面鼻眼模糊，仿佛都妖邪为黑无常。接着一波紧似一波雷电，终于把天河劈开，六月瀑子铺天盖地倾泻，一河两岸顿成泽国……

这天没人能吃上晚饭，因故耽搁废掉的午饭也不少。小孩嚼点干饼子充饥，大人一袋接一袋旱烟补充能量。十八条街巷未时关门闭铺，石狮子仿佛落汤鸡，青石板上狂风暴雨野兽般嚎叫。没来得及摘下的红灯笼，女人头上的绢花红头绳，也被风扯去水洼里打旋。赶集有事卖呆延误的乡民，也逃到临近客栈避难去。

二十四间房同样省略好看的炊烟。爷爷好像闭关了，不再操天象的破事。少爷自斟自饮，非把老爷的酒喝干空净不可。晶晶闺房里从不缺零食，面对这恐怖的夜，胃口麻痹。我果断插死门，插死窗户，堵死所有可能渗进恐怖的缝隙。晶晶却不让放珠帘儿，她想看廊沿下白花花的瀑布，大院四角天空的金蛇狂舞。一旦隔绝外面的世界，二十四间房俨然铁屋子，能把人活活闷死。晶晶想透口气，而保护晶晶是第一要务，铁屋子也有铁屋子的好处。

我在地下虎皮上，翻来覆去困不着，仰面房顶微茫的亮光出神。晶晶那边窸窸窣窣响，显然也无法入梦。我想爷爷少爷，千家万户多少不眠的长夜。据说龙兴寺近些年香火不旺，莫非人们怠慢了小青龙，忽视了这泽被千里惠及万年的长河？小青龙才忍不住发怒显威，提醒忘恩负义的人类，放下虚伪傲慢膨胀，真诚谦卑纯粹一点，像女娲当初捏成的样子。泥人儿泥人儿，成精还是泥人儿。大自然是不容小觑的，相互尊重才能相安无事，否则将打回原形。

我正胡思乱想，又一道闪电炸雷，晶晶惊呼："月儿——"

"别怕别怕，有我呢，我在！"我两步跳到晶晶床头。

"月儿，你有没有看到，刚才窗边闪过一个人影？"晶晶惶惑地瞪着窗户，瀑布珠帘儿哗哗响。

"哪有人影，鬼影也不见。"刚才放纵意识流，真弄不清鬼影人影是否光临。我是晶晶的定海神针，打肿脸充胖子，切不可自乱阵脚。于是握紧她的手："晶晶你心慌看花眼，一片云飘过吧。"

晶晶也紧握我的手，手心渗出冷汗："兴许看花了，兴许是一片云。月儿，去把你的虎皮拿来护我！"

我很听话——其实也不能算听话，我心里刚这么想就被晶晶说出来。真爱到命里去，心灵感应自然而然，一点也不神奇。世俗男女老猜心思，猜来猜去，反倒流于游戏。我驻守晶晶房间，唯一的职责就是保护她。月儿命在，晶晶就在！我们偎着被子，虎皮裹着上身，面对窗户目不转睛。晶晶真有点后怕，心怦怦跳得厉害，不由自主朝我身上靠。我挺直身子，让自己尽量伟岸些，突然变成一座神山多好。不知坚持多久，倦意袭来准备眯会儿，但见一条火龙从九天云霄直扑二十四间房，接着劈天暴雷，仿佛在生命里爆炸。我和晶晶本能地抱在一起，管它炼狱天堂，活过爱过值了。当我们睁开眼，虎皮扑棱棱还在，一团巨大的火球正从神桑上冉冉外起……

申时雨住，四野狼藉，天地一统苍黄，完全是想象中的末日景象。对于别处，末日不过是虚幻一幕，忍一忍太阳现身，还是一个活蹦乱跳的夏天。而对二十四间房和张家庄，末日是实实在在的。因为神桑被雷火劈烧，大半个树冠焦黑焦黑，余烟铺满龙亭老塘。只有东南方向，每年春末夏初我和晶晶采桑芽的枝丫，豪雨洗涤下愈见葱茏。似乎神桑的精灵，都加倍还魂这残存的枝丫上。

老爷屋里的香炉请到神桑下，六柱檀香袅袅，像凄楚无助的魂儿。爷爷跪香炉前，膝盖深陷泥沙里，银发飘雪。少爷兀立一旁，浑无悲喜，宛若一根枯木头，一袭青衫仍一尘不染。周遭黑压压跪一大片，如丧考妣。从精神意义上，这远比死了爹娘严重。神桑树，可是二十四间房的神，张家庄的魂！而今神焚魂散，浩劫将至，灾祸随时会吞噬整个村庄。焦虑，沉痛，恐惧，罪恶感，无形天网兜头罩下。休想逃出去，包括一只麻雀一条蚯蚓一口空气……

突然，谁凄厉鬼号起来。距神桑几十步，老塘东南豁口处发现一具黑衣死尸。五官模糊，四肢乌紫。晶晶见了哇啦啦呕吐。我忙给她擦拭。晶晶道："月儿，窗边闪现的就是这手！"晶晶自幼玩绣花针绣虫子游戏，眼力非凡，绝非心慌看花了。雷雨夜潜入二十四间房，其胆识武功骇人听闻。大概还是与白布契约有关。

我扶晶晶回房休息，独自鬼使神差摸到哨楼。断头鸡是从哨楼上扔来的，黑衣人是不是也曾潜进去图谋？果然蚂蚁带我拆掉的洞，我和晶晶出来时密封得严严实实，现在那三块砖却弃置一旁。昨夜黑衣人是躲雷电，还是寻白布契约，竟误打误撞破洞而入。他发现铁盒如获至宝，迎面遭遇守护的乌龙蛇。于是乌龙殉职，被利剑斩为十数截；黑衣人一截手指也留在乌龙嘴里，强撑一百余步毒发身亡。我为乌龙合十默念"往生咒"，然后打开铁盒，一堆锈蚀斑斑的废铁。看模样，依稀是传说中大小姐最爱的那两把火药枪。

张家庄悲愤得要爆炸了：一定是这个大坏蛋对神桑不轨，被雷公电母追杀，连带神树遭殃。抽筋剥皮点天灯，也难消仇恨万一。枯木少爷动了恻隐之心："唉唉，也是暴毙异乡的野鬼，埋了吧！"几个壮汉领命而去，却没有依命掩埋，抛河坡污秽旮旯处浇油焚烧。罪恶的骨骸连同罪恶的灵魂，务必焚烧殆尽，永不超生。

神桑遭雷电劫数不胫而走。十八条街巷滚动的是这噩耗，九寨三十六村疯传的还是这噩耗。河南岸北无数中老年人蜂拥而至，烧香磕头哭拜。无相大师三天三夜，独坐狮子窟诵经超度。蒋五爷闭门谢客，面壁出神。马二姑奶奶一生硬朗，好像从未头疼脑热过。不料却袭风寒，强撑着打九遍查拳，喝九锅姜汤才缓过劲来。王化茶馆破天荒歇业三天——老瞎子一张嘴就呜咽，唱了千万遍的那几段书，竟荒腔掉板唱不成句。老王化也四肢酸懒摇不动辘轱，更痛心疾首再没神桑叶施茶了。这几天茶余饭后翻翻滚滚，甚至夫妻夜话都是神桑故事。似乎庙集每个人心田上，都长着属于自己的一棵神桑树。

少爷坚持到第七天，他和爷爷披麻戴孝主持完最隆重的头祭，便通知庙集孙家棺材铺。老掌柜孙万全亲自带两辆马车十六个健卒，进香磕头祷告，燃放一万响湖南浏阳鞭炮，这才敢拉起大锯。费八根钢锯条，“嚯嚯嚯”二十六个时辰，总算清走运净。孙掌柜对爷爷道：“两副五五六六好寿材，四面见方，余下十八根扁担。”爷爷合十鞠躬：“都拜托了！一副五五六六，一副四四五五，要三十六根扁担。”孙万全郑重点头：“放心吧，一切听大先生吩咐。”

神桑树穴填平新的黄沙。二十四间房突然空了。爷爷心里空了。少爷身上空了。张家庄人的底气也骤然泄尽，此后在十八条街巷说“俺是张家庄的”，再不能像从前摺青石板上银锭子似的铿锵。我和晶晶也很茫然：采桑茶吃桑葚，摘桑果放被窝染花屁股，褪色成记忆了。还有儿歌：“日出东南隅，照我神桑巅。神桑有好茶，香醉千万家。”我好自责从前贪玩，没多涂鸦几首，多留下一些美好。

神桑仙逝第三期，孙家棺材铺送来两副喜棺：正面雕刻着苍松翠柏，洁白的仙鹤展翅飞翔。棺头顶端隶书“福”字，另一为“寿”字。通体油漆三遍，光鲜明亮照出人影来。张家庄人，早早迎到一里外大石桥鸣炮奏乐。在神桑原址举行简单的祭祀仪式，便恭送二十四间房院里。神桑数百年为人遮风避雨，也该享受点清闲。少爷坚持把“五五六六”的抬进东厢房，以便日后做爷爷的“老房”。爷爷轻轻道：“少爷，心意领了！”少爷不再争究。这都是活人脸面，与死者何干？哪如生前喝杯茶来碗酒，痛痛快快地放个屁。

生死大宴：所有该准备的，似乎都妥妥帖帖，有条不紊。不管是上天安排，还是自身命运使然，无须再空熬纠结。当上弦月挂在澄澈的夜空，万籁俱寂，定然能照亮西天的大道。少爷该上路了。神桑被雷火劈烧，总要有人以身谢罪，报告老爷大小姐和列祖列宗。他挥手弹弹青衫，四娘晶晶星星一闪而过，似已将人世间最后一点痴念弹去。此去西游漫漫，一粒灰尘都沉重得像座山。玩够了也玩累的少爷啊，只想化作一缕清风一片月光一波涟漪而去……

少爷的死至今仍是谜，自杀它杀，自然死亡，永远不可能破解了。阮二手持鱼叉河坡上巡梭，警惕二十四间房动静。岂料少爷竟在前面沙滩上，舒服地睡着了。二手怕少爷着凉，想请他船上喝杯酒；连唤数声不应，才知道和少爷的约定就在眼前。阮二手通知爷爷，爷爷好像未卜先知，一身缟素等待这一刻到来。他们来到少爷身边，垂首侍立，不忍惊醒少爷酣眠。少爷接手二十四间房，好像从未睡过一个安稳夜。现在总算有资格有时间睡大觉了——因为死人才最有资格享受长眠。二手摇来船，他死也忘不了给少爷的承诺。爷爷也依稀察觉少爷遗愿，看了白绫上少爷的手书，明明白白：

吾乃天丧　与世无涉　风清云散　一河明月

爷爷阮二手把少爷抬上渡船，沙滩上一样舒适。二手腰扎白麻，赤脚摇橹。爷爷偎依少爷身边，像慈祥的母亲望着熟睡的婴儿。爷爷的泪流下来：他很愧疚二十四间房，愧疚没照顾好少爷。大厦将倾，一木难支。少爷扛到今天，可以向老爷大小姐交代了……

渡船载着少爷清波里穿行，月光洒在每一朵浪花上。两岸芦苇深沉肃穆，忽然扑棱棱飞出许多野鸟，叫得嘹亮。阮二手想这样永远摇下去，陪伴少爷一直驶到天国，划向时间的尽头。不觉摇到回龙滩，二手把锚抛下，尽量将船停稳。爷爷俯下身，深吻少爷饱满光洁玉石般的前额。阮二手跪下来，双手和少爷相握。这是他欠少爷的。有次酒酣耳热，少爷想和他握手，二手却缩回去。“俺粗人手脏，不配和少爷握的。”少爷道：“你天天和清风碧波相伴，不与浊世掺和，谁能有你干净！”阮二手泣不成声：“少爷，今生能和你喝酒握手做兄弟，这辈子也没白活。少爷，少爷……”

爷爷捧起少爷的头，阮二手环抱少爷的身躯——这人世间美好的生命，再舍不得也要交给碧水明月。少爷干干净净地来，也要让少爷干干净净地走，真实地活过爱过就够了！

起风了——浪花咬着浪花，波涛追逐着波涛，似要将长夜叩击出一条光明的隧道，直通西天极乐世界。阮二手跪在船头，爷爷白衣飘飘，用古楚调哽咽而激越地吟唱《招魂》：

朕幼清以廉洁兮，身服义而未沫。
主此盛德兮，牵于俗而芜秽。
上无所考此盛德兮，长离殃而愁苦。
帝告巫阳曰："有人在下，我欲辅之。
魂魄离散，汝筮予之。"
巫阳焉乃下招曰：魂兮归来！
去君之恒干，何为四方些？
舍君之乐处，而离彼不祥。
魂兮归来！东方不可以讬些……

不知爷爷精诚所至，还是阮二手看花眼的错觉：回龙滩骤然漭腾澎湃，一条小青龙矫首昂视，摇曳多姿。最后喷一个漂亮的水烟花，逶迤东南方披风斩浪而去。小青龙隐约驼着少爷身影。二手揉眼想看仔细：雾幔凄迷，星月朦胧，碎浪击打船帮空洞而又清晰。这一幕余生都在二手梦里放映，直到他也在回龙滩醉酒追梦而去……

十二盏白灯笼升起！

这是老爷仙逝后，二十四间房第六次升起十二盏白灯笼！

大小姐驾鹤西归，看在亳州府"昭武校尉"的虎威余荫，才勉强升起九盏。此后女人，只配享受六盏荣誉！

神桑走了不足一月，少爷也随之走了。这意料之中的结局，还是给十八条街巷意料之外的震惊。龙兴寺香火骤旺。人们忧患惶恐无所适从时，只能靠烧香拜佛救赎。张家庄欲哭无泪——神桑之伤，还是精神层面的有点缥缈。这个败家少爷，实在败得漂亮。土地粮食肚皮，才是人世间最朴素的真理。于是结伴醉酒失眠赛呆了……

少爷的丧礼，备尽哀荣。虽然只是一具空棺——当时我和晶晶并不知晓，四娘知道也要装作不知道，以免黑衣人在回龙滩投毒化尸。邪恶从来都没有边际底线。严格讲也不全空，放了少爷一袭青衫和四娘一把青丝，却享受庙集一个甲子以来真诚的祭祀。有头有脸的商贾乡绅文士酒徒来了，名头稍彰的帮会社团来了，更多的是普通乡民。花圈堆放神桑遗址有半个麦场大。挽幛挂东西厢房前六道长绳上，层层叠叠。开始还将名字响亮的放上面，后来也和无名无姓的混在一起。祭奠本来就不分高低贵贱，完全是神圣的缅怀哀思。鞭炮则从刚入张家庄的官道路口，直至二十四间房半里多地。炮皮纸屑累积三寸有余，几夜的风萦绕不散，后来整整扫三辆四轮牛车……

谭家酒楼辞掉所有生意，恭迎给少爷祭吊的宾客。谭大头面容戚戚，声称二十年来少爷是最尊贵的主顾，也是最要好的朋友。巩氏夫妇伤痛得拎不动锅碗瓢勺，四娘做下厨主妇。风闻少爷死讯，她就带星星奔丧来了。平时爱说三道四的乡民，不仅觉得合乎天理人情，骨子里的侠义更令人肃然起敬。活着傍大树，树倒卷银子溜的比比皆是，四娘无异于赴汤蹈火。所以在祭吊少爷时，也不妨多瞻仰几眼少爷天仙般的新娘。四娘变着花样做饭菜，可龙肝风胆也味同嚼蜡。爷爷只喝残存的神桑茶，他要辟谷，以求干干净净随少爷西行。四娘只好逼迫我和晶晶："你们都有出息点，看少爷活得多潇洒。不吃没劲儿，咋给少爷讨公道？月儿，你是男人你带头！"

不吃真不大饿，越吃越饥荒，惹得饿虫翻滚。我一口气吃两个花卷，一大碗猪肝瘦肉粥。晶晶星星，好像吃的也不比我少。这几天磕头迎送，都是实打实的劳力活，光靠几块梅花糕虚了点。我们仨的膝盖都跪烂冒血，额头也磕烂冒血了。奇怪的是都没哭，是为少爷争气强撑着，还是怕少爷见我们哭的样子难过。其实悲痛之极，是黑暗无声的麻木虚无，空荡荡没肝没肺似的。哪里还会哭泣？神桑遭雷火劈烧，爷爷少爷憔悴枯槁，也是哭不出来。现在我和晶晶虽不大精神，但心里常有虫子啃噬，依然蹦蹦跳跳疼。生活还在，生命还在，明天我要扛着招魂大幡，堂堂正正走出好看的样子。

天明辰时一刻大殡，这是爷爷最后一次观天象定的日子。我们只能陪少爷最后一夜了。戌时三刻，月满中天，闲人散尽，罗锅挎着黑黝黝的花生圆盘来了。盘里不仅有面花生焦蚕豆，还有一坛红高粱两个小黑碗。罗锅头缠白布条，跪祭棺头，点燃一叠黄裱纸钱。火光映着他饱经沧桑的脸，像刚出土的春秋陶器。以指轻扣，也许会完全破碎还原成泥土。我从厨房取两个菜碟，一碟放面花生，一碟装焦蚕豆。罗锅启封红高粱，霎时满屋酒香。我突发奇想：少爷是否会闻到酒香，豁然坐起，再过一把酒瘾。我耳朵贴棺木上，渴望奇迹发生。可惜棺材里寂寂无闻，只有我自己的脑神经电流一样嗡嗡响。晶晶连忙把我拽过来，手绢细擦太阳穴，怕我撞棺疯了。

罗锅倒满两个小黑碗：“少爷，我喝你三年酒。这坛酒，是我卖面花生焦看豆一个铜板一个铜板挣来的。少爷，我请你喝！”罗锅喝一碗，就把另一碗倾洒棺头空地上。他连喝四碗，也连倾四碗。第五碗我抢过来：“罗叔叔，我替少爷陪你喝！”我咕嘟嘟底朝天。辛辣带呛，不由大咳数声，差点把猪肝瘦肉粥呕出来。晶晶忙在后背重捶轻捶，才渐渐平复。罗锅又倒第六碗，空净坛里最后一滴，然后和我酒碗相撞，溅出一片酒花花：“少爷，这辈子和你醉酒真好！”罗锅把我幻化成少爷，一饮而尽。晶晶的手伸到半路缩回去。此时我代表少爷喝酒，她心疼死也万万不能替我。罗锅向四娘深鞠一躬，将坛碗带出二十四间房外，运功掷碎，一粒指甲大的残片也不剩。今生今世，少爷的酒喝完了，罗锅的酒也喝完了。

我依然跪在棺头，一股甜甜咸咸的东西潮涌而起。一口鲜血喷出，接着第二口第三口，和罗锅倾洒的红高粱混在一起，仿佛泼墨写意的玫瑰花。四娘端来水盆：“月儿，少爷没白疼你。你也是至情至性的种子！”说完瞟一眼晶晶，宛然自己十六岁的样子。不知怜女自怜，还是想到金风玉露初相逢的那个月夜，轻轻叹口气。晶晶可不管这些，手绢沾水为我擦拭，一脸骄傲！她吩咐我到她床上躺一会儿，我摇摇头。只要还有一口气在，就要守着少爷到二十四棵松柏墓田。忽然恍恍惚惚，但见少爷一袭青衫从房檐白灯笼边闪过，曾经的戏谑像刚脱口而出似的清晰可闻：“月儿，有种有种。我还是想和你拜把子！”于是憋了无数天的悲痛开闸奔流，鼻涕恣肆挂下来。四娘晶晶星星也不约而同，二十四间房骤起撕心裂肺地号啕……

天将晓，爷爷换一身崭新葛麻布长衫，圆口千层底黑布鞋。西天的路很远很远，千层底才足以跋山涉水。虽然几天没进食，只喝神桑茶，凹陷的双颊泛起红晕。爷爷沿二十四间房廊檐散步，很慢很慢，走到每扇门前都下意识停顿一下。嘴唇翕张，似有千言万语。九九八十一年，爷爷无疑是老宅的活字典，最后一块活化石。

一把抓罗锅不知啥时来的，爷爷似乎嘱托什么，二人频频点头。蒋五爷带三十六个门徒来了。马二姑奶奶带三十六个门徒来了。老王化也带着茶馆众伙计来了。最想不到的是龙兴寺无相大师，居然也伴两个小沙弥缓缓步入二十四间房。最近十年，除主持一年一度的比武庙会，无相大师好像从未走出龙兴寺山门。爷爷蒋五爷马二姑奶奶连忙迎上去。马二姑奶奶心直口快："大师不辞辛苦，是来超度少爷的亡灵。"无相大师合十唱喏："非也非也，少爷已云游西方乐土，何需吾济叨扰？他是自己超度自己，善哉善哉！"

爷爷向众人深深三鞠躬，头颅几乎贴到膝盖。白胡须更白更长了，好像一夜月光浸染三丈白练。爷爷道："劳烦大师，劳烦诸君相送，多谢了！"无相大师稽首还礼："大先生，一路走好！"爷爷又向蒋五爷马二姑奶奶致意，然后拉过老王化，俩人互相拍拍肩膀，一辈子交情都在这一拍之中。爷爷道："我请你带两副棺架，小杠子不需要。孙家铺子送来三十六根桑木扁担，够用了。"

老王化攥紧爷爷的手，一个多花甲的定力也抑不住颤抖：

“老哥哥，你真舍得走，孩子都还小啊！”爷爷微笑颔首：“人生自有定数。放心吧，孩子有孩子的福分，不必挂牵。我没照顾好少爷，陪他走好有个照应，省了路上孤单。”爷爷转向我和晶晶，满脸慈悲，弯腰把我俩拥在怀里。晶晶比我敏感，紧抱爷爷不松。爷爷轻抚晶晶扎着白布条的秀发：“好孩子，我把月儿交给你了！”这时四娘走过来，面对爷爷盈盈一拜：“大先生，我也把少爷交给您老人家了！”爷爷依依不舍推开我和晶晶，搀起四娘。他最后看一眼二十四间房的古砖青石绿苔，看一眼二十四间房四角的天空。在老王化搀扶下，从容踏上板凳，安详地躺在神桑老房里溘然长逝……

十二盏白灯笼同时降落熄灭——起棺了！

两副富丽堂皇大棺，这是神桑最后的遗爱，带着老宅故土的梦魂，少爷和大先生同时上路。少爷头前开道，自由不羁的魂魄依然是冲锋的姿态。抱大杠的是一把抓和罗锅。罗锅矮人半头，肩膀够不着大杠，可他双手稳稳托举着似有千钧之力。黑黝黝花生圆盘挎在身后，正好把驼背掩住颇是滑稽，但没人能笑出来。大先生押后徐行，沧桑的慧眼更懂得欣赏一路的风景。抱大杠的，是蒋五爷首徒李云鹤和马二姑奶奶首徒徐立本。若非四人功力深湛，如此大棺真很难抬出门。两边插小杠的，张家庄和庙集一百多条壮汉踊跃争抢。无相大师老王化以及数千乡民，跟棺送行，逶迤几百步之遥。

我扛着招魂大幡——这是从龙亭老柳上砍下最丰茂的一根。庙集旧俗：丰茂的招魂幡不仅能把亡灵引领天堂，还可阴佑子孙兴旺发达。晶晶在我左侧相扶，想尽力帮我扛幡；四娘右侧相助，鲜柳棍足有百斤之重，大部分都转嫁到四娘身上。否则，我再吐三口血也扛不到墓田。星星挎着纸篮子，一路为少爷大先生烧纸钱。有风旋过，那纸钱纷纷扬扬像黑蝴蝶，更像生机勃勃的亡灵飘舞……

二十四间房到二十四棵松柏墓田，捷径二里许。大家执意多送大先生少爷一程，绕张家庄浩浩荡荡一大圈，足有五六里之遥。沿途哭声鞭炮声不绝，十八条街巷也听得真真切切。有书生仕子念大先生指点迷津，馆阁商铺前鸣炮相应；有女人回忆少爷青石板上“凌波微步”，躲窗帘后抹泪儿。终于挨到墓田——每个人最终都要报到的地方，只不过爷爷少爷先行一步。按规矩：爷爷葬松柏那边的父母身边。少爷是他清明节自己选定的，离老爷大小姐很近。

八十年后，我依然看到少爷几分醉意的样子，听到他戏谑而又郑重地嘱托：“晶晶月儿，记住了。此地风景很好！”

第十八章　望乡

庙集再没有我认识的人了……

庙集也再没有认识我的人了……

面对滔滔东逝的长河，我的泪扑簌簌流下来……

“少小离家老大回，乡音无改鬓毛衰。儿童相见不相识，笑问客从何处来。”茫茫人世间，能将李太白一眼看成谪仙，金龟换酒一醉，本身就得道成仙了。不过贺知章这首诗还是略显浅薄，岂止黄口小儿——唉唉，老翁对面也是遥远的异乡人。

古楚庙集，祖祖辈辈都把故乡叫作老家。“俺老家涡河庙集的”——十八条街巷和九寨三十六村共同的骄傲。那儿有脱口而出你乳名的人，你一张嘴也蹦跶一串熟悉亲切的乳名。这才是斯生斯世，尿尿和泥玩的老家啊！否则待在故乡，也只能茕茕孑立、痴痴望乡了。

八十年后，我失去故乡，再也摸不到回家的路。但我依然记得那个月夜，二十四间房亘古初夜的静，也亘古初夜的空。静得没有一丝静的声音，空得也没有一点空的感觉。我和晶晶不知醒里梦里，人世间的悲欢离合、爱恨情仇，好像从来都与我俩无关，从来都不曾存在过。直到一把抓大伯用纯阳内力吐出一句话，醇厚正大："蕞尔诸君，二十四间房是想来就来，想走就走的吗？"

我和晶晶骤然惊醒：早晨刚降落熄灭十二盏白灯笼，送爷爷少爷去永远的故乡。此时十二盏红灯笼又高高升起，二十四间房只有过年大婚才如此壮观，庭院如同白昼。那六个被四娘绣过眼皮的黑衣人，俩俩一组而又相互策应，颇是好玩。若非乌龙蛇咬掉关键的天权位，他们早操起鬼惊神愁的"七星北斗阵"。那样一把抓就很难闲庭信步，罗锅的大开大合也定受掣肘。四娘武功较弱，左支右绌，姑苏花辫还算齐整，辫上斜簪的山茶花怒放皑皑白雪。

一把抓纵观全局，如果恋战，他和罗锅游刃有余，自是立于不败之地。四娘若有闪失，岂能对得起少爷？于是八卦掌绵绵密密，瞬间拍出三十二掌，将一黑衣人逼退。不可思议的是右掌突然幻化为大力金刚指，另一黑衣人咽喉锁骨碎裂的声音，仿佛早春冰河乍破，可惜流的不是汩汩春水，而是血——比灯笼还红的血。无论怎样的黑衣包裹，怎样的黑心肠，血的颜色都是太阳的颜色。

黑衣人临危不乱，五把剧毒梅花针散作满天花雨密不透风，死亡的气息笼罩整个庭院。这时罗锅的花生圆盘，像嚯嚯飞碟破空迎去，那些梅花针叮叮当当全被圆盘吞噬，泥牛入海无消息。原来圆盘底座嵌一巨型磁铁，实乃暗器克星。休说梅花针雕虫小技，飞刀袖箭铁蒺藜也无可奈何。黑衣人似早有所料，并非侥幸倚仗梅花针一蹴而就。三人接阵拼死拦住一把抓罗锅，另一组人剑合一向四娘刺去。恐怕少爷复生，凌波微步也在劫难逃。

四娘披头散发，甚是狼狈，山茶花为剑气所伤化作片片白蝴蝶。星星救娘心切，舍命扑上，眼看香消玉殒剑下。我和晶晶双双扑出——我急中生智裹着老虎皮，愤怒咆哮一声虎吼。正要横穿星星的黑衣人为虎所惑，稍一迟疑，魂丧四娘梅花针雨里。另一黑衣人变招奇速，掠过四娘闪电般揪住晶晶衣袖，欲擒人质全身而退。他做九百九十九个梦也没想到，大丧后楚楚可怜的晶晶，平时绣虫子的绣花针猝然出手，碰巧一只眼球中奖了。黑衣人痛哼一声，丢掉晶晶落荒而逃。仍将眼球上的绣花针反手掷来，直簪入红玛瑙扳指里战栗，一股冷风扑面的寒肃。我急欲拔掉察看伤了晶晶没有，四娘连忙拦住，小心以指盖运功撮出。还好，黑衣人丧魂落魄竟忘了喂毒。

晶晶笑道："没事儿，月儿。你看凤凰还都好好的呢！"我定睛细瞧，扳指里氤氲的一对凤凰果然无恙。红玛瑙可还是被簪出裂痕，虽未伤及晶晶手指，几百年包浆恐怕碎屑不少。四娘轻舒口气，好像扳指里的凤凰真有啥讲究，同我和晶晶的命运休戚相关。牵扯到孩子福祉，哪怕一根小汗毛，母亲的心也会陡然提到嗓眼上。

那三个拦截的黑衣人，见同伴死的死逃的逃，心惊气馁，败势立现。一把抓不忍再下狠手，但罗锅的铁拳势必要砸出肉酱来。因为这辈子，他都忘不了那夜五谷粮仓少东家煮烂的肉……

罗锅的大刀呢？当年从天涯明月刀演化淬砺的刀魂，被少爷击节而歌"饮不尽英雄血，砍不完仇人头"的大刀呢？

这几个黑衣奴才还不配。四月初八夜，令罗锅脊背发寒的隐形人尚未现身。他大概留在当铺护卫主子，怕庙集武林闻风端老窝。既然知会无相大师“家事私了”，大师一言九鼎，何必还如此狐疑胆怯？阴暗的心里永远难照进阳光。罗锅清楚：命中注定，他的大刀是为那两颗头颅准备的。砍下仇人的头颅，自己的项上人头也会赔上去。这不足惜，哪如少爷常将大好生命视作轻飘飘羽毛，可随时送给所爱的人。只是面花生焦蚕豆，从此绝矣。

那几个黑衣人，奉命盗取二十四间房的房契地契。几辈子被家族抛弃流放的遗恨，定要加倍奉还，把故乡抢回来。可他们太轻慢了，以为孤儿寡母，再惊动一群扛抓钩扁担的乡民，还不是牛刀割韭菜。爷爷未卜先知，临走前请一把抓罗锅照应一下。其实姑苏四门也够仁慈了，万分忍耐地等到少爷安息才动手；也算是给二十四间房，给自己的血液姓氏，留下一点点尊严和荣誉！

“晶晶，还不带着阿爹留给你的玫瑰花为少爷复仇去！”

四娘披头散发，依稀可辨姑苏花辫的束痕。也许自那夜少爷编过，她再没舍得散开。这几日守丧，才将花辫上的红玫瑰换作洁白的山茶花。四娘的声音，仍像浸润江南三月的云水温婉动人。“复仇”二字不带一点戾气，仿佛约会一样魅惑。其实从本质讲，复仇是约会的特殊形式：要么归劫于尘土，要么活出花来。

我也要跟着去。晶晶去哪里，我当然去哪里。没了爷爷少爷，晶晶就是我的家——今生今世唯一的方向。

“月儿，你得守着二十四间房。爷爷少爷的魂儿还没走远，咱俩都走了，爷爷少爷会伤心的。”晶晶见我一脸痴态，一万个难舍难分，忙牵住我的手摇几摇。又故作轻松道：“月儿，不就是赶趟庙集吗？谁又不是没赶过，听话，在家等我！”

晶晶强撑着风轻云淡，可牵我的手还是忍不住抖，心尖儿定然颤得厉害。我突然想起从前爷爷带我赶庙集，我们演练过无数次送别。晶晶每次都带二郎神先一步到神桑下，爷爷不知是故意还是确实老迈了，总难迈出二十四间房门槛。让我们的送别情节饱满，像模像样。晶晶帮我扯褶皱的衣襟，扣松掉的扣子，捋睡觉压乱的头毛。那头毛如不听话继续倔强为蓬草，晶晶就往手心里吐口水，湿润地贴在蓬草上，并以指当梳梳几遍。晶晶是想让我体面地走在十八条街巷，像少爷一样把青石板踏出好听的跫然足音……

想到这儿，我不顾四娘星星嗔怪，拉起晶晶飞跑老塘神桑遗址。尽管神桑不在了，爷爷二郎神也走了，我和晶晶依然要把送别仪式有始有终。我替晶晶扯褶皱的衣襟，扣松掉的扣子，以指当梳梳晶晶的秀发，可惜来不及编花辫了。那就等晶晶回家，再在她青丝上腻歪。晶晶像个乖乖女，一任我的爱抚。最后我学着她从前的语气：“晶晶，快去快回，别朝冷巷子扎，我等你！”

送别仪式结束，不就是赶趟庙集吗？还能天塌地陷？突然瞥见星星搬着红玫瑰走来，泪水顿时瀑布般喷洒晶晶胸前。我一把土一把土埋葬爷爷少爷时，都没有这种生离死别的悲怆。我扑入晶晶怀抱，一股气血直冲脑门昏过去。晶晶把我弄醒，她总能抓回我的魂儿。“亮晶晶”金丝玉佩已戴我脖颈上。我也将“一弯月牙照龙亭”解下，戴晶晶脖颈上。芦苇荡里我们就赤身交换过，这次定要交换终生，和命长在一起。晶晶掏出花手绢，给我擦眼泪鼻涕汗珠子。水灵灵大眼睛罩住我，娇妍魅惑，将忧伤的夏夜骤然盛开十二季阳春的芬芳。

四娘罗锅一把抓赶来，不忍打破这离别情景。晶晶忽然趴我耳边，本能揪一下，呵气如兰："月儿，好了。他们看着羞呢！手绢你带回去给我洗，这么多年给你擦眼泪鼻涕，弄脏我多少手绢哟！这次你可要给我洗干净。"说完将香囊解下，"里面还有一颗皂荚豆，那年阿訇送的皂荚王，就用这一粒吧。"我接过来，两只手又顺势黏一块。晶晶蹙眉沉思，好像还有什么重要事吩咐。

老塘里拨刺两声，很是响亮。两条红尾巴鲤鱼摇头摆尾，迅疾游来，给晶晶送行啊！人类自诩万物灵长，其实欲望恣肆，哪有鱼儿纯真。晶晶的泪涌出来，滴我脸上交汇。她悄悄抹去："月儿，我走了。照顾好自己！"然后将三根绣花针塞我手心里……

第二天起，挨过寒秋隆冬，直到第二年春暖花开，二十四间房的爱恨情仇，依然在十八条街巷和九寨三十六村沸沸扬扬。版本迥异，情节结局大相径庭。我也如坠云雾，真相戏说难辨。

版本一最流行，也最具传奇色彩，以致成为阡陌交通街谈巷议的通用版本。有人还辑录成文，仿佛太史公的定稿本。

那天月色溶溶，长夜寂寂，四娘捧一盆娇艳欲燃的红玫瑰，深情款款，到当铺赎少爷的舌头和两个大拇脚趾。少掌柜得意忘形，欲扑上来亵渎玫瑰花，还想玷污四娘的纤纤手。剧毒梅花针乘机从眼睛嘴巴耳朵同时射入，直贯脑浆，霎时乌黑焦臭闻之欲呕。有海深的爱就有山高的恨，激起生命深处最伟大的力量！是鬼是魔是神，唯有魂丧梅花针下。四娘临走时，仍不忘柜台上丢一瓣玫瑰花，留下自己美丽的名片，以示敢作敢当。这是少爷生前的态度。少爷最爱最懂的女人，当然不会让毕生所爱失望。然后四娘捧着红玫瑰，仪态万方，袅袅娜娜而去。但闻踩在青石板上的嗒嗒声……

版本二大同小异。可能是酷爱面花生焦蚕豆的酒徒思念罗锅，顺便捎带点感慨。自古崇文尚武的庙集，绝不会忘记曾有位壮士冲冠一怒：罗锅的大刀将当铺少掌柜脑袋砍下，血淋淋挂在门楣上。四娘的剧毒梅花针同样穿孔破浆，势不可挡。玫瑰花瓣名片，姑且存疑。龌龊的生命，从来都不配美为之送行，哪怕是复仇之花。

版本三曲折实在，但有兴趣的不多。庸众最爱热闹，一晌贪欢，无聊的生命冒点泡泡。谁稀罕考据推敲逻辑，还是丢给吃饱了撑的书生琢磨，弄个话本让王化茶馆的老瞎子传唱。

四娘罗锅赶到当铺，当铺席卷一空，鬼影不见。连夜向江南驱驰，姑苏郊外狭路相逢。所有该报的恩报了，该还的债还了。从此恩怨两清，因果圆满。姑苏四门和黑衣隐形人的头颅祭了罗锅大刀，以不辜负少爷雄豪的诗章，五谷粮仓的冤魂也可安息了。这一战无比惨烈，四娘罗锅战死，黑衣人的实力永远都不要低估。有时明明知道死也必须死，因为这条命就是为情为义为仇敌辛辛苦苦准备的——死得其所，死而无憾！星星也未能幸免，只有晶晶下落不明，是死是伤还是被劫持成谜。我以为版本三最接近真相，因为当铺确实废了，江湖上再没有四娘罗锅的消息，晶晶也好像从人间蒸发……

少爷的死，更让庙集演绎无数年。我一直苦苦追踪：阮二手第一时间赶到现场，一定洞悉详情。二手表面粗糙，可心细如发，长河抓鱼的眼睛雪亮。爷爷看透今古，少爷生死的蛛丝马迹必然不会放过。本想等少爷殡葬结束再问爷爷，岂料爷爷油尽灯枯。后来“玫瑰赎当”活灵活现，好像成为铁案。越有传奇性乡民越信，越传得久远。何况娇媚的女侠为爱复仇，不知感动多少男人醉酒豪歌，多少女人泪透罗帕。我请教阮二手，二手愤怒得鱼叉乱颤：“月儿公子，要不是你，谁敢在我面前瞎编排少爷，都会插十八个血窟窿!”显然对玫瑰赎当断然否定，纯粹是庙集人的想象力泛滥。

一把抓的解释，和无相大师的“自己超度自己”不谋而合。他说少爷既不是自杀，也不是他杀，而是英年羽化。少爷实在太骄傲孤独了，骄傲得自己瞧不起自己的命，孤独得连命也想抛九霄云外去。少爷一生风流倜傥，走得又如此干净漂亮，夫复何憾?

少爷生前留下三份契约，可见死志已决，走得并不匆忙。前两份是给巩氏夫妇和阮二手的，确凿无疑。老爷八亩墓田和三间西厢房及其家什，活着归巩氏夫妇所有。以后清明年节祭奠，只好劳驾二位做做样子。祖爷爷四亩墓田留赠阮二手，没说任何理由。少爷一生特立独行，好像从来都不需要理由。二手也没让少爷失望，一洗从前懒惰，精耕细作，小麦高粱年年丰收。他扣除有限的种子口粮，全撒回龙滩喂鱼，并且余生再不抓鱼食鱼。由于阮二手几乎昼夜都待在回龙滩，陪少爷喝酒拉呱，南来北往的大多绕道庙集四桥，张家庄遂成废渡。野苇蒲草连绵不留缝隙，好像从来没有这个渡口。

第三份契约留给一把抓。四百亩清沙地：二百亩“当”给济南府三房，剩余二百亩和老宅庭院，由北平府大房处置。一把抓思忖再三没敢接，生尘堂也盘给燕大查柜经营。少爷都扛不动的，我何德何能找死吗？人生苦短，还是留口气多活几天滋润。一把抓只是打开老爷大小姐居室，对着神龛遗像磕三个响头，转身离去。原来思之念之几代人的故土故祖，三个响头诸愿已了。还有一说：少爷只是把二十四间房交给一把抓，另余二百亩地契烧了。

我婉拒一把抓大伯邀我去北平府的好意。他说凭我的资质和爷爷打下的功底，假以时日，不难在帝都太学脱颖而出。我必须守在二十四间房，等晶晶回家。东厢房檐下的燕巢，每年两窝。不知是不是天丧缘故，今年第二窝再没有来。只剩一个空空燕巢，和我无语相对。欣欣然喂小燕子青虫的晶晶呢？收拾燕粪做花肥的少爷呢？望着雏燕啾啾一脸慈悲的爷爷呢？我等到七七四十九天，给爷爷少爷做完七期，整个祭丧大礼落幕，依然没有晶晶的消息……

“月儿，不就是赶趟庙集吗？谁又不是没赶过，在家等我！”晶晶这趟庙集实在赶得太长太长了，三年杳无音讯。好在这句临别叮咛撑着，最危险的日子熬过来。有段时间，我缠绵上痁疾。刚刚热得像在老君炼丹炉炙烤，就要灰飞烟灭。突然周身寒彻，似乎跌落亘古冰岩里，比十八层地狱还幽深十八层。我裹紧虎皮，裹出痱子瘙痒，裹出暖意和活着的感觉。其实生命的真谛，就是简单的一个“熬”字。只要熬不死熬不灭，总会坚毅强大，熬出一片风景。

少爷寂寞的花房，月季还在，那是少爷留给我的。从记事起，晶晶有的我都有，难怪人说闲话。我将月季搬进闺房，和无相大师送的龙舌兰做伴。屋里骤然铺满花香，还有少爷的戏谑：“月儿，真了不起。小屁孩就会给女孩送花了。”“送花咋啦，总比到花巷偷女人的花强！”少爷好像很尴尬，咕哝句“女儿大了不中留”识趣走开。这是我见到少爷平生唯一的失败，还是败在宝贝女儿手里。我突然想：能打败少爷，就一定能打败全世界！晶晶定会全身而退，蓦地闪现我面前：“月儿，你长高长大了，真是我男人了！”

我依旧睡地下虎皮上，为晶晶遮风挡险。晶晶被窝神圣不可侵犯，像晶晶在时那样。我每天多一件快乐的事：早上给晶晶整床叠被，晚上铺好周边仔细掖一遍，怕透风晶晶着凉。有时忍不住——真的不是没出息，我把脸埋晶晶枕头里，嗅着残存的花瓣香气，泪珠儿滚滚。我赶紧用花手绢堵，肯定哭脏了，天明我再给晶晶洗。现在我洗花手绢的本事，早超过晶晶水平成洗神了。

其实八岁那年，我还真冒犯过晶晶的被窝。那天我偷摘桑果吃，留下饱满多汁的五颗，趁暮色潜入闺房放她被窝里。晶晶睡觉好像仅戴个花兜兜，压淌汁液染花屁股羞不羞？我当然没得逞。第二天晶晶见我轻轻道：“月儿，放玉盘里不好吗？”我霎时无地自容。女人温柔的力量，是人世间万能的化功大法，神儿魂儿也逃不过。假如时光倒流，恶作剧我坚决再干十遍，让晶晶把我神儿魂儿都化掉随她去。有一夜，恍惚听晶晶喊：“月儿月儿，我好冷，快上床暖我！”我豁然坐起，仓皇四顾，只见上弦月冷冷地照着窗户……

我不能沉溺回忆里，必须顽强成长为晶晶争气。不然晶晶突然回家，看我还像从前那么长，非生气把我丢燕巢里不可。我把爷爷留下的“二十四史”，搬到晶晶闺房用功。感恩爷爷的戒尺，数年功底可没白打。那些大部头不免困惑，囫囵吞枣还凑合。转眼两年有余，当我啃完最后一部《明史》，忽觉自己也有几分爷爷的神气，一肚皮小蝌蚪摇头摆尾。疲惫时最好的休憩，就是用晶晶给我的绣花针绣虫子。那时黏晶晶也不教，怕蹉跎没出息。现在我一肚皮墨水，还自学成才绣虫子绝技。晶晶一定高兴：“月儿，真比少爷能耐，我好骄傲呢！”

我想该到十八条街巷青石板上走几步了。选择爷爷带我赶集的日子，踱到老王化茶馆。我疑心看错招牌，去错地方：门前冷落，繁华不再。没有麻包垒满两挂车神桑叶，热热闹闹的施茶善举无疾而终。大堂里要排队等候的五十四张茶桌，一百零八只方凳，现在一半也坐不满。说书的老瞎子已经仙逝，再也听不到神奇的牛皮小鼓咚咚声。那几段颠来倒去的《三侠五义》《封神演义》《隋唐英雄传》，成为绝唱。原来那也是古楚庙集，崇文尚武的魂啊！

那时午歇，酒肆里卖面花生焦蚕豆的罗锅，好像突然从地底下冒出来。你还没望见他的人，那标志性的乌木圆盘霎时撑满大堂。忽左忽右，忽前忽后，仿佛嚯嚯旋转的飞碟。罗锅直奔桌上码着铜板的茶客。如果左边放二枚铜板，那是只要二个铜板的面花生。右边还有一摞四枚，说明还要四枚铜板的焦蚕豆。罗锅从不用盘秤，二枚一把，四枚二把，如此类推。令人惊奇的是无论面花生焦蚕豆，你尽可一个一个数清算准，每把都不多不少。随你买多少铜板，既占不到一颗面花生的便宜，也吃不半个焦蚕豆的亏。但他只给桌上码钱的老主顾，新茶客蛋子就是把手里的银子敲碎，嗓子喊哑，也是枉然。如果不耐烦冒一句："喂——罗锅。快给我来一把！"那来的不是一把，而是两个面花生仁，不偏不斜正糊眼珠上……

如今甭说面花生焦蚕豆，罗锅的头颅也不知掷往何处。还是太白看得明白："三杯吐然诺，五岳倒为轻。纵死侠骨香，不惭世上英。"上天赐我们大好生命，不是平庸腐朽为尘土。纵然像流星划过天宇，也要绽放一刹那火焰。

老掌柜王化也仿佛茶馆，颓势毕现。过去和爷爷一样精神的白胡子，黯淡无光。曾经赤膊摇起辘轱，四肢百骸爆响的画面，也沉没苔藓密布的老井里，将来会和老井一起坍塌无法打捞。好像世界上，从来就没有这口老井，没有王化这个人存在过。当下摇辘轱的小儿子，吱吱嘎嘎烦，老掌柜也不禁像爷爷一样叹息。

我走向最里间右首茶桌，大概无人问津，尘垢积半指厚。我在茶桌上放三十个铜板，一包徽州炒青的价格。老王化颤巍巍走来，恭恭敬敬道："小兄弟，炒青还是过去的炒青，现在只要十个铜板。那边有干净茶桌，请移驾几步如何？"我连忙站起鞠躬："老掌柜好，我还是坐从前爷爷的茶桌。"王化泪光莹然，喊小伙计照老规矩，里里外外上上下下抹三遍，直到最后一块白布一尘不染。他没送徽州炒青，取半包从前我和晶晶采的桑芽："你爷爷给的，本想留个念想。今儿公子光临，咱爷俩就品品忆忆吧。"

老掌柜絮絮叨叨爷爷少爷的故事——有的我知道，有的闻所未闻。

三个月后，老王化走了。又隔仨月，蒋五爷马二姑奶奶一前一后驾鹤西游。不久一个风雨之夜，老街几处老房子塌了……

庙集只要还有十八条街巷的青石板，还有龙兴寺，它仍旧是古楚大地的骄傲。我又走进龙兴寺，绕过正殿佛像罗汉，叩拜送我龙舌兰《金刚经》的无相大师。我五岁睡过大师的狮子窟，做梦给神桑浇水尿大师一床。大师慈悲，戏说是雨露沐浴。无相大师依然矍铄，领我静室品茗，还是从前的雀舌。大师不说话，我也不说话。直到小腹咕咕，我该告退了。大师道："万事随缘，顺势而为。"我知道大师为我好，便也坦荡："痴亦缘，缘即命，随命而安。"大师合十微笑："善哉善哉，月儿公子定然无恙。"无相大师送我寺外，像院里那棵老槐树从此再没走出山门。我不禁久久回望：祖爷爷当年笔走龙蛇的三个大字——"龙兴寺"，蓝天白云下熠熠生辉！

我守了整整三年。三年也是庙集圆坟的大祭日，从此阴阳梦断，再无交集。天将晓，我提着巩氏夫妇准备的祭品，在二十四棵松柏墓田独坐，直到落日坠入长河，月亮爬上柳梢。我陪少爷说话，陪爷爷说话。好像诀别多年的老友，一肚皮陈谷子烂芝麻。时间真是魔幻，思念如刀的痛楚也能沉淀为温婉的故事。我给老爷大小姐祖爷爷祖奶奶们团团鞠躬："诸位先祖多多保重，恕月儿出趟远门，以后自己照顾好自己吧！"我正欲离开墓田，忽闻汪汪声。惭愧惭愧，我和晶晶的好朋友二郎神，怎么能把你遗忘呢！我急步小小坟丘，月光下芳草萋萋，几簇小白花凄美得令人心碎，莫非三年前葬它时晶晶泪珠儿化身。一时恍然若梦，伤痛难抑，轻轻吟道：

相思悠悠梦瑶台，故人不见动地哀。

二十四棵松柏夜，旧时明月空照来。

我回到二十四间房，四盏红灯笼升起。只要还有一人在，那红灯笼就和从前一样，永不熄灭。我突然想起这沉闷的大院，还有两盏特殊的灯，将我和晶晶青梅竹马的季节照亮。那是猪蹄夹子灯，少爷弄的哄我们玩。晶晶举着前面跑，我呼喝着后面追，红红的火苗苗像两面旗子飘扬。院里捏小尖角疯玩固然好，照明看书就勉为其难。我曾沉潜唐诗里，蹄夹倾斜，滚烫的猪油将手指烫起水泡。我龇牙咧嘴叫，晶晶找凉水冰镇，又用口水涂抹消炎。这是乡民土法子，消炎未必，安抚有效。可晶晶越抹口水我越叫，直让她心疼得舌尖舔舐。我那时好狡猾，骗来晶晶好多好多爱。也许晶晶心知肚明，却不点破，任我泼皮耍赖，她趁机提前享受一下母亲的滋味……

我推开晶晶闺房，举着红灯笼一巴掌一巴掌照过，一手指一手指抚摸。照到梳妆台，突然失控，全身扑上去啜泣。那镶金犀牛角梳梳过多少遍六条花辫的青丝，那菱花镜辉映多少次笑靥如花的女孩——我天使般的小姐姐，我的亲人，我的爱人！还有玉碟，剩两块梅花糕早风干了。三年来我舍不得舔一舌尖，等晶晶回家好和她一起抢着吃。我揣进贴胸衣袋里，捧出龙舌兰月季花，插死窗户，锁好门到巩氏夫妇房间："请照顾好这两盆花，谢谢十二年的恩惠!”我突然跪下，好像这一跪与生俱来，人生有好多该感恩地跪下。

巩氏夫妇很感动：“月儿公子，你和晶晶小姐的姻缘是天意，老天怎么舍得拆散呢！你看燕子窝还在，总有一天小燕子会飞回来……”霎时，我眼前浮现从前喂雏燕的情景：晶晶踩着板凳，踩我双肩，俩人挺直身子才勉强够着燕巢。雏燕见到晶晶就叽喳抢虫儿，抢完还啄晶晶手指过瘾。那天不知是时间太长超过我承受的极限，还是我拉稀腰杆软，突然跌倒，猝不及防的晶晶屁股摔好几瓣。她爬起来，恼得要揪我耳朵惩罚，但见我鼻子突突冒血，也不顾修复屁股伤痕，赶忙用花手绢堵。我忽然好幸福，比有亲娘还幸福的样子。

我接过巩氏妇准备的行囊。在晶晶出走的月夜，三年后同样的月光，十二岁的我也离开二十四间房踏上寻找晶晶的异乡……

八十年艰辛备尝，劫数重重，支撑我唯一的信念是晶晶还活着。至少有三次要完蛋，我拿命拿爱豪赌，赌输我就死。

第一次寻晶晶十年：无相大师走了，阮二手也追随少爷长眠回龙滩。我枯坐长江边剥开蓑蓑草，面对大江赌命。我数七下：晶晶还活着，请飞来一只鸟，否则生命于我毫无意义。一、二、三、四、五、六、七，果然第七下，一只翠鸟嘀哩哩穿云破雾而来……

第二次寻晶晶二十年：李云鹤徐立本走了，巩氏夫妇也走了。我斜倚石壁下剥开蓑蓑草，面对高山赌命。我数七下：晶晶还活着，请让耳朵像从前晶晶拧的那样，否则生命于我毫无意义。我刚数到第六下，两耳热辣辣颤动，比晶晶拧两圈半还带劲呢……

第三次寻晶晶三十年：一把抓大伯走了。我真的很累很累，侧卧野塘剥开蓑蓑草，面对苍天赌命。我数七下：晶晶还活着，请浮出一对小鱼儿，否则生命于我毫无意义。我才数五下，两条小鲫鱼绿藻下扭来扭去，虽没有红尾巴吹泡泡好看，也蛮好玩……

花开花落，白云苍狗。八十年里，我有一大半时间盘桓姑苏——晶晶最后消失的地方，也是少爷生前希望四娘带我们回去的江南故乡。我摸遍巷口河畔石桥，匍匐寒山寺焚香祈祷。我做过豪门大户的私塾先生，教过像晶晶月儿一样的孩子。我与贩夫走卒为伍，姓名尊严埋葬尘埃里。我还混迹丐帮，乞讨托钵的就是化妆得面目全非的玉碟。少爷生前梦想“慕歌家世，乞食风情”，居然让我实现了。丐帮信息纷纷攘攘，狸猫换太子啦，偷鸡摸狗看王妃解手啦，唯独没有晶晶音讯。有一次明明相遇，却又擦肩而过。我遗憾得要死，也欣喜若狂得要命。我赌命赌爱赌对了，晶晶确实还在人间。

那天黄昏郊外，正是游子断肠的光景。恶丐抢玉碟，剔骨刀直刺胸膛。我只好掷一枚晶晶给的绣花针。恶丐仓皇而逃，七步呜呼了。绣花针至多钉瞎一只眼，按理不该毙命。俯身细察，恶丐另一只眼还钉一根直没针鼻，面目扭曲酱黑。我忍不住跑开呕吐，再回头尸体不翼而飞。更诡异的是我衣袋里的梅花糕，连同镶金犀牛角梳也突然失踪。其他都在：玉佩玉碟香囊，咸通宝玄。我狂奔嗥叫：“晶晶——晶晶——晶晶……”寻不见人影，听不到回声，但我知道一定是晶晶所为。她想用犀牛角梳梳头了，更确凿的是只有晶晶才会如此馋梅花糕。唉唉，也不给我留一星半点，见面一定羞她……

黄昏又是黄昏，我的魂丢在黄昏郊外。这次没那么幸运，被蓝衫老者猫戏老鼠。我忍无可忍，两枚绣花针同时出手。老者挥手一抄，全捏指尖俘虏了。蓝衫叹一声：“原来你一点武功都不会，还敢脑袋挂汗毛上闯荡？难怪师叔说，二十四间房的人都有魔性！”我豁然想起，蓝衫可不就是庙会擂台上那杆标枪。此时咸通宝玄也抄他手里：“这铜钱在北方好使，在南方说不定有人为抢它让你送命。绣花针不到要命时千万甭露影，包括玉碟玉佩。你身上都是保命的东西，更是送命的东西，这么多年居然没把命送出去，真是奇迹！”

“这很简单：因为晶晶还活着，所以暂且我还不想死，也不能死，当然也死不了！”我慨然道。

爷爷少爷大殡五十年，骨殖也该还原为泥土。我回二十四间房，蓬蒿森森，苔藓斑斑，有几处开裂，并非固若金汤的神话。还能再撑一百年风雨吗？东厢房檐下燕子窝，不知怎样遭遇，干干净净好像从不曾存在过。驻管老夫妇济南府口音，居然知道我名字和要打探晶晶消息：“三年头里，有个女人黑布裹脸，竹杖敲地面找水喝。那身材真好看，贤淑端庄，从前一定是美人胚子。她对老宅很熟，没用竹杖就摸到窗户边站很久。背影一耸一耸的……”我急问哪扇窗，老妇人手一指：“喏，就那间——”晶晶闺房啊！姑苏郊外那场血战，晶晶虽没战死，但眼睛被射瞎或毒瞎，容颜毁了。晶晶不愿再见我，只想让我记住她从前的样子。难道晶晶忘了，我是她“眼珠子”……

五十年前，爷爷憋足劲讲《道德经》，我和晶晶头大。所幸我天赋尚佳，没有大碍。轮到晶晶背诵，我便藏爷爷背后作弊提醒。晶晶很感动，贴我耳朵私语："月儿，你是我眼珠子。现在帮我看书，将来还要替我看好多好多风景。"有次晶晶喊我"眼珠子"，我随笔写下，而且耍小聪明，将"珠"字想当然写成"目"加"朱"形。晶晶信以为真，左翻右查，原来是我臆造。晶晶沉下脸："月儿，眼珠子比命金贵，咋能写错呢!"唉唉，我那时太不懂事了。

老夫妇端出两盆花：龙舌兰愈加峥嵘，一簇簇小白花堆成雪塔；月季却枯死了。我拔掉残枝败叶，舍不得倒掉燕子粪泥土。我要裹一包塞进行囊，将来流浪做枕头。突然，花盆里蹦出一颗夜明珠。肯定也是老爷大小姐遗爱，少爷分别埋在芍药山茶玫瑰里。即便家败人散，我们仍可赖以为生，体面尊严地活下去。

老夫妇饱经沧桑，见夜明珠并不稀罕，好像老宅蹦出蟒袍玉带也很正常。慈祥望着我："月儿公子，你到墓田少爷坟头烧点钱吧。十年前少奶奶回来，和少爷圆坟了。捧骨灰盒送她回家的，年龄模样和你仿佛。他说在南洋，你爹娘一大家也都在。盼望见你一面，你去南洋就团聚了。"我一点也不惊奇。五十年前，爷爷少爷不就算定今日的结局吗？开枝散叶就好，我死活都要和晶晶在一起。

弹指八十年，我的心依然沦陷在那个夏夜至死不渝。听说善良的人走后，臭皮囊复归尘土，灵魂会飞升天宇做星辰闪烁。无数个不眠之夜，我凝望浩瀚苍穹，发现爷爷大小姐们的星座，东南三颗无疑是少爷四娘星星的。少爷似乎还调皮地眨眨眼，欲说那句浑话："月儿，若不是晶晶，我还是想和你拜把子。"晶晶的话更是贴心贴肝："少爷，你们拜你们的把子。月儿的耳朵，我该拧还要拧。”我寻遍茫茫天宇，就是不见晶晶的影子。晶晶肯定还在人间，等着见我最后一面：“月儿，下辈子你还要做我眼珠子……”

命中注定，我今生今世都要寻找晶晶。七岁那年，我们偷偷赶庙会，贪看高跷旱船在三桥街挤散了。我寻遍十八条街巷，眼珠子青石板上乱滚，也不见晶晶踪迹。我想：既然把晶晶弄丢了，再没脸回去见少爷爷爷，活着也没意思，干脆在她失踪的三桥投河算了。我来到河边，准备跳河的姿势，但见晶晶坐在柳荫渔舟上，正赤脚打水嬉戏。我扑过去，带着哭腔：“晶晶，你一个人不急，也不怕?”晶晶水灵灵大眼睛罩住我：“月儿，有你呢！我当然不急也不怕，我知道你一定能找到我。”我不胜惶恐：“晶晶，你怎么那么肯定？万一万一找不到呢?”晶晶笑了：“月儿，没有万一。咱俩那有万一呢？月儿，你鼻子比二郎神尖，准能嗅到我花瓣的香气……”

晶晶，你在哪里哪里啊！还像八十年前一样悠然等我吗？可怜我鼻子麻木了，不像从前腻歪你秀发里神气。好在骨头还算硬朗，哪怕一脸血污狗屎，照样微笑着活下去——活着才有希望，才能团聚。晶晶，找不到你，我一生都在蹉跎；而八十年毅然坚持寻找的路上，所有蹉跎都是值得的。

晶晶，八十年前我吹牛写我们的故事。是该动毛锥了，也不能遗忘老爷大小姐少爷四娘，还有爷爷罗锅阮二手无相大师马二姑奶奶们。所有的青春爱情慈悲侠义，都应该照亮青史，奔流不息。这远比二十四间房生机勃勃，远比十八条街巷青石板坚韧永恒。少爷会兴奋得喝一坛红高粱：“月儿，有种有种，我就知道你比我出息。”晶晶定然水灵灵眸子电过来：“月儿，还怪我严厉定得标准太高吗？爷爷的学识，少爷的风度，超越少爷的伟岸勇毅担当！月儿，我的男人，你全做到了。你是我一生的光荣和骄傲!”

还是八十年前一样的月夜，我梦见一只蝴蝶的翅膀：左边绣着“月儿”，右边绣着“晶晶”。我知道只有晶晶才有这样的绣花针，这样的纤纤玉手；也只有四娘的花巷，才有这样美丽的蝴蝶。追随那一双亮丽的彩翼，我定然能回到再没有人认识我的庙集，回到开满芍药山茶玫瑰的庭院，回到从前青梅竹马的季节……

此时，夕阳西下，杨柳依依，小青龙拱出的长河妩媚安详。但见一个女孩牵着男孩的手，努力在废墟里寻找皮钱儿，依稀是八十年前晶晶和月儿的样子……

跋：一个人的梦

张跃民

老家门口有一条河，向西蛇蜒一里多地就是庙集——2019年，被安徽省人民政府授予“安徽旅游十大古村镇”之一的义门镇。那是我曾经做梦的地方。

我小时爱逃学赶庙集，怕被乡邻发现告诉爹娘挨打，从不敢走大路，钻芦苇玉米高粱地，以至钻出土蛇野兔子的水平。那时庙集很大很大，远超现在的北京上海纽约洛杉矶。它是我的全世界。我见到一些奇奇怪怪的人，听到一些匪夷所思的故事。夜里常常梦境翩跹——有时被噩梦吓醒，有时让美梦笑醒。

我十八岁中师毕业，有幸在庙集教书，更有缘住过一间很老的房子。据说是某大户人家，硕果仅存的祠堂门楼。斑驳的古砖墙，乌黑的梁檀木，瓦楞间摇曳的黄蒿草，简直和我儿时的梦对接了。

后来我流浪异乡，遥念故园，听说庙集最后几间老房子也倒塌了。推土机轰来，废墟湮灭不留一丝痕迹。于是沉封的记忆骤然苏醒——东西老街，五谷粮仓，花巷，龙亭，天相门……还有爷爷、少爷、无相大师、马二姑奶奶们。至于四娘晶晶，也许早化作天上的星辰闪烁，也许还在人间妩媚芬芳。我要书写他们的爱恨情仇，悲欢离合，让一千里、一万里外的世界知道，一千年、一万年后的人们记住。

在孤独悲怆的生命里跋涉，抑或毫无意义地自生自灭，却从未停止想象，从未失去热情。我要继续做梦，人不就是为梦而活的吗？